Nur Uschi kochte schärfer

Dany R. Wood

2. Auflage, März 2020

Dany R. Wood

<u>Über den Autor</u>

Dany R. Wood, Jahrgang 1978, ist Saarländer, studierte in Köln sowie Sydney und lebt heute in München. Vor seiner Karriere als Autor machte er viele unterschiedliche Jobs. Er war z. B. Zeitschriftenausträger, Krankenkassen-Genehmiger für orthopädische Einlagen und PowerPoint-Schubser bei der Deutschen Lufthansa.

Frühere Kollegen meinten, Dany solle seine humorvollen Geschichten nicht nur beim Mittagessen in der Kantine auf den Tisch bringen, sondern auch Bücher schreiben. Er beugte sich dem Gruppenzwang!

Seit 2013 sind acht Bücher im Arturo Verlag erschienen, die in den schönsten Ländern dieser Welt spielen: Australien, Südafrika, Thailand, Spanien und dem vom Tourismus noch weitgehend unentdeckten Fleckchen Erde - dem Saarland.

<u>Veröffentlichungen von Dany R. Wood:</u>

»Limetten retten in Sydney«, 2013
»Trauben rauben in Kapstadt«, 2014
»Achtung Familienfeier - Betreten auf eigene Gefahr«, 2014
»Urlaub! Wir sind dann mal fort«, 2015
»Zitronen klonen in Barcelona«, 2016
»Nur Gisela sang schöner«, 2018
»Nur Uschi kochte schärfer«, 2019
»Nur Rudi tanzte schräger«, 2020

Danke

Ganz besonders möchte ich mich bei meinen Facebook-Fans bedanken, die mich bei der Cover-Gestaltung unterstützt haben. Ich hatte nämlich ein BH-Problem. Ja, richtig: ein BH-Problem! Und das hat mir regelrecht schlaflose Nächte eingebrockt - ui, ui, ui.

Bei der Abstimmung über einen Leoparden-BH (47 Prozent) oder einen pinkfarbenen BH (53 Prozent) war kein wirklich eindeutiger Sieger zu erkennen, der später vom Deckenleuchter runterbaumeln sollte. Letztendlich entschied ich mich für das pinke Modell mit Spitze - passte irgendwie besser zur Tapete. Ein Umstand, den viele bestimmt aus dem eigenen Schlafzimmer kennen: »Schatz, deine Unterwäsche harmoniert heute so wunderbar mit unserer Raufaser ...« ;-)

Übrigens, Familie Jupp Backes lebt im schönen Saarland (ja, das gibt es wirklich), allerdings im fiktiven Hirschweiler (nein, das gibt es leider nicht). Meine Mutter wünschte sich für mein Heimatdorf etwas mehr »Action«, da oft »tote Hose« herrscht. Tja, und dann habe ich mir gedacht: Was wäre, wenn daheim plötzlich so mancher Bewohner tot aufgefunden wird und ein anderer beim Ableben seine bösen Finger im Spiel hatte? Und das Beste: Mutti hat anschließend ordentlich Lesestoff!

Gute Unterhaltung mit Familie Jupp Backes wünscht

Dany R. Wood

PS: Am Ende des Buchs finden Sie ein SAAR-ABC. Über 30 Begriffe, die nicht mehr wie früher direkt im Text übersetzt werden. Aber so schwer ist Saarländisch iwwerhaupt nid;-))

Bibliografische Information der Deutschen Nationalbibliothek:
Die Deutsche Nationalbibliothek verzeichnet diese Publikation in der Deutschen Nationalbibliografie; detaillierte bibliografische Daten sind im Internet über http://dnb.dnb.de abrufbar.

1. Auflage, April 2019

Lektorat: Anja Nengelken, Berlin, www.anja-nengelken.de
Gestaltung Buchumschlag: Alexander Roedig, München
Verlag: Arturo Verlag, München, www.arturo-verlag.de
Druck und Bindung: CPI books GmbH, Ulm
ISBN: 978-3981701654

Kapitel 1

»Gnädige Frau, mögen Sie eigentlich auch ein bisschen Hirn? Also, so ab und zu mal?«, fragte der ältere Herr vorsichtig, während er nervös an seinem Krawattenknoten herumfummelte.

»Hm, ja ... Davon darf's gerne etwas mehr sein«, lächelte Käthe. »Also, wenn ein Mann ein bisschen Grips in der Birne hat, finde ich das schon attraktiv. Nur bei zu arger Intellektualität bin ich irgendwann raus. Da ist mir ein einfacher Handwerker tausendmal lieber als so ein hochbegabter Universitätsprofessor. Bodenständigkeit kommt vor Abgehobenheit, gell?«

»Ich kann Ihnen gerade nicht folgen, gnädige Frau?«, fragte er irritiert und tupfte sich mit einem Stofftaschentuch ein paar Schweißperlen von der Stirn.

»Na ja, was bringt's mir, wenn mich jemand tagtäglich mit Geschichten über Picasso und van Gogh vollsülzt, aber dann kein Bild an die Wand nageln kann? So einen Mann kann ich doch in der Pfeife rauchen - nein, danke!«

»Ich bin ja eher der Künstlertyp ...«, offenbarte ihr Gegenüber und zeigte seine riesigen (falschen) Zähne, da er endlich mal lächelte.

»Aha, interessant. Sie malen also lieber ein Gemälde, als es aufzuhängen?«

»Nein, nein, ich bin Alleinunterhalter. Meine Kunst besteht darin, die Leute mit meinem Keyboard von den Sitzen zu reißen. Ich werde oft zu runden Geburtstagen oder goldenen Hochzeiten gebucht. Für meine ›Flippers‹-Version von ›Die rote Sonne von Barbados‹ lieben mich die Gäste ...«

Käthe grübelte angestrengt. Sie konnte sich ihre Verabredung beim besten Willen nicht in der Unterhaltungsbranche vorstellen. Schließlich saß er stocksteif im mausgrauen Nadelstreifenanzug mit Einstecktuch vor ihr und sah eher aus, als hätte er eben noch jemandem eine Hausratversicherung verkauft.

»Das hätte ich Ihnen ja gar nicht zugetraut ... aber: klasse! Denn einen Stubenhocker kann ich nicht gebrauchen, so einen hatte ich schon 50 Jahre lang bei mir daheim rumsitzen. Gott hab ihn selig, aber so was brauche ich für meinen zweiten Frühling nun wirklich nicht mehr.«

»Gnädige Frau, ich versichere Ihnen hoch und heilig, dass ich eine echte Stimmungskanone sein kann, aber eben immer zum passenden Anlass«, kicherte er.

»Sie haben ja doch Humor. Nennen Sie mich doch einfach Käthe!«

Dabei hielt sie ihm freudestrahlend ihre Kaffeetasse mit Goldrand zum Prosten entgegen.

»Vielen Dank für das reizende Angebot, verehrte Frau Käthe, aber das geht mir dann doch ein wenig zu schnell ... Wissen Sie, in unserem Alter duzt man sich nicht so schnell. Wir kennen uns doch gerade erst seit ein paar Minuten.«

Autsch! Käthe blickte peinlich berührt zur Seite und versuchte die Duz-Abfuhr geschickt zu überspielen.

»Sie sind kein gebürtiger Saarländer, stimmt's?«

»Nein, ich stamme ursprünglich aus Kassel, lebe aber schon lange hier im Saarland. Warum fragen Sie? Ich hoffe, das ist kein Ausschlusskriterium bei Ihrer Partnerwahl.«

»Ach, papperlapapp! Ich gebe jedem eine Chance, denn ich habe ein großes Herz. Solange Sie keinen Stock im Allerwertesten haben ...«, meinte Käthe gönnerhaft mit einem Augenzwinkern.

»Nein, den habe ich ganz gewiss nicht. Mit so einer Person könnte ich nämlich überhaupt nichts anfangen. Also, mit einer, die einen Stock ... Sie verstehen schon«, flüsterte er auf auf einmal und wurde ein kleines bisschen rot dabei.

Die beiden älteren Herrschaften, Käthe und Anton, hatten sich in diesem Saarbrücker Café mit Blümchentapete, wo die Zeit in den 60er-Jahren stehengeblieben war, zu ihrem ersten gemeinsamen Date getroffen. Käthe hatte vor etwa zwei Wochen auf eine Kontaktanzeige in der »Saarbrücker Zeitung« geantwortet. Sie hatte mal bewusst den klassischen, eher altbackenen Weg zum Männerkennenlernen wählen wollen, nachdem ihr in der Welt des Onlinedatings nur Gestörte über den Weg gelaufen waren. Nach einem kurzen Hin und Her per Brief hatte ihr Anton dieses Café als Treffpunkt vorgeschlagen und Käthe hatte freudig eingewilligt.

Doch jetzt fand sie das heutige Rendezvous eher wenig prickelnd. Sie suchte händeringend nach Gemeinsamkeiten oder Anknüpfungspunkten.

»Was möchten Sie denn noch gerne über mich wissen, Anton ... pardon, Herr Anton?«, fragte Käthe lächelnd. Sie fand dieses Gesieze mit dem Vornamen ja total albern, wollte ihm die Freude aber auch nicht nehmen.

Anton räusperte sich.

»Also, ich komme noch einmal auf meine Frage von eben zurück, die ja leider unbeantwortet blieb, was sicherlich nicht Ihre Absicht war, Gnädigste ... Mögen Sie nun Hirn oder nicht?«

»Das hatten wir doch schon geklärt. Oder haben Sie, lieber Herr Anton, mir etwa nicht richtig zugehört? Ist hier etwa jemand schon ein bisschen vergesslich?«

Käthe zwinkerte ihm zu, um die Situation zu entspannen.

»Nein, nein, Sie sind wohl ... ähm, verzeihen Sie, aber Sie sind wohl etwas schwer von Begriff, Frau Käthe? Womit ich keineswegs ein Problem hätte, nicht dass Sie mich falsch verstehen ...«

»Was? Wie kommen Sie denn auf so einen Quatsch?«, empörte sich Käthe.

Das war ja wohl eine Frechheit! Was bildete sich dieser Lackaffe ein?

»Also essen Sie nun gerne Innereien, wie zum Beispiel Rippchen, Nierchen, Leberchen? Oder auch mal ein bisschen Hirnchen von der Ziege? Was im Übrigen bei meinen kroatischen Nachbarn als absolute Delikatesse gilt. Ich könnte nämlich mit einer vegetarischen Dame im Alltag nicht viel anfangen, also: als potenzieller Partnerin. Ich bin nämlich durch und durch ein Fleischfresser. Aber bei dieser Frage gehen Sie mir strikt aus dem Weg, warum nur?«

»Tja, mein lieber Herr Anton, jetzt müssen Sie ganz, ganz tapfer sein. Mein verstorbener Mann und ich, wir hatten früher eine Wurstfabrik. Ohne Fleisch hätte uns die Existenz gefehlt.«

»Wurstfabrik? Fleisch als Existenz? Frau Käthe, das ist ja köstlich! Glauben Sie eigentlich an die Liebe auf den ersten Blick?«, wollte Anton nun unverzüglich wissen.

Jetzt strahlte er über beide Ohren angesichts dieser fleischigen Neuigkeiten.

»Na ja, ich wurde mal am grauen Star operiert. Seitdem muss ich schon ein bisschen genauer hingucken bei der Liebe«, lachte Käthe über sich selbst.

Dann erzählte sie, dass sie bei Ziegenhirn definitiv raus wäre und sich eher auf Lyoner, Grauworscht und Schwenkbraten beschränke, also die saarländischen Delikatessen.

»Wissen Sie, an wen Sie mich erinnern?«, fragte Anton plötzlich und stierte sie regelrecht an.

»Jetzt sagen Sie bloß nicht Jane Fonda! Das höre ich nämlich sehr oft in letzter Zeit«, quiekte Käthe vor Freude und schüttelte demonstrativ ihr schulterlanges Haar.

»Jane wer?«

»Na, diese Aerobic-Queen und Schauspielerin, so 'ne Art Sexsymbol aus Amerika ...«, klärte Käthe ihn auf.

Sie fühlte sich sehr geschmeichelt und freute sich über den Vergleich mit der Prominenten, auch wenn Herr Anton in diesem Bereich offenbar etwas minderbemittelt war.

»Das sagt mir leider überhaupt nichts. Ich mache allerdings auch nie Aerobic. Aber ich kenne die Jane vom Tarzan ... Nein, Sie erinnern mich irgendwie an meine verstorbene Mutter.«

Käthes Kinnlade klappte schlagartig nach unten. Das war ja eine bodenlose Unverschämtheit!

»Sie hätten Schwestern sein können. Dann wären Sie jetzt meine Tante. Tante Käthe.«

Anton lachte laut und glaubte wohl, er sei witzig.

Käthe fand diesen Vergleich ziemlich daneben. Sie hob nur die rechte Augenbraue und schluckte laut ihren Bohnenkaffee in einem Rutsch herunter. Händeringend suchte sie nach einem neuen Thema. Sie war schließlich Flirtprofi, obwohl ihr Gegenüber gerade immer mehr Punkte verlor - die von »Payback« würden die Hände über den Köpfen zusammenschlagen.

»Und wie lange sind Sie schon verwitwet?«, fragte Käthe, um galant das Thema zu wechseln.

»Ich bin kein Witwer«, antwortete er erstaunt.

»Ach, Sie sind geschieden? Heutzutage geht ja jede dritte Ehe in die Brüche ... Aber ich habe damit kein Problem, in meinem Alter muss man sich auch mit abgelegten Männern zufriedengeben und darf nicht zu hohe Ansprüche stellen.«

Doch Anton schüttelte den Kopf und tupfte sich mit seinem Taschentuch einen Schweißtropfen von der Stirn.

»Wie? Sie sind ein ewiger Junggeselle?«, fragte Käthe mit aufgerissenen Augen.

»Ja, also ...«

Anton geriet ins Stottern und tupfte sich nun das ganze Gesicht ab.

Käthe verschränkte die Arme vor der Brust und lehnte sich in ihrem Stuhl zurück. Jetzt war sie aber wirklich mal auf seine Ausrede gespannt, weshalb ein Mann im Alter von Mitte 70 noch nie unter der Haube gewesen war.

»Sie müssen wissen, gnädige Frau Käthe ... Also, ähm ... Tja, ich weiß gar nicht, wie ich Ihnen das erklären soll ...«

»Oh Gott! Nein, sagen Sie nix, Herr Anton! Suchen Sie etwa nur eine Alibifrau für ihre komischen Keyboard-Abende, damit die Gerüchteküche über Ihr Privatleben endlich mal aufhört? Und ich soll Ihnen die Notenblätter umdrehen und die Anstandsdame mimen, oder wie? Jetzt ergibt das ganze Gnädige-Frau-Wischiwaschi auch einen Sinn ... So höflich, zuvorkommend und total anständig verhält sich natürlich kein Hetero ...«

»Aber was reden Sie denn da?«

Anton wirkte verstört und schien sich ganz und gar nicht wohl in seiner Haut zu fühlen.

»Sie sind homosexuell, stimmt's? Aber Sie müssen dazu stehen, das ist doch heute kein Problem mehr ... Allerdings bin ich dann die falsche Partnerin für Sie. Wissen Sie, ich habe vier Kinder großgezogen und einen Mann zu Grabe getragen. Da fang ich doch jetzt keine Scheinbeziehung an, nur um meinen Lebensabend nicht alleine verbringen zu müssen. Nein, danke – so nötig hab ich es nun auch wieder nicht! Und – ja, ich weiß: für schwule Männer bin ich ein Magnet, das war schon immer so. Weiß der Teufel, warum«, echauffierte sich Käthe.

Anton schwitzte jetzt wie Sau. Er schüttelte vehement den Kopf. Und dann platzte es aus ihm heraus: »Frau Käthe, ich bin verheiratet. Meine Frau lebt ...«

»Was?!!? Sie wollen eine Affäre? Das ist ja wohl der Gipfel!«, empörte sich Käthe. Sie schnappte nach Luft: »Als Schwuler hätten wir wenigstens Freunde werden können, aber das ...«

»Es ist etwas kompliziert ...«, versuchte Anton, sich eilig zu rechtfertigen.

»Beziehungen sind immer kompliziert, das war schon immer so«, schnitt ihm Käthe altklug und kopfschüttelnd das Wort ab. »Aber deshalb sucht man doch nicht gleich in der Zeitung nach einer neuen Frau, nur weil es gerade mal etwas kompliziert ist!«

Käthe war sauer. Total sauer. Wenn selbst Zeitungsannoncen nur noch für Affärchen taugten, dann müsste sie die Hoffnung auf einen neuen Lebensgefährten definitiv aufgeben und begraben!

»Meine Frau ist vor Jahren an Demenz erkrankt und sie kann laut Aussage der Ärzte noch viele Jahre leben. Aber sie bekommt leider nichts mehr von ihrer Umwelt mit. Sie erkennt mich nicht einmal mehr«, klärte Anton mit gesenktem Blick und brüchiger Stimme auf.

»Oh, das tut mir leid! Aber ...« In Käthes Hirn ratterte es auf einmal. »Suchen Sie denn jetzt eine Partnerin oder eine Pflegerin für Ihre kranke Frau?«

Käthe hatte urplötzlich ein ganz komisches Gefühl, nämlich dass ihr Date gar keines war, sondern dass sie sich inmitten eines Vorstellungsgesprächs bei der Bewerbung um den Posten einer Krankenpflegerin befand. Das rechtfertigte auch den Umstand, dass sich Anton partout nicht duzen lassen wollte, denn als Chef wollte man ja gerne ein wenig Distanz zu den Angestellten bewahren.

»Meine Frau lebt in einem Pflegeheim gleich ums Eck. Nachher besuche ich sie und berichte von diesem entzückenden Treffen mit Ihnen, liebe Frau Käthe. Ich will einfach nicht länger alleine durchs Leben gehen ...«

Käthe hatte genug gehört. Sie schob ihren Stuhl nach hinten und erhob sich.

»Entschuldigen Sie mich, ich muss mal ganz dringend für kleine Mädchen.«

Auch Anton erhob sich daraufhin und nickte ihr freundlich zu: »Ich kenne das Gefühl. Ich muss auch mindestens dreimal mal pro Nacht raus. Prostata!«

Angewidert steuerte Käthe schnurstracks die Keramikabteilung des Cafés an und stand wenig später enttäuscht und wütend vor dem Waschbecken. Fragend wandte sie sich an ihr Spiegelbild: »Hab ich so was nötig? Nein, nein und nochmals nein! Dann lieber für den Rest meines Lebens alleine sein - als mit so einem Typen zusammen sein und eine Dreierbeziehung führen, in der die Dritte im Bunde in einer anderen Welt lebt!«

Zornig kramte sie in ihrer Handtasche nach dem iPhone, um dem Ganzen ein schnelles Ende zu bereiten.

Ein paar Straßen weiter saßen Polizeioberkommissar Jupp Backes und Kumpel Waldemar Klein, Leiter des Dezernats für Mordermittlungen, in dessen Büro beim Landeskriminalamt (LKA) in Saarbrücken. Es gab leckere selbst gebackene Nussschnecken - zubereitet von Waldis Sekretärin höchstpersönlich, die eine echte Augenweide war. Das halbe Präsidium kam gerne wegen jedes Firlefanzes vorbei, nur um einen Blick auf die kurvige Blondine im Röckchen zu erhaschen und von ihren Nussschnecken zu naschen.

»Attraktive Frauen, die auch noch backen können, sind doch ein Glücksgriff in jeglicher Beziehung«, fachsimpelte Jupp kauend, nachdem die hübsche Mitarbeiterin den Beamten zwei frisch aufgebrühte Tassen Kaffee serviert und dann die Tür hinter sich geschlossen hatte.

»Die ist ein richtiges Vollweib mit allem dran! Weißt du, Jupp, wenn ich samstags morgens aufstehe, habe ich oft Tränen in den Augen, weil Wochenende ist. Mir hat das Schaffengehen noch nie so viel Spaß gemacht wie jetzt, wo die Heike den Schreibkram bei mir erledigt«, schwärmte Waldi von seiner Vorzimmerdame.

Er schob sich genießerisch mit geschlossenen Augen ein Stück Nussschnecke in den Mund, als träume er davon, dass ihn die Bäckerin selbst damit füttere.

»Ja, gutes Personal zu finden, ist in der heutigen Zeit echt schwierig. Wir haben bei uns fürs Rathaus eine hübsche Person mit sehr angenehmer Telefonstimme für die Infotheke gesucht ...«

»Aha, und?«, wollte Waldi interessiert wissen.

Er kannte die Gegebenheiten vor Ort, wo Jupp seinen Ein-Mann-Polizeiposten im Rathaus von Hirschweiler leitete und sich quasi selbst führte.

»Nur komische Gestalten haben sich da beworben. Eine hat so krass gestottert ... bis die sich überhaupt am Telefon gemeldet hat, da ist doch längst Feierabend. Und eine andere hatte so eine tiefe, rauchige Stimme - da bekommst du direkt Kopfkino!«

»Da bin ich mit meiner Heike echt gesegnet. Die macht auch einen hervorragenden Kaffee. Wo findet man das denn heute noch, ne? Du, Jupp, die gebe ich um nichts, aber auch nichts in der Welt wieder her! Nicht, dass du sie mir für euer Rathaus noch abwerben willst ... Dann wäre unsere Freundschaft aber sofort gestorben.«

Waldi hob scherzhaft mahnend den Zeigefinger. Anschließend biss er noch einmal in seine Nussschnecke und ließ sich die Süßigkeit auf der Zunge zergehen. Er wollte einfach nur genießen, ein bisschen träumen ...

Ganz im Gegenteil zu Jupp, der ein Anliegen auf dem Herzen hatte: »Sag mal, Waldi, habt ihr nicht rein zufällig einen Mordfall übrig, auf den du mich ansetzen könntest? Bei mir in Hirschweiler ist es nämlich aktuell ziemlich ruhig. Zu ruhig für meinen Geschmack.«

Waldi öffnete irritiert die Augen und stoppte sein langsames Kauen.

»Wie ruhig?«

»Na ja, die üblichen Verdächtigen nerven mich mit Pillepalledelikten. Nix Herausforderndes, wenn du verstehst, was ich meine? Also, falls du Unterstützung bei der Aufklärung eines Mordfalls benötigst, dann kannst du gerne auf mich zurückgreifen.«

»Ich verstehe, ich verstehe«, nickte Waldi nachdenklich.

Er erhob sich von seinem Stuhl, ging um den Schreibtisch und legte seinem Freund Jupp die Hand auf die Schulter.

»Wenn ich könnte, Jupp, würde ich dir sofort Arbeit meines Teams abgeben ... Aber du gehörst halt nicht zu meinem Dezernat. Mordermittlungen sind ein ganz anderes Kaliber, als bei euch draußen auf dem Land für Recht und Ordnung zu sorgen. Wenn dir langweilig ist, musst du mit deinem Vorgesetzten schwätzen. Der muss dir dann Arbeit geben, aber ich kann da nicht viel für dich tun. Da käme ich ja in Teufels Küche, wenn ich dich plötzlich in laufende Ermittlungen einbinden würde.«

»Hör mir bloß mit meinem ach so lieben Vorgesetzten auf! Du weißt ganz genau, dass ich mit diesem Vollpfosten nicht klarkomme«, erwiderte Jupp.

»Ist der jetzt eigentlich wieder mit seiner Frau zusammen? Die war ihm doch abgehauen«, fragte Waldi neugierig, denn man kannte sich ja doch irgendwie.

»Keine Ahnung. Interessiert mich genauso wenig, wie wenn in China ein Sack Reis umkippt.«

Plötzlich klingelte Jupps Diensthandy. Er nahm den Anruf an und hörte kurz zu. Dann murmelte er etwas von einem Notfall, huschte nach kurzer Verabschiedung aus Waldis Büro und rannte draußen am Kopierer der blonden Heike förmlich in die Arme.

Die schaute ihn nur verdattert an, erst recht als er sich noch mal zu ihr umdrehte: »Entschuldigung, aber Ihre wunderbaren Schnecken sind einfach unglaublich. Eins A mit Sternchen!«

»Wie bitte ... meine Schnecken?«, fragte Heike verblüfft und verschränkte die Arme.

»Genau! Ein echtes Gedicht sind die. Und wäre der Waldi nicht so ein guter Kumpel von mir, dann würde ich Ihnen mal die Stellenbeschreibung für unsere neue Empfangsdame im Hirschweiler Rathaus zuschicken. Da kann nämlich keiner so gute Nussschnecken backen – da gibt es nur Muffins, aber die hängen uns allen auf dem Amt zum Hals raus.«

Und dann verließ Jupp auch schon im Schweinsgalopp das Präsidium. Aufgrund eines Notfalls, zu dem er höchstpersönlich gerufen wurde.

Käthe unterdrückte ein Gähnen und warf einen Blick auf ihre Armbanduhr. Nach ihrer vorgegaukelten Toilettenpause musste sie sich nun seit einer gefühlten Ewigkeit einen Bericht über Antons Hobbys anhören: Das Angeln, Puzzles und seine Gartenzwergsammlung hatten es ihm angetan. Sie musste sich arg zusammenreißen, um bei den detailreichen Schilderungen eines Gartenzwerg-Fanclub-Treffens nicht einzunicken. Irgendwann brummte ihr der Schädel. Sie wollte sich partout keine Zwerge mit Schubkarre oder Laterne in der Hand vorstellen, von denen ihr Gegenüber voller Inbrunst berichtete.

»Ich habe ein sehr schönes Häuschen mit Garten und vielen Zwergen ...«, erzählte Anton aufgeregt. »Haben Sie auch ein Eigenheim?«

»Nein, nein. Ich lebe im Haus meiner Tochter und ihres Mannes«, sagte Käthe gelangweilt.

»Ah, Sie scheinen ein Familienmensch zu sein! Das bin ich übrigens auch und deshalb sollten wir ...«

Käthe unterdrückte ein erneutes Gähnen, indem sie sich die geballte Faust vor den Mund hielt.

Just in diesem Moment flog die Schwingtür des Cafés mit einem Ruck auf und ein Uniformierter, nämlich Jupp Backes, stürmte mit gezückter Waffe herein.

Die Servierkraft im schwarzen Outfit mit weißem Schürzchen ließ vor Schreck das Tablett fallen, woraufhin Tassen, Kuchenteller und Gläser scheppernd auf dem Fliesenboden landeten. Durch das Getöse aufgeschreckt blickten nun auch die anderen Gäste des Cafés zur Schwingtür.

Beim Anblick des bewaffneten Jupps brach eine allgemeine Unruhe aus. Zwei Frauen schrien sogar laut auf. Auch Anton gab einen spitzen, höchst unmännlichen Schrei von sich.

»Keine Panik! Das ist keine Razzia, sondern nur eine Personenkontrolle. Wir suchen eine verdächtige, männliche Person, die sich in diesem Café aufhalten soll«, relativierte der Uniformierte, während er seine Waffe mit beiden Händen umklammert gegen die Decke richtete, um die verängstigten und erschreckten Gäste inklusive Personal etwas zu beruhigen, indem er nicht auf sie zielte.

Ein lautes Raunen ging durch das verstaubte Oma-Café.

Jupp kramte mit der einen Hand ein Blatt Papier aus seiner linken Hosentasche und verkündete, er habe hier eine Phantombild-Zeichnung, die zu der gesuchten Person führen würde. Er bat alle Anwesenden sich ruhig und kooperativ zu verhalten, dann würde auch nichts passieren.

Nachdem sich die allgemeine Unruhe wieder etwas gelegt hatte, ging Jupp langsam von Tisch zu Tisch und verglich die Zeichnung mit den anwesenden Männern.

»Herr Anton? Was machen Sie denn da unten?«, flüsterte Käthe und schob die Tischdecke, die fast bis zum Boden reichte, zur Seite.

Anton saß zusammengekauert unter dem Tisch, der sich in der hintersten Ecke des Cafés befand.

»Ich glaube, die suchen mich«, flüsterte er mit zitternder Stimme.

»Was? Wieso das denn?«

»Ich stehe im Halteverbot! Schon wieder mal ... «, flüsterte er und zog die Tischdecke wieder runter, sodass sie bis zum Boden reichte.

In diesem Moment näherten sich Jupps Schritte dem Tisch von Käthe und Anton. Er beugte sich vor und zog mit einem Ruck das weiße Tischtuch hoch.

»Was haben wir denn da unten für einen Kameraden?«, fragte Jupp und blickte Anton mit strengem Blick direkt in die Augen.

»Ich kann doch alles erklären ...«, bibberte Anton und krabbelte auf allen Vieren unter dem Tisch hervor.

»Ihren Ausweis, bitte!«, forderte Jupp schroff, während sich ein atemloser Anton wieder auf den Stuhl hievte.

Käthe schaute pikiert zur Seite, als Anton in seinem Portemonnaie nach seinem Ausweis suchte.

»Kennen Sie diesen Mann?«, fragte Jupp an Käthe gerichtet.

»Das ist Anton, Herr Anton ... Den Nachnamen habe ich mir nicht gemerkt.«

»Aha, soso. Der Herr Anton, interessant ...«

Jupp hielt sein Phantombild neben Antons Gesicht, während der immer noch an seiner Brieftasche herumnestelte.

Die anderen Gäste im Café schauten erwartungsvoll, was gleich passieren würde. Im Café war es mucksmäuschenstill geworden.

»Ich glaube, ich habe meinen Personalausweis im Auto, das steht gleich um die Ecke.«

»Ich denke, Sie stehen im Halteverbot? Vielleicht wurde er ja mittlerweile abgeschleppt«, mutmaßte Käthe.

Anton wurde immer nervöser. Er schwitzte ohne Ende.

»Anton, Otto, Franz oder wie auch immer Sie heißen. Es ist vorbei mit Ihren Heiratsschwindeleien!«, verkündete Jupp im strengen und triumphierenden Tonfall des Ermittlers, der gerade einen Straftäter überführt hatte.

Anton hielt schlagartig inne - und beendete das Kramen in seiner Geldbörse.

»Wie bitte? Ein Heiratsschwindler?«, rief Käthe entsetzt.

Sie hielt sich die Hände vors Gesicht.

Ein lautes Raunen und Getuschel war von den umliegenden Tischen zu hören.

»Nein, bitte! Hier muss eine Verwechslung vorliegen, Herr Polizist«, stellte Anton klar.

»Ich sage Ihnen jetzt mal was! Ich habe heute einen tollen Tag und Sie verschwinden nun ganz schnell aus diesem Café und lassen unbescholtene, ältere Damen ein für alle Mal in Ruhe! Haben wir uns verstanden, Freundchen?«, sagte Jupp und schaute ihn mit scharfem Blick an.

Anton wollte sich erklären, fing aber so heftig an zu stottern, dass nicht viel zu verstehen war: »Käthe, Sie müssen mir glauben, dass ...«

Käthe schloss die Augen und brachte ihn mit einer energischen Handbewegung zum gänzlichen Schweigen. Geradezu divenhaft erklärte sie: »Und Ihnen, Sie Schuft, habe ich das Du angeboten, weil ich Ihnen vertraut habe. Schämen Sie sich, Anton! Schämen Sie sich!«

»Aber Fräulein Käthe, Sie müssen mir glauben, dass ...«

»Gehen Sie! Bitte gehen Sie! Ich fühle mich so gedemütigt. So was ist mir ja noch nie passiert«, echauffierte sich Käthe nun ganz theatralisch und schaute mit gesenktem Blick zur Seite.

»Sie haben gehört, was die Dame gesagt hat. Und jetzt: Abmarsch! Sie können von Glück sagen, dass ich Sie einfach so laufen lasse, weil ich heute meinen guten Tag habe«, sagte Jupp.

Anton sprang wie von der Tarantel gestochen von seinem Stuhl auf und rannte dann wirr um sich blickend aus dem Café, während ihm die Bedienung noch hinterherrief, dass er sich hier nie wieder blicken lassen solle.

Jupp setzte sich zu Käthe an den Tisch.

»So, ich würde sagen, ich habe etwas gut bei dir«, lächelte Jupp seine Schwiegermutter an.

»Das war aber wirklich etwas übertrieben. Du hättest auch einfach sagen können, dass sein Wagen eine Ausfahrt blockiert und er umparken muss. Musstest du gleich mit der Waffe und irgendeinem Phantombild in der Hand aufkreuzen und so ein Affentheater veranstalten? Der arme Kerl braucht jetzt bestimmt eine Therapie.«

»Tja, liebe Käthe, wenn du mich bittest, dich aus einer prekären Situation zu befreien, dann musst du die Art und Weise des Rettungsversuchs schon mir überlassen. Ein bisschen Polizeiarbeit darf ich doch noch machen, wenn schon ansonsten in Hirschweiler tote Hose ist.«

»Ich fand es trotzdem übertrieben. Du hättest mich auch einfach anrufen können und sagen, dass daheim etwas Schlimmes passiert sei, damit ich das Date sofort hätte beenden müssen«, sagte Käthe und winkte die Bedienung an den Tisch, um die Rechnung zu bezahlen.

»Du hättest auch einfach aufstehen und gehen können! Es zwingt dich ja keiner am Tisch sitzen zu bleiben«, entgegnete Jupp. »Du bist schließlich kein kleines Kind mehr.«

»Ach, so fies und unhöflich wollte ich nicht sein. Dieser Typ tut mir irgendwie auch leid. Der hat eine kranke Frau und viele Zwerge, da will man sicher mal mit einer attraktiven Frau wie mir ... Also, die Beweggründe kann ich schon sehr gut nachvollziehen«, sagte Käthe vor Selbstbewusstsein strotzend.

Jupp rief dann seine Frau Inge an, die sich aktuell im Karstadt die Zeit vertrieb.

Inge war überrascht, dass sie schon so früh wieder heimfahren sollten und ärgerte sich, dass ihre Shopping-Tour nun ein abruptes Ende fand. Sie erkundigte sich, weshalb das Kennenlernen so schnell vorbei sei.

»Die Oma war dem Mann zu alt. Er suchte was Jüngeres«, witzelte Jupp.

Doch sofort verging ihm das Lachen und er verzog das Gesicht, denn Käthe hatte ihn gegen das Schienbein getreten. Humpelnd verließ er mit ihr das Café. Käthe bedankte sich an der Tür noch mal bei der Bedienung dafür, dass »ihr« Tisch heute »aufs Haus« gegangen war. Man hatte ein schlechtes Gewissen, dass ein Heiratsschwindler seine Anbandelversuche ausgerechnet in ihrem traditionsreichen Café ausgeübt hatte.

Kurze Zeit später stand Inge pünktlich und abholbereit, zudem bewaffnet mit zwei Karstadt-Tüten, vor dem Eingangsportal des Kaufhauses. Bald erblickte sie den Streifenwagen, der sich durch die Fußgängerzone schlängelte, um Inge vor der sperrigen Glastür einsteigen zu lassen.

Dann wurde das Blaulicht eingeschaltet und in einem Affenzahn ging es von Saarbrücken über die A1 ins knapp 30 Kilometer entfernte Heimatörtchen Hirschweiler. Ein Mutter-Tochter-Gespräch war leider nicht möglich, da Inge von Jupps Raserei mal wieder schlecht wurde, was Käthe als gar nicht so übel empfand. Sie war nach dem Zeitungsannoncen-Fehlgriff überhaupt nicht in der Stimmung, sich mit Inge darüber auszutauschen.

Als der grün-weiße Peugeot 405 (sein »Pöscho«), ein Relikt aus den 90er-Jahren, mitsamt Insassen schließlich die Garageneinfahrt in den heimatlichen Gefilden erreichte, drehte sich Jupp zu Käthe auf der Rückbank um.

»Die nächste Verabredung könntest du mal in Hirschweiler stattfinden lassen. Wenn ich mit der Inge nach Saarbrigge fahre, kommt die nur auf so komische Gedanken – läuft stundenlang durch die Bahnhofstraße, um unser Geld bei Karstadt zum Fenster rauszuschmeißen«, meckerte er.

»Ach, Jupp, jetzt schwätz nicht so dummes Zeug!«, wehrte sich Inge gegen diese Anschuldigung.

Sie war kalkweiß im Gesicht nach der Raserei ihres Mannes.

Daraufhin schnappte sich Jupp eine Karstadt-Tüte, griff hinein und zog einen Fetzen Stoff heraus.

»Jupp, lass das!«, kreischte Inge und versuchte ihm das Fundstück zu entreißen.

»Was ist das, hä?«

»Das ist ein Negligé!«

»Aha, als hättest du nicht schon genug Schlafanzüge im Schrank ...«

»Ja, aber das ist doch für dich ...«, sagte Inge kleinlaut, immer noch weiß wie die Wand im Gesicht.

»Vergiss es! So was ziehe ich im Leben nicht an. Wie kommst du denn auf die Schnapsidee, ich würde mich mit so was Durchsichtigem ins Bett legen? Da kriegt man doch Schnupfen von!«

»Man kann es dir halt überhaupt nicht recht machen«, sagte Inge mit leiser Stimme und gesenktem Blick.

»Gib nicht immer so viel Geld für unnötigen Scheißdreck aus! Wenn du mir eine Freude machen willst, dann back doch mal Nussschnecken.«

Inge schaute ihn vom Beifahrersitz aus sprachlos an.

Käthe saß nur kopfschüttelnd auf der Rückbank und meinte: »Wenn sich ein Mann von seiner Frau lieber Nussschnecken als ein sexy Nachthemd wünscht, dann ist wohl alles geschwätzt.«

»Bitte Ruhe auf den billigen Plätzen!«, polterte Jupp seine Schwiegermutter an, während Inge auf wackeligen Beinen aus dem Auto krabbelte.

»Wie kommst du bloß darauf, das Gekaufte wäre für dich, hä? Kannst du dich denn überhaupt nicht mehr an meine Figur erinnern?«

»Inge! Ich bin Polizist und kein Historiker.«

Daraufhin war nur noch ein lautes Knallen der Wagentür zu hören, dass es sich gewaschen hatte. Aber so was von!

Kapitel 2

Am Freitag wirbelte Inge früh am Morgen zwischen Waschküche, Gästezimmer und Küche umher, als wäre der heilige Geist höchstpersönlich hinter ihr her. Völlig hektisch, ja fast schon hyperaktiv war sie mit ihren Hausarbeiten beschäftigt und schob nebenbei noch einen Käsekuchen in den Ofen. Ab und zu gab sie ein lautes Stöhnen von sich, um die Aufmerksamkeit auf sich zu lenken - doch Fehlanzeige.

Käthe saß auf der Eckbank am Küchentisch und tippte auf ihrem Handy herum. Das fleißige Lieschen namens Inge Backes ignorierte sie völlig.

»Ach herrje, staubsaugen muss ich noch. Und die Fenster wollte ich eigentlich auch noch putzen. Sag mal, Mama, wie spät ist es eigentlich? Ich weiß gar nicht, wie ich das alles schaffen soll.«

Inge stand mitten in der Küche vor Käthe und seufzte laut. Dabei machte sie ein gequältes Gesicht, als hätte sie eben erst in eine saure Zitrone gebissen.

Käthe hielt in ihrer Wischbewegung mit dem Zeigefinger auf dem Display ihres iPhones inne und blickte auf.

»Es ist gleich elf Uhr und du verbreitest eine Hektik, als gäbe es heute einen Staatsempfang.«

»Na, wenn die Eva mit ihrem Sandro extra aus Berlin anreist, dann soll doch alles blitzeblank und schön sein. Die zwei sollen sich doch wohlfühlen.«

»Ach, Inge, jetzt mach dich mal nicht verrückt! Staub gibt es auch in Berlin, die zwei Turteltäubchen werden schon nicht ersticken ... Oder hat etwa einer von denen eine krasse Hausstauballergie?«

»Also die Eva garantiert nicht. Aber beim Sandro bin ich mir gerade unsicher ...«

Plötzlich klingelte das Telefon im Flur und Inge flitzte aus der Küche, um das Gespräch anzunehmen.

»Backes!«

»Hi Mama, ich bin's ...«

»Ach, Eva! Du rufst gerade im richtigen Moment an. Sag mal, hat der Sandro eigentlich eine Hausstauballergie?«

»Was???«

»Oder Asthma? Oder eine Staublunge? Man weiß ja nie ... Ich will halt nur vorbereitet sein.«

»Mama! Sandro ist Schauspieler, er arbeitet definitiv nicht in irgendeinem Bergwerk, wo man sich eine Staublunge holt. Warum fragst du das denn alles?«

»Hm, ja stimmt. Wobei, dein Vater wäre sicher tausendmal glücklicher, wenn der Sandro unter Tage Kohle abbauen würde, anstatt als Schauspieler nie Geld auf dem Konto zu haben«, sagte sie leicht süffisant.

»Mama! Jetzt fang doch bitte nicht wieder mit diesen Vorwürfen an ...«

»Vorwürfe? Ich sage nur, dass dein Vater glücklicher wäre, wenn der Sandro einen vernünftigen Beruf gelernt hätte. Das ist doch kein Vorwurf, sondern eine ganz einfache Feststellung. Aber egal ... Hat dein Freund nun was mit der Lunge oder den Bronchien? Weil ich gerade Hausputz mache, und mir läuft die Zeit davon. Also, bei einem gesunden Gast würde ich ... na ja, sagen wir mal: etwas oberflächlicher wischen. Wenn du verstehst, was ich meine?«

»Mama, du musst jetzt ganz stark sein ...«

»Oh Gott, er hat was mit den Bronchien? Es war ja so klar. Das schaffe ich nie ... Dann muss halt dein Vater mal ein

Wischtuch in die Hand nehmen, und auch auf dem Schrank sauber machen, da komme ich ja gar nicht hin. Du, der wird sich freuen ...«

»Nein, Sandro ist kerngesund!«

Inge seufzte laut.

»Da fällt mir aber ein Stein vom Herzen. Denn wir haben ja hier schon eine Patientin im Haus: Deine Oma hat später noch einen Arzttermin, sie hat nämlich Huddel mit dem Magen. Drück mal die Daumen, dass es nix Ernstes ist!«, quasselte Inge ohne Punkt und Komma. »Das würde mir gerade noch fehlen, wenn die Oma aus den Latschen kippt ... In ihrem Alter muss man ja immer mit so was rechnen.«

Den letzten Satz flüsterte sie fast in den Hörer.

»Das werden ganz normale Magenprobleme sein, vielleicht ein Magen-Darm-Virus«, versuchte Eva ihre besorgte Mutter etwas zu beruhigen.

»Jetzt sag mal lieber, wann euch dein Vater nachher am Hauptbahnhof in Saarbrigge abholen soll! Das wird ja alles sehr knapp, am besten kommt er mit dem Polizeiauto, dann habt ihr freie Fahrt auf der Autobahn«, kicherte Inge.

Plötzlich fing Eva an zu stammeln: »Mama, wir kommen nicht. Hier in der Agentur tobt der Bär, es geht drunter und drüber ...«

Inge fiel ihr ins Wort: »Wie? Ihr seid noch gar nicht im Zug?«

Eva seufzte. »Nein, ich sitze seit sieben Uhr am Schreibtisch und wollte mich eigentlich gleich mit Sandro zum Bahnhof aufmachen. Aber es geht wirklich nicht ...«

»Was? Das könnt ihr mir nicht antun! Das gibt's doch nicht. Ich habe doch schon die Betten bezogen, geputzt wie eine Irre und einen Käsekuchen im Ofen ... Wir haben uns doch so gefreut.«

»Mama, es tut mir wirklich sehr, sehr leid, aber der Job geht diesmal echt vor.«

Inge hielt den Hörer kopfschüttelnd in der Hand. Sie war fassungslos.

»Eva! Das kann dein Chef doch nicht machen! Hallo? Ich meine, du hast heute Abend Klassentreffen! Siehst deine alten Klassenkameraden wieder, nach so vielen Jahren ... Das ist doch eine wichtige Sache. Da muss halt mal ein Kollege von dir einspringen. Wenn du jetzt die Freck hättest, könntest du auch nicht schaffen gehen. Keiner will einen verschnupften und hustenden Kollegen um sich herum haben.«

»Mama, ich habe aber keine Erkältung! Und der Auftrag ist für unsere Agentur enorm wichtig. Viel wichtiger als so ein Klassentreffen, was ja oft auch ganz schön anstrengend ist. Mit den meisten habe ich doch eh keinen Kontakt mehr«, räumte Eva ein.

Sie war von Anfang an nicht so begeistert gewesen, als sie die Einladung zum Klassentreffen bekommen hatte. Eine Mitschülerin hatte Inge nach Evas Berliner Adresse gefragt, sodass Inge von Anfang an in diese Klassentreffen-Sache involviert war. Tatsächlich interessierte es sie weit mehr, was aus den Mitschülern geworden war, als Eva selbst.

Eva entschuldigte sich dann noch einmal für die kurzfristige Absage und hoffte auf verständnisvolle Eltern.

Schließlich legte Inge traurig auf und ging mit hängendem Kopf zurück in die Küche. Dort lief ihr Käthe schnurstracks in die Arme, die auf dem Weg zum Arzt war. Mit geschminkten Lippen, Perlenkettchen und im eleganten schwarz-weißen Karo-Kostüm verließ sie pfeifend das Haus. Die Magenschmerzen schienen wie weggepfiffen zu sein.

Inge wunderte sich: ihre Mutter stolzierte wie aus dem Ei gepellt zum Hausarzt, und ihre Tochter ließ, ohne mit der Wimper zu zucken ein Klassentreffen sausen, nur um ihrem Chef zu dienen und nach dessen Pfeife zu tanzen. Inge verstand die Welt nicht mehr und war froh, dass wenigstens ihr Jupp so war, wie er immer war. Er war wie ein Fels in der Brandung - mit all seinen Ecken, Kanten und Macken.

Jupp saß in seiner Dienststelle und umklammerte eine Miggeplätsch. Seit einer gefühlten Ewigkeit saß er mit der Fliegenklatsche auf der Lauer und versuchte eine Fliege zu erwischen, die immer wieder auf seinem Handrücken Platz nahm und ihn beständig am Arbeiten hinderte.

Das kleine Tierchen raubte ihm den letzten Nerv, verhalf ihm aber dazu, die gähnende Langeweile zu überbrücken. An einem Freitagmorgen war auf dem Rathaus nicht viel los. Um zwölf Uhr würden eh die Tore geschlossen. Jupp konnte es kaum erwarten, endlich sein Wochenende einzuläuten. Der angekündigte Kurzbesuch seiner Tochter Eva mitsamt Freund fürs Wochenende stimmte ihn glückselig.

Wobei er auf Sandro gerne verzichtet hätte. Jupp hatte mit dem Nichtsnutz (Schauspieler mit zwei linken Händen!) so seine Nöte, denn mit einem Künstler würde sein Töchterlein garantiert kein sorgenfreies Leben führen können. Er wünschte sich ja eher einen Beamten als zukünftigen Schwiegersohn. Aber leider hörte Eva keinen Schlag mehr auf die Ansagen ihrer Eltern, da sie längst flügge war und im aufmüpfigen Berlin lebte.

Als die Fliege gerade wieder in schwindelerregenden Bahnen um seinen Kopf kreiste, klingelte auch noch sein Festnetztelefon. Wild mit der Miggeplätsch gestikulierend nahm er nach dem fünften Klingeln genervt den Hörer von der Gabel.

»Polizei in Hirschweiler, Oberkommissar Backes am Apparat«, keuchte er in die Sprechmuschel, während er weiterhin mit der Fliegenklatsche hantierte. Vergeblich.

»Jupp, Jupp! Es ist etwas Schlimmes passiert! Du musst kommen. Sofort!«, befahl ihm eine aufgeregte, sich fast überschlagende Stimme, die ihm sehr bekannt war.

Jupp verdrehte genervt die Augen, denn seine Lieblingsbürgerin Marianne Müller war mal wieder in der Leitung. Die ältere Dame rief eigentlich wegen jedem Pups an, auch wenn dieser irgendwo quersteckte. Marianne wählte die örtliche Polizei immer gerne an, sie hatte sozusagen eine Standleitung zu ihm.

»Was ist denn jetzt schon wieder passiert? Ist bei dir mal wieder eingebrochen worden, hä?«, fragte er mit leicht ironischem Unterton.

»Nein, diesmal geht's um eine Entführung!«

Marianne Müller flüsterte auf einmal.

»Aha, verstehe. Du hockst zusammengekauert unter der Eckbank und die Entführer haben dir netterweise das Telefon gereicht, um die Polizei höchstpersönlich über diese Straftat zu informieren.«

»Das ist nicht witzig!«, meckerte Marianne. »Mein Hund ist spurlos verschwunden! Er muss entführt worden sein. Alles andere macht überhaupt keinen Sinn.«

»Aha! Soso ... dein Hund ist also über alle Berge. Vielleicht mal alleine Gassi gegangen, da es dringend pressierte und Frauchen nicht rechtzeitig zur Stelle war?«, vermutete Jupp, immer noch mit Ironie im Tonfall.

»Nein, nein, nein! Niemals! Meine Paula ist doch so eine Stubenhockerin geworden. Alleine geht die nie vor die Tür. Die muss ich mit einem Leckerli regelrecht locken oder ich müsste mir einen Ring Lyoner um den Hals legen, damit sich die ›Grande Dame‹ in die schöne Natur bewegt. Und mit Fremden geht sie auch nicht mit, das habe ich ihr nämlich strikt verboten. Das ist viel zu gefährlich und so was hat sie auch noch nie gemacht«, klärte Marianne den Herrn Polizeibeamten auf.

»Tja, und was erwartest du jetzt von mir?«, fragte Jupp und klatschte schwungvoll mit der Miggeplätsch auf seinen Schreibtisch. »Erwischt!«, schrie er laut und ließ sich zufrieden gegen die Rückenlehne seines Drehstuhls plumpsen.

»Nein! Nicht erwischt, sondern ENTwischt, wobei ich von entführt ausgehe. Schwätz ich etwa chinesisch oder warum verstehst du mich nicht?«

»Ruhig, Marianne, ganz ruhig«, sprach Jupp beruhigende Worte.

»Ich weiß gar nicht, was ich ohne meinen Hund machen soll. Dann bin ich doch überhaupt nicht mehr lebensfähig. Ich hänge doch so an meiner Paula«, heulte Marianne Müller mit herzzerreißender Stimme.

»Jetzt warte doch erst mal ab! Und hör bloß das Flennen auf. So ein Hund kommt schon wieder, wenn er hungrig ist und sein Fresschen braucht. In Hirschweiler gab es bis dato noch nie einen Hundeentführungsfall. Das klärt sich sicher ganz schnell wieder auf. Davon bin ich absolut überzeugt.«

Marianne schniefte daraufhin sehr laut und zog sich den Rotz hoch.

Jupp hielt angewidert den Hörer vom Ohr weg.

»Da ist die letzten Tage immer wieder ein schwarzer Lieferwagen die Straße ganz langsam hoch- und runtergefahren, als ob der Fahrer etwas suchen würde. Jupp, wir müssen meinen Hund finden! Wenn der Paula was zugestoßen ist, dann werde ich des Lebens nicht mehr froh. Dann werde ich aus dem Fenster springen, denn dann ist mein Leben doch total unnütz. Dann kannst du mich in einer Blutlache vom Kopfsteinpflaster kratzen ... Das willst du doch nicht wirklich, oder etwa doch?«

»Jaja, ist ja schon gut. Ich habe es verstanden, Marianne! Ich werde nach deinem ausgebüxten Vierbeiner fahnden. Seit wann wird deine Hündin Paula denn überhaupt vermisst? Ich brauche die exakte Uhrzeit, um meine Suchaktivitäten etwas einzugrenzen, wenn ich jetzt schon alle Hebel in Bewegung setze«, fachsimpelte Jupp. »Und hast du dir das Kennzeichen des schwarzen Lieferwagens gemerkt?«

»Natürlich nicht! Wer denkt denn an so was, wenn man mit dem Hund Gassi geht«, verteidigte Marianne ihr Verhalten.

Nachdem Jupp alle Fakten zur vermissten Schäferhündin Paula auf einem Zettel notiert hatte, knallte er genervt den Hörer auf die Gabel und schüttelte nur mit dem Kopf.

Dann massierte er erst mal seine Schläfen. Hoffentlich würde der Waldi in Saarbrücken niemals erfahren, dass er jetzt schon nach entlaufenen Hunden statt nach kaltblütigen Mördern suchte. Über Waldis Fälle wurde ständig in der Saarbrücker Zeitung berichtet und der Leiter musste auf Pressekonferenzen den Journalisten Rede und Antwort stehen, wenn mal wieder irgendwo eine Leiche gefunden worden war, wo man sie überhaupt nicht vermutete. Stattdessen sah sich Jupp schon kleine Plakate an Bäume kleben, auf denen ein fett geschriebenes »ENTLAUFEN« prangte.

Aber Jupp nahm es sportlich, denn er hatte - bis auf die Jagd nach nervtötenden Fliegen - eh nicht wirklich was zu tun. Da war die Suche nach einem Hündchen irgendwie auch ein gefundenes Fressen, um die Zeit totzuschlagen. Und er hätte dann auch am Montag was zu erledigen - den dazugehörigen Bericht tippen. Hinzu kam, dass er an die frische Luft käme.

Und frische Luft hatte bekanntlich noch niemandem geschadet.

Als Jupp seine Dienstmütze vom Garderobenständer nahm und sich noch mal wohlwollend im Spiegel betrachtete, wie schick und elegant er doch in seiner Uniform aussah, wurde die Bürotür sperrangelweit aufgerissen.

Kumpel, Flurkollege und Standesbeamter Günther in einer Person streckte sein fülliges Koteletten-Gesicht durch die Tür.

»Na, Jupp! Noch nicht im Wochenende?«, sagte Günther lächelnd.

»Von wegen! Ich hab gerade noch einen eiligen Auftrag reinbekommen ...«

Jupp versuchte richtig gestresst und wichtig rüberzukommen.

»Was ist denn passiert, dass du urplötzlich Überstunden machen musst?«, erkundigte sich Günther teilnahmsvoll.

»Ähm, ja also ... Es gibt quasi eine Art Entführung, zumindest besteht dieser Verdacht. Und wenn ein besorgter Bürger Jupp Backes braucht, dann ist der Jupp eben auch da. Auf einen Jupp ist eben Verlass, egal was kommt! Recht und Ordnung müssen nun mal sein«, berichtete Jupp mit stolzgeschwellter Brust.

»Du nimmst mich auf den Arm, oder? Wer sollte denn bei uns im Dorf, noch dazu am helllichten Tag entführt werden?«, fragte Günther verdutzt.

»Also, Entführung ist bekanntermaßen ein dehnbarer Begriff, der gerne mal schnell, oftmals zu schnell verwendet wird ...«, lenkte Jupp ein und steckte die Dienstwaffe in sein Holster.

»Und woher weißt du von der Entführung?«, wollte Günther schließlich wissen.

»Die Betroffene rief eben bei mir an ...«

»Hä? Du veräppelst mich doch gerade, oder? Haben wir den ersten April, oder wie? Das habe ich ja noch nie gehört, dass sich ein Entführungsopfer selbst bei der Polizei meldet. Das machen doch nur die Angehörigen ... Und wundern sich dann, dass sie ihren Liebsten trotz Lösegeldzahlung tot ausgehändigt bekommen, da sie sich nicht an die Abmachung gehalten und doch die Polizei eingeschaltet haben.«

»Nein, hör zu, Günther! Also, das Herrchen, oder besser gesagt: das Frauchen des angeblichen Entführungsopfers hat sich eben völlig losgelöst und aufgebracht gemeldet.«

»Du suchst ein entführtes Haustier?«

Günther schaute ihn mit breitem Grinsen an.

»Herrschaftszeiten, Günther! Du weißt ganz genau, dass ich eigentlich gar nicht mit dir darüber schwätzen darf. Jawohl, es liegt sehr wahrscheinlich eine Hundeentführung vor«, flüsterte er auf einmal.

»Lass mich raten! Unsere nervige Müllersch Marianne, nicht wahr? Mensch, lass dich doch nicht von so einem alten Waschweib an der Nase rumführen! Der ist doch nur langweilig. Die macht alle Leute verrückt. Bei mir ruft sie ständig wegen einer Kopie der Geburtsurkunde an - wofür auch immer sie die braucht.«

»Ja, du hast ja im Prinzip recht. Aber du weißt, dass mir ihr Hund in einem anderen Fall schon mal ganz arg geholfen hat. Seitdem hat dieser Wauwau irgendwie einen Stein bei mir im Brett, und das Frauchen notgedrungen automatisch mit. Und überhaupt: ganz in der Nähe von Mariannes Haus wurde angeblich ein schwarzer Lieferwagen gesichtet, der aufgrund seines Schneckentempos sehr verdächtig wirkte«, rechtfertigte Jupp seinen Ermittlungsfall.

Günther klopfte Jupp aufmunternd auf die Schulter und meinte, er habe es eilig, da er zu einer Trauung müsse, um seines Amtes als Standesbeamter zu walten. Und auch er als Beamter habe erst danach Wochenende.

»Schon wieder zwei Kandidaten, die sich ins Unglück schmeißen«, meinte Jupp kopfschüttelnd, während er seine Dienststellentür abschloss.

Dann gingen beide Männer strammen Schrittes den Flur entlang. Die Arbeit rief schließlich.

Günther, der sich neben seinem Dasein als Standesbeamter auch als Elvis-Presley-Imitator anbot, erzählte Jupp gerade freudig, dass er den frisch gebackenen Eheleuten heute ein »Are you lonesome tonight?« um die Ohren schmettern würde, als sie plötzlich von der rotbackigen und hektischen Doris unterbrochen wurden.

»Habt ihr meinen verdammten Locher gesehen?«, wollte die Empfangsdame der Infotheke aufgeregt wissen, da sie gerade ihren Schreibtisch komplett auf den Kopf stellte.

»Nein, ich muss weg ...«, meinte Günther und verschwand in Richtung Trauzimmer.

»Hier wird einem doch alles geklaut! Letzte Woche war meine Maus weg und jetzt der Locher. Wenn ich den erwische, der kriegt von mir gewaltig den Arsch gehauen«, schimpfte Prosecco-Doris, die ihren Spitznamen von den Kollegen bekommen hatte, da sie statt Kaffee meist was Prickelndes in der Tasse hatte. Angeblich, damit ihr Kreislauf besser in Schwung käme.

»Ach Doris, wer soll sich denn an so einem blöden Locher bereichern? Aber ich muss auch dringend los ...«, verabschiedete sich auch Jupp und stürmte Richtung Parkplatz.

»Sag Inge einen lieben Gruß von mir! Wir müssen mal wieder was zu viert unternehmen«, rief ihm Doris hinterher.

Doch Jupp überhörte es absichtlich. Doris vom Empfang und seine Frau waren gut befreundet. Aus seiner Sicht etwas zu gut. Auf Pärchenabende mit Doris und ihrem Mann hatte Jupp genauso viel Lust wie auf eine Magen-Darm-Spiegelung. Er ging daher den vorgeschlagenen Terminen stets aus dem Weg und erfand plötzliches Halsweh, üblen Durchfall oder einen, wie aus dem Nichts kommenden Drehschwindel, nur um den gähnend langweiligen Abenden zu entgehen.

Dumm war nur, dass Doris' Arbeitsplatz an der Infotheke nur wenige Meter von seiner Dienststelle entfernt war. So musste er die vorgetäuschte Krankheit dann oft noch ein paar Tage mit miesem Gesichtsausdruck und Kamillentee statt Bohnenkaffe überspielen, damit kein Verdacht einer arglistigen Pärchenabend-Täuschung aufkam. Ein wahrhaftiger Nachteil, wenn man so nah an der Freundin der Ehefrau arbeitete und mit deren Ehemann null Gemeinsamkeiten hatte. Denn jede schmerzvolle Wurzelbehandlung war angenehmer, als das Gefasel von Doris' komischem Ehemann zu ertragen.

Gerhard Scherer, 67 Jahre alt, saß auf einem klapprigen Holzstuhl im Biergarten des Gasthofs »Zum Dorfbrunnen«, der auf einem übergroßen Transparent an der Hauswand mit gutbürgerlicher Küche sowie schönen Fremdenzimmern warb. Er tunkte ein Stück Mettwurst in den scharfen Senf und führte die Gabel dann zusammen mit etwas aufgespießtem Sauerkraut zum Mund. Bei dem Mittagsgericht durfte auch sein geliebtes

Kartoffelpüree nicht fehlen. Dazu gab es noch ein frisch gezapftes Karlsberg UrPils.

Ein freudiges Bellen riss ihn jäh aus seinem Hausmannskost-Traum. Er schnitt ein weiteres Stück Mettwurst auf seinem Teller zurecht und reichte es dem Hund, der schwanzwedelnd neben Gerhards Tisch saß. Gierig verschlang der Schäferhund die Wurst und leckte sich mit seiner großen Zunge zufrieden die Schnauze.

»Ja, fein ist das, gell? Ja, fein ist das«, lobte Gerhard und kraulte dem Tier liebevoll den Kopf.

Dann leerte Gerhard sein Bierglas und schob dem Hund auch noch das letzte Stückchen Wurst zu, woraufhin der freudig dreimal laut bellte.

Gerhard machte dem Kellner ein Zeichen, dass er zahlen wolle. Sofort kam der Kellner durch den Kies zu seinem einzigen Gast geschlurft.

»Macht 11,70«, sagte der Kellner und knallte ihm lustlos einen Zettel mit hingekritzelten Zahlen auf den Holztisch.

»Kann ich die Rechnung eigentlich auch auf mein Zimmer schreiben lassen?«

»Ei ja, kein Problem. Aber mit dem Hund hier hat mein Chef ein Problem. Haustiere sind in unseren Fremdenzimmern leider nicht gestattet. Die zerkratzen nachher noch die Einrichtung, da haben wir leider schlechte Erfahrungen gemacht. Wir hatten da mal eine Dame mit ihrem Pekinesen ... Da sah das Zimmer nachher aus wie bei den Hottentotten! Und weder der Gast noch die Versicherung wollten blechen.«

»Keine Sorge, die gute Paula hier bringe ich gleich nach Hause. Ich hab mir das alte Mädchen nur mal kurz ausgeliehen, wenn ich schon mal wieder in Hirschweiler bin. Das hat die Süße auch verdient, nicht wahr, Paula?«, sagte Gerhard, während die Hündin glücklich mit dem Schwanz wedelte. »Ich war schon seit über einem Jahr nicht mehr in Hirschweiler, doch sie hat mich sofort wiedererkannt, als wäre ich nie weg gewesen. Früher bin ich öfters mit ihr Gassi gegangen, wenn die Besitzerin krank war«, erklärte er dem Kellner.

»Hunde sind halt treue Begleiter. Kein Vergleich zu Menschen, die können oftmals hinterhältig sein.«

Gerhard nickte zustimmend und kraulte Paula liebevoll hinter den Ohren.

Während der Kellner über den Kies zurück in den Gasthof schlurfte, zückte Gerhard sein Handy. Er drückte mit dem Zeigefinger auf das Icon der Dating-App »Tinder«. Blitzschnell zeigten sich Profilbilder von Damen aus dem Umkreis. Foto für Foto wischte er mit dem Finger nach links, was bedeutete, dass er kein Interesse an einem Kennenlernen hatte. Erst bei dem Profil von »Jane_F.« schaute er genauer hin. Aufmerksam las er ihren Profiltext:

Jungbrunnen sucht lebenslustigen, humorvollen Mann, um gemeinsam den zweiten Frühling zu erleben. PS: Bin enkel- und tierlieb.

Gerhard grinste und wischte spontan nach rechts, da er sehr gerne »Jane_F.« kennenlernen wollte. Unverzüglich teilte ihm die App mit, dass auch Jane_F. interessiert war. Dank dieses sogenannten Matchs stand einem Kennenlernen nichts mehr im Weg und er tippte die erste Nachricht an sie. Beim Absenden strahlte er über beide Ohren. Paula bellte fröhlich unterm Tisch in der Hoffnung, dass es vielleicht noch einen Hundekuchen zum Dessert geben würde.

Dann beendete er die Dating-App und loggte sich bei GMX ein, um auf dem Smartphone seine E-Mails zu checken. Sein

Gesicht wurde sofort bitterernst. Er runzelte die Stirn und las dabei eine E-Mail, deren Absender ihm völlig unbekannt war.

»Ich mach dich kalt, du elendiger Lügner! Dein letztes Stündlein hat bald geschlagen. Du hattest ein schönes Leben auf Erden, aber ich werde dich bald erlösen von deinen Sünden.«

Der Absender beendete die Mail mit den drohenden Worten:

»Dein Richter und sein Henker«.

Gerhard legte verunsichert das Handy auf den Tisch. Es war bereits die dritte Nachricht dieser Art innerhalb weniger Tage. Machte hier jemand einen üblen Scherz? Oder musste er sich ernsthafte Gedanken machen?

Der pensionierte Klassenlehrer der Willi-Graf-Realschule war extra für das Klassentreffen der damaligen 10 a angereist und nahm sich vor, jeden einzelnen Schüler etwas genauer unter die Lupe zu nehmen. Gerhard war felsenfest davon überzeugt, dass die Todesdrohungen im Zusammenhang mit dem Klassentreffen standen. Schließlich hatte die Abschlussklasse im Unterricht seiner Deutschkollegin Frau Wagner den Roman »Der Richter und sein Henker« von Friedrich Dürrenmatt gelesen und besprochen. Daher war dies für ihn ein Indiz, dass hier ein Schüler seinen bitterbösen Schabernack trieb. Man hoffte wohl darauf, dass er bibbernd im Bett liegen würde, die Bratpfanne stets griffbereit.

Doch erst mal griff er nach der Leine, um Paula wieder wohlbehütet nach Hause zu bringen. Er hatte spontan beschlossen, mit Paula eine Runde zu drehen, als er Marianne laut schnarchend auf der Liege im Garten gesehen hatte. Gerhard und die Hündin verließen wie ein altes Ehepaar den Biergarten – sie lief zwei Meter hinter ihm und wollte offenbar gar nicht heim.

Jupp kurvte, zusammen mit Müllersch Marianne, in seinem grün-weißen Streifenwagen die Dorfstraße runter - ohne Sirene, da es ja doch kein richtiger Notfall war. Denn mit so einem eingeschalteten Blaulicht versetzte man die treuen Bewohner von Hirschweiler nur unnötig in Angst und Schrecken. Gleich anschließend fuhr das Hunde-Such-Gespann den gleichen Weg wieder zurück, um im Schneckentempo nach links und rechts zu blicken, ob sich nicht irgendwo ein Vierbeiner im Gebüsch versteckt hatte. Oder ob der Hund an einem Baum angebunden saß, vom Entführer zurückgelassen und um den Hals ein baumelndes Schild mit einer utopischen Lösegeldforderung: »Drei Paletten Chappi, sonst setzt's was!« - oder so ähnlich!

»Jupp, wenn der oder die Entführer meinem Hund etwas antun, dann hat auch mein letztes Stündlein geschlagen«, prophezeite die Müllersch traurig vom Beifahrersitz und verrenkte den Hals in alle Richtungen.

»Marianne, jetzt mal bitte nicht schon wieder den Teufel an die Wand. Wer um Himmels willen sollte dich denn erpressen? Ist denn bei dir überhaupt was zu holen?«

»Also bitte ... auf meinem Sparbuch bei der Volksbank liegt schon ein üppiges Sümmchen«, protestierte Marianne und rückte energisch ihr Kopftuch zurecht.

Sie hielt sich sehr wohl für erpressungswürdig.

»Aber wenn es jemand wirklich auf dein Geld abgesehen hätte, dann hättest du doch schon längst eine Lösegeldforderung vom Erpresser erhalten. Ich denke eher, dass dir der Hund aus freien Stücken davongelaufen ist.«

»Niemals! Nie und nimmer. Wie kannst du nur so was sagen?«, regte sich das Mütterlein maßlos auf.

»Aha, und was macht dich da so sicher?«

»Nachdem die Paula damals meinen Mann tot auf dem Wohnzimmerteppich gefunden hat, hat sie auf einen Schlag nicht mehr gefressen und nicht mehr gebellt. Wir zwei haben gemeinsam gelitten und die schwere Zeit der Trauer durchgestanden, so was schweißt zusammen.«

»Das arme Tier ...«

»Der Arzt hat damals eine posttraumatische Störung diagnostiziert, aber die gute Paula hat sich wieder berappelt. Das Leben muss halt weitergehen.«

»Hmmm ... Vielleicht ist die Depression zurückgekommen und sie hat jetzt schwer depressiv das Weite gesucht? Hoffentlich hat sie sich nur nicht selbst einen Schaden zugefügt, bei so Stimmungsschwankungen ist das ja nicht unüblich«, sinnierte Jupp laut.

Marianne schüttelte nur den Kopf, ein freiwilliges Verschwinden konnte sie sich bei ihrer Paula einfach nicht vorstellen. Es musste jemand nachgeholfen haben. So betete sie hier und jetzt auf dem Beifahrersitz ein stummes Bittgebet zum Hunde-Herrgott, auf dass alles ein gutes Ende nehmen würde.

Plötzlich stoppte Jupp abrupt den Wagen. Er kurbelte die Scheibe runter und brüllte aus dem Fenster zu einen Mann, der auf der gegenüberliegenden Straßenseite den Bürgersteg vor seinem Haus fegte: »Haaallllo!!!«

Keine Reaktion.

Jupp schrie daher lauter: »Hey!!!! Haaaaaallo!«

Jetzt hielt der Mann in seinem Fegen inne und blickte zu dem Polizeiwagen rüber.

»Hast du hier heute einen Schäferhund vorbeilaufen sehen?«, fragte Jupp ihn.

Der Name des Fegers war ihm dummerweise entfallen. Aber bei einer 3.000-Seelen-Gemeinde konnte er auch nicht jedes seiner Schäfchen, auf die er im Prinzip aufpassen musste, persönlich kennen.

»Hä?«, fragte der Mann irritiert.

»Einen Schäferhund. Entweder mutterseelenallein oder mit einem Fremden - eventuell sogar in einem schwarzen Lieferwagen. Kennzeichen im Moment noch völlig unbekannt!«, schrie Jupp.

»Hä? Eich verstehen deich ganz, ganz schlecht. Eigentlich iwwerhaupt nid. Eich hans doch ganz schlimm mit den Ohren! Jupp, watt willscht dau von mir?«, fragte der etwas schwerhörige Mann in breitem saarländischen Dialekt.

Er hatte keine Ahnung, was der brüllende Jupp von ihm wollte.

»Einen H-U-U-U-U-N-D«, schrie Jupp noch lauter, denn der Motor vom Pöscho stotterte und der Gegenverkehr verstärkte die Geräuschkulisse ebenfalls.

Dann fingen Marianne und Jupp wie auf ein Kommando an, hier im Pöscho das laute Bellen eines Hundes nachzumachen: Jupp machte »wuff, wuff«, während Marianne ein eher traurig klingendes »Wau, wau« von sich gab und dabei mit den Tränen kämpfte.

Der Mann mit dem Besen zuckte daraufhin nur mit den Achseln und zeigte beiden einen Vogel.

Als Jupp merkte, dass diese Art der Befragung verlorene Liebesmüh war, setzte er vorschriftsmäßig den Blinker und drückte das Gaspedal durch, sodass sie mit quietschenden Reifen davonbrausten.

Nachdem Jupp und Marianne im Streifenwagen um die Ecke gebogen waren, trat die Ehefrau des Mannes aus dem Haus. Sie hatte den Vorfall durch das Küchenfenster beobachtet und wollte nun unbedingt wissen, was denn die Polizei von ihm gewollt hatte. Hatte er etwa nicht vorschriftsmäßig gekehrt?

»Ähhhhh, is ebbes passiert oder warum wärscht dau vom Jupp angehall?«, fragte sie ihren Mann.

»Ei jo, das do glabscht dau nie im Lewe, was aweil grad passiert ist. Dem Jupp muss vor Langeweile die Deck auf sein Kopp falle. Der hält bei mir mit seiner Wichtigtuer-Karre an und er und datt Müllersch Marianne hucke do drin und belle wie verrückt.«

»Wie? Die bellen?«, wunderte sie sich.

»Ei jo, gebellt! Eich glab, die spielen Hunderasseraten. So was Bescheuertes, oder?«

»Der Jupp ist in meine Aue eine ganz arme Sau! Wenn man nix zu schaffe hat und dann so seine Zeit totschlagen muss«, sagte seine Frau mitleidig.

Ihr Mann nickte zustimmend und widmete sich dann wieder dem Bürgersteig, während sie kopfschüttelnd im Haus verschwand.

Jupp selbst kamen nach dieser merkwürdigen Begegnung ein paar Zweifel, wie das wohl ausgesehen haben mochte: Marianne und er im Auto, wie sie bellende Hunde mimten! Nicht dass man ihn demnächst noch für »den Hundefänger von Hirschweiler« hielt oder meinte, er wolle sich auf seine alten Tage als Hundeimitator probieren! Daher blies er jetzt zum Abbruch dieser ungewöhnlichen Suchaktion und fuhr mitsamt Müllersch Marianne zurück zu ihrem Haus.

Marianne selbst hatte bereits den Rosenkranz ausgepackt und nuschelte ununterbrochen irgendwas Unverständliches in ihren (Damen-)Bart. Sie war fix und fertig, mit den Nerven völlig am Ende und voller Sorge um ihre geliebte Paula.

Als sie vor Mariannes Haus ankamen, musste Jupp sie sogar stützen, während sie sich aus dem Auto hievte. Die alte Bauersfrau hatte innerhalb kürzester Zeit rapide abgebaut. Den Verlust ihres entlaufenen Hundes schien sie überhaupt nicht zu verkraften.

Doch gerade als Jupp das Gartentor öffnete, kam ihm ein schwanzwedelnder und laut bellender Schäferhund entgegen, der anscheinend sein Revier verteidigen wollte. Als er an ihm hochsprang, verspürte Jupp einen leichten Schlag gegen sein Schienbein. Paula hatte die Leine im Maul und ihm bei ihrem hastigen Hochspringen einen kleinen Seitenhieb versetzt, getreu dem Motto: Wo seid ihr denn so lange gewesen?

Marianne jubelte vor Freude. Ihr Gemütszustand hatte sich innerhalb weniger Sekunden um 180 Grad gedreht. Sie ging in die Knie, nahm ihre Paula überglücklich in die Arme und tätschelte dem Tier liebevoll den Kopf.

Jupp stand daneben und fühlte sich wie ein begossener Pudel.

»Ähm, Marianne ... Ich muss sagen, ich bin mit der Gesamtsituation gerade äußerst unzufrieden ...«

»Danke Jupp! Jetzt ist alles wieder gut. Wir haben sie gefunden. Auf die Polizei kann man sich halt wirklich verlassen. Du bist ein wahrer Freund und Helfer. Was würde Hirschweiler nur ohne dich machen?«, dramatisierte Marianne.

»Gefunden?!? Sie lag offenbar die ganze Zeit friedlich schlummernd in deinem Garten!«

Jupp war sauer. Und das brachte er deutlich zum Ausdruck, indem er klare Worte für Marianne fand: »Du kannst mir mal den Buckel runterrutschen! Von wegen Entführung! Dein Köter ist putzmunter - und ich fühle mich gerade ziemlich verarscht. Aber so was von verarscht! Für deine Spielchen bin ich einfach zu alt. Und dafür hat die Polizei auch keine Zeit«, schimpfte er mit erhobenem Zeigefinger.

»Jetzt reg dich doch nicht so auf, Jupp! Warum bist du denn so gereizt? Mein Hund wurde nicht gekidnappt, das ist doch ein Grund zur Freude.«

»Du, Marianne, du musst ganz arg aufpassen, dass *du* nicht eines schönen Tages gekidnappt wirst. Und zwar wegen Beamteneinsätzen, die völlig unnötig sind und unser hochverschuldetes Saarland jede Menge Kohle kosten.«

»Aber versteh doch! Ich konnte ja nicht wissen, dass die Paula hier auf mich wartet ... Aber wo du schon mal hier bist, liebster Jupp ... Bei mir stimmt wieder was mit dem Fernseher nicht, da sind alle Sender verstellt. Vielleicht könntest du ...«

Jupp hörte die letzten Worte nicht mehr, denn er saß bereits in seinem Pöscho. In seinem Inneren brodelte es gehörig. Immer wieder fiel er auf die aberwitzigen Vermutungen der Müllerin rein, die sich die wildesten Verbrechen einbildete. Als Jupp mit Bleifuß und quietschenden Reifen davonbrauste, blickte er noch einmal in den Rückspiegel und sah Frauchen und Hündchen am Gartenzaun. Eine hob das Pfötchen - die andere das Händchen. Sie winkten beide zum Dank für die gelungene Wiedervereinigung einem wütenden Oberkommissar hinterher, der nur noch wegwollte und sich mal wieder veralbert und blamiert fühlte. Sollte die Müllerin doch statt dem »Ersten« halt »Al Jazeera« gucken und sich die »Derrick«-Wiederholungen auf Arabisch reinziehen. Jupp war das gerade wurschtegal. Aber so was von!

Als Jupp, immer noch fluchend, daheim die Küche betrat, zog auch Inge ein Gesicht wie sieben Tage Regenwetter.

»Die Eva kommt nicht! Abgesagt. Ich bin gerade echt bedient und völlig neben der Spur«, verkündete Inge sofort die schlechte Nachricht des Tages.

Sie saß am Küchentisch und blickte traurig auf den Käsekuchen vor sich.

»Aha, und warum nicht? Ist sich unser Fräulein aus Berlin etwa zu fein dafür, ins Saarland zu fahren und ihre alten Klassenkameraden zu treffen, hä?«, fragte er.

»Jupp! Wie redest du denn über deine Tochter? Was ist denn mit dir los? Du bist so gereizt. Ist dir 'ne Laus über die Leber gelaufen, oder wie?«

Jupp winkte ab und schleuderte seine Uniformmütze mit Karacho in die Ecke.

»Wegen so Leuten wie Müllersch Marianne ist mein ganzes Wochenende hinüber. Ach, was: Es ist im Arsch! Ich könnte mich maßlos über die Alte aufregen. Aber eines sag ich dir: ich lass mich nicht noch einmal von dieser alten, schrulligen Bauersfrau vorführen. Die gehört ins Heim! Ob in ein Tier- oder ein Altenheim, kann sie sich selbst aussuchen.«

Jupp zog gerade mächtig vom Leder. Genaugenommen kam er gerade erst so richtig in Fahrt.

»Was in Gottes Namen ist denn nur passiert?«, wunderte sich Inge über die schlechte Stimmung ihres Mannes.

Sie verstand den aufgebrachten Gatten überhaupt nicht.

»Ich will darüber gar nicht groß schwätzen. Diesmal war es eine angebliche Entführung ihrer Schäferhündin. Jedes Mal, aber auch wirklich jedes Mal falle ich auf die Spinnereien dieser alten Schabracke rein.«

Jupp ärgerte sich maßlos über sich selbst.

»Jupp, jetzt beruhig dich doch! Denk an dein Herz! Viel schlimmer ist doch, dass die Eva nicht kommt ...«

»Ist bestimmt auch entführt worden«, sagte er patzig, drehte sich um und ließ Inge alleine in der Küche zurück.

Jupp stürmte fluchtartig hinters Haus und schmiss den Rasenmäher an. Er musste sich irgendwie abreagieren. Und dazu gehörten seiner Meinung nach laute, aufheulende Motorgeräusche. Da er als Staatsdiener eine Vorbildfunktion hatte, durfte er ja leider mit seinem Streifenwagen nicht aufdrehen – und ohne triftigen Grund wie eine gesengte Sau durch die Gegend düsen. Daher musste der Rasenmäher herhalten.

Inge beobachte ihren Mann durch das Küchenfenster. Ihr kullerten ein paar Tränen über die Backen. Sie fragte sich, wohin das alles noch führen sollte, denn ihr lieber Jupp mähte den Rasen jetzt bereits zum dritten Mal. Allerdings innerhalb dieser Woche.

Es musste unbedingt etwas in seinem Arbeitsalltag geschehen, ansonsten würde sie Stein und Bein schwören, dass ihr Gatte bald wahnsinnig würde. Diagnose: Bore-out, statt des weitverbreiteten Burn-outs. Denn Polizeioberkommissar Jupp Backes hatte offenbar in seinem Job Nullkommanix zu tun. Rein gar nix. Und wenn es dann mal einen Fall gab, dann war es Kokolores. So wie ein angeblich entführter Schäferhund ...

Inge wünschte sich für ihren Mann einen richtigen Fall. Am besten einen Mordfall, an dem er sich ordentlich die Hörner abstoßen konnte. Das wäre für alle Anwesenden das Beste. Auch für den Rasen, der mittlerweile schon ein wenig mitgenommen aussah vom häufigen Mähen. Und für ihre Ehe sowieso. Ein Mann, der im Job ausgefüllt war, war daheim auch ganz anders gelaunt. Das war ja wohl bewiesen.

Kapitel 3

Jupp lag pünktlich zur Primetime in seiner kuscheligen Couchecke und schaute zuerst die »Tagesschau«, und dann sein heiß geliebtes »Wer wird Millionär?« auf RTL. Nach der vermeintlichen Hundeentführung, bei deren Aufklärung er sich dank Marianne mal wieder zum Affen gemacht hatte, war Gehirnjogging mit Jauch genau das Richtige, um runterzukommen. Eine Flasche Karlsberg UrPils sowie eine Schale Erdnussflips auf dem Couchtisch taten ihr Übriges, um Jupps Laune zu heben. Auf dass sich alsbald vielleicht sogar Wochenendlaune einstellte!

Inge saß in unmittelbarer Nähe mit verschränkten Armen ebenfalls auf der Couch. Sie wirkte angespannt.

»Jupp, müssen wir denn schon wieder Fernsehen gucken?«, fragte sie ihn.

»Tschuldigung, aber mein Zauberkasten und der Zylinder wären startklar, nur das Kaninchen zickt rum. Die spannende Zaubershow fällt daher leider ins Wasser«, veräppelte er Inge. »Was erwartest du denn bitte schön nach einem langen Arbeitstag von mir?«

»Wir machen gar nix mehr gemeinsam. Wir könnten doch mal ins Kino oder ins Theater gehen«, schlug sie ihm vor.

Jupp verdrehte genervt die Augen.

»Theater hatte ich heute schon genug. Da muss ich nicht noch Geld für ausgeben.«

»Oder wir spielen mal wieder was Schönes?«

»Ei ja, meinetwegen ... Dann, los, hopp! Dann versteck dich halt oder lauf weg! Ich suche beziehungsweise fange dich aber erst, wenn die Sendung vorbei ist«, knurrte Jupp auf seine typische Art.

»Ach, du immer mit deinen spitzen Bemerkungen! Wir schauen abends nur noch Fernsehen. Tagtäglich. Wir können ja mal wieder die Doris und den Edwin einladen ...«

Jupp schluckte. In seinem Hirn ratterte es, was das schlimmere Übel für ihn wäre.

»Alles klar! Hol das Malefiz! Oder Halma oder Mühle? Dann machen wir eine Partie. Aber verschone mich bloß mit so einem bekloppten Pärchenabend. Das ertrag ich beim besten Willen nicht. Ich muss deine holde Freundin Doris mit ihren unqualifizierten Bemerkungen ja schon fünf Tage die Woche ertragen. Ständig sucht die was oder kommt mit dem Drucker nicht klar. Da muss ich die nicht noch am Wochenende in meinem Wohnzimmer sitzen haben.«

»Ach Jupp, soziale Kontakte sind doch wichtig! Die Eva lebt in Berlin, die Marion hat's nach Luxemburg verschlagen und wer weiß, wo die Oma eines Tages landen wird, so wie die gerade auf Männerfang ist. Eines Tages ist das Haus dann ganz leer ...«

»Deshalb muss man doch noch lange nicht wildfremde Menschen einladen, nur weil die Kinder ausgezogen sind.«

»Das sind Freunde!«, protestierte Inge.

»*Deine* Freunde! Die Doris ist eine Kollegin von mir, und ihr Mann ist mir pupsegal. Mit dem habe ich null Gemeinsamkeiten. Ich weiß überhaupt nicht, was ich mit dem schwätzen soll.«

»Dass du immer so engstirnig und festgefahren bist, das geht mir einfach nicht in den Schädel ...«

»Pst! Könntest du jetzt mal bitte endlich die Klappe halten!«, giftete Jupp, der gebannt auf den Fernseher starrte und ungeduldig auf die Auflösung der 250.000-Euro-Frage wartete.

Plötzlich klopfte es an die Wohnzimmertür. Kurz drauf stand Käthe im Türrahmen. Wie immer wie aus dem Ei gepellt.

»Hat da etwa jemand Ausgang?«, fragte Inge und musterte ihr Mutter von oben bis unten.

Käthe präsentierte sich in einem roten Kostüm, hochhackigen Pumps, Halskettchen und passendem roten Handtäschchen, als ginge sie zur Gedenkmodenschau vom toten Karl Lagerfeld.

»Ach, ähm ... Ich geh nur mit der Evelyn auf ein kleines Schlückchen, so ganz spontan.«

»Es ist doch schon gleich 21 Uhr«, entgegnete Inge flüsternd, damit Jupp nicht weiter gestört wurde.

Sie war irritiert, dass Käthe so aufgedonnert das Haus verlassen wollte, nur um mit ihrer besten Freundin einen Schlummertrunk einzunehmen.

»Ähm, die Evelyn hat heute Namenstag! Wir stoßen halt auf ihren tollen Namen an«, stammelte Käthe und suchte dann schnell das Weite.

Sie hatte keine Lust, sich von den TV-Glotzern den Spaß am Feiern vermiesen zu lassen.

»Trink aber bloß keinen Alkohol! Das ist doch bei deinen Magenschmerzen pures Gift«, rief ihr eine besorgte Inge nach, die sich selbstverständlich Sorgen um das Wohl ihrer Mutter machte.

Schließlich war Käthe morgens noch beim Arzt gewesen. Doch auch der Halbgott in Weiß war ratlos gewesen, da er sich nicht erklären konnte, woher die Schmerzen in ihrem Bauch rührten, und hatte sie wieder heimgeschickt.

Inge schaute traurig zu Jupp rüber und kramte ein Taschentuch hervor. Sie schnäuzte erst mal ordentlich und wandte sich dann kopfschüttelnd an ihren Mann, denn es war Gott sei Dank gerade Werbepause.

»Irgendwie ist in unserer Familie alles komischer als bei anderen Leuten. Es ist doch nicht normal, dass unsere Oma mit ihren 81 Jahren auf Männerfang geht, während wir nur noch vor dem Fernseher hocken«, jammerte Inge vor sich hin. »Und die Eva wohnt eh viel zu weit weg und interessiert sich null für ihre ehemaligen Mitschüler. Und unsere Enkelkinder sehen wir auch überhaupt nicht mehr ...«

Inge vermisste die beiden Söhne ihrer jüngeren Tochter Marion, die vor einiger Zeit zu ihrem neuen Partner ins Ausland gezogen war.

»In Luxemburg sind wir doch ganz schnell, eine gute Stunde mit dem Auto - und schon kannst du die zwei Rabauken in die Arme nehmen«, versuchte Jupp zu relativieren.

»Wir zwei müssen mehr zusammen unternehmen, damit unsere Ehe nicht noch aufgrund unüberbrückbarer familiärer Umstände den Bach runtergeht. Gerade wenn die Kinder aus dem Haus sind, muss man achtgeben, dass sich ein lang verheiratetes Paar nicht im Alltag verliert. Das habe ich erst letzte Woche noch in der ›Bunten‹ gelesen. Guck dir die Gottschalks an - so eine Trennung kann jeden treffen.«

Jupp zuckte nur mit den Achseln.

»Ich muss nächste Woche zum Baumarkt, denn ich brauche dringend Dämmstoffdübel. Dann kommst du einfach mit und wir bummeln durch die Gänge ... Das ist doch alles kein Problem, du musst halt nur den Mund aufmachen.«

Inge blähte die Backen. Das war mal wieder typisch für ihren Handwerker-Gatten! Sie überlegte lieber, wann sie den nächsten Pärchenabend stattfinden lassen könnte. Ohne große Voranküdigung würde sich Jupp schließlich kaum wehren können, so lautete Inges Plan.

Kurz nach Betreten des griechischen Restaurants »Mykonos« strahlte Single Käthe wie ein Honigkuchenpferd. Sie hatte ihre Verabredung nämlich sofort an einem Zweiertisch in der Ecke des Lokals entdeckt. Er war groß, hatte volles dunkles Haar mit grauen Schläfen und ein Zahnpasta-Lächeln, das Käthe wie Butter in einer Gusseisenpfanne förmlich dahin schmelzen ließ. In natura sah er noch besser aus als auf dem Tinder-Bild. Wie magnetisch angezogen schwebte sie auf den Herrn zu, der ein grünes Lacoste-Poloshirt trug, für sein Alter extrem sportlich und gepflegt aussah und sie wie ein Atomkraftwerk anstrahlte. Der Fremde erhob sich sofort vom Stuhl und reichte ihr die rechte Hand.

»Du musst garantiert Catherine sein, nicht wahr? Je m'appelle Gérard«, begrüßte er sie.

Käthe blieb wie angewurzelt stehen und schaute ihn mit großen Augen an.

»Hä, wie bitte? Nein, tut mir leid, das muss eine Verwechslung sein. Ich bin die K-Ä-T-H-E«, erklärte sie dem verblüfften Herrn.

Das durfte doch nicht wahr sein! Da saß hier so ein Sahneschnittchen von Mann, und er war offenbar mit einer Catherine verabredet und nicht mit ihr. Dabei hätte sie schwören können, dass das der Typ war, mit dem sie am Nachmittag ein paar kurze Nachrichten bei Tinder ausgetauscht hatte, bevor sie sich spontan für 21:15 Uhr beim Griechen verabredet hatten.

»Oui, oui, Catherine. Ich bin es doch! Dein Rendezvous. Voulez-vous manger avec moi ce soir?«, flötete er in einem Mix aus Französisch und Deutsch.

»Huch, ähm ... Ja, also mein Französisch ist leider etwas eingerostet«, stammelte Käthe.

»Pardon, Mademoiselle Catherine, wir können natürlich auch deutsch sprechen. Ich hatte gefragt, ob du heute Abend mit mir essen möchtest?«

Käthe bekam Hitzewallungen. Daher setzte sie sich schnell auf den Stuhl, bevor sie noch vor Gérards stahlblauen Augen aus den Latschen kippte.

»Nach 18 Uhr keine Kohlenhydrate für mich, meine gute Figur kommt ja nicht von ungefähr. Aber was zu trinken könnte ich gebrauchen. Ich habe so einen trockenen Mund«, piepste Käthe und befeuchtete ihre Lippen mit der Zunge.

Etwas gefasster stellte sie dann noch klar: »Und ich bin eine Madame, leider keine Mademoiselle mehr. In unserem Alter hat man ja schon ein bisschen was erlebt, gell?«

»Oui, oui«, lachte Gérard und nickte zustimmend.

Käthe lächelte verlegen. Sie wusste im Moment gar nicht, wie ihr geschah, so angetan war sie von dem Herrn mit dem französischen Akzent. Von seiner äußeren Erscheinung ebenso wie von seiner Art der Konversation. Käthe spürte: Sie hatte sich bei Tinder den Jackpot geangelt.

»Bis zu meiner Pensionierung war ich Französischlehrer, das erklärt meinen Akzent. Ich hoffe, es stört dich nicht, dass ich dich ›Catherine‹ nenne«, sagte Gérard, der sehr gerne mit seinem Akzent ein wenig kokettierte und sogar seinen urdeutschen Namen »Gerhard« in die französische Version konvertiert hatte. Klang ja auch interessanter.

»Ach was, nenn mich wie du willst! Namen sind doch eh nur Schall und Rauch«, meinte Käthe, ohne groß darüber nachzudenken und himmelte ihn weiter an.

»Was möchtest du trinken, Catherine? Vielleicht ein Glas Champagner zur Feier des Tages?«

»Erst mal einen Sprudel, denn ich habe gerade einen Brand, der muss gelöscht werden«, rutschte es wenig damenhaft über Käthes Lippen.

Sie biss sich direkt auf die Zunge. Etwas kultivierter wollte sie schon rüberkommen - und korrigierte sogleich, dass sie ein Wasser mit Gas wünsche.

»Du bist eine Augenweide, wie Champagner für meine Augen«, meinte Gerhard und schaute ihr tief in die Augen.

»Oh, là, là, merci, merci«, kicherte Käthe.

Sie benahm sich wie ein Teenager, der mit seinen paar Brocken Französisch punkten wollte.

Kurzum: zwischen den beiden knisterte es gewaltig.

Urplötzlich stand der Wirt vor ihrem Tisch. Gerhard bestellte dann auf Käthes Wunsch doch keinen Champagner, sondern eine Flasche Rotwein für sie beide, sowie Mineralwasser für sie - ohne dabei den Blick von Käthe abzuwenden. Er fixierte sie regelrecht, sodass Käthe anfing nervös an ihrem schicken Kostüm rumzufummeln und sogar die Luft anhielt, da sie sich einbildete, der Rock säße zu stramm. Sie wollte einfach den besten Eindruck aller Zeiten bei diesem Date machen, ein kleines Bäuchlein könnte da durchaus ein K.-o.-Kriterium sein.

»Was führt dich nach Hirschweiler?«, fragte Käthe, denn ein bisschen Small Talk konnte ja nicht schaden.

Auch wenn hier längst jeder Blinde mit Krückstock sehen konnte: Liebesgott Amor hatte seinen Pfeil verschossen.

»Ein Klassentreffen. Ich war Lehrer an der Willi-Graf-Realschule oder wie sie sich jetzt schimpft: Gemeinschaftsschule«, antwortete Gerhard mit einem sympathischen Augenzwinkern.

Die Schulformen Realschule sowie die spätere »Erweiterte Realschule« waren seit dem Schuljahr 2017/2018 im Saarland abgeschafft.

»Ach, für uns ist das hier immer noch die Realschule! Alle paar Jahre überlegen sich die Minister einen anderen Quatsch. Dann kennst du sicher meine Enkelin? Die wollte eigentlich auch zum Klassentreffen aus Berlin herkommen. Eva Backes ist ihr Name.«

Der Ex-Lehrer bekam große Augen. Käthe hoffte inständig, dass ihm Eva nicht mal als aufmüpfige Schülerin ein Furzkissen auf dem Lehrerstuhl deponiert hatte. Denn dann würde sich ihr Date vermutlich gleich verabschieden und sie sähe von ihm nur noch eine Rauchwolke.

»Jetzt weiß ich, woran du mich erinnerst!«, schnipste Gerhard.

Käthe kicherte verzückt und hielt sich ganz verschämt die Hand vor den Mund.

»Ja, das höre ich ständig. Ich sehe aus wie Jane Fonda, ich weiß, ich weiß«, freute sie sich und zwirbelte verlegen an einer Haarsträhne, während sie den Bauch anspannte.

»Wie wer?«

»Na, diese Schauspielerin und Aerobic-Queen ...«, wollte Käthe gerade loslegen.

»Das darf doch nicht wahr sein! Du bist die Mutter von ... ähm: Inge. Inge Backes, stimmt's?«

»Richtig«, sagte Käthe verdutzt. »Du kennst meine Tochter?«

»Na, deine Tochter hat doch nun wirklich eine unvergessliche Geschichte an unserer Schule geschrieben.«

»Ach wirklich? Davon weiß ich überhaupt nichts. Was hat sie denn fabriziert? Eigentlich sind das Einzige, was Inge schreibt, Ansichts- und Weihnachtskarten. Literarische Fähigkeiten sind mir anscheinend durchgerutscht.«

»Nein, nein, deine Tochter hat vor vielen Jahren zur Abschlussfeier von Evas Klasse die Bowle zubereitet und so viel

Bums in die Blubberbrühe gekippt, dass unsere Schüler sturzbesoffen waren und dann völlig planlos und torkelnd durch die Aula geirrt sind. Die Zeugnisübergabe ist regelrecht ins Wasser gefallen, da keiner mehr geradeaus gehen konnte.«

»Oh, wie peinlich! Das tut mir wirklich leid«, sagte Käthe kleinlaut.

Sie beschloss daraufhin Inge heute noch zu enterben, falls ihre Schusseligkeit von damals schuld daran sein sollte, dass Traummann Gérard jetzt kein zweites Date mehr mit ihr haben wollte. Wegen dusseliger Tochter und da der Apfel bekanntlich nicht weit vom Stamm fiel.

»Ihr zwei seht euch total ähnlich. Schwestern könntet ihr sein«, schmeichelte Gerhard indessen weiter.

Käthe schaute mal wieder beschämt zur Seite. Mit der Hand prüfte sie unauffällig unter dem Tisch, ob der Rocksaum nicht zu sehr einschnitt.

»Und Evas Vater ist doch der Dorfsheriff, nicht wahr? Eine fantastische Familie hast du, Catherine! Eva war auch eine brave Schülerin, wobei Französisch nicht zu ihren Stärken gehörte, wenn ich mich recht erinnere.«

Käthe hüstelte ein wenig und meinte dann: »Ja, Familie ist was ganz Besonderes. Man kann sie sich halt nur nicht aussuchen, das ist das Blöde ...«

Schnell versuchte sie das Thema zu wechseln, bevor noch weitere Peinlichkeiten auf den Tisch kamen.

»Woher kommst du denn eigentlich? Im Chat hattest du nur geschrieben, dass du »im Dorfbrunnnen« übernachtest.«

»Ich lebe seit etwa eineinhalb Jahren in Österreich. Nach dem Tod meiner Frau vor fast zwei Jahren habe ich Hirschweiler verlassen. Zu viel hier erinnerte mich an meine verstorbene Gattin«, berichtete Gerhard mit trauriger Miene.

»Oh, das tut mir wirklich leid! Und warum lebst du nicht in Frankreich?«, fragte Käthe ganz keck, weil ihr ein Lebensabend in Frankreich in seinem Fall logischer erschien.

»Das ist eine lange Geschichte ... Ich denke, das Thema eignet sich nicht so für unseren ersten Abend. Du hast übrigens fantastische Augen, liebe Catherine, die funkeln so richtig schön im Kerzenlicht«, startete Gerhard mal wieder eine Charmeoffensive.

»Danke ...«, piepste Käthe verlegen.

»Hast du Hobbys, Catherine?«

»Ja, ich mache regelmäßig Aerobic und Yoga. Und ich ernähre mich sehr gesund. Was ist so dein Faible, Gerhard? Oder soll ich dich besser ›Gérard‹ nennen?«, kicherte Käthe.

»Mein Faible? Französisch! Am liebsten morgens, mittags, abends - rund um die Uhr.«

Käthe bekam große Augen.

Gerhard lachte laut auf, als er Käthes erschrockenes Gesicht sah und klärte dann auf, dass er mit seiner Partnerin französisch sprechen wolle - nichts anderes.

Käthe seufzte und trank erst mal ihr Weinglas in einem Zug leer. Dieser Gerhard brachte sie wirklich ins Schwitzen!

Dann redeten die beiden über vergangene Urlaube, ihre Träume, Ziele, Leidenschaften und vieles mehr. Die Zeit verflog wie im Nu. Nach und nach leerte sich das Restaurant, die Tische um sie herum.

»Warum hast du dich eigentlich so früh vom Klassentreffen davongeschlichen, wenn du extra dafür angereist bist?«, fragte Käthe neugierig und nahm wieder einmal einen Schluck aus ihrem Weinglas.

Sie war einfach so durstig in Gerhards Nähe. Woran das wohl liegen mochte? Mittlerweile waren sie bereits bei der zweiten Flasche Rotwein angekommen.

Gerhard druckste ein wenig herum und erzählte ihr dann, dass er kurz vor dem Klassentreffen Morddrohungen erhalten habe.

»Wie? Was, Morddrohungen? Von wem?«, fragte Käthe mit weit aufgerissenen Augen.

»Ach nee ... Ich denke mal, dass war nur ein schlechter Scherz eines ehemaligen Schülers. Außerdem wollte ich natürlich unbedingt ganz spontan die schönste Frau von Hirschweiler treffen.«

»Ach, da bin ich beruhigt. Und ja, spontan bin ich. Spontanität ist quasi mein zweiter Vorname«, behauptete Käthe selbstbewusst.

»Lust am Sonntag nach Paris zu fahren?«, kam es von Gerhard wie aus der Pistole geschossen: »Den Eiffelturm besteigen, Boot fahren auf der Seine, Austern schlürfen und abends vor der Sacré-Cœur den Sonnenuntergang bei einem Glas Rotwein genießen ...«

Gerhard geriet regelrecht ins Schwärmen.

Käthe schluckte. Das kam jetzt aber doch ein wenig überraschend - etwas zu spontan!

»Ähm, Paris ... Da war ich schon ewig nicht mehr. Aber warum eigentlich nicht?«

»Du hättest mit mir einen Begleiter, der sehr, sehr gut auf dich aufpassen wird«, versprach Gerhard und streichelte Käthe sanft die Hand.

Käthe spürte, wie es plötzlich in ihr brodelte. Entweder stand ihr zu enger Rock wirklich kurz vor dem Platzen oder Gerhards Berührung hatte in ihr Glückshormone freigelegt, die sie schon lange nicht mehr erlebt hatte.

»Huch, mir wird gerade so komisch ... Ich glaube, ich hatte etwas zu viel Wein ...«, säuselte Käthe und ließ sich weiter die Hand streicheln.

»Ach Catherine ... Du bist eine sehr attraktive und tolle Frau! Ich habe gerade richtig Haut-de-Gans ...«

Käthe stutzte.

»Soso, Haut-de-Gans? Aber keine Sorge, das stört mich nicht. Jeder hat so seine Wehwehchen. Ich habe zum Beispiel eine Freundin, die hat Laktoseintoleranz.«

Gerhard lachte laut auf und hielt Käthe dann seinen leicht behaarten Unterarm unter die Nase, dessen Härchen sich aufgestellt hatten.

»Ich liebe deinen Humor schon jetzt, liebste Catherine! Du machst mir eine Haut-de-Gans und das die ganze Zeit. Merci beaucoup für diesen wunderschönen Abend und dieses formidable Gefühl!«, schwärmte Gérard wieder mit seinem unnachahmlichen wundervollen Akzent.

»Gern geschehen, ich werde auch ganz wuschig ... Ähm, ich meine, mir ist so warm.«

Gerhard, ganz Gentleman, fächerte ihr mit einem Bierdeckel etwas Luft zu und Käthe schloss genießerisch die Augen.

Käthe und Gerhard hatten nur noch Augen füreinander und vergaßen die Welt um sie herum. Bis zu dem Moment, als irgendwann ein sich laut räuspernder Gastwirt das Spülwasser mit unappetitlichem Gurgeln aus dem Becken ließ und anfing die letzten Gläser am Tresen zu polieren. Er wollte endlich Feierabend machen, schließlich war es schon kurz vor Mitternacht.

Gerhard bezahlte dann ihre Rechnung, sie kippten noch schnell den Ouzo aufs Haus runter und verließen dann das Lokal.

Als die zwei auf der Straße standen, zeigte sich, dass auch Gerhard sehr angeheitert war. Er hatte sogar noch mehr Rotwein getrunken als Käthe, die zum Glück auch noch genügend Wasser in sich hineingekippt hatte. Auf einmal wurde Gerhard sehr anhänglich und säuselte Käthe ins Ohr: »Zu dir oder zu mir, Madame Catherine?«

»Oh, là, là, Monsieur Gérard«, kicherte die leicht beschwipste Käthe, die plötzlich seine Hände an ihren Hüfte spürte.

Dann merkte sie, wie sie gegen das Bushaltestellenhäuschen gedrückt wurde. Und wie Gerhards Hände über ihren Po glitten. Was sich grundsätzlich gut anfühlte, ihr aber gerade irgendwie unangenehm war. Und das hatte nichts mit dem zu engen Rock zu tun.

Als Gerhard seinen Mund zu einem Fisch formte, stieß sie ihn langsam, aber bestimmt von sich weg.

»Madame Catherine, lass uns l'amour machen!«, säuselte er und sabberte schon fast dabei.

»Nix l'amour! Ich geh jetzt in die Heia. Tut mir leid, Gérard. Aber ich bin keine Frau für eine Nacht«, stellte Käthe klipp und klar fest.

»Aber Madame Catherine, in unserem Alter muss man doch jede Nacht feiern, als wäre es die letzte. Wer weiß, was morgen ist ...«, versuchte er sie zu überreden und grabschte wieder nach ihrer Hüfte.

»Nein, nein, nein - das möchte ich gerade nicht in der Öffentlichkeit.«

»Ich wohne doch gleich hier ums Eck, im Dorfbrunnen. Da könnten wir es uns doch in meinem Zimmer gemütlich machen. Nur du und ich ...«, schlug Gerhard vor und schaute ihr mit einem vielsagenden Zwinkern tief in die Augen.

»Stopp, stopp, stopp! Also, lieber Monsieur Gérard, Hirschweiler ist ein Kaff, jeder kennt jeden. Und wenn ich mir vorstelle, wie sich die Leute das Maul zerreißen, wenn ich mit dir im Dorfbrunnen absteige ... Nee, tut mir leid, das kann ich nicht machen. Mein Schwiegersohn ist der Dorfpolizist und wir stehen im Fokus der Öffentlichkeit. Wenn das rauskommt, flieg ich in hohem Bogen aus meinen vier Wänden! Meine Tochter und mein Schwiegersohn sind erzkonservativ!«

»Findest du nicht auch, auf jedes Töpfchen passt sein Deckelchen ...?«, wagte er einen letzten zweideutigen Überzeugungsversuch.

»Ähm ... dann bin ich heute eine Bratpfanne. Da passt definitiv kein Deckel drauf ...«, verwies Käthe ihn erneut in seine Schranken.

Gerhard schaute sie enttäuscht an. Käthe bot an, dass sie sich morgen komplett nüchtern und bei Tageslicht wiedersehen könnten. Und wenn dann bei ihnen die Chemie immer noch stimmte, dann wäre sie bereit für die spontane Reise nach Paris. Und auch der Buchung eines Doppelzimmers gegenüber aufgeschlossen.

Jetzt strahlte Gerhard wieder und willigte in den Vorschlag ein. Im Prinzip hatte er ja auch gar keine andere Wahl, da sich Käthe nicht abschleppen ließ. Sie verabredeten sich für den nächsten Tag um 13 Uhr an einer Bank, die am Wald gelegen war, um spazieren zu gehen.

Mit einem zaghaften Gute-Nacht-Küsschen auf die Wange verabschiedete sich Gerhard bei Käthe. Sie genoss diese klitzekleine Liebkosung und freute sich schon auf die Fortsetzung. Man musste sich ja nicht schon am ersten Abend wie ein verliebter Teenager aufführen und knutschend im Bushaltestellenhäuschen sitzen, dachte sie sich. Käthe wollte sich lieber erobern lassen. Und dazu gehörte es, ihn ein bisschen zappeln zu lassen.

Pfeifend schlenderte die bis über beide Ohren verknallte Käthe nach Hause, auch wenn der Ausgang des Dates einen

kleinen Dämpfer bekommen hatte. Dennoch freute sie sich auf das morgige Treffen mit ihm.
Gerhard ging in die entgegengesetzte Richtung zu seinem Übernachtungsquartier. Nach ein paar Metern klingelte sein Handy. Er nahm ab und teilte dem Anrufer mit, dass er sich leider um ein paar Minuten verspäten würde, aber bald am Treffpunkt sei. Dann legte er auf und ging einen Schritt schneller. Er hatte die späte Verabredung schlichtweg vergessen, denn Käthe hatte ihn alles andere vergessen lassen. Auch die Uhrzeit!

Gegen Viertel vor eins schlich Gerhard Scherer leise die Stufen zu seinem Domizil hinauf. Er wollte unentdeckt bleiben und nicht noch einigen betrunkenen Schüler in die Arme laufen, die ihn dann womöglich zu einem Absacker an der Bar bequatschten. Obwohl er einen harten Drink gut gebrauchen könnte, denn er ärgerte sich gerade maßlos über seine fast verpasste Verabredung. Zum Glück hatte die nicht lange gedauert, denn man hatte sich nicht viel zu sagen gehabt.

Als er im ersten Stock des Gasthofs die weiße Zimmertür mit der schmiedeeisernen »4« aufsperrte, knipste er das Licht an und ging sofort zum Fenster, um die Vorhänge zuzuziehen. Dann zog er leicht wackelig seine Kleidung aus, schlüpfte in seinen Pyjama und putzte sich die Zähne inklusive einer Katzenwäsche. Er löschte das grelle Deckenlicht und schaltete, als er im Bett lag, die Nachttischlampe an. Dann nahm er sein Handy zur Hand und machte sich eine Notiz:

Nr. 67 - Madame Catherine, Hirschweiler: junggeblieben, abenteuerlustig, keine Frau für eine Nacht, unbedingt wiedertreffen und Paris-Reise anstreben, um sie endlich gefügig zu machen

Gerhard lächelte zufrieden, da es ein gelungener Abend gewesen war, auch wenn er sein eigentliches Ziel, Käthe abzuschleppen, nicht erreicht hatte. Dann schaltete er die Nachttischlampe aus und versuchte zu schlafen.

Kurz darauf klopfte es zaghaft gegen die Zimmertür.

»Catherine!?«, murmelte Gerhard und sprang voller Vorfreude aus dem Bett. Er hatte es sich doch gleich gedacht, Käthe war ein ganz wildes Ding und hatte genau wie er den Schalk im Nacken sitzen. Sie waren zwei, die sich gesucht und gefunden hatten, um eine ganz heiße Nacht zusammen zu verbringen. Was die Leute dachten, war ihm wurscht. Diese Frau hingegen war ganz nach seinem Geschmack!

Doch als er die Tür mit einem Ruck sperrangelweit aufriss, war er mehr als überrascht. Ja, fast schon sprachlos.

»Du??? Was willst du denn hier?«, fragte Gerhard, während sich der Besucher an ihm vorbei ins Zimmer quetschte und ungefragt auf einem Stuhl Platz nahm.

»Was willst du?«, wiederholte Gerhard seine Frage in barschem Ton.

Er schloss die Tür, damit niemand etwas von diesem Besuch mitbekam.

»Reden, was sonst? Ich will mit dir reden.«

»Aber doch nicht um diese Zeit?«

Gerhard deutete auf die Wanduhr, die exakt ein Uhr anzeigte. Er gähnte demonstrativ, da er definitiv keine Lust aufs Reden hatte. Er wollte nur, dass der ungebetene Gast schnell wieder verschwand.

»Ich habe uns auch etwas zu essen mitgebracht.«

Gerhard starrte den orangenen Topf mit weißen Punkten an, den der späte Besucher auf dem Schoß hielt und dessen

Griffe er fest umklammerte, als befände sich darin ein Goldschatz.

»Ich bin gar nicht hungrig«, meinte Gerhard abweisend.

»Es wäre doch zu schade, wenn du den Mitternachtssnack vom Klassentreffen verpassen würdest. Probier doch wenigstens mal!«

Die Person zog den Deckel vom Topf und der würzige Duft des Gerichtes bereitete sich unverzüglich im Raum aus.

»Mhmmm, riecht lecker: Chili con Carne ... Na ja, ich hatte ein paar Gläser Wein, da kommt der Appetit auf was Deftiges garantiert«, antwortete Gerhard schließlich und leckte sich mit der Zunge über die Lippen.

Sein Gegenüber nickte zustimmend, zog grinsend einen Löffel und eine Serviette aus der Manteltasche und legte beides auf den kleinen Tisch, der an der Wand stand.

»Gibt es keinen Teller?«, wollte Gerhard wissen, während er sich auf den zweiten Stuhl setzte.

»Iss einfach aus dem Topf!«

»Und was ist mit dir?«, fragte Gerhard.

»Ich habe schon davon gekostet und bin satt. Das ist alles für dich. Guten Appetit.«

Gerhard nahm die Serviette, fummelte sie sich oberhalb des obersten Pyjamaknopfes vor die Brust und rückte näher an den Tisch. Dann begann er sein Leibgericht, Chili con Carne, zu löffeln, während ihm der Besucher grinsend gegenübersaß. Dieser stand dann plötzlich auf und legte Gerhard die Hand auf die Schulter und sagte: »So, und nun können wir endlich mal ein paar Dinge klären, die zwischen uns offen sind ...«

Gerhard nickte zögerlich und aß weiter, während er zuhörte. Denn jetzt wurde Gerhard Scherer, ehemaliger Französischlehrer der Willi-Graf-Realschule, mal eine ordentliche Standpauke gehalten. Und zwar eine, die er sicherlich nie und nimmer vergessen würde, denn es gab einiges zu sagen.

Gerhard hörte aufmerksam zu, auch wenn er beständig weiter aß, und schüttelte ab und zu den Kopf. Doch als er schließlich auf die Vorwürfe reagieren wollte, wurde er aufgefordert den Mund zu halten. Plötzlich wurde es Gerhard fürchterlich heiß, sodass ihm sogar Schweißtropfen von der Stirn liefen. Er wurde kalkweiß im Gesicht. Außerdem überkam ihn eine fürchterliche Übelkeit, woraufhin er sich mühsam aufs Bett hievte. Der Gang zur Toilette war nicht mehr möglich.

Stöhnend lag er auf dem Bett. Doch als er röchelnd um ein Glas Wasser bat, verließ der nächtliche Besucher den Raum, mitsamt Zimmerschlüssel. Unter dem Vorwand, einen Arzt rufen zu wollen.

Derweil japste und keuchte der arme Gerhard und schnappte nach Luft, die für ihn immer dünner wurde. Mit letzter Kraft griff er nach seinem Handy, öffnete die letzte WhatsApp-Nachricht von Käthe, die ihm ein »Schlaf schön!« gewünscht hatte. Geistesabwesend tippte er auf das Hörersymbol neben ihrem Namen – anstatt einen Notruf abzusetzen.

Nachdem es mehrfach geklingelt hatte, ohne dass jemand ranging, ließ er sich völlig geschwächt auf sein Kopfkissen plumpsen und starrte an die Decke. Speichel tropfte ihm aus dem Mund und ihn überkam ein starker Würgereiz. Doch er war bereits viel zu schwach, um aufzustehen. Auch sah er nur noch alles um sich herum verschwommen. Es drehte sich alles, die Atemnot wurde immer heftiger, als würde man ihm die Luft abschnüren.

Gerhard spürte ein heftiges Stechen in der Brust und ahnte, dass sein letztes Stündlein geschlagen hatte. Er konnte nicht mehr schreien, dafür fehlte ihm jegliche Kraft. Dann wurde ihm schwarz vor Augen. Die Augenlider flackerten noch ein paar Mal, dann fielen ihm die Augen zu und er fiel in einen komatösen Zustand.

Es war auf einmal mucksmäuschenstill in Zimmer Nummer vier, während sich unten vor dem Gasthof die letzten Gäste des Dorfbrunnens torkelnd auf den Heimweg machten.

Plötzlich wurde die Zimmertür erneut geöffnet. Sekunden später wanderten in eine mitgebrachte Plastiktüte Serviette, Löffel und der orangefarbene Topf. Gerhard wurde zugedeckt, der Speichelfluss am Mund weggewischt und die Nachttischlampe ausgeschaltet. Sein Handy wurde ebenfalls eingesteckt. Auf leisen Sohlen verließ die Person, die vorgegaukelt hatte einen Arzt rufen zu wollen, das Zimmer und zog die Tür hinter sich zu.

Alles war wieder schön sauber und ordentlich, als wäre nichts passiert. Gerhard lag im Bett, die Decke bis zum Hals hochgezogen und es wirkte, als würde er friedlich schlummern. Und süß davon träumen, wie er mit Käthe Händchen haltend durch die Gassen von Paris schlenderte. Doch von solchen Träumen war er weit entfernt. Meilenweit entfernt!

Kapitel 4

Am Samstagmorgen saßen Inge und Jupp in ihrer rustikal eingerichteten Küche am Frühstückstisch, während im Hintergrund das Radio leise vor sich hin dudelte. Michael Bublé sang sein »Feeling Good«, und Inge fühlte sich den Umständen entsprechend gut. Sie war ausgeschlafen und studierte die Todesanzeigen der Saarbrücker Zeitung, um sich auf den aktuellsten Stand bezüglich der jüngst Verblichenen zu bringen. Jupp hatte sich den Sportteil geschnappt und versteckte sich regelrecht hinter der überdimensionalen Zeitung.

Plötzlich wurde die Stille (mal abgesehen vom Bublé Michael) unterbrochen.

»Oh leck! Da ist eine Frau aus Homburg einen Tag vor ihrem 100. Geburtstag gestorben. So ein Pech aber auch, gell?«

Jupp reagierte nicht.

»Jupp, ich schwätze doch mit dir.«

Inge klopfte gegen den Zeitungsbogen vor Jupps Nase.

Jupp senkte die Zeitung. Sein Kopf lugte hervor.

»Ja ja, aber was soll ich dazu jetzt sagen? Sterben müssen wir alle mal. Und wenn man so uralt ist, dann sucht der Sensenmann keinen Parkplatz mehr. Der macht sich dann nicht mal mehr die Mühe gegen die Tür zu klopfen, nein, der steht direkt neben dem Bett und nimmt dich mit. Da wird nicht mehr lange gefackelt.«

»Ich weiß gar nicht, ob ich so alt werden will ...«, überlegte Inge laut.

»Du, es zwingt dich doch keiner! Wenn du nimmer willst, dann schluckst' halt Tabletten oder fährst in die Schweiz ... Und dann: ab durch den Kamin!«

»Mensch Jupp, wie du das wieder sagst! So ohne jegliches Gefühl ... Und verbrennen kommt für mich überhaupt nicht in die Tüte«, empörte sich Inge.

»Ei ja, was willst du denn jetzt von mir hören? Der Tod gehört nun mal zum Leben dazu. Das ist das Einzige, wovor keiner weglaufen kann. Und ich bin absolut für die Sterbehilfe, wenn es keine Heilungschancen mehr gibt. Ganz selbstbestimmt sich die Spritze geben lassen und dann friedlich einschlummern. Und dann ist Feierabend!«

Inge schluckte. Dann faltete sie die Seite mit den Todesanzeigen zusammen und legte leicht bedröppelt die Zeitung weg.

Laut verkündete sie, dass ihr so schwere Themen am frühen Morgen überhaupt nicht guttäten und dass ihr das kurze Gespräch gerade schon auf den Magen geschlagen sei. Ihr Frühstücksbrettchen schob sie weit von sich weg.

Jupp reichte ihr seine bereits gelesene Seiten des Sportteils rüber mit den Worten: »Probier das mal! Ganz leichte Kost, sehr gut verdaulich.«

Auf einmal wurde die Küchentür aufgerissen. Inge und Jupp schreckten zusammen. Sie saßen kerzengerade wie eine Eins am gedeckten Küchentisch.

Käthe trampelte wie eine Dampfwalze herein und nahm auf der Eckbank Platz. Sie gähnte erst mal demonstrativ. Dann streckte sie die Arme nach links, nach rechts und dann über den Kopf.

»Einen wunder-, wunder-, wunderschönen guten Morgen! Habt ihr zwei auch so gut geschlafen? Es ist ja ein herrliches Wetter! Da werde ich gleich erst mal meine Yogaübungen machen, denn man muss fit und gelenkig in den Tag starten, nicht wahr? Aber erst mal Kaffee, O-Saft, bisschen Magerquark. Und ein leckeres Müsli mit Honig, denn gesunde Ernährung ist für mich das A und O. Ach, das Leben ist einfach schön. Was gibt's bei euch so?«

»Willst du eigentlich mal verbrannt werden?«, fragte Jupp geradeaus.

»Wie bitte? Du kannst einem aber auch wirklich jede gute Laune versauen«, zickte Käthe ihn an.

Ihre Stimmung war schlagartig gekippt.

»Jupp, nicht solch schwere Themen auf den nüchternen Magen der Oma«, raunte Inge ihrem Mann zu.

»Dass man in diesem Haushalt nicht einfach mal ganz offen über den Tod schwätzen kann! Käthe, du bist jetzt in einem Alter, wo man sich durchaus mal über Patientenverfügung und Steckerziehen unterhalten sollte.«

»Hattet ihr zwei Krach heute Nacht oder was ist hier los?«, wollte Käthe wissen und blickte die beiden erwartungsvoll an.

Inge überspielte die Situation, indem sie allen Kaffee einschenkte. Dann zermarterte sie sich das Hirn, wie sie das Gespräch in angenehmere Bahnen lenken konnte. Käthe hatte doch gestern eine Verabredung mit ihrer besten Freundin. Das war es! Also erkundigte sie sich höflich bei ihrer Mutter, wie ihr gestriger Abend verlaufen sei.

»War sehr nett. Übrigens, ich habe mir überlegt, dass ich nach Paris möchte.«

»Umzug? Nicht schon wieder«, meinte Inge schockiert.

Sie stand sprachlos mit der Kanne in der Hand da.

»Ich spreche von einer Reise, meine Lieben«, klärte Käthe auf.

»Schade, ich hätte die obere Etage gut für den Eigenbedarf nutzen können«, nuschelte Jupp hinter seiner Zeitung.

»Hat dich die Evelyn auf die Idee mit Paris gebracht, oder wie?«

Inge ignorierte Jupps Kommentar und wollte lieber wissen, woher diese neue Schnapsidee ihrer Mutter kam.

»Wer? Hä, warum denn die Evelyn?«, fragte Käthe und starrte ihre Tochter verständnislos an.

»Na, die hatte doch gestern Namenstag und ihr wolltet diesen besonderen Anlass feuchtfröhlich begehen ...«, half Inge ihr auf die Sprünge.

»Oha, so fängt es meistens an. Erst weiß man nicht mehr, wo man am Vorabend war, dann wird die Herdplatte brennen gelassen und irgendwann irrt man orientierungslos in Unterwäsche durchs Dorf«, stichelte Jupp.

Käthe nahm ihr Messer und hämmerte damit gegen die Tasse, damit jeder mitbekam, dass sie eine Ansprache halten wollte.

Jupp senkte die Zeitung und lugte interessiert über den Rand. Auch Inge schaute erwartungsvoll, befürchtete allerdings schlimme Nachrichten.

»Ach Kinders! Was soll ich lange um den heißen Brei schwätzen. Früher oder später bekommt ihr es eh mit. Und ich will nicht, dass ihr diese Neuigkeit von der Nachbarschaft erfahrt ...«, begann Käthe mit einleitenden Worten.

Jupp und Inge hörten gespannt zu, welche Hiobsbotschaft die Oma diesmal aus dem Hut zauberte.

»Ich bin verknallt! Und zwar bis über beide Ohren. Ich habe ja nicht mehr daran geglaubt, aber dann - zack, verliebe ich mich! Verrückt, oder? Aber es hat eindeutig PENG gemacht bei mir.«

»PENG?«, wiederholte Jupp. »Wäre nicht eher ›PLEMPLEM‹ der geeignetere Ausdruck für deinen Zustand?«

Käthe ignorierte ihn. Inge war baff.

»Seit wann denn?«, fragte Inge stotternd.

»Seit gestern. Es ist noch ganz, ganz frisch«, strahlte Käthe.

»Aha, tausend Mal berührt, tausend Mal ist nix passiert und dann hat es ZOOM gemacht?«, stichelte Jupp weiter und grinste süffisant.

Käthe kicherte.

»Oh Gott! Das glaube ich ja jetzt nicht! Die Nachbarn werden sich das Maul zerreißen ...«

Inge war geschockt. Sie hielt sich beide Hände vor den Mund, um nicht laut loszuschreien.

»Wie kann denn so was passieren?«

»Das spielt doch keine Rolle ...«, meinte Käthe, die bereits geahnt hatte, dass sie bei Inge nicht auf tosenden Applaus hoffen konnte.

Inge starrte wie eine Geistesgestörte auf ihr Frühstücksbrettchen. Dann sprach sie kopfschüttelnd und wie in Trance:

»Meine Mutter und die Evelyn: ein lesbisches Rentnerpaar. Jupp, ich brauch einen Schnaps. Und zwar einen doppelten.«

»Hä, was faselst du da?«, reagierte Käthe sofort. »Hattet ihr was Komisches in der Leberwurst oder was ist mit euch los? Erst die Frage mit dem Verbrennen, dann glaubt ihr schon, ich würde ausziehen und nun soll ich mit der Evelyn ...??? Igitt! Da ekele ich mich ja schon, wenn ich die mit ihren Knubbeln am Buckel mit Franzbranntwein einreiben muss.«

»Aber du hast dich doch gestern mit ihr zum Namenstag getroffen und warst total aufgedonnert ... Und in wen bist du dann bitte schön verliebt?«, wollte Inge daraufhin wissen, da sie nur noch Bahnhof verstand.

»Er heißt Gérard ... Das wird aber JÄRAAAA ausgesprochen. Das ist ein Mann – so, wie ich ihn mir immer in meinen dollsten Träumen gewünscht habe. So charmant, so eloquent.

Und so gebildet. Und er hat noch volles Haar und tolle Zähne«, schwärmte Käthe. »Richtig tolle, weiße Zähne.«

Inge war sprachlos - mal wieder.

»Aha, ein Franzose, nehme ich an? Und deshalb auch Paris, stimmt's?«, analysierte Jupp, der ganz schnell eins und eins zusammenzählen konnte.

»Jein!«, antwortete Käthe zögerlich.

Sie wollte es noch ein wenig spannend machen und den Moment auskosten.

»Wann ziehst du aus?«, fragte Jupp.

Im Geiste sah er schon den Umzugswagen in seiner Garageneinfahrt parken.

»Mal schön langsam, Jupp! Wir wollen nichts überstürzen, denn es ist ja alles noch ganz, ganz frisch. Aber hattet ihr das schon mal, dass man einen Menschen trifft und direkt weiß, dass er der Richtige ist? Liebe auf den ersten Blick! Kennt ihr das?«

Stille am Küchentisch.

»Ähm, also ich bin seit über 30 Jahren verheiratet. Wie und wo soll ich denn bitte schön ›Liebe auf den ersten Blick‹ erleben?«, meinte Jupp trocken.

»Nein, so was kenne ich auch nicht«, stimmte Inge ihrem Mann zu. »Aber bitte wirklich nichts überstürzen, Mama! Wir freuen uns natürlich für dich, wobei ich jetzt schon etwas überrascht bin. Du musst uns mal genau erzählen, wer das ist und überhaupt ... Kennt die Evelyn den und war der dann auch zum Namenstag eingeladen oder wie oder was?«

Plötzlich klingelte das Festnetztelefon im Flur. Jupp eilte nach draußen, da Mutter und Tochter vielleicht so manches intime Detail besprechen wollten, das Jupp gar nicht hören wollte. Ihm reichte es völlig zu wissen, dass die Oma vor Verliebtheit ganz aus dem Häuschen war. Und er irgendwie auch, wenn sie dann sicher bald ausziehen würde. Wer wollte schon die Schwiegermutter auf Dauer unterm Dach haben, noch dazu, wenn sie mietfrei wohnte? Letzteres war auf den finanziellen Engpass der ehemaligen Selbstständigen Käthe zurückzuführen. Altersarmut war also auch bei den Backes' ein Thema, neben Feuerbestattungen, Sterbehilfe und vielem mehr.

Nach dem dritten Klingeln hob Jupp den Hörer des Tastentelefons ab.

»Ja?«

»Bin ich da richtig beim Anschluss Backes?«, wollte eine männliche Stimme vorsichtig wissen.

»Kommt drauf an. Wer will das denn wissen? Wir kaufen nämlich nix am Telefon und bei Umfragen machen wir auch nicht mit«, antwortete Jupp wenig entgegenkommend.

»Jupp, bist du es?«

»Kommt darauf an, hab ich doch gerade gesagt ...«

Jupp war gereizt. Er hasste es, wenn sich ein Anrufer nicht mit Namen zu erkennen gab. Außerdem erwartete er keinen Anruf am frühen Samstagmorgen, auch kam ihm die männliche Stimme überhaupt nicht bekannt vor. Einen Verwandten schloss er somit schon mal kategorisch aus. Und Karl, Inges Bruder, lag um diese Uhrzeit normalerweise noch im Koma nach dem üblichen geselligen Vorabend mit dem Kegelverein.

»Erstmal guten Morgen. Ich bin's, der Harry vom Dorfbrunnen. Wir haben, ähm ... Also, wir haben hier gerade ein ernsthaftes Problem«, stammelte der Anrufer in den Hörer.

»Ach Harry, guten Morgen! Mensch, sag das doch gleich! Ich hätte beinahe aufgelegt. Also, Probleme habe ich auch. Aber deshalb rufe ich doch nicht halb Hirschweiler an. Wo brennt's denn?«

Harry räusperte sich. Er tat sich offensichtlich sehr schwer mit dem Sprechen.

»Also, tja, Jupp ... Bei mir liegt ein Mann im Bett ... und, also ...«

»Soso, danke für deine Offenheit, lieber Harry. Ich sag immer, jedem Tierchen sein Pläsierchen. Und du bist alt genug, das kannst du auch gerne für dich behalten und musst dich deshalb nicht beim Dorfpolizisten melden.«

Jupp blieb cool und war ganz in seinem Element als Mann von Welt, der in seinem Dorf alles im Griff hatte.

»Nein, nein, in einem meiner Fremdenzimmer liegt ein Mann ...«

»Aha! Tja, wenn man einen Gasthof mit Zimmervermietung betreibt, ist auch das nix Außergewöhnliches.«

Jupp war jetzt leicht gereizt, denn er begriff nicht, weshalb ihn Harry hier so grundlos volllaberte.

»Ich glaube, mit dem stimmt was nicht. Der scheint tot zu sein ...«

»Oh, das tut mir leid! Das ist natürlich tragisch, wenn ein Gast von dir stirbt. Ich gehe jetzt aber mal schwer davon aus, dass das nix mit deiner Gastfreundschaft zu tun hat. Du solltest das also nicht persönlich nehmen. Und warum in aller Welt erzählst du mir das alles?«

Jupp wollte, dass Harry jetzt endlich mal zum Punkt kam, denn er hätte gerne weiter gefrühstückt und wollte sich wieder seiner Zeitung widmen.

»Ei, ähm, also ... Wir haben schon den Arzt und den Bestatter angerufen, aber die meinten, wir sollten dir auch noch Bescheid geben. Schließlich muss jemand die Angehörigen informieren, denn der Tote war Alleinreisender. Und so Todesnachrichten kannst du viel besser übermitteln, da du ja vom Fach bist. Und dann sagte der Arzt noch, es müsse geprüft werden, ob es eine normale Todesursache war. Denn so ein Tod im Fremdenzimmer wäre ja was Besonderes und hoffentlich hätte da kein Fremder seine Finger im Spiel gehabt. Dubiose Umstände und so, aber das weißt du wohl besser.«

»Ähm, ja, das weiß ich wohl besser. Da haben der werte Herr Doktor und der Einsarger ausnahmsweise mal korrekterweise klug geschissen. Ich mache mich gleich auf den Weg und schaue mir das Bett an, ob dies ein Tatort sein könnte«, witzelte Jupp.

Er fand, dass Harry etwas überreagierte. Wer bitte schön sollte in seinem Gasthof einen Urlauber um die Ecke bringen? So was hatte es in Hirschweiler ja noch nie gegeben. Wobei es allerdings auch nur selten Reisende gab, die hier ihre Ferien verbringen wollten. Aber das war eine ganz andere Baustelle.

Als Jupp kurz darauf die Küche betrat, saßen Käthe und Inge immer noch am Frühstückstisch. Käthe tätschelte gerade Inges Hand, die ein paar Tränen vergoss.

Käthe hatte nämlich in der Zwischenzeit ausgeplaudert, dass ihr »Liebe auf den ersten Blick«-Kandidat zwar irgendwie mit Hirschweiler verbandelt war, seine Identität wollte sie aber noch nicht preisgeben. Man musste Inge das Ganze häppchenweise servieren. Wenn sie jetzt auch noch erfahren würde, dass Käthe sich in Evas ehemaligen Klassenlehrer verknallt hatte, würde Inge garantiert kurz vorm Nervenzusammenbruch stehen. Am Beispiel »Evelyn« war sie ja schon fast durchgedreht. Daher wandte Käthe die Salamitaktik an, damit sich Inge langsam an die neue familiäre Situation gewöhnen konnte. Schließlich hatte sie als Mutter auch eine gewisse Fürsorgepflicht – erst recht, wenn »das Kind« Inge so sensibel war und sich mit einem neuen Partner ihrer Mutter vermutlich sehr schwertun würde.

»Meine Damen, ich muss weg«, verkündete Jupp im Vorbeigehen, setzte seine Dienstmütze auf und kippte den letzten Schluck seines fast kalten Kaffees hinunter.

Jupp wollte an seinem freien Tag wenigstens die Kopfbedeckung aufsetzen, damit die Fremdenzimmerbegehung irgendwie offiziellen Charakter hätte. Der Harry sollte sich schließlich ernst genommen fühlen, dachte sich Jupp, wenn er schon wegen eines toten Gasts total flatterhaft wurde, was ja nun wirklich lächerlich war.

»Ist wieder ein Hund entführt worden?«, kicherte Käthe, denn im kleinen Hirschweiler sprach sich alles sehr schnell rum.

Die Müllerin hatte überall in höchsten Tönen und mit leuchtenden Augen von Jupps grandiosen Einsatz geschwärmt.

»Jetzt werd mal nicht übermütig, meine liebe Käthe! Mach du lieber deine Yogaverrenkungen, denn wenn man eine neue Liebschaft am Start hat, sollte man gelenkig sein. Nicht, dass du nachher noch einen schiefen Hals von was auch immer hast und sitzengelassen wirst - wegen Unbeweglichkeit!«

Mit diesen Worten verließ Jupp die Küche, während Käthe nur genervt die Augen verdrehte.

»Dein Jupp hat nix zu tun. Diese Gereiztheit ist das Resultat purer Langeweile im Alltag. Da musst du als Ehefrau auch mal ein Machtwort schwätzen und für den nötigen Ausgleich sorgen.«

Inge stimmte ihr zögerlich zu.

»Töpfern will er ja nicht ...«

Käthe schüttelte den Kopf und tätschelte erneut Inges Hand.

»Töpfern ist definitiv nicht das, was ein Mann braucht.«

»Er braucht angeblich Dämmstoffdübel oder so was in der Art ...«

»Glaub mir, auch einen Dübel braucht er nicht! Vertrau mir, ich weiß, wovon ich schwätze. Ich hatte ja schon mehrere Verehrer, am Ende ist es mit jedem Kerl das Gleiche. Und töpfern und dübeln wollte bisher keiner, wobei der eine ... ach, egal ...«

Inge rutschte mit ihrem Stuhl etwas nach hinten, bevor die Situation noch unangenehm würde.

»Ich mache morgen einen leckeren Hackbraten, den isst der Jupp ja sehr gerne. Und dann ist er am Montag wieder gut gelaunt, wenn er wieder schaffen gehen muss.«

»Tja, meinetwegen. Wenn du glaubst, dass du einen Mann mit Gehacktem umgarnen kannst, dann toi, toi, toi! Sei aber nicht immer so naiv. Ich denke dann immer, dass ich als Mutter bei deiner Erziehung kläglich versagt habe.«

Als Jupp seinen Grün-Weißen mit lautem Geknatter vor dem Gasthof »Zum Dorfbrunnen« parkte, zwitscherten die Vögel und die Sonne blendete ihn. Statt mit coolem Blick und Sonnenbrille à la Don Johnson ging er mit verkniffenen Augen schnurstracks zur Eingangspforte. Er war schließlich nicht bei Miami Vice, sondern in Hirschweiler-City. Eine ganz andere Ermittler-Liga. Keine Toten im schicken Jachthafen, sondern in einem bodenständigen Gasthof mit gutbürgerlicher Küche und einfachen Einzel- und Doppelzimmern für Touristen.

Kurz drauf stand Jupp im Foyer des Gasthofs. Zu seiner Linken führte eine Treppe hoch zu den Fremdenzimmern, geradeaus gelangte man in die Wirtschaft. Von dort hörte man ein Wimmern und herzzerreißendes Schluchzen, offenbar eine Frau, die hier gerade ihren absoluten Moralischen hatte. Am liebsten hätte er auf dem Absatz kehrtgemacht, denn nach Trostspenden war ihm gerade überhaupt nicht zumute. Zudem war der Verstorbene Harrys Gast gewesen, sollte der die Trauernde doch trösten!

Jupp betrat die fast leere Gaststätte und erblickte sofort eine kleine, zierliche Frau mit blondem Pferdeschwanz, die an einem der Tische saß. Vor ihr stand ein leeres Schnapsglas, neben ihr saß Harry, der ihr den Rücken streichelte. Dann füllte er erneut das Schnapsgas der Frau bis zum Rand.

Jupp steuerte den Tisch der beiden an.

»Guten Morgen! Ich störe die Massagebehandlung ja nur ungern, aber ich wurde kontaktiert. Gestatten, Oberkommissar Backes. Wo ist die Leiche?«

»Mensch Jupp, sei doch nicht so förmlich! Wir erkennen dich doch auch ohne deine Uniform. Magst du einen Schnaps mit uns trinken? Die Anuschka ist nämlich total fix und fertig. Die war eben so was von kalkweiß, ich dachte schon, die kippt mir gleich um. Man sieht ja nicht alle Tage einen Toten, wenn man bloß das Zimmer sauber machen will.«

»Ich bin im Dienst, da trinke ich niemals«, antwortete Jupp kurz angebunden.

Dann prüfte er, ob wenigstens seine Mütze richtig saß, wenn er schon ansonsten in Jeans und Karohemd aufkreuzte.

»Aber du bist doch in Zivil und es ist Samstag«, wandte Gastwirt Harry ein und steuerte bereits die Theke an, um ein weiteres Gläschen zu besorgen.

Jupp setzte sich zum Häufchen Elend an den Tisch, während Harry hinterm Tresen verschwand.

»Was ist denn genau passiert?«, wollte Jupp von der jungen Frau wissen.

Mit einem Ruck leerte Anuschka ihr Schnapsglas und machte dabei ein Gesicht, als hätte sie in eine saure Zitrone gebissen. Dann holte sie tief Luft und versuchte sich offenbar sehr zusammenzureißen, damit sie der Herr Kommissar nicht noch als Heulsuse abstempelte.

»Wollen Sie den Toten sehen?«, fragte Anuschka, die als Zimmermädchen auf 450-Euro-Basis arbeitete.

»Nicht unbedingt ... Warten wir doch zusammen auf den Herrn Doktor und den Einsarger! Wissen Sie, ich bin eher dafür zuständig, die Angehörigen zu informieren. Wann haben Sie denn die Leiche gefunden?«

Anuschka schluchzte laut auf und berichtete, dass sie gegen neun Uhr das Zimmer mit der Nummer vier betreten habe, um das Bett zu machen und das Bad zu putzen.

»Um diese frühe Stunde? Der Gast war doch im Urlaub hier«, fiel Jupp ihr sofort ins Wort.

»Ich habe vorsichtig gegen die Tür geklopft, da der Schlüssel von außen steckte.«

»Aha, wieso steckte der Schlüssel von außen?«, fragte Ermittler Jupp verwundert.

»Der Gast hatte wohl beim Reingehen vergessen, ihn abzuziehen. Also habe ich den Schlüssel abgezogen und wollte ihn ins Zimmer legen - damit nicht jemand einfach so ins Zimmer spazieren kann oder der Schlüssel womöglich wegkommt. Das war doch nur gut gemeint und nett von mir, oder nicht?«, schniefte Anuschka.

Sie wollte offenbar Anerkennung, die sie als Zimmermädchen anscheinend nur selten erhielt.

»Ja, das stimmt, das war sehr nett von Ihnen«, lobte Jupp. »Und was ist dann passiert?«

»Als ich ins Zimmer kam, sah ich, dass der Gast im Bett lag. Zum Glück sind unsere Vorhänge nicht blickdicht, sonst hätte ich es gar nicht mitbekommen ... Aber er lag so komisch da, so starr und steif. Sein Gesicht war wie bei einer Wachsfigur ... Und er bewegte sich nicht, und atmete nicht. Oh, Gott, der Anblick war so schrecklich!«

Anuschka brach erneut in lautes Schluchzen aus.

»Beruhige dich! Komm, nimm noch ein bisschen Medizin«, tröstete Harry seine Mitarbeiterin.

Er hatte sich mitsamt einer Flasche Williams-Christ-Birnenschnaps wieder an den Tisch gesetzt und füllte jetzt alle drei Gläser bis zum Rand.

»Wer war der tote Feriengast eigentlich?«, fragte Jupp, nachdem er seinen Schnaps in einem Ruck runtergekippt hatte, schließlich wollte er Harrys Gastfreundschaft dann doch nicht beleidigen.

»Das war der Scherer Gerhard. Der war früher mal Lehrer an der Realschule und war wegen des Klassentreffens gestern hier auf Besuch«, klärte Gastwirt Harry auf.

»Ach nee, oder? Der war mal der Klassenlehrer meiner Tochter. Das tut mir ja leid. Der war als Lehrer schwer in Ordnung, da gab es nie Klagen. Also, ein Pädagoge von den Guten. Manche Lehrer sind ja echte Arschlöcher, das muss einfach mal gesagt werden ...«

»Stimmt! Hätte ich früher andere Lehrer gehabt, dann wäre ich bestimmt nicht Wirt geworden, sondern hätte was Anständiges gelernt«, schnaufte Harry und schenkte sich und Jupp noch ein Gläschen Schnaps ein.

»Für mich auch!«, piepste Anuschka und hielt ihr Gläschen in die Höhe.

Zu dritt prosteten sie sich zu, ganz im Gedenken an den toten Lehrer.

»Ei, ei, ei, der geht runter wie Öl«, lobte Jupp das Gesöff.

Und auch Anuschka schien die Birne zu schmecken, denn sie verlangte gleich nach Nachschub. Immerhin hätte sie ja die größte Trauerarbeit zu leisten, um den Anblick des Toten irgendwie zu vergessen, rechtfertigte sie sich. Alkohol konnte hier ausnahmsweise definitiv mal eine Lösung sein.

»Entschuldigung, aber bin ich hier richtig?«

Ein junger, gut aussehender Mann mit schwarzen Haaren, der wohl so um die Mitte bis Ende dreißig Jahre alt war, hatte mit einen Köfferchen in der Hand den Gastraum betreten.

Harry witterte Kundschaft und sprang sofort diensteifrig auf.

»Ja, wir vermieten auch Zimmer. Kommen Sie ruhig näher! Die Nummer vier bleibt heute allerdings leider dicht, da muss noch desinfiziert werden.«

»Nein, ich suche kein Zimmer, sondern einen Toten. Ich wurde angerufen«, sagte der Unbekannte.

Der Fremde stellte sich als Dr. Michalski vor, der vor Kurzem die Vertretung des eigentlichen Landarztes übernommen hatte. Dieser nahm aus gesundheitlichen Gründen zurzeit eine Auszeit. Angeblich Keuchhusten, aber so richtig schlimm.

»Wollen Sie einen Schnaps mit uns trinken?«, fragte Jupp, nachdem er sich als Oberkommissar Backes vorgestellt hatte, um gleich mal sein Revier zu markieren und deutlich zu machen, mit wem der Halbgott in Weiß es hier zu tun hatte.

Der Arzt schaute ihn irritiert an, sodass Jupp vorsichtshalber seine Dienstmarke zückte und sie dem Herrn Doktor unter die Nase hielt. Zudem stellte er klar, dass er eigentlich nicht im Dienst sei, aber dass der besorgte Harry angerufen habe und dass er, Jupp, natürlich immer zur Stelle sei, wenn es galt seelischen und moralischen Beistand zu leisten. Dabei deutete er auf Anuschka, die wie ein Zombie auf der Eckbank hockte und ins Leere starrte. Für einen Dorfpolizisten wäre Freizeit quasi ein Fremdwort, aber als Arzt wüsste er ja sicher, wovon er spreche.

Dr. Michalski wollte der geselligen Runde (bis auf die lädierte Anuschka) nicht beiwohnen und lehnte einen Kennenlernschnaps rigoros ab. Stattdessen wollte er dringend zur Leiche, da er anschließend noch ein paar Hausbesuche zu machen hätte. Und überhaupt fände er, dass es in Hirschweiler viele kranke Menschen gäbe. Seine Praxis platze tagtäglich aus allen Nähten. Er frage sich wirklich, in was für einem kranken Nest er da bloß gelandet war.

Zu dritt, Harry, Jupp und der Herr Doktor, machten sie sich auf den Weg in den ersten Stock, damit Dr. Michalski den Leichnam begutachten konnte. Anuschka blieb lieber auf der Eckbank zurück - sie hatte zu nah am Wasser gebaut, um dem toten Gast ein weiteres Mal gegenüberzutreten.

Als die drei Männer das Zimmer des Toten betraten, sah alles immer noch so aus, als würde der Gast einfach nur friedlich schlummern und habe nur die Check-out-Zeit verpennt. Dr. Michalski fackelte nicht lange und begann sofort mit seiner Untersuchung. Jupp stand direkt daneben und überwachte mit Argusaugen jeden seiner Handgriffe.

Nach ein paar Minuten stand für Dr. Michalski die Todesursache fest: der Pensionsgast war eines natürlichen Todes gestorben - Herzinfarkt.

Der Vertretungsarzt kam zu diesem Entschluss insbesondere nach einem Blick in die Patientenakte, die er sicherheitshalber mitgebracht hatte. Harry hatte ihm nämlich zuvor telefonisch die Personalien des Toten durchgegeben und erwähnt, dass der Verstorbene sogar einmal ein Hirschweiler Bürger gewesen und garantiert auch Patient der Praxis gewesen war. Und so war es! In der Akte von Gerhard Scherer war vermerkt, dass der Verstorbene regelmäßig einige Blutdrucksenker eingenommen hatte und bis vor einigen Jahren noch Kettenraucher gewesen war.

Dr. Michalski zog dann dem Toten die Bettdecke über den Kopf, da er seine Arbeit als erledigt ansah.

»Gott sei Dank, Herzinfarkt!«, sagte Harry erleichtert. »Ein Toter in meiner Pension ist schon ganz schlechte Publicity und schadet meinem Geschäft immens, aber wenigstens war es kein unnatürlicher Tod, also kein Verbrechen. So ein Herzinfarkt kommt ja auch in den besten Häusern vor, das kann jeden Hotelier treffen.«

»Ich denke, da ist dem Herrn Lehrer wohl das Wiedersehen mit seinen ehemaligen Schülern auf die Pumpe geschlagen. Nicht jedes sensible Lehrerherz verkraftet den Anblick der groß gewordenen Rotzlöffel«, mutmaßte Jupp, während er mit gefalteten Händen dastand und andächtig auf die Bettdecke blickte.

Dann füllte Dr. Michalski den Totenschein aus. Jupp ging nervös im Zimmer auf und ab, denn er wollte noch etwas loswerden.

»Soll ich Ihnen mal was verraten, Herr Doktor? Der Kamerad unter der Decke ist hier kein Unbekannter, der war nämlich früher mal der Klassenlehrer meiner Ältesten. Und die wiederum hat mit seiner Tochter zusammen Blockflöte gespielt. Jetzt sagen Sie nix mehr, was?«

Dr. Michalski sagte in der Tat nichts. Es interessierte ihn auch herzlich wenig, wer mit wem Blockflöte gespielt hatte.

»Ach Gott, Jupp! Die arme Yvonne! Die kann einem wirklich leidtun. Du musst ihr das ganz schonend beibringen. Da ist nach ihrer Mutter nun auch noch der Vater tot ...«

Harry schüttelte traurig den Kopf beim Gedanken an die Tochter des Verstorbenen.

»Hallo? Ich bin Profi. Profi durch und durch! Todesnachrichten zu überbringen gehört zu meinem Job«, posaunte Jupp wichtigtuerisch. »Aber sag mal, Harry, du weißt nicht zufällig, wo diese Yvonne mittlerweile wohnt? Dann erledige ich das gleich. Bringt ja nix, wenn man mit so was lange hinterm Berg hält. Lebendig wird ihr Vater ja nimmer.«

»Also, soviel ich weiß, hat die Yvonne zusammen mit ihrem Mann einen Hof am Bostalsee. Hat mir kürzlich mal ein Gast am Tresen erzählt. Die Adresse bekommen wir bestimmt schnell raus.«

»Wunderbar, da muss ich nicht weit fahren. Und ich kann schnell noch einen Abstecher zum ›Globus‹-Baumarkt in St. Wendel machen, denn ich brauche unbedingt Dämmstoffdübel. Mann, Mann, Mann, heute flutscht es ja richtig.«

Wenig später standen die drei Herren wieder unten in der Gaststätte. Anuschka lag mittlerweile längs auf der Eckbank und schnarchte laut. Offenbar hatte ihr der Anblick des toten Gastes doch sehr zugesetzt. Damit kam nicht jeder klar. Für Jupp hingegen war dies Berufsalltag. Also, der Anblick eines Toten, nicht der einer Schnarchenden, wobei im Rathaus der ein oder andere Beamte ...

Jupp verabschiedete sich von Dr. Michalski und Harry und rief draußen vom Parkplatz erst einmal Inge an.

»Inge, es ist etwas Schreckliches passiert. Zieh dir bitte was Ordentliches an, am besten das kleine oder auch das große Schwarze, ich brauche dich. Dringend!«

»Was? Wieso?«, wollte Inge ganz aufgeregt wissen.

»Frag nicht, Frau! Ich komme jetzt heim und ziehe mir die Uniform an. Wir müssen was erledigen.«

»Wir? Wieso wir?«, fragte sie verständnislos.

»Ähm, ja ... Also, du kennst doch noch die Scherer Yvonne?«

Inge überlegte kurz und bestätigte dann, dass ihr die ehemalige Blockflötenfreundin von Eva sehr wohl bekannt sei.

»Oh nein! Die flötet wieder, oder? Dann ist in der Tat was Schreckliches passiert«, kreischte Inge auf. »Diese Revivals sind jetzt überall in Mode. Allein schon, wenn ich an das schiefe und schräge Geflöte von damals denke, stellen sich mir die Fußnägel senkrecht hoch.«

»Ähm, nein, ich kann dich beruhigen: mit Blockflöten hat unser Besuch nix zu tun. Eher mit einer Harfe. Einer Engelsharfe, wenn man es ganz genau nimmt.«

Kapitel 5

Jupp saß mit laufendem Motor im Pöscho in der Garageneinfahrt seines Eigenheims und wartete. Er schaute seit gefühlten zehn Minuten ungeduldig durch die verdreckte Windschutzscheibe zum Haus.

»Wo bleibt denn jetzt bloß die Madame? Mann, Mann, Mann ... Dass die Weiber immer so ewig lang mit dem Fertigmachen brauchen«, meckerte Jupp vor sich hin.

Er war von der Leichenschau heimgekommen, hatte sich in seine Uniform geschmissen und fünf Minuten später geschniegelt und gestriegelt im Auto parat gesessen. Und dort saß er nun auf glühend heißen Kohlen und trommelte nervös gegen das Lenkrad. Inge hatte nur noch mal kurz ins Bad gehen wollen ...

Da sich die Haustür hartnäckig nicht von innen öffnen wollte, versuchte er Inge oder halt der Haustür auf die Sprünge zu helfen: Jupp hupte. Einmal kurz, zweimal lang. Kurz darauf das Ganze wieder von vorne. Doch überhaupt nichts passierte. Fast nichts.

»Ähhh, geht's noch oder was? Es ist Samstagmittag. Schon mal was von Mittagsruhe gehört? Da will man mal in Ruhe sein Mittagsschläfchen auf der Terrasse machen, und dann so ein Krach!«, schrie es auf einmal vom Nachbargrundstück.

Jupp kurbelte die Scheibe runter und schaute seinen Nachbarn fragend an. Der Brandner Karl-Heinz lehnte mit freiem Oberkörper am Gartenzaun. Nach seinem Gesichtsausdruck zu urteilen, war er mächtig auf Krawall gebürstet - was nix Neues bei ihm war.

»Jupp, dieser Radau, den du hier veranstaltest - das geht ja mal gar nicht! Und mit deinen Abgasen verpestest du die Umwelt. Das müsstest du als Polizist eigentlich besser wissen«, maulte er ihn an. »Sag mal, ist das eigentlich ein Diesel?«

Jupp winkte ab, der Karl-Heinz sollte sich gefälligst beruhigen. Er hatte schließlich Wichtigeres zu tun, als sich um nervige Nachbarn zu kümmern.

Ohne den Blick von der Haustür zu nehmen, drückte er erneut ungeduldig auf die Hupe - in der Hoffnung, dass Inge endlich abfahrbereit wäre.

»Du hupst ja schon wieder? Jetzt schalt den Motor endlich mal ab! Hast du mich etwa nicht verstanden? Hast wohl Tomaten auf den Ohren, was?«

»Ach Karl-Heinz, jetzt reg mich doch nicht auf! Du verpestest auf eine gewisse Art und Weise auch die Umwelt, aber ich halte trotzdem meine Klappe.«

»Jetzt werd bloß nicht frech! Auf meinem Grundstück kann ich nackisch rumlaufen, wie ich will. Da hat mir kein Mensch Vorschriften zu machen, auch du nicht.«

Der Nachbar wurde sofort aggressiv und ging ab wie ein Trommelhase. Er hatte einen hochroten Kopf, so hatte er sich in Rage geredet und fuchtelte wild um sich.

Jupp kurbelte die Scheibe hoch. Ihm war der cholerische Nachbar gerade total egal. Er war nicht in der Stimmung mal wieder eine Grundsatzdiskussion mit seinem Nudisten-Nachbarn zu führen.

Karl-Heinz Brandner liebte es, textilfrei im Garten herumzulaufen. Doch seine FKK-Leidenschaft hätte Jupp ja noch einigermaßen ertragen können, wären da nicht seine ständige Besserwisserei und die Tatsache, dass er sich über alles beschwerte. Auch Inge kam mit dem Nachbarn überhaupt nicht klar, dafür war sie viel zu prüde. Sie hatte mit Engelszungen auf Jupp eingeredet, den FKK-Karl-Heinz doch wegen sexueller Belästigung einzubuchten. Aber so einfach war das nicht. Solange er nicht Inge heimlich im Adamskostüm besuchte, belästigte oder begrabschte, während Jupp im Rathaus die Brötchen verdiente, gab es keine Handhabe gegen ihn.

Käthe hingegen beobachte den Nachbarn zu gerne beim Heckenschneiden und konnte die allgemeine Aufregung überhaupt nicht verstehen. Manchmal machte sie sogar mit ihm zusammen Yoga. Seine Nacktheit störte sie überhaupt nicht. Alles menschlich, wie sie stets betonte.

Gerade als Jupp aus dem Augenwinkel mitbekam, dass der Brandner kurz vor einem Herzkasper stand, öffnete sich, Simsalabim, die Haustür: Inge kam tiefschwarz gekleidet und mit Sonnenbrille auf der Nase aus dem Haus.

Als sie den fluchenden Nachbarn entdeckte, duckte sie sich schnell und lief mit der Hand vorm Gesicht zum Auto, als hätte sie gerade ein Paparazzo beim Fremdgehen erwischt. Und der Geliebte stand splitterfasernackt in unmittelbarer Nähe und war dazu noch rotzfrech.

»Sag mal, wo bleibst du denn? Ich habe mir schon Sorgen gemacht, dass du ins Klo gefallen bist«, fragte Jupp vorwurfsvoll, als sie endlich den Gurt anlegte.

»Ei ja, ich brauche halt schon ein bisschen länger im Bad als du«, erklärte Inge.

Jupp nickte wortlos, schaltete die Sirene ein und fuhr in Schrittgeschwindigkeit aus der Einfahrt.

Karl-Heinz flippte daraufhin total aus und lief dem Wagen auf seiner Seite des Gartenzauns noch ein paar Meter hinterher. Inge hob die Hand und winkte dem wütenden Nachbarn ähnlich majestätisch zu, wie man es sonst nur von der Queen bei offiziellen Kutschfahrten kannte. Mit Blaulicht auf dem Dach fühlte man sich ja in gewisser Weise auch wie ein Blaublütler. Auch wenn ihr Verhalten ganz sicher nicht gerade die feine englische Art war, so mussten sie den Nacktnachbarn auch mal etwas ärgern dürfen. Karl-Heinz war außer Rand und Band, sein Kopf glühte purpurrot.

Nachdem sich Inge und Jupp kräftig vor Lachen ausgeschüttet hatten, wurde das Blaulicht ausgeschaltet und es trat wieder Ruhe ein im Pöscho. Dann bat Inge endlich um Aufklärung, weshalb sie sich so spontan in schwarze Kleidung hatte werfen müssen, denn daheim hatte Jupp noch nicht so recht mit der Sprache rausrücken wollen. Zu groß war die Angst gewesen, dass ihm Inge dann erst mal Löcher in den Bauch gefragt hätte und sie noch später losgekommen wären.

Jupp räusperte sich, doch noch bevor er etwas sagen konnte, plapperte Inge schon drauf los.

»Ein spontanes Harfenkonzert am Samstagmittag? Das ist also unsere gemeinsame Unternehmung, gell?«, sagte Inge und war froh, dass Jupp ihre klagende Worten vom Vorabend nun direkt in Taten umsetzte.

Dass er dafür allerdings extra die Uniform angezogen hatte, konnte nur damit zusammenhängen, dass es wohl das Polizeiorchester war, das irgendwo spielte.

»Quatsch, Inge! Jetzt hör mir doch mal zu! Also, du kennst doch den Vater von der Blockflöten-Yvonne? Den Lehrer, den Scherer Gerhard? Den haben wir heute Morgen tot in einem Ferienzimmer beim Harry gefunden. Herzinfarkt! Und du musst der Yvonne das gleich schonend beibringen, denn ihr Frauen könnt so was besser ...«

Sofort klappte Inges Kinn nach unten. Sie war fassungslos. Damit hätte sie nun gar nicht gerechnet. Dann kramte sie ihr Handy aus der Handtasche.

»Wen willst du jetzt anrufen?«

»Na wen wohl?«, fragte Inge. »Die Eva muss doch Bescheid wissen. Die wird sich schwarzärgern, dass sie beim Klassentreffen nicht dabei war. Das wäre die letzte Chance gewesen mit ihrem alten Lehrer zu plaudern. Das hat sie nun davon, wenn immer der Job an erster Stelle steht.«

Jupp verdrehte genervt die Augen und drückte das Gaspedal durch. Und Eva ging nicht an ihr Telefon.

Seit zehn Minuten stand Käthe am vereinbarten Treffpunkt. Nervös tippelte sie von einem Bein aufs andere. Immer wieder schaute sie auf ihr iPhone, ob Gerhard auf eine ihrer WhatsApps geantwortet hatte. Doch nichts. Wie sie es hasste, wenn sich ein Mann nicht meldete! Das machte sie jedes Mal fuchsteufelswild. Waren die Reise nach Paris und all die Komplimente nur heiße Luft gewesen, um sie ins Bett zu bekommen?, grübelte Käthe. Sie wurde immer unruhiger.

Käthe bekam Magengrummeln. Sie spürte, dass irgendwas nicht in Ordnung war. Weibliche Intuition sozusagen.

Dann beschloss sie, zum Gasthof zu laufen, um ihm mal ordentlich die Meinung zu geigen. Was ihm einfiel, sie erst einzulullen und dann einfach wie bestellt und nicht abgeholt am Treffpunkt stehenzulassen? Käthe war stinksauer. Sie hoffte nur, dass ihr Gérard eine gute Ausrede parat hatte, da sie sich ja schon ziemlich blitzartig in ihn verknallt hatte. Inständig hoffte sie, dass vielleicht sein Handyakku leer war oder er die PIN vergessen hatte und dass er deshalb nicht antworten konnte. Andere Ausreden würde sie nicht dulden, verliebt hin oder her. Da war Käthe knallhart, denn sie wusste, was sie im Leben wollte. Und zwar definitiv keinen unzuverlässigen Kerl - nie und nimmer.

Als Käthe die Gaststätte betrat, fand sie nur einen trinkenden Harry und eine gähnende Anuschka vor. Die junge Frau sah völlig mitgenommen und verschlafen aus, auf der linken Gesichtshälfte zeichnete sich der Abdruck der Auflage von der Eckbank ab, auf der sie zuvor gelegen hatte.

»Entschuldige, Harry, wohnt hier ein gewisser Gerhard Scherer?«, fragte Käthe den Wirt.

Harry schielte zu Anuschka rüber. Die fing wie auf Knopfdruck wieder das große Heulen an und legte sich sofort wieder horizontal auf die Eckbank.

»Hat der Jupp dir etwa nix erzählt?«, fragte Harry ganz vorsichtig.

Käthe schaute ihn mit gerunzelter Stirn fragend an.

»Herr Scherer ist heute morgen leider ... hicks, also, leider von uns gegangen ... hicks.«

»Was?!? Dieses verdammte Schwein reist ab, ohne Tschüss zu sagen? Typisch Mann, alles Waschlappen«, fluchte Käthe.

Anuschka schluchzte nebenan laut auf. Harry rückte trostspendend mit der Williams-Christ-Birne an.

»Hast du zufällig seine Adresse? Auf meine WhatsApps reagiert der Idiot nicht, wahrscheinlich wurde ich mal wieder blockiert.«

»Ähm, also, hicks ... Jetzt bin ich grad etwas ratlos ... hicks«, stammelte Harry, der unter hartnäckigem Schluckauf zu leiden schien.

Plötzlich erhob sich Anuschka von der Eckbank und ging wie ein Geist auf Käthe zu. Die junge Frau wirkte geradezu gespenstig, als stecke der Teufel in ihr. Käthe ging instinktiv ein paar Schritte zurück, da sie im ersten Moment annahm, Anuschka wolle ihr eine scheuern.

»Er ist tot. Tot, tot, tot, tot, tot ...«, wiederholte Geist Anuschka in Endlosschleife die bittere Wahrheit. »Diesen Anblick werde ich nie und nimmer vergessen. Das war so furchtbar ...«

Und sie heulte von Neuem laut auf, warf sich dann an Käthes Hals und schluchzte dort weiter.

Harry kam ihr schnell zur Hilfe und führte die verzweifelte Anuschka zurück zur Eckbank, wo schon ihre Birnenmedizin im Gläschen auf sie wartete.

»Ist heute wieder Bauerntheater und ich bin in die Generalprobe von ›Psycho‹ reingeplatzt?«, fragte Käthe, die sich den bizarren Auftritt des blonden Zimmermädchens nicht erklären konnte.

»Nein, nix Theater! Der Gerhard ist ... hicks, wirklich hinüber. Exitus par excellence. Heute morgen ... hicks, Herzinfarkt ...«

Jetzt wurde Käthe kalkweiß wie ein Gespenst. Sie musste sich sofort zu Anuschka auf die Eckbank setzen, denn ihr wurde gerade schwindelig. Sie war fassungslos. In ihrem Kopf drehte sich alles. Mit zittrigen Händen griff sie nach der Schnapsflasche und trank in großen Zügen wie in Trance.

Käthe fühlte sich, als hätte man ihr den Boden unter den Füßen weggezogen. Ihr Gérard! Niemals hätte sie damit gerechnet, dass dieser charmante, mitten im Leben stehende Mann frühzeitig das Zeitliche segnen würde. Und das, nachdem sie gestern noch auf rosaroten Wolken geschwebt waren.

Ihr Liebster war nun also auf dem Weg in den Himmel. Und Käthe war wütend. Extrem wütend. Warum musste ihr das Schicksal so übel mitspielen? Das war doch einfach nicht gerecht. Und dann kullerten auch ihr ein paar Tränen über die Wangen. Und Harry massierte auch ihr den Rücken. Darin war er ja heute schon mehr als geübt. Der Gedanke an ein zweites Standbein als Masseur spukte plötzlich durch seinen Kopf.

Als Inge und Jupp auf das Gelände des Pferdehofs fuhren, das in der kleinen, etwa 20 Kilometer von Hirschweiler entfernten Ortschaft Bosen direkt am Bostalsee lag, und aus dem Wagen stiegen, wurden sie von lautem Gewieher aus dem gegenüberliegenden Stall begrüßt.

»Hoffentlich sind die Pferde ordentlich angebunden?«, meinte Inge bang, denn sie hatte ordentlich Respekt vor den großen Behuften.

»Die riechen sicher schon, dass wir keine guten Nachrichten mitbringen. Das ist der Instinkt der Tiere«, fachsimpelte Jupp.

»Wo müssen wir denn eigentlich hin? Wo ist denn hier der Eingang?«, fragte Inge, die sich auf dem Gestüt überhaupt nicht zurechtfand und planlos über den Hof stolperte - instinktiv weit weg vom Gewieher. Jupp, ganz Profi, hatte sich im Nullkommanix einen Überblick verschafft und ging zielstrebig zu dem kleinen Hofladen, um sich dort nach Yvonne zu erkundigen.

»Entschuldigung, wir suchen die Besitzer dieses Hofs. Wo müssen wir denn da klingeln?«

»Ich stehe genau vor Ihnen!«, antwortete eine kleine, zierliche Frau in reichlich verdreckten Klamotten und Reitstiefeln, die gerade ein paar Pflanzen umtopfte.

»Inge, Inge! Hierher!«, rief Jupp in Richtung seiner Frau, die sich aus Angst vor den Pferden hinter einer Regentonne verschanzt hatte.

Man wusste ja nie, ob die Tiere nicht plötzlich in Panik gerieten und aus dem Stall ausbrachen.

»Herr Backes, sind Sie das?«, fragte die Pflanzenumtopferin leicht verunsichert und musterte den Uniformierten etwas genauer.

Jupp nickte und rief erneut nach seiner Frau, die wie angewurzelt hinter der Tonne verharrte.

»Ich war mit Ihrer Tochter Eva in der Grundschule sehr gut befreundet«, erklärte Yvonne und wusch sich die dreckigen Hände.

»Natürlich, wie könnte ich das vergessen. Ihr zwei habt immer so entzückend Blockflöte gespielt«, log Jupp ihr ins Gesicht.

Yvonne lachte daraufhin und meinte, das sei ja schon über 20 Jahre her und sie spiele mittlerweile kein Instrument mehr. Was sicher auch für ihre Zuhörer und deren Ohren besser sei.

Jupp lächelte betreten und schaute dann Hilfe suchend raus zu Inge, die ja eigentlich nur hier war, um die traurige Nachricht zu überbringen. Frauen konnten so was nun mal viel besser.

»Wollen Sie für Ihre Frau ein paar Blümchen kaufen?«, frage Yvonne.

In dem kleinen Blumenladen gab es nämlich eine große Auswahl an frischen Schnittblumen. Besitzerin Yvonne hatte sich auf Dekorationen bei Veranstaltungen wie zum Beispiel Hochzeiten und Beerdigungen spezialisiert. Allerdings hatte der Laden nur an drei Tagen die Woche geöffnet, da das Gestüt, um das sich hauptsächlich ihr Gatte kümmerte, mit allem Drum und Dran viel Zeit und Nerven kostete. Das Blumenlädchen war eine Herzensangelegenheit von Yvonne. Die gelernte Floristin wollte nun mal mit Pflänzchen und Pferdchen gleichzeitig arbeiten.

»Ähm, ja, also ... Blumen? Hm, ich weiß nicht so recht ... I-N-G-E! Nun komm doch mal her!«, brüllte er seiner Frau draußen zu.

Endlich kam Inge geduckt angerannt, lief in den Laden hinein und hockte sich neben die Tür. Dann pfiff sie Jupp zusammen: »Sag mal, kannst du nicht einmal im Leben auf mich warten? Da wird die Autotür aufgerissen und sofort ohne Rücksicht auf Verluste losgerannt - an mich denkst du gar nicht. Da sind doch wilde Pferde! Du weißt, dass ich mir da vor Angst in die Bux mache ...«

»Hallo Frau Backes! Kennen Sie mich noch?«, unterbrach Yvonne ihren Gefühlsausbruch und beugte sich freundlich zu der hockenden Inge hinunter.

»Oh leck! Die Yvonne aus der Flötenstunde. Dich hätte ich jetzt überhaupt nicht mehr erkannt. Aus Kindern werden Leute ...«, ratterte Inge einen ihrer Kalendersprüche runter.

Grund genug für Jupp, schnell zu intervenieren, bevor Inge noch anfing die Sprüchlein aus den Poesiealben der Mädchen aufzusagen. Schließlich waren sie nicht zum Vergnügen hier, sondern hatten einen Auftrag auszuführen.

»Das ist ja eine tolle Überraschung! Geht es Ihnen denn gut? Dürfen es vielleicht ein paar schöne Schnittblumen für Sie sein oder ein Gesteck?«, fragte die clevere Geschäftsfrau Yvonne.

Inge lehnte dankend ab. Sie wollte viel lieber wissen, ob die Pferde denn zahm und angebunden wären, da sie so laut wieherten, was ihr unheimlich vorkam. Inge schlackerten immer noch die Knie und sie musste sich erst mal beruhigen.

Yvonne versicherte ihr, dass sie keine Angst zu haben brauche.

»Ich bin halt etwas ängstlich, Yvonne. Ich bin doch mal als kleines Mädchen ... Da war ich vielleicht so drei oder vier Jahre alt ...

»Fünf! Du warst bisher immer fünf Jahre alt, wenn du deine Ponygeschichte erzählt hast«, bemerkte Jupp leicht genervt, da er die Story schon x-mal gehört hatte.

»Ach, ist doch egal. Dann war ich halt fünf Jahre alt, als ich beim Ponyreiten vom Pferd gefallen bin. Seitdem bin ich ... Wie sagt man doch gleich? ... Ähm, also seitdem bin ich quasi paranoid«, erklärte Inge ihre Panik.

Yvonne schaute sie verwundert an.

Dann griff Jupp durch und ergriff das Wort: »Inge, du hast eine Phobie. Bei einer Paranoia wäre ich schon längst über alle Berge, denn so eine Frau wollte ich nicht neben mir im Bett liegen haben. Das wäre mir viel zu gefährlich.«

»Vielleicht könnten Sie ja mal eine Therapie in Angriff nehmen, um Ihre Angst besser in den Griff zu bekommen? So was bieten wir rein zufällig hier auf unserem Pferdehof auch an.«

Yvonne war wirklich eine sehr gewiefte Geschäftsfrau, das musste man sagen.

Inge blickte verunsichert zu Jupp.

»Das ist wie eine Delfintherapie, nur dass du halt auf einem Gaul rumreitest und nicht irgendwo in Florida im Becken rumschwimmst. Ob die Planscherei mit Delfinen wirklich was bringt, ist doch bis heute noch gar nicht bewiesen. Mit der Reiterei wird es genau das Gleiche sein. Alles nur Geldmacherei!«

»Wie geht es denn der Eva? Ich habe schon ewig nichts mehr von ihr gehört«, wechselte Yvonne schnell das Thema.

Sie merkte, dass Jupp einer Therapie mit Tieren skeptisch gegenüberstand und dass sie hier allenfalls ein paar Begonien oder Geranien verkaufen könnte.

»Ach, der geht es sehr gut. Die wohnt ja schon seit ein paar Jahren in Berlin. Und die schafft in so einer Firma, die machen den lieben langen Tag Reklame für andere Firmen«, erklärte Inge stolz.

»Werbeagentur nennt man das«, fiel Jupp ihr ins Wort.

»Ist sie denn auch verheiratet und hat vielleicht auch schon Nachwuchs?«, wollte Yvonne wissen.

»Ach nee, da hat sie ja noch Zeit, gell? Aber sie hat einen festen Freund, das ist ein echter Schauspieler.«

Inge platzte mal wieder voller Stolz.

»Wow, das ist ja spannend! Kennt man den aus dem Fernsehen?«, erkundigte sich Yvonne schwer beeindruckt.

Sie witterte wohl gerade einen Riesenauftrag, bei dem sie die Blumengestecke und Dekorationen für die Promihochzeit der alten Flötenfreundin liefern durfte.

»Nein, nein, den kennt man nicht. Muss man auch nicht kennen«, meinte Jupp etwas abfällig.

Er war ja mit der Partnerwahl seiner Tochter überhaupt nicht einverstanden. Der Beruf des Schauspielers war für Jupp kein Beruf, sondern ein Hobby. Nix, womit man eine Familie ernähren konnte.

»Sie bieten auch Ferienwohnungen an?«, fragte Jupp, der einen Aushang in dem kleinen Laden entdeckt hatte und das Thema wechseln wollte. Schließlich wollte er hier keine Plauderstunde veranstalten.

»Ja, tun wir. Und wir würden auch gerne noch weitere Bungalows auf unserer Koppel bauen, die wir vermieten können ... Warum fragen Sie? Wollen Sie bei uns Urlaub machen? Ferien auf dem Pferdehof sind ja schwer gefragt«, meinte Yvonne grinsend.

»Nein, nein, meine Frau würde zum jetzigen Zeitpunkt die Nähe zu den Pferden nicht überleben. Warum hat Ihr Vater eigentlich nicht bei Ihnen übernachtet, wenn Sie doch selbst Ferienwohnungen anbieten?«, leitete Jupp ganz geschickt zum eigentlichen Grund ihres Besuchs über. Profi halt.

Yvonne war perplex.

»Mein Vater? Wie kommen Sie denn jetzt auf den?«

»Ihr Vater war Gast im Gasthof zum Dorfbrunnen, weil dort gestern ein Klassentreffen stattgefunden hat. Und leider, ähm, leider ... Inge, magst du vielleicht jetzt mal weitermachen?«

»Ich habe zu meinem Vater seit über einem Jahr keinen Kontakt mehr«, klärte Yvonne auf.

»Ach, das ist gut! Dann werden Sie ihn nicht so schmerzlich vermissen«, rutschte es Jupp raus.

Er siezte Yvonne weiterhin, um förmlicher zu wirken. Das schuldete er seiner Funktion als Polizist, schließlich war er dienstlich hier.

Das war der Moment, in dem Inge endlich einschritt, denn Yvonne schaute total irritiert.

»Yvonne, du musst jetzt ganz, ganz, tapfer sein. Aber dein Papa ... Also, wie soll ich es sagen? Also, dein Papa ist leider diese Nacht ganz friedlich eingeschlafen und heute Morgen nicht mehr wach geworden. Er musste also nicht leiden. Es war sein Herz, das nicht mehr so mitspielen wollte. Und jetzt ist er bei deiner Mama im Himmel.«

Inge wollte die Todesnachricht partout kindgerecht aufbereiten, obwohl Yvonne schon Anfang 30 war.

Yvonne war daraufhin erst mal sprachlos und bekam einen starren Tunnelblick. Ihre Mimik war für mehrere Sekunden wie eingefroren. Obwohl sie in der letzten Zeit keinen Kontakt zu ihrem Vater gehabt hatte, schien sie doch sehr betroffen.

Inge nahm sie vorsorglich schon mal tröstend in den Arm und erwartete, dass sie gleich am Rad drehen und laut losschreien würde. Doch nichts passierte. Yvonne war kalt wie ein Stein.

Jupp erkundigte sich nach dem wöchentlichen Mietpreis für eine Ferienwohnung, nur damit diese Totenstille endlich aufhörte und Yvonne wieder zu sprechen begann.

»Jupp! Du kannst doch jetzt nicht über Mietpreise schwätzen. Das ist der absolut unpassendste Moment dafür«, flüsterte Inge ihm zu.

»Das ist davon abhängig, ob Sie Seeblick haben wollen oder nicht«, erklärte Yvonne, die eine ganz wache Geschäftsfrau war. »Wissen Sie, was die Tragik am Tod meines Vaters ist?«

Jupp und Inge spitzten die Ohren.

Yvonne stand auf und ging um die Ladentheke herum. Dann zog sie die oberste Schublade auf, holte einen Briefumschlag heraus und hielt ihn den beiden hin. Inge nahm das Kuvert und öffnete es mit zitternden Händen. Vor Aufregung hatte sie ganz rote Backen. Sie überflog die Zeilen und las dann das Fettgedruckte laut vor:

»Wir laden euch herzlichst zu unserer Vermählung am Wörthersee ein. Diesen ganz besonderen und unvergesslichen Tag möchten wir mit euch zusammen feiern.

Charlotte & Gerhard

PS: Anstelle eines Geschenks wünschen wir uns eine Spende für ›Ein Herz für Kinder‹. Bitte teilt uns euer Kommen rechtzeitig mit bis zum ... bla, bla, bla«

Inge blickte auf und legte die Einladung auf die Theke. Sie ahnte jetzt, warum es den Knacks in der Vater-Tochter Beziehung gegeben hatte und weshalb Yvonne keinen Kontakt mehr zu ihrem Erzeuger hatte.

»Tja, vielleicht sind Ihrem werten Herrn Vater die Hochzeitsvorbereitungen und das ganze Brimborium zu viel geworden? Und dann hat die Pumpe halt den Geist aufgegeben. So eine Hochzeit zu planen, ist ja nicht ganz ohne ...«, meldete sich Jupp mal wieder von der Seite.

»Jupp, pst! Sei doch nicht immer so unsensibel!«, brachte ihn Inge zum Schweigen und wandte sich dann an Yvonne.

»Hattest du denn vor zur Hochzeit zu fahren? Ich liebe ja Hochzeiten, da muss ich zwar immer flennen, aber schön ist so eine Feier ja schon immer: das weiße Kleid, die ganzen Blumen, die Torte ...«

»Auf gar keinen Fall wollte ich da hin!«, unterbrach Yvonne sie.

Dann berichtete sie, dass ihr Vater nie ein Wort von dieser Charlotte erzählt habe. Und persönlich kennengelernt habe sie die Frau bisher auch nicht. Sie habe von der neuen Partnerin ihres Vaters nur per Zufall über eine Tante erfahren. Daher war sie stinksauer auf ihren Vater, auch wenn der jetzt tot war.

»Aber er hat Sie doch zur Hochzeit eingeladen, das klingt doch versöhnlich«, meinte Jupp und zeigte mit dem Finger auf die Einladungskarte, die auf der Theke lag.

Inge verdrehte die Augen: »Ach Jupp!«, und meinte dann an Yvonne gerichtet: »Männer können so was einfach nicht verstehen. Man will als einzige Tochter doch persönlich informiert werden, und zwar *bevor* das Kind in den Brunnen gefallen ist, gell?«

»Nie und nimmer wäre ich zur Hochzeit an diesen bescheuerten Wörthersee gefahren. Wer sollte sich denn dann bitte schön um die Pferde kümmern?«, wetterte Yvonne.

»Ach Yvonne, ich weiß: das ist nie einfach, wenn ein Elternteil stirbt und sich der andere dann neu verliebt. Ich weiß, wovon ich spreche ... Wir haben daheim ganz ähnliche Probleme. Und lass es dir gesagt sein: ich habe mich damit am Anfang auch sehr, sehr schwergetan ...«

Bei dem Versuch Yvonne zu trösten, kam Inge mal wieder ordentlich ins Schwätzen. Allerdings über ihre eigenen Familienprobleme.

»Oder waren Sie vielleicht sauer, weil man Sie nicht mit der Blumendeko für die Feier beauftragt hat? Wollten Sie deshalb nicht zur Hochzeit kommen?«, bohrte Jupp ein wenig nach, denn ihm war die Geschäftstüchtigkeit der jungen Frau keinesfalls entgangen.

Inge schüttelte nur den Kopf angesichts der Taktlosigkeit ihres Gatten.

»Nein, nein, es ist einfach in der Vergangenheit zu viel passiert. Mein Vater hat sich zu viel erlaubt. Oder wie würden Sie es finden, wenn der Vater ständig Affären hätte? Mein Vater konnte noch nie treu sein, warum sollte ich dann also zu seiner Hochzeit fahren? Das ist doch alles eine reine Farce«, redete sich Yvonne gerade ordentlich in Rage. »Meine Mutter hat so viel Leid mit ihm ertragen müssen ...«, fügte sie mit zitternder Stimme hinzu.

Inge und Jupp schauten sich Rat suchend an. Sie hatten Gerhard Scherer bisher nur als den netten Klassenlehrer ihrer Ältesten kennengelernt. Über seine Untreue im Privatleben war ihnen bisher nichts bekannt.

»Wissen Sie zufällig, ob Ihr Vater eigentlich verbrannt werden wollte?«, erkundigte sich Jupp dann noch.

Da ihm einerseits im Moment nichts Besseres einfiel, andererseits wollte er gerne wieder zurück zu den Sachfragen kommen. Das war für ihn sichereres Terrain.

»Jupp! Jetzt aber ...«, ermahnte ihn Inge und schüttelte zum wiederholten Mal den Kopf.

Dann nahm sie Yvonne tröstend in den Arm.

In dem Moment klingelte Jupps Diensthandy.

»Oberkommissar Backes am Apparat«, meldete er sich vorschriftsmäßig.

»Jupp, schnell ... hicks, du musst noch mal herkommen. Ich bin's, der Harry!«

»Was? Liegt bei dir etwa schon wieder jemand tot im Bett? Ich würde mal die Heizung prüfen lassen, nicht dass da giftige Gase rauskommen.«

»Zum Glück, hicks, nicht ... Aber eure Oma liegt, hicks ... mit der Anuschka auf der Eckbank. Ich glaube, die verträgt, hicks ... wohl keinen Schnaps, denn die schwätzt so wirres Zeug. Also, eure Oma, meine ich.«

»Was? Wieso? Weshalb ist denn meine Schwiegermutter bei dir im Gasthof?«, frage er verwundert.

Harry, der am orangenen Tastentelefon hinter der Theke stand, hielt den Hörer in Käthes Richtung, damit Jupp das Gefasel seiner Schwiegermutter mit eigenen Ohren hören konnte.

»Ach Anuschka, was weißt du denn schon vom Leben! Du bist ein junges Ding von, na ja, 15, 16 oder höchstens 17 Jahren. Du weißt doch von der Liebe nix, aber auch gar nix ...«

»25!«, lallte Anuschka.

»Ach? Okay, du brauchst eine Erwachsenenfrisur. Schneid dir den dämlichen Pferdeschwanz ab!«

Anuschka schielte mit glasigem Blick zu Käthe, die als die Ältere ihren Monolog altkluger Weisheiten fortsetzte und mit der Hand schon wieder die Schnapsflasche umklammerte.

»Weißt du, Anuschka, verknallt war ich! Jawohl, so richtig doll verknallt. Wenn auch nur für ein paar Stunden. Aber endlich weiß ich wieder, wie sich Schmetterlinge anfühlen. Jawohl, ich hatte Schmetterlinge im Bauch – und die kamen so urplötzlich wie ein Stau auf der A1. Ein irres Gefühl ist das! So ein Kribbeln, da bekommt man Haut-de-Gans, sag ich dir. Haut-de-Gans, mit allem Drum und Dran.«

Anuschka seufzte laut und gab lallend von sich, dass sie gerade auch ein merkwürdiges Kribbeln verspüre. Dann sprang sie von der Eckbank auf und rannte leicht panisch Richtung Damentoilette.

Jupp schluckte am anderen Ende der Telefonleitung zweimal. Dann versprach er Harry, ihn aus seiner misslichen Lage mit den zwei betrunkenen Frauen zu befreien und zumindest seine Schwiegermutter gleich abzuholen.

Harry bedankte sich, denn er wollte die Gaststätte für heute bald schließen: wegen eines Trauerfalls. Nicht wegen des desolaten Zustands, in dem sich sein Personal befand.

Nachdem Jupp aufgelegt hatte, wandte er sich an Yvonne und meinte lapidar, dass auch bei Familie Backes nicht heile Welt und Sonnenschein herrsche.

Inge schaute ihn fragend an.

»Wir müssen die Oma aus der Wirtschaft abholen. Die hat wohl gerade ihren Moralischen und gesoffen.«

»Was? Die war heute Morgen doch noch frisch verliebt und bester Laune?«

»Tja, so ist das halt mit den alten Herrschaften. Hätte sie sich für die Evelyn entschieden, würde Sie jetzt sicher nicht mit Schnaps, sondern nur mit Franzbranntwein anstoßen. Das hat sie nun davon!«

Dann verabschiedeten sich Inge und Jupp eiligst ohne weitere Erklärung von Yvonne. Inge umarmte die junge Pferdenärrin zwar noch einmal kurz, rannte dann aber schnell zum Auto, um nicht auf den letzten Metern noch einem Pferd zu begegnen.

Während sie mit dem Auto den Pferdehof verließen und auf die Landstraße auffuhren, zermarterte sich Inge schon wieder das Hirn angesichts der neuen Hiobsbotschaft.

»Was um alles in der Welt habe ich als Tochter bloß falsch gemacht, dass meine Mutter jetzt schon mittags trinkend in der Kneipe sitzt und abgeholt werden muss?«

»Mach dich nicht verrückt! So was kommt in den besten Familien vor. Und wenn es uns mit der Oma zu viel wird, dann kommt sie halt ins betreute Wohnen. Wir zwei haben ja auch noch ein Leben, gell?«

Inge schluckte.

»Du bist wieder so gefühlskalt. Da musst du echt an dir arbeiten, Jupp! Unbedingt dran arbeiten ...«

Kapitel 6

Als Inge und Jupp die Gaststätte betraten, bot sich ihnen ein äußerst merkwürdiges Bild. Harry saß mit dem Kopf auf dem Tisch da und schnarchte laut. Anuschka schlummerte auf der Eckback - ebenfalls laut schnarchend. Käthe saß in der Mitte der Schlafenden. Sie schielte zur Schnapsflache auf dem Tisch und wirkte apathisch und überhaupt nicht ansprechbar.

»Was um alles in der Welt ist denn hier passiert? Mama, was machst du denn für Sachen?«, rief Inge besorgt und nahm ihre Mutter liebevoll in den Arm.

Keine Antwort!

»Komm, los! Wir packen die Oma jetzt ein und dann: ab marsch! Die gehört ins Bett«, bestimmte Jupp.

Daraufhin hakten beide die betüdelte Käthe unter, der die Tränen über die Backen kullerten.

Nachdem Inge und Jupp die anscheinend unter Schock stehende Käthe gegen ihren leichten Widerstand (Käthe wurde sogar ein bisschen frech!) aus dem Gasthof gezerrt und auf die Rückbank des Streifenwagens verfrachtet hatten, ging es nach Hause. Käthe hing hinten in den Polstern wie ein Schluck Wasser in der Kurve. Die Heimfahrt dauerte eine gefühlte Ewigkeit, denn Jupp fuhr Schneckentempo, aus Angst, dass der Schwiegermutter ein Malheur passierte und sie ihm den Dienstwagen vollkotzte. So was hatte er schon gelegentlich mit betrunkenen Bürgern erlebt. So viele Vanille-Duftbäumchen konnte er gar nicht in den Pöscho hängen, um den Gestank wieder loszuwerden.

Doch irgendwann wurde der Wagen schließlich in der Garageneinfahrt geparkt und Käthe erst mal von Inge zu Bett gebracht, damit sie ihren (Halb-)Rausch ausschlafen konnte. Erst jetzt rückte die lädierte Käthe mit der Sprache raus, wenn auch etwas unzusammenhängend, unverständlich und sehr unvollständig - und gestand, weshalb sie sich am helllichten Tag in der Gaststätte mit Schnaps betrunken hatte. Sie faselte etwas davon, dass das Leben so hart und gemein zu ihr war und dass sie immer auf die Schnauze flog.

»Hast du dich wegen deiner neuen Liebschaft betrunken? Ist es schon wieder aus und vorbei?«, wollte Inge neugierig wissen.

Käthe zuckte mit den Achseln: »Tja, so könnte man es auch nennen.«

»Jetzt ruh dich erst mal aus, Mama! Du brauchst etwas Schlaf, und danach sieht die Welt wieder ganz anders aus.«

Inge wusste bisher nur vom toten Gerhard Scherer. Dass es sich dabei um denselben Mann handelte, den Käthe als »Gérard« kennengelernt hatte, konnte sie ja nicht ahnen.

Eine Stunde später spülte Inge das Kaffeegeschirr, was kaum Aufwand war, denn es hatte ja nur zwei Gedecke gegeben: für sie und Jupp. Sie hatte zwar noch versucht, ihre jüngste Tochter Marion, die mit den Enkeln im 70 Kilometer entfernten Luxemburg lebte, zu einem spontanen Kaffeebesuch nach Hirschweiler zu locken, doch das war natürlich aussichtslos gewesen. Schließlich betrieb Marion mit ihrem italienischen Lebensgefährten eine Eisdiele und die brummte am Wochenende, besonders bei schönem Wetter. Da hatte Marion natürlich nicht alles stehen und liegen lassen können.

Und Inge und Jupp hatten aufgrund der lädierten Käthe ihrerseits auch nicht einfach wegfahren und die Enkel mit Käsekuchen überraschen können. Nachher wäre Käthe noch während ihrer Abwesenheit auf weitere dumme Gedanken gekommen oder hätte sich etwas angetan. Das hätte sich Inge nie verziehen!

Aber zum Glück hatte sie ja noch ihre ältere, kinderlose Tochter, die garantiert am Samstagnachmittag Zeit zum Telefonieren hätte, so Inges etwas naive Annahme.

»Hallo Mama. Na, was gibt's denn Dringendes?«, fragte Eva kurz angebunden.

Sie schien leicht unter Strom zu stehen.

»Eva, wo bist du denn? Bei dir rauscht es so im Hintergrund?«, brüllte Inge in den Hörer, da sie kaum ihr eigenes Wort verstand.

»Wir schlendern gerade über den Mauerpark-Flohmarkt. Warum?«

»Ach Gottchen, warum das denn? Hast du etwa Geldprobleme? Sollen wir dir Geld überweisen? Bist du deshalb auch nicht zum Klassentreffen gekommen?«, bombardierte Inge ihre Tochter mit allen möglichen Vermutungen.

»Nein, nein und nochmals nein! Ich bin wirklich aus freien Stücken hier. Wir suchen nach schönen Lampen für unsere Nachttische. Sandro und ich mögen halt Vintage-Möbel.«

»Aha? Also, die Marke sagt mir jetzt grad nix ... Dein Vater und ich haben Nachttischlämpchen vom Ikea. Hauptsache, die brennen, wenn man mal nachts raus muss, gell?«

»Vintage ist eine Stilrichtung, Mama! Es handelt sich dabei um Möbel aus den 20er- bis 80er-Jahren«, klärte sie ihre ahnungslose Mutter auf.

»Oh leck! Vor drei Wochen hat dein Vater den Speicher entrümpelt und den alten Krempel auf den Sperrmüll gefahren. Es konnte ja keiner ahnen, dass man euch damit eine

Freude machen kann, sonst hätte er den Schammas vor eurer Wohnungstür abgeladen.«

»Alles gut, Mama. Wir können auf das billige Zeug verzichten. Warum rufst du denn eigentlich an?«, wollte Eva dann leicht genervt wissen, denn sie bummelte halt gerade mit ihrem Freund über den Flohmarkt und wollte nach richtig schönen Lampen Ausschau halten.

Daraufhin schilderte Inge mit übertriebener Dramatik die Neuigkeit des Tages.

»Was??? Ach, das ist ja furchtbar! Das tut mir total leid. Ich mochte Herrn Scherer echt gerne. Er war ein wirklich sehr guter Lehrer.«

»Tja, wenn du zum Klassentreffen erschienen wärst, dann hättest du ihn noch ein letztes Mal sehen können ...«

Inge konnte sich den kleinen Seitenhieb nicht verkneifen, der aber leider von Eva völlig ignoriert wurde.

Dann berichtete Inge noch in epischer Breite davon, wie sie und Jupp der alten Blockflötenfreundin die schlimme Nachricht übermittelt hatten. Eva hörte zu, seufzte immer ab und an mal, um zu zeigen, dass sie noch am Handy war.

»Sag mal, du wirst doch zur Beerdigung deines ehemaligen Klassenlehrers kommen? Das musst du schon machen, das gehört sich doch so.«

Eva blähte genervt die Backen auf. Dann versuchte sie ihrer Mutter verständlich zu machen, dass sie wirklich keine Notwendigkeit sehe, eigens zur Beerdigung eines Lehrers anzureisen, den sie seit Jahren nicht gesehen hatte. Extra von Berlin anzureisen wäre schließlich mit hohen Kosten verbunden. Schließlich hatte sie gerade erst das Sparticket der Deutschen Bahn kurzfristig stornieren müssen (ohne Rückerstattung!), mit dem sie zum Klassentreffen hatte anreisen wollen.

Inge schüttelte nur mit dem Kopf.

»Eva, du bist so kalt geworden. Berlin tut dir nicht gut, du hast dich wirklich sehr verändert. Zu deinem Nachteil allerdings. Die Großstadt hat dich so, so ... wie soll ich sagen, so egoistisch gemacht. Dieses Ellenbogenverhalten hast du früher in Hirschweiler nicht an den Tag gelegt.«

Inge versuchte nun also mit unterschwelligen Vorwürfen, Eva zum Umdenken zu bringen. Sie wünschte sich nichts sehnlicher, als dass sich Eva endlich mal wieder daheim blicken ließ. Die Beerdigung wäre ihrer Meinung nach ein besonderer Anlass um heimzukommen. Doch leider musste Inge einsehen, dass ihre Tochter das ganz anders sah und erwachsen genug war, ihre eigenen Entscheidungen zu treffen.

»Ich bekomme so kurzfristig überhaupt keinen Urlaub. Bei uns in der Agentur ist echt die Hölle los, es ist schon ein Wunder, dass ich heute am Samstag mal frei habe.«

»Soll ich mal mit deinem Chef schwätzen? Wenn du dich nicht traust zu fragen ...«

»Nein Mama, vergiss es! Du rufst ganz sicher nicht bei meinem Chef an. Untersteh dich!«

»Ich könnte dir auch das Geld für die Bahnfahrt überweisen, das ist doch kein Problem für uns ...«

»Du, Mama, der Empfang ist gerade ganz schlecht ... Ich bin wohl in einem Funkloch. Ich melde mich ein anderes Mal. Schönes Wochenende! Und grüß Oma und Papa ganz lieb von mir!«

Inge wollte noch etwas sagen, doch Eva hatte sie bereits abgewürgt.

Eva war es leid, dass ihre Mutter immer wieder versuchte sie zu bevormunden und ihr vorzuschreiben, was sie tun solle. Als Erwachsene wollte sie sich nicht maßregeln lassen, so traurig die Sache mit dem toten Lehrer auch war.

Inge war traurig. Irgendwie lief alles nicht so, wie sie sich das als Mutter, Tochter und Ehefrau gewünscht hatte. Sie akzeptierte nur schwer, dass die Töchter ihr eigenes Leben fernab des Saarlands führten und sich nicht in die Lebensplanung reinreden ließen. Und dass ihre eigene Mutter ständig auf Männersuche war, ließ erahnen, dass sie bald mit Jupp mutterseelenallein dasäße und den Alltag bestreiten müsste. Es blieben ihr eigentlich nur noch die Pärchenabende mit Doris und Edwin, die für Abwechslung sorgen könnten. Inge wusste, dass sich in ihrem Leben etwas ändern musste, damit sie sich gebraucht fühlte. Es gab auch schon einen konkreten Plan, der seit einigen Tagen in ihrem Kopf herumspukte. Sie wusste nur noch nicht, wie sie das Ganze Jupp beibringen sollte. Er würde garantiert ausflippen, da war sich Inge ziemlich sicher.

Zum Abendessen gab es nur Lyoner- und Grauworschtschmeere, Wurstsalat und ein paar russische Eier mit Senf und Maggi. Dazu trank Jupp sein Lieblingsbier, während Inge mit einer Tasse Pfefferminztee vorliebnahm. Käthe war gar nicht erst zum Abendbrot erschienen, sie schlummerte noch oben in ihrem Bettchen. Zu jeder vollen Stunde ging Inge hoch, um nach dem Rechten zu schauen.

Auch diesmal wurde sie, als sie den Kopf durch den Türspalt steckte, mit einem lauten Schnarchen begrüßt. Erleichtert schlich sie wieder nach unten zu Jupp, um sich weiter darüber aufzuregen, dass Eva nicht zum Lehrerbegräbnis anreisen wollte sowie über ihre Vermutung, die Oma hätte möglicherweise ein Alkoholproblem, da sie schon mittags in der Kneipe Schnaps trank.

»Die Kinder sind alt genug. Du musst loslassen, Inge! Loslassen, hörst du? Wann begreifst du das endlich?«, ermahnte Jupp sie wieder einmal.

»Jaja, das sagt sich alles so einfach«, meinte Inge niedergeschlagen.

»Du hast doch deine Mutter. Die ist im Prinzip wie eine Spätpubertierende, die man besoffen und völlig neben der Spur aus der Kneipe abholen muss. Was hat die sich dabei nur gedacht?«, rätselte Jupp.

Inge zuckte mit den Achseln.

»Bei uns ist irgendwie alles immer anders als bei anderen Leuten.«

»Familie ist halt wie das Wetter: Man muss es einfach akzeptieren und kann nix dran ändern«, sagte Jupp versöhnlich.

Bevor Inge sich noch weiter in Selbstmitleid erging, fing sie lieber an den Tisch abzuräumen. Sie bat dann Jupp, noch einmal hochzugehen, um nach Käthe zu schauen.

Jupp weigerte sich zunächst mit dem Hinweis, dass es schließlich nicht seine Mutter sei. Auch wisse er gar nicht, was er Käthe sagen sollte, falls sie aufwachte und sich - von Liebeskummer gepackt - bei ihm ausheulen würde.

Jupp trocknete daher lieber das Geschirr ab, während Inge erneut hochging. Rollenverteilung à la Familie Backes eben.

Pünktlich zur »Tagesschau« saßen Inge und Jupp auf der Wohnzimmercouch und knabberten Erdnussflips. Jupp hatte sich noch ein weiteres Bier eingegossen und die Füße hochgelegt. Inge reichte ihm unaufgefordert ein Allzwecktuch (wegen seiner fettigen Finger) und achtete penibel darauf, dass er die Untersetzer auf dem Couchtisch nutzte.

»Du Jupp, ich hätte noch ein Thema mit dir zu besprechen ...«, fing Inge vorsichtig an.

»Doch nicht jetzt bei den Nachrichten! Das hättest du mir doch beim Abendbrot sagen können«, meckerte Jupp sie an.

Inge schluckte. Sie wollte ihr Vorhaben gerne beiläufig übermitteln, da sie darauf hoffte, dass er es dann besser verkraften würde. Und bei den Nachrichten war Jupp gut abgelenkt, sodass er sich bestimmt nicht groß darüber aufregen würde, hoffte sie. Aber vielleicht war es sogar besser das Thema zu verschieben, um nicht den samstäglichen Fernsehabend wegen schlechter Stimmung zu versauen.

Versaut war der Abend für Jupp allerdings eh schon, da er gerade feststellte, dass im direkten Anschluss an die »Tagesschau« eine Schlager-Show geguckt werden sollte, die sich Inge ausgesucht hatte. Wenn schon bei den Backes' keine heile Welt herrsche, so wolle sie sich wenigstens in eine solche hineinträumen, argumentierte Inge.

Zähneknirschend willigte Jupp ein, denn er wollte das Fass nicht zum Überlaufen bringen. Nach der Käsekuchen-, Klassentreffen- und nun auch noch Beerdigungsabsage von Eva beziehungsweise Marion sowie dem Kneipendebakel mit Käthe war Inge schon gebeutelt genug. Wenn er jetzt noch mit ihr über das Fernsehprogramm stritt, könnte er bei ihr für nix garantierten.

Als im Laufe des Abends Roland Kaiser - zusammen mit Maite Kelly im Duett - ein »Warum hast du nicht Nein gesagt?« dem ausflippenden Publikum ungefiltert entgegenschleuderte, nickte Jupp zustimmend.

»Das frage ich mich auch ganz oft: warum ich nicht Nein gesagt habe, als deine Mutter hier einziehen wollte«, murmelte Jupp vor sich hin.

Er langweilte sich tierisch und ärgerte sich, dass er nicht wenigstens mal probierte hatte, Inge die Fernbedienung zu entreißen.

»Ich geh mal nach der Oma gucken«, sagte er auf einmal und sprang von der Couch auf.

»Was? Wieso denn jetzt? Gerade jetzt ist es doch so schön, wenn der Kaiser singt«, schwärmte Schlager-Fan Inge mit im Takt schwingendem Köpfchen und klatschenden Händen.

»Ich guck ja nur, ob sie noch atmet. Man will ja auf Nummer sicher gehen ...«

Jupp verschwand und kam erst nach einer Viertelstunde wieder zurück, da er noch einen (Notdurft-)Halt auf dem stillen Örtchen eingelegt hatte.

»Und? Alles in Ordnung?«, fragte Inge besorgt, als er zurückkam.

»Ja, sie lebt noch. Ich frage mich wirklich, was dem Harry bloß eingefallen ist, der Oma so Hochprozentiges zu geben.«

»Pst, nicht jetzt, Jupp! Die Andrea Berg kommt jetzt«, winkte Inge ab.

Sie verdonnerte ihren Mann dazu die nächsten drei Minuten die Luft anzuhalten. Inge hing förmlich an der Mattscheibe, um den Auftritt zu genießen.

Jupp gähnte demonstrativ und fragte sich, wer um alles in der Welt auf so bekloppte Texte kam.

»Ja, ich will mit dir am Strand auf weißen Pferden reiten, hä? Geht's noch?«, wiederholte Jupp eine vorgetragene Textzeile und zeigte dem Fernseher einen Vogel.

»Pst! Jetzt halt doch mal den Mund! Ich will das schließlich mitbekommen«, maßregelte Inge. »Bei deinen Sendungen muss ich auch immer still sein«, meckerte sie.

Inge wollte schließlich alles verfolgen und träumen.

»Pass bloß auf, dass du keine Albträume kriegst wegen dieser weißen Pferde ...«, stichelte Jupp.

Doch Inges Träumerei wurde jäh unterbrochen, denn plötzlich stand Käthe im weißen Nachthemd und mit in die Hüfte gestemmten Fäusten mitten im Wohnzimmer.

»Ach du lieber Gott! Hab ich mich gerade erschrocken«, fuhr Inge hoch.

»Ich dachte schon, hier geistert ein lädiertes Gespenst durchs Haus«, empörte sich auch Jupp, der sich vor Schreck auf der Couch aufrichtete.

»Ich muss mit euch reden. Sofort! Es geht um Leben und Tod!«

»Mit dem größten Vergnügen«, sagte Jupp und griff zur Fernbedienung.

Unverzüglich drehte er Andrea Berg den Saft ab, ganz zum Leidwesen von Inge.

»Geht es um deine Magenprobleme?«, erkundigte sich Inge teilnahmsvoll, die bei den Worten »Leben« und »Tod« hellhörig geworden war.

Sie sah natürlich sofort ein, dass es jetzt wichtiger war sich um ihre Mutter zu kümmern, als weiter seelenruhig Schlager zu gucken.

Käthe nickte zögerlich.

»Oh Gott! Gab es etwa doch schlimme Nachrichten vom Arzt? Hast du vielleicht deshalb einen über den Durst getrunken, um den Kummer zu vergessen?« mutmaßte Inge. »Das könnte ich dann auch irgendwie nachvollziehen.«

»Ist es Krebs?«, fragte Jupp und fiel mal wieder mit der Tür ins Haus.

»Josef! Ich bitte dich, sag doch so was nicht!«

Inge wurde leicht panisch.

»Nein, nein, es ist kein Krebs. Ich habe Liebeskummer. Ihr wisst doch, wie man sich dann fühlt.«

»Sorry, damit kenne ich mich überhaupt nicht aus, kann also leider nichts dazu beitragen. Da ihr mich dann ja nicht braucht, könnten sich die werten Damen vielleicht in der Küche austauschen? Dann könnte ich hier endlich mein Fernsehprogramm schauen.«

Inge ignorierte ihn.

»Liebeskummer? Heute Morgen hast du uns doch noch erzählt, dass du verknallt bist. Und jetzt ist schon wieder alles aus, oder wie? Und deshalb auch dieses Betrinken?«

»Tja, der wird halt auch gemerkt haben, dass die Oma so ihre Macken hat und es mit ihr nicht immer ganz einfach ist«, brabbelte Jupp vor sich hin.

»Hat er dich etwa sitzengelassen? Oh, das tut mir aber wirklich leid für dich«, sagte Inge einfühlsam.

»Mein Monsieur Right hat mich nicht sitzengelassen, das hätte er niemals getan. Nein, mein Gérard ist tot. Er ist leider gestorben«, sprach Käthe mit Grabesstimme.

»Noch ein Toter?! Das ist ja verrückt! Erst heute morgen wurde dem Eva ihr alter Klassenlehrer tot aufgefunden und zwar dort, wo du einen getrunken hast ...«

»Inge!«, unterbrach Jupp sie energisch.

Bei ihm dämmerte es langsam, dass hier ein gewisser Zusammenhang bestand.

»Ich fasse es nicht! Du warst in den Scherer Gerhard verknallt, stimmt's?«

»Ja genau, in den Gérard ... Er war früher mal Französischlehrer«, bestätigte Käthe.

»Wie bitte? In den ehemaligen Lehrer von der Eva? Dein Gérard und der Scherer Gerhard sind ein und dieselbe Person? Mama, das kannst du doch nicht machen! Was sollen denn die Leute denken, wenn du mit dem Lehrer deiner Enkelin ... Oh Gott, oh Gott!«, jammerte Inge.

Käthe berichtete unter Tränen, dass sie sich auf den ersten Blick verknallt hätte. Und dass sie Herzklopfen und Herzrasen gehabt hätte, so was hätte sie schon ewig nicht mehr gespürt.

»Tja, dem Scherer Gerhard ging es da wohl ähnlich. Nur hat sein Herz daraufhin gleich aufgehört zu schlagen. Herzinfarkt!«, kombinierte Jupp.

Käthe schüttelte den Kopf.

»Nein, nein, mein Gérard ist bestimmt nicht an einem Herzinfarkt gestorben. Niemals!«

»Aha, und was macht Sie da so sicher, Frau Doktor Käthe? Ich war schließlich bei der Untersuchung des Toten dabei, und du nicht.«

»Er wurde ermordet. Davon bin ich felsenfest überzeugt«, widersprach Käthe bestimmt.

»Wie bitte?!?«, kreischte Inge.

Sie schlug die Hände über dem Kopf zusammen.

»Gib der Oma bitte mal die richtigen Tabletten! Die halluziniert doch. Das wird eine Alkohol-Psychose sein«, vermutete Jupp.

»Vielleicht legst du dich doch noch mal ein wenig hin, Mama? Das war heute alles wohl ein bisschen viel für dich. Und du hast sicher immer noch einen kleinen Rausch«, beschwichtigte Inge.

Dann stand sie auf und nahm Käthe in den Arm, um sie behutsam wieder in ihr Zimmer zu bringen.

»Quatsch! Ich bin nicht betrunken. Ich hatte ein paar Schnäpse und einen Jägermeister, mehr nicht. Gérard muss ermordet worden sein, dafür habe ich sogar Beweise.«

Jetzt waren Inge und Jupp erst mal sprachlos und schauten sich schweigend an.

»Als ich eben im Bett aufgewacht bin, habe ich den gestrigen Abend noch mal Revue passieren lassen. Und mir ist eingefallen, dass mir Gérard bei unserem ersten Treffen erzählt hat, dass er Morddrohungen erhalten habe. Was sagt ihr bitte schön dazu, hä?«

»Käthe, ich denke, du bist noch immer nicht ganz nüchtern. Du musst leider akzeptieren, dass dein Typ von uns gegangen ist«, versuchte Jupp sie zu beruhigen.

»Ich schwöre! Er hat von Morddrohungen gesprochen, die in direktem Zusammenhang mit dem Klassentreffen standen. Ich bin doch nicht plemplem! Ich weiß doch noch, was er mir gestern Abend erzählt hat.«

»Das ist ja furchtbar! Wer macht denn so was?«

Inge war zutiefst erschüttert.

»Der Arzt hat einen Herzinfarkt diagnostiziert. Basta! Nix Mord ... Träum weiter, Käthe!«

Doch Käthe zauberte noch ein weiteres Ass aus ihrem Nachthemdärmel.

»Gérard hat heute Nacht noch mal auf meinem Handy angerufen. Vermutlich war da schon der Mörder bei ihm und er hat in seiner Panik versucht mich zu erreichen, damit ich ihm helfe ... Oh, Mann! Ich mache mir solche Vorwürfe, dass ich nicht dran gegangen bin ...«

Käthes Stimme brach. Sie kämpfte mit den Tränen.

»Vielleicht hat er urplötzlich noch Sehnsucht aufs Kuscheln bekommen? Auf jeden Fall ist das noch kein Beweis für einen Mord, nur weil man dich nachts anruft«, relativierte Jupp.

»Das war ein Hilferuf! Und kein Kuschelanruf!«, sagte Käthe bestimmt.

»Und warum hast du nicht abgehoben, wenn er dich in der Nacht anruft?«, wollte Inge zu Recht wissen.

»Tja, also, ich ... ähm ...«, sie tippelte unruhig von einem Bein aufs andere.

»Los, raus mit der Sprache!«, kommandierte Jupp, denn die Antwort interessierte ihn auch brennend.

»Na ja, ich hatte meine Zähne nicht drin. Und ich wollte halt nicht, dass er mich in dem zahnlosen Zustand hört ... Denn dann schwätze ich ja immer so komisch. Nach dem ersten Date muss das nicht sein. Aber ich konnte ja nicht ahnen, in welch schrecklicher Situation sich der Arme befindet! Oh Gott, ich mach mir solche Vorwürfe. Vielleicht könnte er jetzt noch leben, wenn ich mein Gebiss nicht im Reinigungsbecher gehabt hätte ...«

Käthe fing wieder an zu schluchzen, und Inge nahm ihre Mutter nur noch fester in den Arm.

»Dann müssen wir das doch der Polizei melden? Bei Verdacht auf Mord ...«, meinte Inge.

»Sehr witzig! Ich bin die Polizei, schon vergessen?«, mischte sich Jupp ein.

»Ja, aber die *richtige* Polizei. Also, der Klein Waldi von der Kripo in Saarbrigge. Der muss das Ganze dann mal so richtig unter die Lupe nehmen.«

»Jetzt mal bitte alle ganz, ganz langsam - und zehn Schritte zurück! Im Moment gibt es nur die Aussage einer zerstreuten älteren Dame, die laut eigenen Angaben Schnaps und Jägermeister intus hat und außerdem gerade damit kämpft, dass ihre vermeintlich große Liebe kurz nach dem Kennenlernen verstorben ist. Da kann man sich auch gerne schon mal was zusammenreimen, nur weil man so einen plötzlichen Tod nicht wahrhaben möchte. Alles schon da gewesen.«

Käthe riss sich von ihrer Tochter los und rannte schnurstracks zum Bücherregal.

Fragend schauten sich Jupp und Inge an, was nun in die Trauernde gefahren war.

»Ich schwöre auf die Bibel, dass ich die Wahrheit sage. Er hat mir von Morddrohungen erzählt, und er hat in der Nacht versucht mich anzurufen. Bestimmt als der Mörder gerade zuschlagen wollte.«

Käthe legte Mittelfinger, Zeigefinger und Daumen ihrer rechten Hand auf das Buch und schwor bei ihrem Leben, dass sie die Wahrheit sage und nix als die Wahrheit. Sie wirkte plötzlich total klar. Von Alkoholrückständen in ihrem Hirn war nun wirklich nichts mehr zu merken, wohl auch deshalb, weil sie ein paar Stunden tief und fest geschlafen hatte.

»Hmmm, oha ... Also, das sind schon gewaltige Behauptungen, die du uns da in den Raum schwörst, liebe Käthe. Mal angenommen, es wäre so, wie du sagst: und der Scherer Gerhard hätte in der Tat Morddrohungen erhalten ... Dann müsste ich natürlich sofort mit meinen Ermittlungen starten ...«

Ganz langsam sickerte bei Jupp durch, was es bedeuten würde, wenn seine Schwiegermutter recht hätte. Allerdings kannte er Käthe lange genug, um zu wissen, dass sie oftmals einen ordentlichen Knall hatte. Sollte er sich auf ihre Aussagen verlassen und eine groß angelegte Ermittlungsaktion anzetteln? Nein, das wäre zu riskant. Hinterher wäre er womöglich bis auf die Knochen blamiert, wenn an Käthes Gefasel nichts dran war. Die angebliche Hundeentführung hatte ihn vorsichtig gestimmt.

»Jupp! Du musst den Klein Waldi anrufen! Denn du bist doch befangen, Der Tote hatte schließlich was mit deiner Schwiegermutter am Laufen«, warf Inge zu Recht ein.

»Nix da! Erst mal kein Waldi! Bei dem ist eh immer Land unter. Für solch fadenscheinige Verdächtigungen hat der überhaupt keine Zeit und null Kapazitäten.«

Dann flüsterte er Inge ins Ohr: »Und wenn das alles nur Kokolores ist, was die Oma erzählt, und es gar kein Mord war, dann bin ich doch beim Waldi unten durch. Der denkt doch dann, dass ich unter Paranoia leide und mir das alles bloß einbilde - nur um einen handfesten Mordfall im Ort zu haben. Und außerdem ...« Er senkte die Stimme noch mehr und war jetzt mit seinem Mund ganz dicht an Inges Ohr: »Wer weiß, ob das alles so stimmt, was die Oma hier schwätzt. So ganz nüchtern ist die noch nicht ...«

Inge gab ihm zögernd recht. Sie blickte zu ihrer Mutter, die immer noch das Buch in der Hand hielt und wie Espenlaub zitterte.

»Ich will ja nicht unhöflich sein, liebe Mama, aber das ist der Duden, auf den du gerade schwörst - und nicht die Bibel.«

Kapitel 7

Die Nacht bei den Backes' fiel bescheiden aus. Mehr als bescheiden, wenn nicht sogar beschissen oder halt schlaflos. Inge wälzte sich immerzu von einer Seite zur anderen. In der Nacht verarbeitete ihr Gehirn die Mordverdachte, die Käthe aufgetischt hatte und dies führte dazu, dass Inge kein Auge zumachen konnte.

Gegen halb drei in der Früh tippte sie Jupp vorsichtig an der Schulter an. Er lag auf der Seite und drehte ihr den schlafenden Rücken zu.

»Jupp! J-u-p-p!«, flüsterte Inge in das dunkle Schlafzimmer.

Keine Antwort.

»Jupp! Jupp!«, sagte sie nun ein wenig lauter und ruckelte auch etwas kräftiger an seiner Schulter.

Jupp schnaufte laut und schlug mit der flachen Hand an die Stelle, als wolle er eine lästige Fliege verscheuchen. Dann zog er sich die Decke über die Schulter.

»Jupp, kannst du auch nicht schlafen?«, raunte Inge.

Sie stopfte ihr Kissen hinter sich zurecht, setzte sich auf und lehnte sich mit dem Rücken gegen das Kopfteil des Betts. Ruck, zuck hatte sie die Ikea-Nachttischlampe angeknipst und seufzte unüberhörbar laut.

»Komisch, dass wir beide nicht schlafen können, gell? Dabei ist heute gar kein Vollmond.«

»Hä? Licht aus!«, nuschelte Jupp mit zugekniffenen Augen.

»Ich kann kein Auge zumachen. Das ist doch der Gipfel! Wenn es wirklich stimmt, was meine Mutter erzählt hat ... Mord in unserem schönen Hirschweiler! Dann ist man doch hier seines Lebens nicht mehr sicher. Dann kann der Harry seinen Gasthof mit den Fremdenzimmern dichtmachen. Das ist doch der absolute Supergau für seinen Pensionsbetrieb. Oder würdest du gerne da Urlaub machen, wo eben noch jemand ermordet wurde? Ich auf gar keinen Fall. Oh Jupp, das ist alles so schrecklich!«

Inge quasselte wie ein Wasserfall - zum Leidwesen von Jupp, der nur laut gähnte. Er nahm sein Kissen, rammte es sich in den Nacken und lehnte sich genau wie Inge gegen das Kopfteil des Bettes.

»Mann, Mann, Mann! Was du dir wieder mitten in der Nacht für unnötige Gedanken machst. Mal nicht immer gleich den Teufel an die Wand! Wer weiß, ob das alles so stimmt, was uns die Oma aufgetischt hat. Ein bisschen mysteriös ist es ja schon, oder nicht? Da kommt der französische Möchtegernprinz angeritten, stirbt den plötzlichen Herztod und dann behauptet die trauernde Frischverknallte, es gäbe Morddrohungen, von denen er angeblich schon beim ersten Rendezvous erzählt hat. Wer plaudert denn so was Lebensbedrohliches gleich beim ersten Date aus? Das ist doch total unerotisch und abschreckend.«

»Hm, ich glaube, ab einem gewissen Alter spielt die Erotik nicht mehr so eine große Rolle. Eher Ehrlichkeit. Und eine derart ernsthafte Bedrohung muss offen angesprochen werden, wenn man sich auf Partnersuche begibt«, überlegte Inge.

»Ich vermute eher, deine Mutter braucht nur etwas Aufmerksamkeit. Was übrigens bei älteren Herrschaften jetzt nix Außergewöhnliches ist, denn die haben ja sonst nicht mehr viel zu tun.«

»Du meinst, meine Mutter lügt?«, fragte Inge entsetzt.

»Das habe ich nicht gesagt. Aber sie hat auf den Duden geschworen, das sagt ja schon einiges über ihren Allgemeinzustand aus. Weißt du, Inge, ich bin seit zig Jahren bei der Polizei - was glaubst du, was die Leute alles für Märchen erzählen, nur um sich wichtig vorzukommen. Ich sage nur: Müllersch Marianne und die angebliche Hundeentführung! Das ist wohl das beste Beispiel. Ich könnte mir gut vorstellen, dass sich die Oma das alles nur einbildet. Aber mal angenommen, es wäre wirklich *kein* Herzinfarkt gewesen, sondern ein unnatürlicher Tod: Dann könnte es rein theoretisch auch sein, dass sich der Scherer Gerhard selbst getötet hat, oder nicht?«

»Wie bitte? Wie kommst du denn jetzt darauf? Von Selbstmord war doch nie die Rede.«

Jupp schaute Inge tief in die Augen und sagte dann: »Die Oma berichtete von Mordabsichten - und das Wörtchen ›Mord‹ steckt ja auch irgendwie im Selbstmord drin, nicht wahr? Ein Korb von der Oma wäre ein denkbares Motiv. Sie hat seine Zuneigung nicht erwidert, also hat er entschieden, freiwillig aus dem Leben zu scheiden. Für diese Theorie würde sein nächtlicher Anruf sprechen. Da wollte er vielleicht um Käthes Liebe betteln, flehen, winseln oder was auch immer?«

»Aber sie wollte doch ans Telefon gehen, wenn sie nur nicht ihr Handicap gehabt hätte. Also mochte sie ihn doch auch ...«, warf Inge ein.

»Ach, das mit dem fehlenden Gebiss kann die Oma den Hühnern erzählen. Das glaube ich nie im Leben. Sie wollte ihn einfach nicht sprechen, warum auch immer. Und jetzt hat sie ein schlechtes Gewissen, weil sie nicht ans Telefon gegangen ist, und tischt uns die Mordtheorie auf. Mit so einer Last kommt nicht jeder klar. Das ist nichts, worauf man stolz sein kann und was man groß herumposaunt.«

»Oh leck, Jupp! Wie du das alles nachts um diese Zeit wie aus dem Effeff kombinieren kannst. Ich bin ja richtig platt und baff über dich!«

Jupp lächelte.

»Ei ja, ich bin halt ein Profi. Profi durch und durch sozusagen. Mich kannst du nachts aus dem Bett ziehen und ich mache im Schlafanzug sofort ein Verhör, weil sich mein Gehirn direkt auf die neue Situation einstellen kann. Das kann halt nicht jeder bei uns von der Polizei«, lobte er sich selbst über den grünen Klee.

Inge staunte anerkennend und gab entsprechend wohlige Laute von sich.

»Ach Jupp, irgendwie beruhigt mich das gerade alles. Deiner Meinung nach gibt es also nur zwei Optionen: Entweder war es wirklich ein plötzlicher Herzinfarkt und meine Mutter irrt sich gewaltig. Oder aber es war Selbstmord und die Oma hat ein schlechtes Gewissen, weil sie seinen Anruf nicht entgegengenommen hat. Dann hat sie uns also morgens am Frühstückstisch ihre Verliebtheit nur vorgespielt und so getan, als ob ...«, dachte Inge laut weiter.

»Genau, Inge! Denn jetzt mal Hand aufs Herz: wer sollte denn bitte schön den Scherer Gerhard, einen äußerst beliebten pensionierten Lehrer, beim Harry in der Pension umbringen? Das macht doch alles keinen Sinn.«

Inge grinste zufrieden. Dann verkündete sie, sie wolle es gleich mit einem neuen Einschlafversuch probieren. Denn jetzt würde sich für sie alles viel besser anfühlen, nachdem Jupp den Mordverdacht als total abwegig eingestuft hatte.

Inge knipste das Lämpchen aus, legte sich auf die Seite und schloss die Augen. Sie war glücklich, dass Jupp für alles eine Antwort hatte. Das schätzte sie sehr an ihrem Mann, auch wenn manche Antworten gewöhnungsbedürftig waren. Aber zumindest gab es immer irgendwelche Antworten auf alle Fragen. Das rechnete sie ihm stets hoch und heilig an.

»Es gibt aber auch noch eine dritte Option«, erklang Jupps Stimme plötzlich in die Stille des Schlafzimmers.

Inge schlug die Augen auf und schluckte.

»Die Oma hat ihr Rendezvous getötet, wegen unerwiderter Liebe. Denn sie war bis über beide Ohren verknallt und er eben nicht. Was meiner Meinung nach absolut nachvollziehbar wäre.«

»Wie bitte?«

Kerzengerade saß Inge im Bett. Ihr Herz klopfte.

»Beziehungstat«, schlussfolgerte Jupp.

»Die beiden hatten nur ein einziges Date, Jupp. Das war doch keine Beziehung!«, stellte Inge klar, um ihre Frau Mama zu verteidigen.

»Dann nenn es halt meinetwegen eine Date-Tat!«, korrigierte Jupp leicht genervt.

»Wie kommst du denn auf so einen Kappes?«, wollte Inge wissen. »Das habe ich ja noch nie gehört.«

»Das ist kein Quatsch! Die Oma ahnte natürlich, dass die Wahrheit früher oder später ans Licht kommen würde, weil - Simsalabim - ihr Schwiegersohn, also ich, ein echter Ermittlerfuchs ist, verstehst du?«

»Nein, ich verstehe überhaupt nix. Kannst du mir nicht noch mal die Selbstmordtheorie erklären? Die fühlte sich für mich irgendwie runder an als die Annahme, meine Mutter wäre eine Mörderin.«

Inge wollte den Gedanken an eine Beziehungstat mit Käthe als der Hauptverdächtigen gar nicht erst zulassen.

»Na, überleg doch mal! Die Oma greift dem Ganzen vor, indem sie von angeblichen Morddrohungen berichtet. Weil sie natürlich hofft, mich so auf eine falsche Fährte zu locken und damit ich sie gar nicht erst verdächtige, weil sie von Anfang an so gut kooperiert hat«, kombinierte Jupp. »Denn ohne sie hätten wir ja nie von den Morddrohungen erfahren. Ein ganz abgekartetes Spiel von ihr.«

Inge schluckte. Ihr Herz raste. Es polterte sogar regelrecht.

»Clever war deine Mutter immer schon, aber ich bin noch viel schlauer. Und du musst einsehen, dass ich bei meiner Arbeit keine Rücksicht auf die Verwandtschaft nehmen kann. In meinem Job muss man Berufliches und Privates absolut trennen können. Das predige ich ja ständig ...«

Inge starrte die weiße Wand des Schlafzimmers an und fantasierte laut: »Meine Mutter eine Date-Mörderin? Nie im Leben! Jupp, ich denke, du irrst dich gewaltig.«

»Jetzt beruhig dich mal wieder! Es ist ja nur eine dritte mögliche Option. Und wenn es so wäre, dann könnte man das sicher immer noch als Notwehr darstellen. Der Gerhard wurde zudringlich, hat der Oma unter die Bluse gegriffen und, zack, sie hat sich gewehrt und dann ist es halt passiert ... Aber offiziell schwätzen wir natürlich von einem Herzinfarkt!«

»Genau! Wie sollte ihn meine Mutter denn bitte schön absichtlich getötet haben? Du hast doch die Leiche gesehen: gab's da etwa Blut oder Würgemale? Also, wie sollte der Lehrer denn da ermordet worden sein, Herr Oberkommissar Überschlau, hä?«, verwies Inge zu Recht auf die knallharten Fakten.

Sie verschränkte die Arme und hoffte, dass sich Jupp nun für seine absurde Vermutung entschuldigen würde, Käthe habe hier gezielt einen Mord begangen. Viel zu ungeheuerlich war dieser Verdacht!

Am liebsten hätte sie ihm das Kopfkissen gehörig um die Ohren geschleudert. Aber das ließ sie angesichts der zu erwartenden Staub- und Federnaufwirbelung sowie der fortgeschrittenen Stunde lieber schön bleiben.

In dem Moment sprang Jupp wie von der Tarantel gestochen aus dem Bett und angelte nach seinen Schlappen.

»Was hast du denn jetzt vor? Du kannst die Oma doch nicht nachts um kurz vor drei Uhr wecken und ins Kreuzverhör nehmen. Die bekommt doch glatt auch einen Herzinfarkt. Oder zumindest einen Herzkasper«, rief Inge aufgebracht.

»Ich muss das Rattengift im Keller suchen. Ich will wissen, ob es da steht, wo es immer steht.«

»Was? Warum das denn? Hast du mal auf die Uhr geguckt?«, meinte Inge fassungslos.

»Ich habe da so eine Vermutung. Es könnte ja auch sein, dass der Scherer Gerhard vergiftet wurde. Es gab nämlich an der Leiche auf den ersten Blick keine äußerlichen Hinweise auf ein Gewaltverbrechen.«

»Vergiftet? Von meiner Mutter? Ich glaube, mit dir geht gerade ganz schön die Fantasie durch.«

Inge sprang auf und stellte sich ihm in den Weg, um ihn davon abzuhalten das Schlafzimmer zu verlassen.

»Jupp, mir wird gerade kotzübel ... Falls du recht haben solltest, dann ... also, dann ... Ich weiß gar nicht, wie es dann weitergehen soll.«

Inge war am Boden zerstört. Sie wirkte nervös und fahrig.

»Beruhig dich, Inge! Beruhig dich! Ich habe die besten Kontakte zum obersten Richter. Dem hab ich vor Jahren mal einen Fliesenleger vermittelt, der ihm die Doppelgarage gefliest hat, natürlich schwarz. Also, dank meiner guten Kontakte könnte die Oma mit schätzungsweise ... hm ... Also, ich denke mal mit 95 ist die wieder aus dem Kittchen raus.«

»Was?!?!?«

Inge hatte gerade eine blanke Horrorvorstellung. Sie sah sich im Geiste schon mit einem Tellerchen Käsekuchen unter der Alufolie vor der Pforte der JVA stehen, um wenigstens sonntags etwas Alltag mit ihrer Mutter leben zu können.

»Vielleicht könnte sie sogar schon mit 93 wieder eine freie Frau sein, denn es war garantiert Alkohol im Spiel ... Dann wäre die Oma nicht ganz zurechnungsfähig gewesen, was vielleicht das Strafmaß mildern könnte. Und wenn wir dann noch beweisen können, dass der Gerhard aufdringlich geworden ist und dass die Oma im Affekt, also aus purer Notwehr, gehandelt hat ... Hm, also wenn der Richter dann alle Augen inklusive seiner Hühneraugen zudrücken würde, dann könnte die Oma ihren 90. Geburtstag in Freiheit feiern und nicht hinter schwedischen Gardinen. Na, was sagst du jetzt?«

»Ich bin völlig entsetzt! Wie du das so leichtfertig runterratterst, das finde ich total unmöglich.«

»Ach Inge, andere Leute in unserem Alter besuchen ihre Eltern im Pflegeheim - wir fahren halt ins Frauengefängnis und machen da unseren Anstandsbesuch. Komm, es gibt Schlimmeres im Leben!«

Inges Unterkiefer zitterte. Sie war fassungslos, wie abgebrüht Jupp über die mögliche Inhaftierung der Oma spekulieren konnte.

»Such bitte nach deinem Rattengift, Jupp! Ich will Gewissheit. Diese Ungewissheit macht mich fix und fertig. Ich werde sonst kein Auge zumachen können«, flehte sie ihn an.

Jupp gab Inge ein Küsschen auf die Stirn und sagte noch, während er schon fast aus dem Schlafzimmer huschte: »Denk dran, es gibt drei Verdachtsoptionen! Wir werden jetzt erst mal peu à peu gucken, welche der drei wir ausschließen können. Willkommen im Leben an der Seite eines Polizisten! Da muss man in alle Richtungen denken.«

»Und wenn es doch nur ein gewöhnlicher Herztod war?«

»Das wäre dann Option Nummer eins, Inge. Du musst schon richtig zuhören!«, sagte der Oberkommissar mit erhobenen Zeigefinger.

Jupp stürmte nun schnurstracks in den Keller, während Inge den Rosenkranz aus dem Nachttisch kramte, sich vor das Doppelbett kniete und laut betete: »Herrgott im Himmel, bitte lass den Jupp das Rattengift finden! Ansonsten wünsche ich mich auf den Mond. Denn wenn meine Mutter tatsächlich in einen Date-Mord verwickelt ist ... Oh mein Gott, das Geschwätz der Leute wäre mein Untergang. PS: Ich komme auch wieder öfters in die Kirche, großes Indianerehrenwort!«

Keine fünf Minuten später kam Jupp in Schlappen und Schlafanzug zurück ins Schlafzimmer geschlurft.

»Betest du gen Mekka, oder wie?«, fragte er, als er die auf dem Teppich kniende Inge sah.

»Dummschwätzer! In der jetzigen Situation ist mit mir nicht zu spaßen«, raunte sie in ihre betenden Hände.

Jupp reichte Inge die Hand und sie kam mit wackeligen Beinen langsam wieder aus der knienden Position hoch. Erwartungsvoll schaute sie ihn an, auf dass er endlich mit der Sprache rausrückte.

»Und? Hast du das Gift gefunden?«, fragte Inge gespannt.

»Also, Option drei können wir im Prinzip abhaken. Das Rattengift ist da, wo es hingehört.«

»Gott sei Dank!«

Inge schickte ein Stoßgebet zur Schlafzimmerdecke.

»Ähm, die Flasche ist allerdings leer ... Und das ist sie auch schon länger, wie mir gerade auf der Kellertreppe wieder eingefallen ist.«

»Und jetzt? Was bedeutet das?«, fragte Inge irritiert.

»Dass du das gleich auf den Einkaufszettel schreiben kannst. Wenn wir im Baumarkt die Dämmstoffdübel besorgen, dann wandert das Rattengift auch gleich in den Einkaufswagen.«

»Also dann ist die Oma doch überhaupt keine Verdächtige mehr?«, fragte Inge interessiert und ignorierte damit das Thema Baumarkt.

»Tja, also, im Moment kann ich dir das auch noch nicht genau sagen. Aber warum sollte die Oma Rattengift in der Bude haben? Die hat höchstens Pfefferspray in der Handtasche, wenn sie mal wieder auf Männertour ist. Aber jetzt wird erst mal geschlafen. Morgen ist ja auch noch ein Tag. Das war schon alles aufwühlend genug, nicht wahr?«

Inge nickte und legte sich ins Bett. Sie zog sich die Decke über den Kopf und hoffte inständig, dass alles ein gutes Ende nehmen würde. Still und heimlich sandte sie ein weiteres Stoßgebet gen Himmel.

Einige Stunden später am Frühstückstisch war die Stimmung eher durchwachsen. Käthe hatte keinen Appetit und saß mit dicker schwarzer Sonnenbrille vor ihrem leeren Frühstücksbrettchen. Sie trank nur einen magenstärkenden Tee und betonte immer und immer wieder, dass sie nicht glauben könne, dass ihr Gérard getötet worden war. Sie glaube felsenfest daran, dass jemand vom Klassentreffen noch ein Hühnchen mit dem Lehrer zu rupfen hatte und dass das dann einen bitterbösen Ausgang genommen hatte.

»Jupp, du musst diese Schüler mal genauer unter die Lupe nehmen!«, befahl Käthe regelrecht.

»Klassisches Ablenkungsmanöver«, murmelte Jupp in sich hinein.

Inge rutschte nervös auf ihrem Stuhl hin und her. Die Tatsache, dass Jupp das Rattengift beziehungsweise die schon über einen längeren Zeitraum leere Rattengiftflasche im Kellerregal gefunden hatte, entlastete Käthe zwar ungemein, aber ein Restverdacht blieb dennoch. Nur eines war klar: Käthe konnte sich nicht als Giftmischerin mit Rattengift aus dem Hause Backes betätigt haben.

»Und du bist dir ganz, ganz sicher, dass dir der Herr Scherer von Morddrohungen erzählt hat?«, fragte Jupp, um zu testen, ob Käthe heute die gleiche Geschichte erzählen würde wie gestern Abend, als sie noch Restalkohol in der Blutbahn hatte.

»Ich bin doch nicht senil! Ich weiß doch noch, was mir der Gérard erzählt hat!«, pampte Käthe ihren Schwiegersohn an und rückte ihre dunkle Sonnenbrille zurecht.

Sie erinnerte mit den riesigen Gläsern auf der Nase an Puck, die Stubenfliege.

»Du kannst dich also komplett an den gestrigen Tag erinnern?«, hakte Inge gleich nach.

»Natürlich! Wir haben uns bei Tinder mittags geschrieben und dann gleich für den Abend verabredet. Und gegen halb eins nachts war ich wieder im Bett - alleine!«

»Oh Gott! Ein Mann aus dem Internet«, sagte Inge kopfschüttelnd und hielt sich sofort vor Schreck die Hand vor den Mund.

Inge hatte immer noch an ein altmodisches Kennenlernen über Freundin Evelyn bei deren angeblicher Namenstagsfeier geglaubt.

»Sag mal, Käthe, wenn du auf einen Mann so richtig, richtig sauer wärst, weil er dich betrogen, belogen, beklaut und weiß der Teufel was alles gemacht hat - und du wüsstet, dass dir keine Strafe droht ... Was würdest du mit so einem Früchtchen wohl machen?«, wollte Jupp mal so ganz lapidar bei Kaffee und Sonntagsbrötchen in Erfahrung bringen.

»Hat er mich etwa auch vergewaltigt?«, fragte seine Schwiegermutter wie aus dem Kanonenrohr geschossen.

Inge fiel vor Schreck das Frühstück aus dem Gesicht. Sie wunderte sich immer wieder, wie abgebrüht ihre Mutter doch war, im Gegensatz zu ihr.

»Meinetwegen auch das, wenn dir die Antwort dann leichter fällt.«

Ohne mit der Wimper zu zucken, sagte Käthe: »Ich würde Hackfleisch aus diesem Schwein machen! Und ihm dann bei lebendigem Leib die Eier abschneiden, auf dass ihm die verdammten Augäpfel vor Schmerzen hervorquellen!«

»Ach, das beruhigt mich aber.«

Inge seufzte vor Erleichterung, dass Käthe nicht zu irgendeinem Gift greifen würde.

»Soso, Hackfleisch ... interessant, interessant«, sinnierte Jupp und machte eine Denkerpose.

»Warum?«, fragte Käthe.

»Och, nur so ... Ich dachte nur an ein gewisses Gift, da du dir vielleicht nicht die Hände schmutzig machen willst.«

»Ich könnte mir aber auch vorstellen, ihn mit deiner Dienstwaffe zu erschießen. Ich war doch mal Schützenkönigin und müsste immer noch sehr treffsicher sein«, plauderte Käthe nichtsahnend aus dem (Verdächtigen-)Nähkästchen.

Jupp erhob sich vom Tisch und gab vor, ganz dringend ein wichtiges Telefonat führen zu müssen.

Inge schaute ihn verwundert an und versuchte dann mit Käthe ein wenig Small Talk zu betreiben, was aber aufgrund der Umstände nicht so recht gelang. Käthe war mundfaul und klagte mal wieder über angebliche Magenprobleme. Hobbyärztin Inge diagnostizierte Liebeskummer im Anfangsstadium und überlegte, wie sie ihr denn nur helfen könne. Falls Käthe überhaupt noch zu helfen war, denn sie wirkte sehr verstört.

Jupp verbarrikadierte sich derweil im Schlafzimmer, denn er wollte nicht, dass Käthe mit ihrem durchaus guten Gehör etwas von seinem Telefonat mitbekam. Fest ans Ohr gepresst hielt er sein Diensthandy und ließ es am anderen Ende lange klingeln. Gerade als er schon auflegen wollte, meldete sich atemlos eine männliche Stimme.

»Ja? Altmeier!«

»Schönen guten Morgen, Kurti! Hier ist der Backes Jupp. Wie geht's, wie steht's?«

»Ach nee, der Backes Jupp! Was verschafft mir die Ehre, dass du am heiligen Sonntag mit mir schwätzen willst?«, fragte er verwundert.

»Hab ich dich aus dem Bett geholt oder wie?«

»Nein, nein, schön wär's. Ich habe heute Dienst und bin hier ganz allein mit meinen Leichen. Zum Glück nerven die nicht«, witzelte Kurt Altmeier, der als Gerichtsmediziner an der Universität des Saarlandes in Homburg angestellt war.

»Du Kurti, sag mal, wie lange kennen wir uns jetzt eigentlich schon?«

»Wenn du so fragst, dann hast du doch einen Hintergedanken. Wo brennt es denn, Herr Oberkommissar?«, entgegnete Kurt, der Jupp in der Tat schon lange kannte.

Jupp kratzte sich verlegen am Hinterkopf.

»Ich weiß, das hört sich jetzt bestimmt etwas abenteuerlich an, aber ... Also, Folgendes: Vorgestern Abend gab es hier bei uns in Hirschweiler ein Klassentreffen. Und am nächsten Morgen lag der ehemalige Lehrer dieser Klasse tot in seinem Zimmer im Gasthof. Das Zimmermädchen hat den Toten morgens gefunden und sofort Alarm geschlagen.«

»Aha, daher weht der Wind. Was sagt denn der Arzt, der den Totenschein ausgestellt hat?«, wollte der Gerichtsmediziner wissen.

»Stinknormaler Herzinfarkt, eigentlich nichts Verdächtiges«, antwortete Jupp.

»Na, dann ist doch alles paletti. Für mich gibt's da nichts zu tun.«

»Moment, Moment! Also, ähm ... Tja, also meine Schwiegermutter hat das Opfer ...«

»Opfer?«, unterbrach ihn Kurt Altmeier. »Wieso denn Opfer, Jupp? Wenn es ein stinknormaler Herzinfarkt war, dann sprechen wir lediglich von einer Leiche«, verbesserte er Jupp.

»Also, meine Schwiegermutter hat den Verstorbenen ein paar Stunden vor seinem Tod über eine Dating-App kennengelernt, sich schnell mit ihm verabredet und ihn noch schneller getroffen. Dabei hat sie erfahren, dass unser Herztoter angeblich Morddrohungen erhalten hat. Und siehe da - Simsalabim, ein paar Stündchen später liegt der Mann mausetot in der geblümten Bettwäsche.«

»Aha, das sagt aber noch gar nix aus«, bemerkte der Gerichtsmediziner relativ unbeeindruckt.

»Unser Opfer, oder halt die Leiche, hat in der Todesnacht noch versucht meine Schwiegermutter anzurufen. Das war doch sicher ein Hilferuf, oder?«

»Sag mal, Jupp, aber wie soll der Tote denn deiner Meinung nach sonst umgekommen sein, wenn nicht durch einen Herzinfarkt, wie auf dem Totenschein vermerkt? Gibt es denn rein äußerlich etwas Auffälliges und hatte der Arzt Tomaten auf den Augen?«

»Tja, nein, nix Auffälliges ... Gute Frage, nächste Frage. Es könnte aber ja auch sein, dass ihm irgendjemand Schlaftabletten, Rattengift oder weiß der Kuckuck was verabreicht hat. So hätte man den Herrn Lehrer um die Ecke gebracht, ohne dass es einer merkt. Und irgendwie müsste man auch schon meiner Schwiegermutter zuliebe die Leiche obduzieren, um Beweise zu erhalten. Sie glaubt nämlich steif und fest an einen Mord. Und damit die Alte endlich Ruhe gibt, wäre ich dir sehr dankbar, wenn du bei dem Toten mal reingucken könntest ...«

Der Gerichtsmediziner räusperte sich laut am Telefon.

»Ohne richterliche Anweisung kann ich nicht einfach eine Leiche aufschneiden, Jupp! Das weißt du doch ganz genau, du bist doch nicht erst seit gestern bei der Polizei«, belehrte er Jupp.

»Hmmm, verstehe ... Du, Kurti, wie war das damals noch, als ich dir bei deiner Ikea-Küche geholfen habe? Du hast doch selbst gesagt, dass du kurz vor der Einlieferung in die Klapse standst. Und wenn dir dein Kumpel Jupp nicht beim Aufbau und dem ganzen Pipapo unter die Arme gegriffen hätte ...«

»Was du hier machst, Jupp, ist Erpressung! Du musst mit dem Waldi von der Kripo schwätzen, damit der ...«

»Ich werd den Waldi schon informieren, lass das mal meine Sorge sein!«, schwindelte Jupp in den Hörer.

Schließlich wollte er hier seinen eigenen Fall haben und den auch entsprechend lösen, vorausgesetzt Käthe hatte recht mit ihrem Verdacht.

»Wann könntest du den Leichnam denn mal aufschneiden und dir alles genau anschauen?«

»Jupp, ich bin total durchgetaktet! Wir sind mal wieder völlig unterbesetzt. Ich habe hier noch eine Handvoll Leichen liegen, die quasi alle HIER schreien.«

Jupp überlegte, wie er strategisch vorgehen sollte, um den Scherer Gerhard so schnell wie möglich auf den Obduktionstisch und damit Klarheit zu bekommen.

»Ja gut, da kann man wohl nix machen, Kurti ... Sag deiner Frau übrigens einen ganz lieben Gruß von mir! Hoffe, eure Krise ist gut überstanden. Wollte die nicht ausziehen, wenn du das mit der tollen Einbauküche nicht gescheit hinbekommst?«

»Du kleines, hinterhältiges Arschloch!«

»Ich bin dann ganz bald bei dir. Bis nachher!«, sagte Jupp und legte auf.

Käthe saß immer noch mit ihrer überdimensionalen Sonnenbrille auf der Nase am gedeckten Tisch. Inge erzählte Schauermärchen, wie gefährlich das Onlinedating doch wäre und dass alles so tragisch wäre, da Käthe nun irgendwie in einen vermutlichen Mordfall verstrickt war. Doch die Verstrickte rührte nur angestrengt mit dem Löffel in ihrer Teetasse und blickte wortlos aus dem Fenster. Sie hatte keine Lust zu antworten, da war sie jetzt stur.

Plötzlich stürmte Jupp in die Küche und berichtete aufgeregt, dass er den Gerhard gleich höchstpersönlich in die Gerichtsmedizin eskortieren würde, um mehr über das Ableben von Käthes Techtelmechtel zu erfahren.

»Oh leck! Haben die denn heute überhaupt auf?«, fragte Inge irritiert.

»Sonntags sterben die Leute halt auch an ganz komischen Dingen. Und ich habe einfach mal meine Kontakte spielen lassen. Ich bin ja schließlich lange genug bei der Polizei, das muss sich jetzt auch mal bezahlt machen.«

»Ich bin sehr gespannt, was der Obduktionsbericht ergibt. Irgendwas stimmt einfach nicht bei der ganzen Sache«, ließ sich endlich auch mal wieder Käthe zu einer Wortmeldung herab.

Jupp nickte und meinte, dass er nun zum Beerdigungsinstitut müsse, um den Bestatter zu einer kleinen außerplanmäßigen Sonntagsspritztour zu überreden. Er konnte den Toten ja schließlich unmöglich in seinem Pöscho transportieren.

Bevor er aufbrach, legte er Käthe noch mal besänftigend die Hand auf die Schulter und meinte: »Es gab auch schon mal Leute, die haben sich totgerührt.«

Käthe stoppte daraufhin ihr Gerühre im Tee und konterte frech: »Finde du mal lieber raus, wer meinen Gérard auf dem Gewissen hat! Ich rühre gefälligst so lange, wie ich eben rühren will. Basta!«

Inge spürte die gereizte Stimmung zwischen den beiden und wollte mal wieder schlichten.

»Bitte keinen Stress! Bei euch beiden liegen halt aufgrund der Umstände die Nerven ein wenig blank. Aber es wird sich alles aufklären, da bin ich mir sicher.«

»Amen! Das war das Wort zum Sonntag«, sagte Jupp ironisch und spurtete dann mit Karacho nach draußen.

Leider hörte er nicht mehr, was ihm Inge noch Wichtiges hinterherrief.

»Sei aber wieder pünktlich daheim! Wir haben heute Pärchenabend. Und du musst dich vorher noch duschen und frische Klamotten anziehen, nachdem du beim Kurti mit all seinen Leichen warst. Die müffeln doch sicher ganz ekelhaft. Fass bloß nix an!«

Kapitel 8

Der Nachmittag im Backes-Eigenheim zog sich wie Kaugummi. Inge blätterte in Frauenzeitschriften und schnitt Backrezepte aus, während Käthe oben im Bett lag und die Decke anstarrte. Sie konnte einfach nicht fassen, was geschehen war. Akribisch versuchte sie sich an jedes Wort zu erinnern, das ihr Gérard gesagt hatte. Vielleicht könnte sie so einen wichtigen Hinweis darauf finden, wer ihren Monsieur Right aus dem blühenden Leben gerissen hatte?

Plötzlich klopfte es an die Schlafzimmertür und - ohne Aufforderung - stand Inge mit einem Tablett vor ihrem Bett.

»Ich wollte mal schauen, wie es dir geht«, sagte sie zaghaft. »Ich habe Käsekuchen und Tee für dich.«

»Lass mich in Ruhe! Ich bin höchstgradig depressiv«, schnauzte Käthe.

»Aber Mama! Du kanntest diesen Mann doch gar nicht wirklich ...«

Inge behielt die Information für sich, dass der Verstorbene eigentlich in ein paar Wochen hatte heiraten wollte. Es ging Käthe eh schon dreckig genug, und man sollte ja bekanntlich nicht auf jemanden draufhauen, der bereits am Boden lag. Und Käthe lag laut eigener Diagnose depressiv im Bett.

»Du verstehst das nicht, Inge. Da suche ich nach einem Menschen, der zu mir passt - und dann wird er ermordet. Da läuft es mir eiskalt den Buckel runter.«

»Es ist ja noch gar nicht klar, ob es wirklich Mord war. Das kann auch alles ein Missverständnis sein. An der Leiche wurden doch laut Jupp keine Spuren gefunden, die auf ein Gewaltverbrechen hindeuten.«

»Inge, halt bitte den Mund! Ich weiß, was ich gehört habe. Da ist was faul an der Sache«, sagte Käthe bestimmt. Sie schaute bewusst Richtung Fenster und guckte Inge nicht an. »Herzinfarkt? Nein, nein, nie im Leben!«

»Magst du ein Stück Käsekuchen und eine Tasse Tee? Mit extraviel Kamille drin, das tut deinem empfindlichen Magen gut«, sagte Inge mitfühlend.

»Nein danke, ich habe weder Appetit noch Durst. Hat sich der Jupp schon wegen der Obduktion gemeldet?«

Inge schüttelte den Kopf und stellte das Tablett auf den Nachttisch.

»Hör zu, Mama, der Kollege vom Jupp schafft wohl sehr gewissenhaft. Wenn einer rausfinden kann, ob beim Tod von dem Herrn Scherer etwas nicht ganz koscher war, dann der Altmeier Kurti! Dem können wir wirklich blind vertrauen.«

Inge tätschelte Käthes Hand. Sie schlug ihr dann vor, doch mal ein wenig an die frische Luft zu gehen, um auf andere Gedanken zu kommen.

»Bist du wahnsinnig? Ich habe Depressionen, da kann ich nicht um den Block spazieren. Ich bleibe im Bett. Basta!«

»Dann rufe ich wohl besser den Doktor an, denn du bist auch aschfahl im Gesicht«, meinte eine besorgte Inge.

»Spinnst du? Ich brauche doch jetzt keinen Arzt!«, empörte sich Käthe.

»Aber der kann dich doch mal ordentlich durchchecken ... Denn das mit deinen Magenschmerzen und den urplötzlichen Depressionen, das gefällt mir gar nicht. In deinem Alter darf man Wehwehchen nicht einfach auf die leichte Schulter nehmen.«

»Vergiss es! Ich will keinen Arzt. Guck doch mal, wie ich aussehe! Ich habe die Haare überhaupt nicht gewaschen, bin ungeschminkt. Der Doktor kriegt doch einen Schreck, wenn er mich so sieht und denkt bestimmt, ich wäre eine alte, kranke Frau.«

»Aber die Zähne sind immerhin im Mund«, murmelte Inge und zwinkerte ihr zu.

»Apropos Zähne! Ich mache mir solche Vorwürfe, dass ich wegen dieser Scheißbeißerchen nicht ans Handy gegangen bin. Das habe ich jetzt von meiner Eitelkeit: einen toten Mann, der die Liebe meines Lebens hätte werden können«, klagte Käthe mit herzzerreißender Stimme.

Inge seufzte und setzte sich zu ihrer Mutter auf den Bettrand. Sie streichelte ihr tröstend die Hand, denn Käthe kullerten jetzt sogar dicke Tränen über die Wangen, die Inge vorsichtig mit einem Taschentuch abtupfte.

»Du kannst nichts dafür, dass er gestorben ist. Selbstvorwürfe bringen da überhaupt nichts und machen den Herrn Scherer auch nicht wieder lebendig. Da machst du dich ja nur selbst verrückt.«

Käthe setzte sich im Bett auf und schnäuzte lautstark in ihr Taschentuch. Dann schaute sie Inge ernst an.

»Gérard wollte, dass ich bei ihm übernachte. Und ich blöde Kuh habe das abgelehnt, um nicht als leichtes Mädchen abgestempelt zu werden, das man direkt am ersten Abend abschleppen kann.«

»Was? Wie bitte? Von was schwätzt du da?«, fragte Inge.

Sie wurde gerade etwas nervös und rutschte unruhig hin und her.

»Na, beim ersten Date mit auf sein Zimmer gehen und dann gleich ab in die Kiste - das wäre doch irgendwie billig, oder nicht? Das wollte ich nicht, Inge! Nein, das wollte ich einfach nicht.«

»Dieser verdammte Fremdgeher!«, murmelte Inge leise vor sich hin, sodass Käthe es nicht hören konnte.

Als Depressive stand sie unter Welpenschutz, was die nackte Wahrheit über dieses Früchtchen von Mann betraf.

»Ach Inge, hätte ich doch nur beim Gérard geschlafen, dann würde er sicher noch leben. Aber ich bin ja so bescheuert und mache einen auf anständig ... Und das habe ich nun davon.«

Käthe ließ sich erschöpft in ihr Kissen plumpsen. Sie fühlte sich schuldig und elend zugleich.

»Also ich finde es außerordentlich löblich, dass du nicht mit dem Herrn Scherer in den Gasthof gegangen bist. Wer weiß, was da alles hätte passieren können? Er war ja im Prinzip ein wildfremder Mann für dich. Nein, so was macht man wirklich nicht.«

»Er wollte nur kuscheln«, verteidigte Käthe ihren Gérard.

»Jaja, ist klar - nur kuscheln. Also, der Mann, der nur kuscheln will, der muss wohl erst noch geboren werden.«

Käthe seufzte. Sie fühlte sich von ihrer Tochter überhaupt nicht verstanden.

»Ach Inge! Bei mir bleibt der Laden da unten dicht. Die Zeiten sind für mich definitiv durch. Darum geht es mir nun wirklich nicht, wenn ich einen neuen Partner finden möchte.«

Inge ließ schlagartig Käthes Hand los und hielt sich mit beiden Händen die Ohren zu. Derartige Intimitäten wollte sie partout nicht von ihrer Mutter hören. Das war irgendwie ein Tabuthema für sie. Die eigenen Eltern hatten bekanntlich kein Sexualleben - außer beim Kinderzeugen.

Inge stand vor lauter Verlegenheit auf und riss die Vorhänge auf, um dem schönen Wetter draußen zu huldigen, das eigentlich zum Spazierengehen einlud.

Doch Käthe konnte auch böse und gemein sein. Sie wollte sie ein wenig piesacken, damit Inge sie für heute in Frieden ließ und nicht wieder mit einem Essenstablett nervte.

»Weißt du, dein Vater zum Beispiel, der wollte immer nur bumsen. Oben drauf, und dann gib ihm Feuer! Bumsen, bis er irgendwann von mir runtergefallen ist. Nein danke, so was brauche ich nun wirklich nicht mehr.«

»Aber Mama, das sind doch Intimitäten! So was erzählt man doch nicht!«, plärrte Inge und zog vor lauter Schreck über die anstößigen Bemerkungen ihrer Mutter die Vorhänge wieder zu - nicht, dass die Nachbarschaft noch etwas mitbekam.

»Der Gérard war so eloquent, so höflich, so zuvorkommend und dieser französische Akzent ... Grrr, da bekomme ich glatt schon wieder eine Gänsehaut. Oder eine Haut-de-Gans«, kicherte Käthe.

Käthe schwärmte nun weiter in den höchsten Tönen von dem Verblichenen - von einer Depression war plötzlich keine Spur mehr. Inge wollte sich diese Lobhudeleien nicht weiter anhören und flüchtete schleunigst, bevor noch weitere delikate Einzelheiten zum Vorschein kämen.

Sie verschwand lieber in die Küche und startete mit den Essensvorbereitungen für den bevorstehenden Pärchenabend. Das lenkte sie ungemein ab - vom Liebesleben ihrer Mutter, von dem sie eigentlich überhaupt nichts wissen wollte, getreu dem Motto: Was die Inge nicht weiß, macht sie auch nicht heiß!

Als Jupp am späten Nachmittag nach Hause kam, hatte er extrem schlechte Laune. Gerichtsmediziner Kurti hatte nämlich auf die Schnelle nichts herausfinden können und um etwas mehr Zeit gebeten. Um die Wartezeit zu überbrücken, hatte Jupp den Bestatter dann zum Dank für dessen spontane sonntägige Leichenkutschfahrt in eine nahe gelegene Kneipe auf ein, zwei alkoholfreie Bier eingeladen. Alkoholfrei, da Jupp den schwarzen Volvo Kombi mitsamt dem toten Gerhard heute höchstpersönlich eskortierte und im Dienst generell nix trank - zumindest keinen Alkohol und nicht außerhalb von Hirschweiler.

Danach stand er wieder ungeduldig beim Kurti auf der Matte, in der Hoffnung es gäbe Neuigkeiten. Doch er irrte sich gewaltig. Kurti zeigte ihm nur einen Vogel und Jupp war sauer angesichts der verschwendeten Zeit mit alkoholfreiem Bier und gähnend langweiligem Einsarg-Small-Talk mit dem Bestatter.

Als ihm Inge dann im Flur auch noch eröffnete, dass ein Pärchenabend auf dem Programm stand, war Jupps Laune endgültig im Keller. Es schmeckte ihm überhaupt nicht, dass Inge das Ehepaar Doris und Edwin Ruppenthal eingeladen hatte - ohne sein Wissen. Das ging eigentlich schon mal gar nicht.

»Ich hätte heute Abend lieber ›Tatort‹ geschaut«, maulte Jupp, während Inge noch mal mit prüfendem Blick den gedeckten Tisch checkte, ob sie nichts vergessen hatte.

»Ach Jupp! Du denkst auch, du hättest eine dumme Frau geheiratet, gell? Heute Abend kommt kein Tatort, das habe ich natürlich vorher geprüft. Wir können außerdem nicht jeden Abend Fernsehen schauen.«

»Und warum nicht? Wir zahlen GEZ, da habe ich das Recht die Flimmerkiste theoretisch rund um die Uhr laufen zu lassen, auch wenn ich gar nicht daheim bin.«

Inge seufzte und stellte die Glaskaraffe mit Wasser und frischen Limetten auf den Esszimmertisch.

»Ich will nicht immer nur Fernsehen, ich kann das nicht mehr sehen«, klagte sie.

»Ei ja, was erwartest du denn? Wir sind seit über 30 Jahren verheiratet. Glaubst du etwa, dass es bei anderen Leuten anders zugeht als bei uns?«, fragte Jupp.

»Schau dir mal meine Mutter an, wie fit die noch ist! Und wie viel die immer noch unternimmt. Also, mal abgesehen von heute.«

»Die Oma ist doch nun wirklich kein Maßstab, die ist doch eh jenseits von Gut und Böse ...«

Inge ging auf Jupp zu, doch er drehte sich instinktiv weg, aus Angst gleich eine Backpfeife verpasst zu bekommen. Er wusste ja, dass Inge ihre Mutter gerne mal bis aufs Messer verteidigte.

»Wir könnten auch mal zusammen tanzen gehen. Oder schwimmen oder wandern oder mal übers Wochenende in ein Wellnesshotel fahren. Irgendwas Besonderes halt ...«, zählte Inge einige Freizeitaktivitäten auf.

»Wellness? Du glaubst doch nicht im Ernst, dass ich Hunderte von Euros zum Fenster rausschmeiße, nur um mit einer Schlammpackung in der Fresse im Bademantel rumzusitzen und die Wand anzustarren? Da misch ich mir doch lieber hinterm Haus eine Schubkarre mit Speis an und hock mich da nackisch rein – ist weitaus günstiger und hat den gleichen Wohlfühleffekt.«

Inge stöhnte über den dusseligen Vergleich mit dem Baustoff Mörtel: »Es war doch nur eine Idee. Ich wollte ja bloß sagen, dass es noch mehr im Leben gibt, als abends auf der Couch zu sitzen. Das ist alles so eingefahren bei uns«, beklagte sie sich mal wieder.

»Du kannst dich auch neben die Couch stellen«, meinte Jupp zwinkernd, und freute sich diebisch über seinen gelungenen Scherz.

»Ach du verstehst aber auch gar nix, Josef! Das hat damals schon unsere Paartherapeutin gesagt, dass ich mich mit einem Mann wie dir in einer Sackgasse befinde.«

»Ich nenne es eher verkehrsberuhigte Zone. Nach so langen Jahren der Ehe läuft alles eben etwas langsamer und gemächlicher. Und das ist auch völlig in Ordnung so. Hat deine tolle Mutter dir mal wieder einen Floh ins Ohr gesetzt mit diesem neumodischen Wellnesswahn, hä?«

Jupp wurde allmählich sauer.

»Jetzt sei doch nicht so gereizt ...«, versuchte Inge ihn zu besänftigen.

»Warum muss ich mir jetzt solche Frechheiten gefallen lassen? Und mir vorschreiben lassen, wie ich meine Abende verbringe ...«

»Pst! Jetzt bloß keinen Stress! Die Gäste kommen doch gleich.«

Inge versuchte es jetzt mit Deeskalation. Besser, sie würde das Thema »gemeinsame Aktivitäten« doch lieber auf einen anderen Zeitpunkt verschieben.

»Na das fällt dir ja früh ein! Also, ich bin für heute bedient. Du kannst deinen dusseligen Pärchenabend alleine machen. Auf das Gesülze und Gemecker von der Doris kann ich nämlich sehr gut verzichten.«

»Sie ist meine Freundin, bitte vergiss das nicht!«

»Und erst dieser Edwin ... Eine Lachnummer und ein Weichei vor dem Herrn! Mir platzt der Kragen, wenn ich mir wieder in epischer Breite seine Geschichten vom Männerballett anhören muss ...«

Jupp regte sich gerade mächtig auf und war kurz davor, so richtig in Fahrt zu kommen.

Doch plötzlich erschallte ein »Ding Dong« durchs Haus und Jupp wurde jäh darin unterbrochen, seine wahre Meinung über die vor der Tür stehenden Gäste zum Besten zu geben.

Wie auf ein Kommando waren Jupp und Inge wie ausgewechselt.

»Doris! Edwin! Nein, wie schön, dass ihr da seid! Kommt rein!«, begrüßte Jupp das Paar, ohne sich etwas von seiner miesen Laune anmerken zu lassen.

Inge fiel erst mal beiden Besuchern um den Hals, als hätten sie sich seit Jahrzehnten nicht gesehen. Die Backes' waren halt echte Pärchenabend-Profis, wenn es darauf ankam. Und eben auch die perfekten Gastgeber.

Aber auch die Gäste waren vorbildlich in ihrer Rolle. Mit einem kleinen Mitbringsel, einem in Zellophanfolie eingewickelten Präsentkörbchen inklusive Gästehandtuch, Waschlappen, Badeschwamm und einer extravaganten Flasche edler Kirschblüten-Schaumbad-Essenz, überraschten sie ganz besonders Inge. Sie war völlig aus dem Häuschen.

»Oh leck, wie kloor! Guck doch mal, Jupp!«

»Jaja, witzige Geschenkidee«, bemerkte er anerkennend und machte gute Miene zum bösen Spiel.

»Aber das wär doch nicht nötig gewesen! Ihr müsst uns doch nicht extra was mitbringen und euch in Unkosten stürzen. Wir laden doch gerne ein, gell, Jupp?«

Inge gab ihrem Mann einen Seitenhieb. Jupp nickte zustimmend und quälte sich dazu sogar ein breites Lächeln ab.

»Es ist doch nur eine Kleinigkeit«, wiegelte Doris ab.

Sie war heute sehr stark parfümiert. Doris als starke Raucherin hatte vor der Haustür noch schnell zwei Zigaretten auf Vorrat inhaliert und dann versucht den Qualmgeruch mit ordentlich Parfüm zu übertünchen.

Inge hoffte nur, dass die beiden nicht schon vor der Haustür gestanden und etwas von Jupps und ihrer lautstarken Diskussion mitbekommen hatten. Denn das wäre ihr doch sehr unangenehm.

Nach dem Begrüßungsritual nahmen Doris und Edwin am Tisch Platz. Jupp begann die Getränke zu servieren und Inge wirbelte hektisch zwischen Küche und Esszimmer hin und her.

»Ein kleiner Gruß aus der Küche!«, verkündete sie mit einem Augenzwinkern, als sie mit vier kleinen Tellerchen ins Esszimmer kam.

Auf jedem der Tellerchen lagen kunstvoll drapiert drei Datteln im knusprigen Speckmantel, der mit einem Zahnstocher zusammengehalten wurde.

»Lasst uns doch erst mal mit Prosecco auf diesen schönen Abend anstoßen!«, schlug Edwin vor und schaute aufmunternd in die Runde.

Seine Frau stimmte ihm gleich zu. Inge lehnte jedoch ab, da sie als Gastgeberin einen kühlen Kopf behalten müsse. Jupp goss sich lieber ein kühles Karlsberg UrPils ein und verfolgte dann amüsiert, wie die Gäste ihren Prosecco schlürften, den Inge zum Glück wohlweislich kalt gestellt hatte. Sie kannte halt ihre Freundin nebst Gatten ganz gut, mit all ihren Vorlieben für prickelnden Schaumwein.

»Was gibt es denn noch alles Leckeres?«, erkundigte sich Doris, nachdem sie die Datteln verputzt hatten.

Jupp vernahm ein Magenknurren aus ihrer Richtung, was sie wohl mit der laut gestellten Frage zu überspielen versuchte.

»Selbst gemachten Grumbeersalat, Nudelsalat und Wiener vom ›Globus‹«, sagte Inge, die gerne im größten Einkaufsmarkt der Region einkaufte. Zusammen mit Jupp, da sie ja keinen Führerschein besaß.

»Wow, das gibt's bei uns immer an Heiligabend. Aber das ist ja heute im Prinzip auch ein heiliger Abend, wenn wir mal wieder zusammenkommen«, witzelte Edwin und haute sich vor Lachen auf die Schenkel.

Jupp verzog keine Miene und sah zu, wie Inge die Teller befüllte. Auf Edwins Teller schaufelte sie mehrere Kellen Kartoffelsalat, um als gute Hausfrau besonders zu glänzen.

Das Ehepaar Ruppenthal erzählte dann beim Essen von seinem letzten Mallorca-Urlaub, dem bevorstehenden Mallorca-Urlaub und dem Urlaub, den sie gerne machen würden, für den sie aber aktuell noch sparen mussten.

»Wow, eine Safari in Namibia! Toll, was Jupp?«, sagte Inge staunend und verputzte das letzte Stück Wiener Würstchen

»Vorsicht Inge! Da laufen garantiert auch wilde Pferde rum. Da würdest du doch keinen Fuß aus dem Jeep wagen ...«

»Und sonst so, was gibt's Neues?«, fragte Inge, um von sich und ihrer Pferdeangst abzulenken.

»Wir proben mit dem Männerballett gerade wie verrückt, denn bald sind ja schon wieder die ersten Faschingsveranstaltungen. Jupp, wir suchen noch händeringend Nachwuchs. Wäre das denn nicht vielleicht doch auch was für dich?«, fragte Edwin und schenkte sich Prosecco nach.

»Genau, Jupp! Das wär's doch«, kicherte Inge, während sie anfing die leeren Teller auf dem Tisch zusammenzustellen.

»Jupp, du in so einem rosa Ballerinaröckchen und mit Strumpfhose. Und dann drehst du dich auf Zehenspitzen immer um die eigene Achse ... hihihi«, witzelte Edwin.

Auch Doris konnte sich ein Lachen angesichts der Vorstellung von Jupp im rosa Tutu nicht verkneifen.

»Stößchen!«, rief ein blendend gelaunter Edwin, denn er hatte großen Spaß daran ihn ein wenig aufzuziehen.

Er hielt seiner Frau Doris sein Glas hin, die gleich klirrend mit ihm anstieß.

Ich stoß den gleich aus meinem Haus, dachte sich Jupp innerlich knurrend, während die anderen drei laut lachten. Er wollte schnell das Thema wechseln, denn hier wurde sich gerade auf seine Kosten lustig gemacht, was ihm als Gastgeber überhaupt nicht gefiel.

»Also, ich will mir ja demnächst im Keller einen Hobbyraum einrichten. Da die Außenwand des Kellers nicht so gut gedämmt ist, muss ich hier erst mal ran. Dafür werde ich den alten Verputz mit einem Beil erst anrauen, dann Baukleber anmischen, dann Dämmplatten mit einer Latte gegen die Wand klopfen. Noch paar Dämmstoffdübel in die Platten rein - und fertig ist mein kleines Reich.«

»Nee, nee, und dann der ganze Dreck ...«, stöhnte Inge.

Ihr graute schon vor diesem Bauvorhaben. Und vor ihrer Rolle in dem ganzen Projekt: Sie würde eh wieder nur als niedere Assistentin fungieren dürfen, die Jupps Kommandos mit »Hol mol!« und »Halt mol!« klaglos ausführen würde, nur damit der Haussegen nicht wieder schief hing.

»Ich bin ja handwerklich eine Niete, hab echt zwei linke Hände ...«, gestand Edwin, um gleich klarzumachen, dass mit seiner tatkräftigen Unterstützung nicht zu rechnen wäre.

Zum Beweis warf er beide Hände in die Höhe und machte Bewegungen, als würde er mit unsichtbaren Kastagnetten klappern.

»Das ist uns allen wohlbekannt, mein lieber Edwin«, meinte Jupp sarkastisch und erntete dafür von Inge einen Tritt gegen das Schienbein.

»Und was willst du dann in dem Hobbyraum so alles machen?«, fragte Doris, die schon wieder nach der Prosecco-Flasche schielte.

»Lass mich raten! Du wirst einem Hobby nachgehen«, frotzelte Edwin, und löste damit erneut Gelächter am Esstisch aus. Allerdings lachten nur drei der Anwesenden.

»Sag mal, Edwin, hast du heute morgen einen Clown gefrühstückt, oder was? Du haust hier ja mal wieder einen Kalauer nach dem anderen raus. Aber so falsch liegst du gar nicht, ich werde dort endlich meine Modelleisenbahn aufbauen. Denn ich kann ja nicht endlos darauf warten, dass die Oma die obere Etage freiwillig räumt oder halt räumen muss.«

»Habt ihr schon gehört, was mit dem Scherer Gerhard passiert ist? Der hat gestern Morgen tot im Bett gelegen ...«, wechselte Inge abrupt das Thema.

Bei der Erwähnung von Käthes möglichem Auszug war ihr sofort wieder der mysteriöse Todesfall eingefallen. Außerdem wollte sie nicht, dass Jupps handwerkliche Qualitäten, geschweige denn sein gewünschter Hobbyraum, beherrschendes Thema »ihres« Pärchenabends wurden.

Doris und Edwin nickten, denn in Hirschweiler hatte sich der Fund des Toten im Gasthof wie ein Lauffeuer rumgesprochen.

Inge schob schnell die auf dem Sideboard bereitgestellten Salzstangen und Chips in die Mitte des Tischs.

»Ich mochte den Gerhard ja sehr gerne ...«, meinte Edwin, auf einmal mit trauriger Miene. Und schenkte sich und Doris gleich noch mal Prosecco nach.

»Woher kanntest du den Gerhard denn?«, wollte Jupp wissen.

»Erst mal – Stößchen! Also, ich war einer seiner Schüler. Wir waren so eine kleine verrückte Truppe, die sich zusammengetan hatte und er gab uns einmal die Woche Französischunterricht. Das war eine tolle Zeit! Er war ein grandioser Lehrer, von dem ich viel gelernt habe. Ich sage nur: Voulez-vous coucher avec moi?«

Edwin lachte schallend über seinen eigenen Scherz, während ihm Jupp am liebsten einen leichten Schlag auf den Hinterkopf verpasst hätte. Die beiden Frauen lachten jedoch mit, und so war es leider wieder nur Jupp, der Edwins Humor überhaupt nicht teilte. Er war mit ihm einfach nicht auf einer Wellenlänge.

Edwin erzählte dann noch bereitwillig, dass die Französischgruppe immer donnerstagabends zwei Stunden lang beim Harry im Dorfbrunnen die fremde Sprache gebüffelt habe und das alles ein riesengroßer Spaß gewesen sei.

»Aha, das ist ja interessant. Und warum habt ihr mit dem Französisch-Büffeln dann aufgehört?«, wollte Jupp wissen.

»Sagen wir mal so, in unserer Gruppe gab's irgendwann ein paar Unstimmigkeiten ... Genauer gesagt eigentlich zwischen der Uschi, also der Wirtin, und dem Gerhard. Und ab dem Moment war dann irgendwie der Wurm drin. Tja, und dann hat der Gerhard Tabula rasa gemacht und unseren Unterricht für alle einfach an den Nagel gehängt.«

»Und wann war das, Edwin?«, wollte Jupp wissen. Im Fragestellen hatte er aufgrund seines beruflichen Hintergrunds natürlich Routine.

»Hm, das ist bestimmt schon bald drei Jahre her. Ein paar Monate später ist dann Gerhards Frau gestorben und dann ist er ja auch irgendwann weggezogen.«

»Warum willst du das denn alles so genau wissen, Jupp?«, erkundigte sich Doris neugierig.

»Ach, der Jupp und ich, wir wollten mal mehr gemeinsam als Paar unternehmen ... Schade, dass wir von diesem Französischunterricht nichts gewusst haben, da hätten wir vielleicht auch gerne mitgemacht, stimmt's?«, meinte Inge und stieß Jupp mal wieder gegen das Schienbein.

Jupp grummelte irgendwas Unverständliches und nickte zögerlich.

»Und diese Französischstunde, die fand immer beim Harry im Dorfbrunnen statt?« bohrte Jupp weiter nach.

»Ja, in einem Nebenzimmer. Das war ganz praktisch, denn so konnten wir zwischendrin in der Pause immer noch lecker zu Abend essen. Das waren echt gesellige Abende, sag ich euch«, schwelgte Edwin in seinen Erinnerungen. »Die Uschi kochte immer so höllisch scharf, da musste man anschließend ganz viel Prosecco trinken, um den Brand zu löschen«, witzelte er.

»Jaja, die Uschi ... Es ist so schade, dass sich die beiden getrennt haben, die Uschi und der Harry. Aber immerhin verstehen sie sich ja noch gut genug, um weiterhin zusammen im Gasthof zu schaffen«, lobte Inge.

»Warum haben die sich eigentlich getrennt?«, hakte Jupp nach.

Irgendwie interessierte ihn die Beziehungsgeschichte der Wirtsleute gerade sehr, obwohl er sich normalerweise überhaupt nicht um ander' Leuts Privatleben scherte. Aber immerhin war der Gasthof von Uschi und Harry ja seit Kurzem der Fundort einer Leiche.

Inge hingegen war die fast schon verhörartige Fragerei ihres Gatten mittlerweile ein wenig unangenehm.

»Hm, also ich glaube ja, dass die Uschi und der Gerhard ein Techtelmechtel hatten. Ich hab da so meine Antennen, oder nennt es ruhig männliche Intuition ...«, machte es Edwin nun ein wenig spannend.

Er genoss die Aufmerksamkeit, die ihm und seinen Erzählungen gerade zuteil wurde.

»Von mir habt ihr diese Info aber nicht, denn man soll ja nicht schlecht über Tote reden. Aber der Gerhard war echt kein Kind von Traurigkeit, der hat nichts anbrennen lassen«, berichtete Edwin brühwarm.

»Und das, obwohl er verheiratet war, tztztz ...«

Doris schüttelte den Kopf und nippte gleich noch einmal an ihrem Glas.

»Ein Ring am Finger hat bekanntlich noch niemanden davon abgehalten fremdzugehen«, belehrte Jupp.

Inge hatte mittlerweile ein ganz anderes Bild von dem Toten, und das sah nicht besonders rosig aus. Ein verheirateter Mann, der mit einer anderen verheirateten (Wirts-)Frau namens Uschi eine Affäre anfing, war nicht gerade das, was man sich als Lehrkraft für die eigene Tochter wünschte. Und als möglichen Stiefvater in spe schon zweimal nicht.

»Der Gerhard war anscheinend ein richtiger Filou. Der wollte in ein paar Wochen wieder heiraten, hat aber auch mit unserer Oma angebandelt«, rutschte es Jupp über die Lippen, woraufhin er gleich wieder einen Tritt gegen das Schienbein kassierte.

»Mit eurer Käthe? Na, vielleicht wollte sie ja auch bei ihm Französisch lernen?«, fragte Edwin.

»Ja genau, die Oma wollte ihre Französischkenntnisse aufpolieren. Sie hatte nämlich einen Trip nach Paris geplant«, nahm Jupp schnell diese naheliegende Erklärung für die Bekanntschaft zwischen Gerhard und seiner Schwiegermutter auf. Denn auch er wollte das Techtelmechtel der beiden keinesfalls an die große Glocke hängen.

Als würde man vom Teufel sprechen ... Plötzlich wurde die Esszimmertür aufgerissen und Käthe im weißen Nachthemd schneite herein. Sie sah aus wie der Tod auf Urlaub: mit wirrem Haar, bleichem Gesicht und eingefallenen Wangen. Sie schien innerhalb der letzten nicht mal 48 Stunden ohne Ende gealtert zu sein.

»Käthe? Haben wir dich geweckt?«, rief Edwin besorgt, und sprang sofort auf, um sie zu begrüßen.

»Nein, nein, ich hab nur Depressionen ... Ansonsten geht es mir angesichts der Umstände total beschissen, aber ich bin nicht ganz ohne Hoffnung.«

»Also, falls du einen Partner zum Französisch-Schwätzen suchst, ich hätte Zeit. Dann machen wir uns einen Prosecco auf und plaudern ein bisschen ... mit diesem herrlichen Akzent, den der Gerhard immer draufhatte. Es wäre mir echt ein Vergnügen, liebste Käthe, mich mit dir in eine Fremdsprache hineinzustürzen«, bot sich Edwin übereifrig an.

Doch Käthe griff stattdessen lieber nach der Flasche Wein, die mitten auf dem Tisch stand und zwar geöffnet, bisher aber noch nicht angerührt worden war. An Edwin gewandt meinte sie, dass sie jetzt einen Schlaftrunk brauche, ansonsten würde sie die Wände hochgehen. Sie käme einfach nicht zur Ruhe, ihre Gedanken würden immer nur um Gérard kreisen, als wäre sie ein Auto im Kreisverkehr.

Inge schaute etwas pikiert, denn ihr war der Nachthemd-Auftritt ihrer Mutter peinlich. Daher stand sie auf und schob Käthe mit sanftem Druck zur Tür. Ihr so perfekt geplanter Pärchenabend lief gerade ein wenig aus dem Ruder - aufgrund dieses verstörenden Auftritts ihrer, laut eigenen Angaben, depressiven Mutter.

»Oh Gott, dass sie sich das so zu Herzen nimmt, die Arme«, wandte sich Doris besorgt an Jupp.

»Die Oma ist im Moment mit ihren Tabletten nicht richtig eingestellt«, wiegelte Jupp lapidar ab, ohne Genaueres zu verraten. »Die Ärzte finden auch nix, obwohl sie ständig bei dem Dr. Michalski in der Praxis sitzt.«

»Alkohol ist aber auch keine Lösung, Mama«, sagte Inge mahnend und schob Käthe hinaus auf den Flur, wo sie ihre Mutter am Fuß der Treppe noch einmal kurz in den Arm nahm.

»Ach, mir ist jetzt eh alles piepegal«, murmelte Käthe traurig. »Aber halt mir bloß diese verkappte Schwuchtel da drinnen vom Leib! Mit dem quassele ich bestimmt kein Französisch, der ist doch kein Ersatz für meinen Gérard. Was glaubt der eigentlich, wer er ist! Das ist doch total unverschämt ...«

Mit diesen Worten trottete Käthe mutlos die Treppe hoch.

Nach diesem Nachthemdauftritt war die Stimmung irgendwie dahin, was möglicherweise auch an der leeren Prosecco-Flasche lag. Doris und Edwin erhoben sich kurz darauf mit der Begründung, Doris müsse ja am nächsten Morgen früh raus und brauche ihren wohlverdienten Schlaf, ansonsten wäre sie sowohl für die Kollegen als auch für die Bürger an der Infotheke ungenießbar. Jupp bestätigte, dass er das bezeugen könne. Im Interesse der morgigen Besucher des Rathauses wäre es das Beste, wenn Doris auf der Stelle ins Bett marschiere.

An der Haustür flüsterte Doris dann noch Inge ins Ohr: »Und, hast du es Jupp schon gesagt? Wie hat er reagiert?«

Inge schüttelte den Kopf.

»Der richtige Zeitpunkt war noch nicht da, aber ich weiß, ich muss das unbedingt bald machen ... Du warst heute so still, Doris. Alles gut bei euch?«, fragte Inge teilnahmsvoll.

»Hm ... Ach, wir hatten heute Mittag mal wieder Krach, da sind die Fetzen geflogen. Muss ich dir mal in Ruhe erzählen«, flüsterte Doris, sodass Edwin nichts mitbekam.

Inge verabschiedete sich von den Gästen und auch Jupp kam noch mal, bereits mit der Zahnbürste bewaffnet, zum Tschüss-Sagen an die Haustür. Er konnte es kaum erwarten, dass die beiden endlich weg waren. Seine Gastgeberqualitäten ließen zum Ende des Abends doch etwas zu wünschen übrig.

Inge spülte dann in der Küche das Geschirr und ärgerte sich über Jupp, dass er sie damit mal wieder alleine sitzen ließ. Er hatte nämlich ebenso angegeben dringend Schlaf zu benötigen, da auch er sonst am nächsten Morgen für das Volk ungenießbar wäre.

Kapitel 9

Der erlösende Anruf, auf den Jupp so sehnsüchtig wartete, kam am Montagmorgen gegen zehn Uhr. Gerichtsmediziner Kurt Altmeier war am Apparat, während er unüberhörbar auf einem Lyonerweck kaute. Er machte gerade Pause, denn während er an seinen Leichen herumdokterte, hatte er verständlicherweise nie Appetit.

»Und? Was hast du rausgefunden?«, fragte Jupp ungeduldig, während er nervös auf seinem Schreibtischstuhl hin und her rutschte. Er war gespannt auf das Obduktionsergebnis.

»Hmmm, also mein lieber Jupp ... Dein Toter auf meiner Pritsche ist definitiv *nicht* eines natürlichen Todes gestorben. Da hatte deine Schwiegermutter wirklich einen guten Riecher.«

Jupp schlug mit der Faust auf den Schreibtisch.

»Das gibt es doch nicht! Dann hatte die Oma tatsächlich recht und das mit den Morddrohungen stimmte tatsächlich.«

»Stopp, mein lieber Jupp, jetzt zieh mal keine voreiligen Schlüsse!«, bremste Kurti Jupps Euphorie. »Mein toxikologischer Schnellbefund hat lediglich ergeben, dass der Tote an einem Gift gestorben ist. Er könnte das Gift theoretisch aber auch freiwillig eingenommen haben. Also, ob es nun Mord oder Selbstmord war, das müsst schon ihr von der Polizei rausfinden. Ich kann ja schließlich nicht alles machen. Immerhin habe ich wegen des Gspusis deiner Schwiegermama schon quasi eine Nachtschicht einlegen müssen. Irgendwann ist auch bei mir mal Schluss mit lustig ...«

»Suizid? Das schließe ich mittlerweile komplett aus. Er wollte bald heiraten und hatte zudem kurz vor seinem Tod mit meiner Schwiegermutter noch ein Rendezvous, das nach ihrer Aussage ein feuchtfröhlicher Abend gewesen war. Nein, da hat man doch keinen Grund sich umzubringen! Was für ein Gift war es denn? Jetzt sag bitte nicht: Rattengift!«

Kurti Altmeier schluckte den letzten Happen seines Lyonerwecks runter, bevor er antwortete: »Nein, das war kein Rattengift. Rattengift gibt's immer nur in so dämlichen Krimis, wo den Lesern ein banaler Mord untergejubelt werden soll. Nein, hier hat sich jemand was ganz Kniffliges einfallen lassen. Ich würde sogar mal behaupten, dass hier ein Vergifter par excellence am Werk war, der sich gut auskannte und genau wusste, was er tut. Der dachte, man würde ihm nicht auf die Schliche kommen - aber nicht mit dem Kurti, gell?«

»Kurti, du bist ein echter Fuchs! Das wusste ich ja immer schon«, schmeichelte Jupp dem Gerichtsmediziner.

»Also, ich konnte durch die Obduktion außerdem feststellen, dass der Tote zuletzt Chili con Carne gegessen hat, quasi als letztes Abendmahl.«

»Ach, eine Henkersmahlzeit? Wie hast du das denn rausgefunden?«

»Ähm ... Ich denke, das willst du lieber nicht so genau wissen, wie wir das hier so machen. Glaub es mir einfach!«

Jupp nickte. Er vertraute Kurti, denn der war ein echtes Rechtsmedizingenie, das musste man ihm wirklich lassen.

»Und mit dem Chili stimmte irgendwas nicht oder wie?«, bohrte Jupp nach.

»Jein, also ... Jetzt hör mir mal genau zu! Im Magen des Toten befanden sich winzige Partikel des Samens einer Steinfrucht und zwar von dem sogenannten Cerbera odollam ...«

»Was für ein Ding?«, fiel Jupp ihm sofort ins Wort.

»Also, übersetzt wird das Gewächs auch Zerberusbaum oder Selbstmordbaum genannt. Die Pflanze ist vor allem in Indien, Madagaskar und im Westpazifik zu finden. Das Perfide daran ist, mein lieber Jupp, dass dies die meistverwendete

Pflanze bei Selbstmord oder halt Mord überhaupt ist. Zwischen 1989 und 1999 gab es im Süden Indiens über 500 Todesfälle, die auf das Konto des Zerberusbaums gingen. Dabei waren etwa 75 Prozent der Opfer weiblich. Hauptsächlich junge unliebsame Ehefrauen, die mithilfe des giftigen Pflanzensamens von der indischen Schwiegerfamilie aus dem Weg geschafft wurden.«

»Ach, du Scheiße! Na super, das haben wir jetzt von der Globalisierung! Jetzt sind indische Mordpraktiken schon bei uns im Saarland angekommen.«

Jupp schüttelte den Kopf. Er war fassungslos.

»500 Tote in zehn Jahren! Mann, Mann, Mann ...«

»Tja, viele Gerichtsmediziner, Ärzte und Pathologen erkennen die wahre Todesursache oft nicht, da die zerkleinerten Samen meist süßem oder scharfem Essen zugefügt werden, sodass man das Gift selbst nicht schmeckt und eben auch keiner an Vergiftung denkt. Daher ist die Dunkelziffer weit höher als angenommen. Es passt also alles wunderbar ins Bild, denn der Tote hat mit dem Chili eine bekanntermaßen scharfe Speise zu sich genommen, gell?«

»Sag mal, Kurti, aber Chili con Carne ist doch mexikanisch und nicht indisch, oder?«

»Das spielt doch keine Rolle. Hier wurde jemandem etwas ins Essen gemischt.«

»Woher weißt du das nur alles, Kurti? Du bist ja wirklich überqualifiziert für deinen Job ...«

Jupp war tief beeindruckt vom Wissen seines Kollegen.

»Na sag das mal meinem Chef!«, lachte Kurti, der sich natürlich durch Jupps Komplimente sehr geschmeichelt fühlte.

»Aber du hast natürlich recht, ich bin in der Tat überqualifiziert. Im letzten Jahr habe ich im Rahmen des deutsch-französischen Austauschs an einer Weiterbildung in einem Laboratorium für analytische Toxikologie in Toulouse teilgenommen und dort sehr viel Neues gelernt«, fuhr der Gerichtsmediziner fort.

Er war hocherfreut, in Jupp einen aufmerksamen Zuhörer zu haben, um so endlich mal von seinen Fortbildungserfolgen berichten zu können. Ansonsten interessierten sich leider nur sehr wenige Menschen in seinem Bekannten- und Freundeskreis für derartige Themen.

»Da wurde haarklein erklärt, worauf wir unter anderem bei Tod durch Vergiftung zu achten haben. Die hatten da sogar mal einen ähnlichen Fall mit einem indischen Rosenverkäufer, aber das nur am Rande ...«, quasselte Kurti weiter. »Ich muss sagen, lieber Jupp, ich bin schon irgendwie stolz, nun auch mal so einen speziellen Fall auf meinem Seziertisch zu haben. So einen Fall gab es meines Wissens noch nie im Saarland - zumindest hat es noch nie einer rausgefunden. Ich muss gleich mal bei den Kollegen in Toulouse anrufen, die werden vor Freude eine Flasche Schampus köpfen.«

»Bravo, Kurti! Das hast du echt prima gemacht, du bist halt die Crème de la Crème der europäischen Gerichtsmedizin. Das Sahnehäubchen der Branche, quasi.«

»Jaja, jetzt übertreib mal nicht! Auch wenn du natürlich in allen Punkten recht hast. So eine Sache wie die hier hilft mir natürlich enorm dabei, eine Gehaltserhöhung durchzuboxen. Ich habe Haus, Kinder und eine teure Frau daheim, das weiß mein Chef eigentlich.«

Jupp war allerdings auch vom Fach, also irgendwie, und wollte schnell noch ein paar Fakten bei Kurti abfragen, ehe dieser aufgrund des vielen Lobs zu sehr abheben würde.

»Wie ist das denn dann ... Also, wie verhält sich der menschliche Körper, wenn man den Samen isst oder damit in

Berührung kommt? Ist man dann sofort tot? Schon beim Runterschlucken?«, fragte er neugierig.

»J-u-p-p, warum willst du das so genau wissen?

»Ich brauche die Tatzeit. Ich muss doch wissen, wann das Ganze mit der Vergiftung passiert ist«, argumentierte Jupp.

»Überlass das mal lieber der Kripo! Da hast du doch als kleiner Dorfpolizist überhaupt keine Aktien drin ... bei einem so außergewöhnlichen Todesfall. Ich sag's dir noch mal: Hier war ein Profi am Werk«, warnte Kurti.

»Ähm, natürlich, ich übergebe die Angelegenheit selbstverständlich dem Waldi. Mit so was will ich mich auch gar nicht beschäftigen, schließlich habe ich hier genug um die Ohren. Hirschweiler wird auch immer gefährlicher, erst kürzlich gab es eine Entführung«, dramatisierte Jupp in jeglicher Hinsicht.

Aber der Seitenhieb mit dem »kleinen Dorfpolizisten« ärgerte ihn, daher musste er Kurti mal recht deutlich machen, dass er sehr wohl mit hammerharten Delikten fertigwurde.

Kurti erklärte ihm dann, dass Würgereiz und Übelkeit auftreten würden, nachdem man das Gift geschluckt hatte. Weitere Symptome beträfen Herz und Atmung. Hypertonie, Koma und letztendlich Herzstillstand führten in der Regel nach circa drei bis sechs Stunden zum Tod.

»Ui, ui, das ist ja ein dramatisches Sterben. Jetzt tut mir der Scherer Gerhard schon ziemlich leid«, bemerkte Jupp teilnahmsvoll. »So ein Dahinsiechen wünscht man ja keinem, gell?«

Im Kopf überschlug er, wann der Lehrer das Gift dann zu sich genommen haben musste beziehungsweise wann es ihm sein Mörder oder seine Mörderin möglicherweise eingeflößt hatte. Es musste kurz vor Gerhards Anruf auf Käthes Handy gewesen sein.

Damit war dieser Telefonanruf quasi der letzte Hilfeschrei gewesen, nachdem sich bereits erste Symptome bemerkbar gemacht hatten. Er hätte zu diesem Zeitpunkt wahrscheinlich nur noch röcheln und würgen können. Und die Oma machte sich einen Kopf darüber, dass sie ohne Zähne undeutlich am Handy zu verstehen gewesen wäre – lächerlich war das doch im Vergleich.

Nach Beendigung des sehr aufschlussreichen Telefonats massierte sich Jupp die Schläfen. Er musste das alles erst mal verdauen. Schließlich waren das hammerharte Neuigkeiten, die ihm Crème-de-la-Crème-Gerichtsmediziner Kurti da so brühwarm und unverblümt serviert hatte.

Er überlegte, was er als Nächstes tun sollte. Klar war nur: Den Waldi würde er keinesfalls informieren. Das war schließlich sein Fall, in den sogar seine eigene Schwiegermutter verwickelt war. Da musste er doch schon aus familiären Gründen Hand anlegen und durfte Käthe nicht einfach ihrem Schicksal überlassen.

Plötzlich wurde die Tür seiner Dienststelle aufgerissen und Prosecco-Doris watschelte herein.

»Ei, hallo Jupp! Sag mal, hast du noch Tacker-Munition für mich?«

»Hä?«

Jupp wurde aus seiner Grübelei gerissen und schaute verwirrt auf.

»Tacker-Munition! Ich muss ein paar Unterlagen für die Gemeinderatssitzung zusammentackern, aber ich habe keine Heftklammern mehr ... Übrigens, das war gestern ein echt schöner Abend. Das müssen wir unbedingt bald wiederholen. Der Edwin lässt übrigens anfragen, ob du nicht vielleicht doch in der Männerballettrunde mitmachen möchtest. Einer der Tänzer hat eine Meniskus-OP und fällt wochenlang flach ...«

Ohne darauf zu antworten, sprang Jupp hinter seinem Schreibtisch auf, schob Doris aus seiner Dienststelle auf den Flur hinaus und schloss die Tür von außen zu.

»Jupp, was ist denn mit dir schon wieder los? Du musst doch wegen dieser Ballettsache nicht gleich stiften gehen ... Es ist doch zum Fasching eine Riesengaudi«, versuchte Doris ihn aufzuhalten.

»Sag mal geht's noch? Ein Oberkommissar Jupp Backes wird sich ganz sicher nicht im Tutu zum Affen machen. Auch nicht an der Faasend. Vergiss es! Und jetzt lass mich gefälligst hier vorbei! Ich habe zu tun.«

Doris stellte sich Jupp in den Weg und fragte erneut, was jetzt mit ihrer Tacker-Munition wäre. Sonst würde sie nämlich wieder einen Anschiss vom Bürgermeister kassieren, die Sitzung wäre schlecht vorbereitet. Obwohl das ja eigentlich gar nicht ihr Zuständigkeitsbereich war, aber dessen Sekretärin hatte mal wieder Krankenschein.

Jupp würdigte Doris keines weiteren Wortes und keiner Heftklammer. Er schob sie zur Seite und verließ schnellen Schrittes die Gemeindeverwaltung.

Kurz darauf saß er in seinem Pöscho und brauste in einem Affenzahn zum Tatort, um Näheres über das verabreichte Chili con Carne zu erfahren. Als Jupp energisch die Tür der Gaststätte aufriss, stand Harry seelenruhig hinterm Tresen und polierte Gläser.

»Grüß dich, Jupp! Du hast ja ein Karacho drauf. Hast du etwa Brand und magst' ein Frischgezapftes?«

»Harry, schwätz doch nicht so einen dummen Scheißdreck! Ich bin im Dienst, da trinke ich nix. Gab es bei dir am Freitagabend Chili con Carne?«

»Ähm, ja ... Warum? Das kann ich dir aber leider nicht mehr anbieten, wir haben gestern den Rest weggeschüttet.«

»Na, super! Die Tatnahrung ist weg ...«, verplapperte sich Jupp und biss sich auf die Zunge.

»Hat der Scherer Gerhard am Freitagabend auch von deinem Chili gegessen? Und wenn ja, um wie viel Uhr etwa?«, fragte Jupp.

Dabei trommelte er nervös mit den Fingern auf den Tresen.

»Du stellst ja heute Morgen komische Fragen«, wunderte sich Harry.

»Es gehört zu meinem Job, komische Fragen stellen zu dürfen. Also, ich brauche die Uhrzeit. Wann hat das Chili für den Scherer Gerhard deine Küche verlassen?«

Harry kratzte sich nachdenklich am Kopf. Dann erinnerte er sich, dass es das Chili con Carne als Mitternachtssnack gegeben habe. Er habe es aber schon gegen halb elf aufs Buffet gestellt und jeder habe sich bedienen können. Von daher wisse er leider nicht genau, wann und ob der Lehrer davon gegessen habe.

Die ehemaligen Schüler hatten sich ja schon gegen 19 Uhr getroffen und ordentlich getrunken. Nach dem ganzen Alkohol sollte es dann zu späterer Stunde noch etwas Scharfes, Fettiges geben. So war es zumindest mit der Organisatorin des Klassentreffens besprochen worden.

»Gab es vielleicht Gäste, die das Chili gegessen haben und dann plötzlich angefangen haben zu würgen oder zu röcheln? Das wäre wichtig zu wissen ...«

Wütend schmiss Harry das Geschirrtuch in die Ecke.

»Was sollen deine dämlichen Fragen? Mein Essen ist einwandfrei. Bist du jetzt zum Gesundheitsamt gewechselt oder wie? In meiner Küche ist alles tipptopp. Okay, ich trage nicht immer ein Häubchen, aber ansonsten ist hier alles von bester Qualität. Was soll das also?«, empörte sich der Gastwirt.

Jupp beschwichtigte ihn, indem er nun aufklärte, dass Gerhards Herztod höchstwahrscheinlich von einer Lebensmittelvergiftung ausgelöst worden sei, nach dem Verzehr von Chili con Carne.

Das mit der Giftpflanze behielt er natürlich erst mal für sich, denn im Prinzip war jetzt jeder verdächtig, der im Gasthof Zugang zum Chili con Carne gehabt hatte. Jupp wollte sein Insiderwissen nicht hinausposaunen - reine Vorsichtsmaßnahme, versteht sich.

»Lebensmittelvergiftung? Sag mal, spinnst du? Mein Hackfleisch ist immer einwandfrei. Wir kaufen doch nur beim Bioschlachter«, verteidigte sich Harry.

»Sie müssen sich irren! Der verstorbene Gast hat das Klassentreffen schon sehr früh verlassen. Das weiß ich so genau, weil ich bei ihm die Getränke abkassiert habe, denn die waren ja nicht in der Essenspauschale enthalten. Das war gleich nach dem Abendessen«, sagte plötzlich eine dunkle Männerstimme, die zu einem kleinen Köpfchen mit Haarkranz gehörte, das durch die Küchendurchreiche lugte.

Der Mann hatte anscheinend die ganze Zeit mitgehört, sich bisher aber still verhalten.

Jupp starrte zur Durchreiche und dann irritiert wieder zu Harry.

»Darf ich die Herren vorstellen? Das ist Oberkommissar Jupp Backes ...«, begann Harry, während der etwa 60-jährige Mann aus der Küche zu ihnen in den Gastraum geschlurft kam.

»Ich dachte mir schon, dass Sie ein Staatsdiener sind, da Sie Uniform tragen«, meinte der Fremde.

»Aha, und Sie sind ein Überschlauer, oder wie?«, zickte Jupp ein wenig rum, denn hier ging es schließlich um seine Berufsehre.

»Nein, ich bin Konrad, der Kellner«, sagte der kleine Mann, ohne mit der Wimper zu zucken.

»Konrad hilft mir im Tagesgeschäft und bei Veranstaltungen. Die Uschi war am Freitag ja leider ausgefallen, also musste ich die Küche alleine stemmen.«

»Ach ja, die Uschi! Hut ab, dass ihr trotz Scheidung immer noch zusammen schaffen könnt. Ich könnte das ja nicht mit meiner Inge. Wir würden uns gegenseitig an die Gurgel gehen ...«

»Getrennt lebend, aber gut befreundet. Eine Scheidung wäre viel zu teuer. Die Uschi unterstützt mich netterweise immer mal bei größeren Feiern in der Küche. Sie ist da viel routinierter als ich, wenn es darum geht, viele hungrige Mäuler auf einmal zu stopfen. Doch am Freitagmittag hat sie sich leider überraschend krankgemeldet, daher waren Konrad und ich auf uns alleine gestellt.«

»Zum Glück! Sonst hätte es bestimmt noch ein paar Tote mehr gegeben«, witzelte Konrad, der Kellner, und kicherte.

Jupp wurde sofort hellhörig. Daher wollte er von Konrad wissen, wie das zu verstehen sei, denn schließlich mache man über so was keine Witze - schon gar nicht in seiner Gegenwart.

»Die Uschi war doch überall bekannt als richtig scharfe Köchin. Mann, Mann, Mann«, sagte Konrad.

»Aha, soso ... Also, das wäre mir neu. Hat die etwa neuerdings in reizender rattenscharfer Unterwäsche den Kochlöffel geschwungen oder wie?«, hinterfragte Jupp.

»Genau, in Leopardenunterwäsche ...«, kicherte der kleine Konrad.

»Wie? Im Leoparden-BH?«, fragte Jupp mit aufgerissenen Augen. Er hatte sofort Kopfkino.

»Nein, ich meinte, dass niemand so scharf gekocht hat wie die Uschi. Bei ihrem Chili con Carne musste man sich wirklich warm anziehen. Da bekam man Tränen in die Augen und brauchte erst mal zwei Liter Wasser, um wieder einigermaßen auf die Beine zu kommen«, verriet Konrad redselig. »Oder man fiel tot vom Stuhl, weil es zu scharf war.«

Der Kellner lachte erneut schallend.

»Stimmt, keiner kochte so scharf wie die Uschi«, gab Harry seinem Kellner recht. »Aber weißt du, Jupp, seit wir getrennt sind, ist sie ja eher nur die Schnippelhilfe und ich bin der Boss an der Herdplatte. Irgendeine Konsequenz muss so eine Trennung ja schließlich haben. Aber mein Chili con Carne fürs Klassentreffen war doch lecker, oder Konrad?«

Konrad nickte.

»Aha, Sie haben also am Freitag auch von dem Chili Ihres Chefs gegessen?«, wollte Jupp von dem Kellner wissen.

»Selbstverständlich! Mein Chef hat wirklich ein ausgezeichnetes Essen zubereitet. Ja, ich habe selbst zwei Teller davon gegessen, aber für die Gäste des Klassentreffens war noch genug da, keine Sorge. Es hatten ja viele der Schüler abgesagt. Aber Herr Kommissar, noch mal zu Ihrer Frage von vorhin: der verstorbene Gast war definitiv nicht mehr hier, als es das Chili gab. Diese Lebensmittelvergiftung kann also nichts mit unserem Essen zu tun haben«, beteuerte der Kellner erneut.

»Nun, das zu überprüfen, lassen Sie mal schön meine Sorge sein! Auf jeden Fall hat der Tote zuletzt Chili con Carne gegessen. Theoretisch könnte ihm auch jemand einen Teller davon aufs Zimmer gebracht haben ... Wie lange waren Sie an dem Abend hier?«, setzte Jupp seine Befragung fort.

»Also, ich habe gegen halb zwölf Feierabend gemacht, da kaum noch was los war. Warum? Werde ich jetzt etwa verdächtigt den Toten mit Chili gefüttert zu haben? Das ist doch lächerlich!«

Kellner Konrad schüttelte entrüstet den Kopf.

»Soso, aber Sie haben selbst auch vom Chili gegessen, sagten Sie. Ist Ihnen beim Verzehr etwas Ungewöhnliches aufgefallen?«, bohrte Jupp nach.

»Mir ging es danach bestens und es geht mir auch jetzt sehr gut. Ich hatte sogar noch eine Portion für meine 93-jährige Mutter mitgenommen, die sie sich gestern in der Mikrowelle aufgewärmt hat. Auch sie lebt noch - zumindest war sie heute beim Frühstück quietschfidel.«

Jupp schnaufte. Dann kratzte er sich am Hinterkopf, was er immer tat, wenn er nicht so recht weiterwusste.

»Du, Harry, ich brauche eine Liste mit den Namen aller Gäste an dem Abend, insbesondere der Teilnehmer des Klassentreffens. Ich muss überprüfen, ob noch weitere Personen von dem Chili krank geworden sind. Wir haben schließlich einen Toten. Am besten lässt du heute die Küche zu, bis wir das geklärt haben«, schwindelte Jupp, denn er suchte Verdächtige - keinesfalls Kranke.

Harry und Konrad nickten, dann meinten beide noch mal, dass hier ein Missverständnis vorliegen müsse.

Jupp räusperte sich und beruhigte die beiden dann ein wenig, indem er sagte: »Es ist ja durchaus möglich, dass das beim Gerhard einfach nur ein ziemlich blöder Schülerstreich war, der dann richtig in die Hose gegangen ist - dass aber eben nie andere gefährdet waren. Aber das muss ich halt erst untersuchen, um Gewissheit zu haben, gell?«

»Hä?«, fragte Konrad.

»Na ja, früher hat man dem verhassten Pauker Abführmittel in den Kaffee gekippt, um ihn ein bisschen zu ärgern. Und im vorliegenden Fall war es halt ein gewisser Zusatz im Chili – bloß hat der Körper des Lehrers etwas überempfindlich reagiert und ist gleich hopsgegangen«, verharmloste Jupp das Ganze ein wenig, denn er wollte den Anwesenden gegenüber nicht von Mord sprechen.

Harry würde glatt aus den Latschen kippen und Konrad bestimmt gleich hinterher. Denn bei Mord würde nicht nur die Küche kalt bleiben, sondern auch der Gasthof garantiert bald pleite sein. In so einem hochgefährlichen Laden würde doch kein Mensch mehr essen oder übernachten wollen. Daher hielt Jupp lieber die Klappe: aus wirtschaftlichen, aber auch aus ermittlungstaktischen Gründen getreu dem Motto »Lieber keine schlafenden Hunde wecken«. Das hatte ihm bei der Polizeiarbeit schon immer gut geholfen.

»Ach, du meine Güte!«, ereiferte sich Harry. »Wie schrecklich! Die Jugend von heute ... tztztz«

»Na ja, die sind heute alle erwachsen. Aber hört mal, das muss erst mal unter uns bleiben, klar?«, warnte Jupp. »Das ist bisher alles nur Spekulation. Deshalb bitte ich nochmals um die Namen der Teilnehmer, meine Herren«, sagte er nun etwas barscher, da sich bisher nichts bewegt hatte in der Sache.

Harry runzelte die Stirn und meinte dann, dass er nur den Namen eines weiteren Gastes habe, der auch hier übernachtet hatte.

»Aha! Name, Anschrift, Handynummer? Hopp, hopp!«, baute Jupp etwas Druck auf.

»Das war wohl die Klassensprecherin, zumindest hat sie das immer behauptet ... Als ob mich das jucken würde, wer vor vielen Jahren mal was war«, meinte Harry kopfschüttelnd. Dabei kramte er bereits in seinen Unterlagen und präsentierte Jupp die gewünschten Daten der Klassensprecherin, Carina Hubertus.

Jupp notierte sich alles auf seinem Notizblock.

»Wie viele Gäste waren denn beim Klassentreffen?«

»13! Plus der Lehrer, falls man den jetzt noch mitzählen möchte«, antwortete Harry prompt.

»Und wann haben die letzten Gäste das Lokal verlassen?«

»Hm, also ich war so um zwei Uhr im Bett. Kurz davor sind die letzten raus und dann habe ich die Tür abgesperrt.«

»Wer war denn unter den letzten Gästen des Klassentreffens? Und gab es noch weitere Gäste im Lokal, die nicht zu dem Treffen gehörten?«

Jupp war jetzt ganz und gar in seinem Element.

»So drei, nein - vier junge Typen waren die letzten Gäste. Zwei von denen waren so hackevoll, dass die anderen sie stützen mussten. Andere Gäste waren da schon lange nicht mehr da. Freitags ist nicht so viel los wie samstags, musst du wissen ...«

»Die Namen, Harry! Ich brauche die Namen!«, drängelte Jupp ungeduldig.

»Wir kennen doch nicht jeden Gast persönlich, der hier isst oder trinkt. Die haben doch keine Namensschilder am Jackett«, mischte sich Konrad ein, während er pro forma die Tische abwischte, obwohl sie nicht schmutzig waren - zumindest war nichts dergleichen für das bloße Auge erkennbar.

»Stimmt!«, bestätigte auch Harry. »Auch wenn diese Schüler alle hier in Hirschweiler und Umgebung aufgewachsen sind, aber man erkennt die doch so erwachsen gar nicht mehr. Echt, Jupp, da fragst du am besten einfach diese Klassensprecherin.«

»Okay, aber wenn euch noch was einfällt, gebt ihr mir Bescheid, gell?«, räumte Jupp ein, wollte aber dennoch den Ernst der Lage noch einmal klarmachen: »Alles kann wichtig sein. Es besteht schließlich der Verdacht auf Lebensmittelvergiftung inklusive Todesfolge. Noch weitere Fragen, meine Herren?«

»Pst, sag das nicht so laut! Sonst isst hier kein Mensch mehr«, flüsterte Harry. »Nie wieder lass ich hier so ein blödes Klassentreffen stattfinden, ich scheiß auf das Geld! Wenn es wirklich stimmt, dass hier jemand was in mein Chili gemixt hat, nur um den unliebsamen Lehrer auszuschalten ... Ekelhaft ist das doch!«

Doch Jupp interessierte Harrys Empörung gerade herzlich wenig, denn er wählte bereits die Nummer von Carina Hubertus. Während es noch klingelte, stellte er schon die nächste Frage an Harry: »Und in der besagten Nacht war sonst niemand als Übernachtungsgast hier eingecheckt? Außer unserem toten Lehrer und dieser Frau Hubertus?«, fragte Jupp mit dem Handy am Ohr. Er war jetzt ganz der multitaskingfähige Polizeiprofi.

»Nein, sonst leider niemand. Die ehemaligen Schüler wohnen offenbar immer noch in der Gegend oder haben hier bei ihren Eltern übernachtet, wenn sie aus der Ferne angereist sind.«

»Hebt niemand ab, Herr Kommissar?«, fragte Konrad, der weiterhin die Tische säuberte.

Jupp schüttelte den Kopf. Er fand das Verhalten des Kellners irgendwie unangenehm und seltsam, konnte aber nicht so recht erklären, weshalb.

»Vielleicht liegt sie ja im Krankenhaus oder ist auch an einer Lebensmittelvergiftung gestorben?«, mutmaßte Konrad mit ironischem Unterton.

»Sie sind mir ja ein lustiger Zeitgenosse, Herr Konrad«, sagte Jupp und legte dann doch auf.

»Kannst du mir eine Personenbeschreibung der Männer geben, die den Gasthof als Letzte verlassen haben? Wenn du mir schon keine Namen nennen kannst«, wandte sich Jupp wieder voller Tatendrang an den Gastwirt.

»Fragen Sie doch in der Schule nach! Die Sekretärin hat bei der Organisation geholfen«, meldete sich Konrad schon wieder ungefragt zu Wort. Mittlerweile war er mit Schaufel und Besen zugange und fegte den Boden des Gastraums. »Ich weiß nämlich von der Klassensprecherin, dass sie wohl etliche Adressen von der Schulsekretärin erhalten hat, um die Schüler einladen zu können beziehungsweise die Eltern zu kontaktieren. Manche sind ja weiter weg gezogen«, erklärte Konrad.

Jupp bedankte sich bei Konrad für den wohl oder übel guten Tipp, bei der Schule nachzufragen. Dann notierte er sich noch die Check-out-Zeit der Klassensprecherin: laut Harry hatte sie kurz nach acht Uhr den Schlüssel auf den Tresen geknallt und fluchtartig den Gasthof verlassen - ohne ein Frühstück einzunehmen.

Jupp fand das auf Anhieb verdächtig, denn nur kurze Zeit später war der Lehrer tot in seinem Zimmer gefunden worden. Hatte da eine verdächtige Person übereilt den Gasthof verlassen, sogar ohne zu frühstücken, nur um keine weiteren DNA-Spuren an der Kaffeetasse zu hinterlassen?

Dann wandte sich Jupp noch mal an den Gastwirt.

»Sag mal, Harry, wo steckt eigentlich dein Zimmermädchen? Die den Toten gefunden hat?«

»Krankenschein. Deshalb macht ja Konrad netterweise alles sauber. Die Anuschka war echt fix und foxi. Immerhin war das ihr erster Toter, das kann man dann schon verstehen«, nahm er seine Mitarbeiterin in Schutz.

Jupp kritzelte etwas auf seinen Block, bedankte sich bei den Männern für ihre Auskunftsbereitschaft und marschierte dann auf den Parkplatz zu seinem grün-weißen Pöscho.

Gerade als er den Zündschlüssel umdrehen wollte, stand wie aus dem Nichts Konrad vor der Motorhaube seines Dienstwagens.

»Geh mir aus dem Weg!«, meckerte und fuchtelte Jupp hinterm Lenkrad.

Konrad kam zum Fahrerfenster, woraufhin Jupp genervt die Scheibe runterkurbelte.

»Herr Kommissar ... Also, ich weiß ja, dass Sie auch nur ihren Job machen. Aber wegen der Lebensmittelvergiftung ... Wissen Sie, ich arbeite gerne hier, sehr gerne. Ich finde in meinem Alter doch nie wieder einen Job, falls der Gasthof schließen müsste.«

»Jaja, aber wir müssen der Sache schon auf den Grund gehen, wenn eine Lebensmittelvergiftung im Raum steht.«

Plötzlich flüsterte Konrad, wobei er sich in das Wageninnere zu Jupp runterbeugte: »Ich vermute mal, dass mein Chef dem toten Gast eins auswischen wollte. Aber dass er stirbt? Also, das war bestimmt nicht seine Absicht ...«

Jupp zuckte auf seinem Fahrersitz wie vom Blitz getroffen zusammen.

»Wovon reden Sie denn da?«

»Ich glaube ja, dass mein Chef das Chili für den Herr Scherer etwas ... sagen wir mal so: etwas manipuliert hat. Aber seinen Tod hat er sicher nie und nimmer gewollt! Dafür ist der viel zu nett, das müssen Sie mir glauben«, flüsterte Konrad.

»Hauchen Sie mich mal an!«, verlangte Jupp daraufhin.

Konrad hauchte. Und Jupp wedelte sofort mit der Hand, um die Wolke aus schlechten Atem zu vertreiben. Dann konzentrierte er sich wieder auf das, was der Kellner eben gesagt hatte.

»Zurück zum Chili: Wieso sollte Harry denn einen Grund gehabt haben, dem Herrn Lehrer einen Denkzettel zu verpassen?«

»Tja, also ...«, druckste Konrad ein wenig rum. »Wissen Sie, Herr Kommissar, die alte Chefin, also die Uschi, die immer so scharf gekocht hat, die hatte mal eine Affäre mit dem Herrn Scherer ... Da waren die Wirtsleute aber noch ein Paar. Verstehen Sie, was ich meine?«

»Danke für den Hinweis! Das ist mir auch schon zu Ohren gekommen. Leider sind das aber doch nur Gerüchte, oder nicht?«

»Glauben Sie mir! Da lief was zwischen der Uschi und dem Lehrer ...«

»Und Sie glauben jetzt, dass sich Ihr Chef am ehemaligen Geliebten seiner Uschi rächen wollte?«

Konrad nickte und machte Jupp ein Zeichen, bloß nicht zu verraten, dass er diese Information von ihm habe. Denn sonst würde der Kellner garantiert seine Festanstellung verlieren, und dabei hatte er das Geld doch so dringend nötig.

»Soso, und warum haut er dem Gerhard nicht einfach eins in die Fresse, wie es jeder normale Mann täte, wenn ihm die Frau ausgespannt wird, hä? Und wieso lässt er den Nebenbuhler überhaupt erst unter seinem Dach wohnen? Das macht doch kein gehörnter Ehemann.«

Konrad zuckte mit den Achseln: »Sie sind der Kommissar, ich bin nur ein kleiner, alter Kellner«, meinte er und grinste verschmitzt.

»Ganz recht, das sind Sie. Aber danke für den hilfreichen Tipp! Ich weiß das wirklich zu schätzen. Auch wenn Sie damit ja irgendwie Ihren Chef anschwärzen ...«

»Wissen Sie, was mich wundert? Warum haben Sie sich eigentlich in puncto Lebensmittelvergiftung so auf das Chili eingeschossen? Der Lehrer könnte sich den Magen doch auch schon beim Abendessen verdorben haben. Aber was es da für Speisen gab, hat Sie bisher überhaupt nicht interessiert, Herr Kommissar.«

»Ähm, tja ... Am besten, Sie behalten das einfach für sich. Und ich verrate im Gegenzug auch niemandem, dass Sie ein petzender Mitarbeiter sind - und dann sind wir quitt, okay?«

Der Kellner lächelte und nickte.

Dann kurbelte Jupp das Fenster hoch und murmelte kopfschüttelnd: »Gutes und loyales Personal ist heute wirklich Mangelware. Den eigenen Chef verpfeifen, tztztz ... Herr Konrad, Sie waren mir vom ersten Augenblick an suspekt. Wer andere verpetzt, hat meist selbst genug auf dem Kerbholz. Aber auch das finde ich schon noch raus ...»

Dann legte Oberkommissar Jupp Backes den Rückwärtsgang ein, wendete und brauste in einem Höllentempo zur Willi-Graf-Realschule. Er wollte endlich wissen, welche Schüler am Klassentreffen teilgenommen hatten, denn er vermutete, dass hier des Rätsels Lösung lag. Schließlich hatte ihm Käthe von Morddrohungen erzählt. Das könnte irgendwie ins Bild passen: ein ehemaliger Schüler, der - anstatt dem Lehrer Furzkissen auf den Stuhl zu legen - lieber zur giftigen Pflanze griff und den fein gemörserten Samen ins Essen mischte.

Plötzlich machte Jupp eine Vollbremsung. Er hatte einen spontanen Einfall. Sofort wendete er und fuhr hektisch zurück zum Gasthof. Kurz darauf stand er wieder in der Gaststätte.

»Harry, ich muss das Totenzimmer sehen. Sofort!«

»Wie bitte? Warum?«

»Nicht fragen! Ansonsten hetze ich dir die Hygieneaufsicht auf den Hals. Ohne Häubchen in der Küche? Das wird denen gar nicht gefallen ...«

Knurrend schnappte sich Harry den Schlüssel mit der Nummer vier und ging mit Jupp nach oben.

Noch bevor Harry die Tür aufsperren konnte, kontrollierte Jupp zunächst die Zimmertür selbst, ob sie möglicherweise gewaltsam geöffnet worden war. Aber es waren keinerlei Spuren von Gewalt zu erkennen. Dann betraten die beiden das leere Zimmer. Jupp blickte sich suchend um.

»Ich frage mich, wie das Chili con Carne in dieses Zimmer gekommen ist. Denn dein Kellner hat ja gesagt, dass unser Lehrer beim vorgezogenen Mitternachtssnack nicht unten in der Gaststätte war, also kann er es nicht selbst mit nach oben genommen haben. Und ich weiß zufällig, dass er zu der Zeit mit meiner Schwieger..., ähm, also mit einer Zeugin unterwegs war. Die Zeugin war meinen Ermittlungen zufolge erst gegen halb eins im Bett.«

»Weiß ich doch nicht! Ich habe an dem Abend die meiste Zeit in der Küche gestanden. Ich habe keine Ahnung, wann der Scherer Gerhard wo war«, wies Harry jegliche Verantwortung von sich. »Ehrlich, Jupp, ich hab doch gar keine Zeit zu kontrollieren, wo und mit wem sich meine Gäste rumtreiben. Was soll ich als Gastronom denn noch alles machen? Mir steht's eh bald bis hier, denn reich wird man mit einer Gaststätte nicht.«

»Ich vermute, dass ihm jemand das Essen aufs Zimmer gebracht hat. Die Frage ist nur, wer«, dachte Jupp laut.

»Tja, also ich war es bestimmt nicht. Und den Konrad habe ich gegen halb zwölf nach Hause geschickt.«

»Sag mal, Harry, was ich dich schon immer mal fragen wollte. Warum ist dir denn eigentlich deine Uschi damals fortgelaufen?«

»Wie kommst du denn jetzt darauf?«, fragte Harry irritiert.

Er sperrte die Tür des Pensionszimmers wieder zu, denn Spurensucher Jupp war hier ja offenbar fertig. Er wandte sich zur Treppe, um wieder nach unten in die Gaststätte zu gehen.

Doch Jupp ließ nicht locker: »Ach, weißt du, ich hab mit meiner Inge auch so meine Problemchen. Man fragt sich schon oft, was in einer Frau so vorgeht, wo sie doch eigentlich alles hat: einen lieben Mann, einen Gasthof, ein geregeltes Leben - und plötzlich will sie die Scheidung. Warum?«

Harry stand an der Treppe und musste sich jetzt am Geländer festhalten. Er blickte betrübt zu Boden und bekam sogar Pipi in die Augen.

»Von einer Scheidung war nie die Rede, denn dann könnte ich den Laden hier dichtmachen. Dann wäre meine gesamte Existenz futsch, verstehst du? Deshalb sind wir eben nur getrennt, mehr nicht.«

Jupp legte Harry kumpelhaft die Hand auf die Schulter. Er hatte nicht geahnt, dass Harry die Trennung offenbar doch noch so zu schaffen machte.

»Sie wollte ein neues Leben anfangen. Sie hat gesagt, ihr wäre hier alles zu eingefahren, sie habe sich wie in einem Hamsterrad gefühlt und wolle mehr vom Leben, als nur in der Küche oder hinterm Tresen zu stehen ...«

»Oder gab es vielleicht einen anderen Mann? Vielleicht eine Affäre?«, forschte Jupp weiter, denn er hatte den Eindruck, dass er Harry gerade irgendwie am Angelhaken hatte.

»Nein, nein, das hätte sie mir doch gesagt. Da gab und gibt es keinen anderen Mann. Das hätte ich doch mitbekommen, denn schließlich hilft sie ja immer noch ab und zu in meiner Küche aus. Obwohl ich ja jetzt der Chefkoch bin, gell?«

»Hm, aber ich denke, auf die Küchenarbeit hatte sie keine Lust mehr? Wieso hat sie das denn trotzdem weiterhin gemacht? Wie passt das zusammen?«

Jupp war ratlos.

»Tja Jupp, wenn einem das Geld ausgeht, dann muss man halt schaffen gehen. Nachdem sich die Uschi damals von mir getrennt hat, war sie erst mal so neun oder zehn Monate auf Reisen ...«

»Aha, interessant. Wo ist sie denn überall rumgereist, deine Uschi?«

»Selbstfindungstrip. Sie war unter anderem in einem Aschram in ...«, berichtete Harry.

»In was für 'nem Rahm?«, fiel ihm Jupp sofort ins Wort.

»In einem Aschram, das ist ein klosterähnliches Meditationszentrum«, klärte Harry auf. »Sie war in einem in Indien.«

»Indien?« wiederholte Jupp alarmiert.

Plötzlich klingelte es bei ihm ganz gewaltig. Kurti hatte schließlich von Indien gesprochen und davon, dass die Giftpflanze dort häufiger eingesetzt wurde. Hatte sich Uschi etwa von dort ein paar Samen mitgebracht? Aber weshalb sollte sie ihren Ex-Lover damit vergiften?

»Ich brauche die Adresse von der Uschi«, sagte er laut.

»Ähm, warum das denn jetzt?«, fragte Harry verunsichert.

»Ich brauche Reisetipps von ihr. Meine Inge ist auch gerade auf so einem Trip, nörgelt an allem rum und so ... Da will ich lieber vorsorgen. Nicht, dass mir das gleiche Schicksal blüht wie dir, mein lieber Harry.«

Jupp merkte sich Straße und Hausnummer der ebenfalls in Hirschweiler wohnenden Indien-Uschi und verabschiedete sich dann von Harry. Er steckte nun also mitten in den Ermittlungen um einen mysteriösen Todesfall. Er spürte jetzt schon, wie viel Stress auf ihn zukommen würde. Aber so was von!

Kapitel 10

Am Ortsrand von Hirschweiler befand sich ein Neubaugebiet mit schicken, großen Zweifamilienhäusern. In den gepflegten Gärten wimmelte es nur so von Schwenkgrillen, Trampolinen und Kinderschaukeln. Auf den ersten Blick schien in dieser trauten Idylle heile Welt zu herrschen - der Inbegriff von Friede, Freude, Eierkuchen. In einem der Häuser lebte Uschi in einer Erdgeschosswohnung zur Miete.

Als Jupp seinen Wagen abgesperrt hatte und durch den Steingarten vor dem Haus marschierte, fielen ihm sofort die vielen Statuen auf. Egal, wo man hinschaute: überall grüßten Buddhas in unterschiedlichen Größen und bewachten den Hauseingang.

Als Jupp die Türklingel betätigte, hallte ihm ein Gongschlag um die Ohren, als würden die buddhistischen Mönche höchstpersönlich zu einer kleinen Gebetsrunde einladen. Zum Glück öffnete nur Uschi im orangenen, ärmellosen Batikkleid. Um den Hals trug sie eine Gebetskette, eine Mala, und um die Stirn ein wild gemustertes Band. Darunter fielen ihr die glatten blonden Haare über die Schultern bis zur Hüfte. Und sie war barfuß. Sie sah aus wie ein waschechter Hippie.

»Jupp? Das ist ja eine Überraschung! Was machst du denn hier? Es wird doch nix passiert sein, oder?«, fragte Uschi.

Im dem kleinen Ort kannte man sich halt. Und Uschi schien sogar freudig überrascht zu sein, wirkte aber auch irgendwie nervös, denn sie fummelte hektisch an ihrer Gebetskette rum.

»Tach Uschi! Darf ich reinkommen?«, fragte Jupp höflich, aber energisch.

Uschi nickte besorgt und ließ ihn eintreten.

Drinnen schaute sich Jupp mit unauffälligem Kennerblick in der Wohnung um. Die Bude war völlig zugestellt mit jeder Menge Klumpatsch - also zahllosen Staubfängern in Form weiterer Buddhas, die auf den Fliesen, auf dem Sideboard und auf der Fensterbank thronten. Im Prinzip war das hier das Buddha-Museum von Hirschweiler.

Plötzlich rümpfte Jupp die Nase.

»Sag mal, Uschi, hier riecht es irgendwie angebrannt ...«

»Was?«, fragte sie irritiert.

»Na, bei dir stinkt's verdammt verbrannt«, wiederholte Jupp.

Er ließ seinen Adlerblick durch den Raum schweifen, um die Ursache für den Gestank zu erspähen.

»Verbrannt? Ach, nein, das sind nur meine Räucherstäbchen ... Die tun nix, die sind völlig harmlos«, beruhigte ihn Uschi dann lächelnd

»Aha, soso ...«

Jupp war zwar erst mal beruhigt, schaute sich aber weiterhin unauffällig um. Er wollte sicherstellen, dass nicht doch noch irgendwo in der Ecke ein kleines Flämmchen loderte. Als sein Blick auf die Wohnzimmerwand fiel, klappte ihm die Kinnlade runter. Er starrte mit offenem Mund die Wand an.

»Das ist doch Gotteslästerung ...«, empörte er sich.

»Jupp, was willst du hier?«, fragte Uschi forsch.

Sie stand mit verschränkten Armen vor ihm.

»Ich meine, das ist doch Buddha-Lästerung, oder nicht?«, korrigierte sich Jupp.

Jupp zeigte mit ausgestrecktem Arm zur Wand. Dort hing im XXL-Bilderrahmen ein, welch Überraschung (!), in Ölfarben gemalter Buddha. Auf seinem Schoß hockte eine »kleine« Uschi, deren perlweiße Zähne so sehr strahlten, als hätte sich der Maler mit Tipp-Ex ausgetobt.

»Ein Andenken an meine Auszeit auf Bali«, seufzte Uschi und schwelgte offenbar in Erinnerungen.

»Soso, Bali. War's denn schön da?«

Uschi nickte.

Sie wollte aber dennoch auf der Stelle wissen, warum Jupp Backes plötzlich in ihren vier Wänden aufgetaucht war. Das müsse doch einen triftigen Grund haben.

»Ach meine Inge, die will ja auch immer mal eine Fernreise machen ... Da wollte ich sie an Weihnachten überraschen, und ich dachte mir: Mensch, frag doch mal die Uschi! Die war doch so lange in der Weltgeschichte unterwegs. Kannst du uns was empfehlen?«, tischte Jupp den fadenscheinigen Grund für seinen Besuch auf, indem er Interesse für die indonesische Insel heuchelte.

»Bali ist traumhaft. Ich würde am liebsten direkt wieder meine Koffer packen und nach dorthin abhauen. Mich hält in diesem Kaff eigentlich nix, wenn bloß das liebe Geld nicht wäre ...«

Uschi kam sofort ins Schwärmen. Sie bot Jupp eine Tasse Tee an, denn sie witterte die Gelegenheit ausführlich von Bali zu erzählen und genüsslich in Urlaubserinnerungen zu schwelgen.

Jupp willigte ein, nachdem er erfahren hatte, dass es in diesem Haushalt keinen Kaffee gab. Nicht einmal löslichen Kaffee. Wo war er hier nur hingeraten?

Dann setzten sich beide zusammen auf die Terrasse. Und während Jupp auf dem Rattansofa saß und vorsichtig am Holunder-Lemongras-Grüntee nippte, lauschte er den wirren Berichten der Uschi vom Gasthof. Er begriff sofort, was für eine Verrückte und Durchgeknallte sie doch in Wahrheit war. Haarklein beschrieb sie jedes Detail: angefangen bei ihrer Ankunft in Ubud, einer Kleinstadt auf Bali, bis hin zu ihrem

Aufenthalt in einem Yoga-Camp für Menschen in der Midlife-Crisis.

»Du erzählt immer nur von Bali, was ist denn mit Indien? Gibt es da nicht so einen, ähm ... Quark, nee, Rahm oder so etwas Ähnliches? Vielleicht wäre das ja auch was für die Inge und mich?«, fragte Jupp, um endlich das Gespräch auf Indien zu lenken.

»Du meinst einen Aschram! Aber in dem Meditationskloster in Indien war ich erst nach Bali. Woher weißt du das denn alles?«, wunderte sich Uschi.

»Hirschweiler halt, da wird viel geschwätzt. Erst recht, wenn eine Gastronomin so außergewöhnliche Länder wie Bali und Indien bereist«, wiegelte Jupp ab.

»Stell dir das doch mal vor, Jupp! Einfach mit einem Rucksack losziehen und alles hinter sich lassen. Kein Gasthof, kein Jägerschnitzel mit Pommes, keine angetrunkenen halbstarken Gäste, kein Harry. Das war ein absoluter Befreiungsschlag! Ich war nach meiner wundervollen Auszeit wirklich ein neuer Mensch und bin es noch heute.«

»Das war gleich nach deiner Trennung vom Harry, gell?«, hakte Jupp nach.

»Genau! Ich habe es keinen Moment bereut, mich von ihm getrennt zu haben. Das hat sich alles einfach nicht mehr richtig angefühlt. Das war so eingefahren mit uns, so alltäglich, so abgenutzt. Verstehst du das, Jupp?«, fragte sie und rutschte ganz nah an ihn heran.

»Ehrlich gesagt: nein, überhaupt nicht. Ich kann so was überhaupt nicht begreifen. Ich finde Struktur im Alltag sehr gut. Man kann halt nicht immer wegrennen, gerade dann nicht, wenn man ein eingespieltes Team ist.«

»Typisch! Ein Mann kann das einfach nicht verstehen.«

Uschi seufzte laut und nippte am heißen Tee.

»Und du wolltest dann nach der Trennung mal so richtig auf den Putz hauen und die Inder und Balinesen bezirzen? Oder wie muss ich mir das vorstellen?«

»Ach, also die Männer im Yoga-Camp in Ubud konntest du alle in der Pfeife rauchen. Die kamen mir vor, als hätten sie die »Eat, Pray, Love«-DVD förmlich verschluckt. Voll die Weicheier, nein, danke! Ein Mann muss schon noch ein Mann sein. Ein körnerfressender, langhaariger Typ, der auf einem Bein steht, passt nicht zu mir. Das habe ich auf der Reise ganz schnell gemerkt.«

»Aha, und für diese Erkenntnis musstest du um die halbe Welt fliegen?«

Uschi schüttelte den Kopf.

»Ich wollte zu mir finden, mich selbst finden. Ich hatte das Gefühl, dass ich nicht mehr ich selbst war. Kennst du dieses Gefühl nicht, Jupp?«

»Doch, doch«, antwortete er zögerlich. »Allerdings kenne ich das Gefühl, nicht mehr ich selbst zu sein erst nach sechs oder sieben Bier ... Aber ich leg mich dann ins Bett, knack eine Runde und flieg nicht gleich nach Asien. Die Inge würde mir eine knallen, wenn ich das machen würde, noch dazu, wenn ich ohne sie fliegen würde. Unverzeihlich!«

»Ach, das könnt ihr Männer halt nicht verstehen. Meine Ehe war in einer absoluten Sackgasse. Sackgasse de luxe, sag ich dir. Hinzu kam, dass wir uns durch die gemeinsame Arbeit im Gasthof 24 Stunden am Tag gesehen haben, und das an sieben Tagen die Woche. Das war Gift für unsere Beziehung, absolutes Gift.«

Jupp räusperte sich. Eine bessere Überleitung konnte es nicht geben. Denn er wollte ja keineswegs über Uschis Lebenskrise sinnieren, sondern hatte schließlich einen Grund, warum er Buddha-Uschi ausfragte.

»Apropos, du kennst doch den lieben Scherer Gerhard, nicht wahr?«

»Den Gérard? Na, klar. Er hat mir Französisch beigebracht, also, die Sprache: nicht dass wir uns da falsch verstehen ...«, grinste Uschi.

»Jaja, ich verstehe schon. Über solche Scherze haben wir als Jugendliche auch gelacht.«

»Gérard hat mir die Augen geöffnet und mir klargemacht, dass ich mit meinem Leben viel mehr anfangen kann, als nur Gläser zu polieren, den Zapfhahn zu bedienen und Strichelchen auf einem Bierdeckel zu notieren. Du weißt, wie man so was nennt?«, fragte Uschi mit erwartungsvollem Blick.

»Thekenschlampe?«, antwortete Jupp wie aus der Pistole geschossen.

»Sehr witzig, Jupp! Langeweile nennt man das«, klärte Uschi leicht genervt auf.

»Oh, 'Tschuldigung! Also, ich fasse noch mal zusammen: der Scherer Gerhard war also der Auslöser dafür, dass du dich vom Harry getrennt und durch Bali und Indien getourt bist? Um all die Langeweile abzulegen und nur noch Spaß zu haben? Interessant, interessant ...«

Uschi nickte.

»Sag mal, Uschi, war da nicht vielleicht noch mehr? Hat dir der Gerhard eventuell nicht nur die Augen geöffnet, sondern vielleicht auch etwas länger hineingeguckt, hä?«

Uschi schaute ihn mit großen Pupillen fragend an.

»Na ja, wenn man so eng zusammen Französisch büffelt ... Da kann man sich ja auch schon mal näherkommen, wenn du verstehst, was ich meine?«, eierte Jupp rum. »Eine Liebelei zwischen Schüler und Lehrer ist ja jetzt nicht total abwegig.«

»Ach das meinst du! Nein, da war nie was zwischen uns, alles rein platonisch. Er war ja schließlich verheiratet.«

»Das ist zwar ein Grund, aber kein Hindernis, liebe Uschi! Wusste denn der Harry, dass dir der Scherer Gerhard, ähm, die Augen geöffnet hat?«, hakte er gleich nach.

»Warum willst du das eigentlich alles wissen? Du wolltest doch nur ein paar Reisetipps von mir, oder nicht?«

Uschi wurde allmählich misstrauisch und machte dicht, sprich: sie verschränkte die Arme vor der Brust.

»Hör zu, Uschi, du musst jetzt ganz, ganz tapfer sein ... Dein, ähm, Augenöffner hat seine Augen geschlossen. Für immer. Der liebe Gerhard ist tot.«

»Na, das weiß ich doch längst. Der Harry hat mich gleich angerufen und über dieses tragische Ereignis informiert. Wir haben nämlich noch einen guten Draht zueinander. Ab und zu stehe ich ja auch noch in seiner Küche und helfe ihm. Ich muss ja auch ein bisschen Geld verdienen«, gab Uschi offenherzig zu.

Ihr Misstrauen gegenüber Jupp schien verflogen, nachdem sie jetzt wusste, was der eigentliche Grund seines Besuchs war.

»Hattest du denn noch Kontakt zu unserem Opfer, ähm, dem Verstorbenen?«, fragte Jupp und schaute Uschi mit festem Blick in die Augen. »Wusstest du, dass er zuletzt im Gashof einquartiert war?«

»Nein, das wusste ich nicht. Unser Kontakt ist in letzter Zeit irgendwie eingeschlafen«, gab sie mit heruntergezogenen Mundwinkeln zu. »Er lebte ja mittlerweile auch in Österreich. Und ich habe gehört, dass er bald wieder heiraten wollte. Das ist wirklich alles so traurig, auch für die Verlobte.«

Jupp nahm ihr nicht so recht ab, dass sie Mitgefühl für die Verlobte hatte. Immerhin hatte sie selbst ein Techtelmechtel mit Gerhard gehabt – zumindest wenn man den Erzählungen des Kellners und auch von Edwin glaubte – und war bestimmt nicht erfreut gewesen, dass er eine andere hatte heiraten wollen. Daher legte der gestrenge Oberkommissar den Hebel nun knallhart um. Die Uschi sollte mal sehen, was er als Polizist alles draufhatte.

»Wo warst du am Freitagabend beziehungsweise in der Nacht von Freitag auf Samstag?«

»Das ist jetzt wohl nicht dein Ernst, Jupp? Dass du mich das wirklich fragst ...«

Uschi war empört.

»Ich muss das fragen. Es ist mein verdammter Job - genau so, wie es früher deine Aufgabe war, zu scharfes Chili con Carne unters Volk zu bringen. Das war nämlich Gerhards letztes Abendmahl. Oder seine Henkersmahlzeit, um es mal ganz ketzerisch auszudrücken. Denn wir gehen im Moment davon aus, dass sein Herztod auf eine Lebensmittelvergiftung zurückzuführen ist.«

»Was? Vergiss es! Der Harry kauft nur astreines Fleisch, mit dem Gehackten muss immer alles in Ordnung sein. Lebensmittelvergiftung ... Tztztz, so ein Quatsch!«, verteidigte Uschi ihren Nochgatten und Küchenchef des Dorfbrunnens.

»Und? Wo warst du nun in der Zeit von Freitagabend bis Samstagmorgen?«

Jupp ließ nicht locker.

»Hier, wo sonst? Ich konnte am Freitag leider nicht im Gasthof helfen, denn ich war krank. Norovirus, entweder es kam oben raus oder unten. Mir ging es hundeelend.«

Sofort rutschte Jupp auf dem Rattansofa ein Stück von Uschi ab.

»Keine Angst! Es ist jetzt alles wieder gut«, beruhigte sie ihn.

Jupp kratzte sich am Hinterkopf und erhob sich langsam.

»Wie lange warst du eigentlich in Indien?«, fragte er, während seine Augen den Garten überflogen auf der Suche nach dem sogenannten Selbstmordbaum. Ein Foto des ominösen Baums hatte er sich im Internet angeschaut. Gerne hätte er hier mal ein Exemplar in natura zu Gesicht bekommen. Dann wäre nämlich alles klar und sein Fall wäre garantiert schnell gelöst.

»Drei Monate. Doch Bali hat mir besser gefallen, da ist es als allein reisende Frau einfach etwas angenehmer«, berichtete Uschi.

»Und hast du irgendein Mitbringsel aus Indien mitgebracht?«, fragte Jupp mit einem gewissen Hintergedanken.

»Nein, in meinem Rucksack war doch kein Platz. Ich habe mir nur das große Wandbild per Post nachschicken lassen, die Buddhas habe ich später alle im OBI gekauft.«

»Auch nicht ein paar Samenkörner einer Pflanze, Palme oder was auch immer für deinen Garten? So was passt doch bestimmt noch in den Rucksack.«

Uschi schaute ihn verdutzt an und verneinte. Sie glaube auch nicht, dass man eine in Indien heimische Pflanze einfach so mir nichts dir nichts in Deutschland anpflanzen könne. Hier herrschten doch ganz andere klimatische Bedingungen.

Jupp hatte fürs Erste genug gehört und beschloss aufzubrechen. Als er durch die Terrassentür wieder in die Wohnung trat, blieb er starr und steif im Rahmen stehen. Vis-à-vis befand sich das Esszimmer, wo ein altbackener Leuchter mit vergilbten Lampenschirmchen von der Decke hing. Hieran baumelte ein pinkfarbener BH mit dunklen Pünktchen und schwarzer Spitze. Sofort musste er an die Worte des Kellners denken und an die Vorstellung von Uschi in rattenscharfer Unterwäsche beim Kochen.

»Huch! Wie kommt der denn dahin?«, murmelte Uschi verlegen und nahm schnell den BH von der Lampe und versteckte ihn hinter ihrem Rücken.

»Ähm ... du kochst immer so scharf, gell?«, stammelte Jupp, denn auch ihm war die Situation etwas peinlich.

»Ja, aber noch lieber esse ich scharf, und seit ich in Indien war, erst recht. Der Gérard mochte es übrigens auch gerne scharf, fällt mir gerade so ein«, erwähnte sie mit traurigem Blick. Offenbar wollte sie schnell von sich und ihrer Unterwäsche ablenken.

»Aha, soso, interessant, interessant ...«

Jupp räusperte sich. Dann verabschiedete er sich schnell von der scharfen Uschi. Er hatte fürs Erste genug Informationen und wusste jetzt sogar, was sie so drunter trug. Kopfkino par excellence für Jupp. Aber so was von!

Als er wieder im Pöscho saß, zückte Jupp seinen Block und machte sich erst mal ein paar Notizen. Er hatte verflixt noch mal weder in der Wohnung noch draußen im Garten eine giftige Pflanze entdecken können. Bei Uschi gab es nur massenweise Buddhas, aber damit konnte man zwar jemanden erschlagen - nicht aber vergiften. Dennoch gehörte Uschi für ihn zu den Verdächtigen, da sie ein Motiv hatte: Eifersucht und Rache, da der Französischlehrer eine andere hatte heiraten wollen. Und das, nachdem sie auf sein Drängen hin alles aufgegeben hatte und jetzt dummerweise wieder als Schnippelhilfe im alten Job ranklotzen musste. Das war schon eine echte Klatsche!

Und plötzlich fiel es Jupp wie Schuppen von den Augen: Rache war bekanntlich süß - und bei der Uschi dann halt eben scharf. Vielleicht sogar tödlich scharf?

Während Jupp im grün-weißen Dienstwagen davonbrauste, stand Uschi im Wohnzimmer mit dem Telefonhörer in der

Hand. Sie flüsterte, obwohl es eigentlich keinen Grund dafür gab, da sie alleine war.

»Danke, Edwin, für deinen Tipp! Du hattest recht. Jupp war gerade hier und hat mir Fragen zum Gérard gestellt. Ich habe ihm gesagt, dass alles nur rein platonisch war ... Ich bin ja nicht bescheuert.«

Dann legte Uschi auf. Sie hatte feuchte Augen, denn sie vermisste den ehemaligen Französischlehrer und war erschüttert, dass er ausgerechnet in »ihrem« ehemaligen Gasthof gestorben war.

Anschließend nahm sie einen Weihrauchkegel, zündete ihn an und ging damit wedelnd durch die Wohnung, um eine kleine Reinigungszeremonie vorzunehmen. Schließlich war es kein gutes Karma, dass sich eben ein Polizist in ihrem Buddha-Reich aufgehalten hatte. Uschi war da sehr abergläubisch. Und esoterisch angehaucht war sie seit ihrer Asienreise sowieso. Ihr pinkfarbener BH war sogar ein Mitbringsel von dort, allerdings ein billiges Plagiat. Aber so was Intimes hatte sie Jupp bei seiner Befragung nicht verraten wollen.

Kapitel 11

An der Willi-Graf-Realschule war gerade Pause. Pubertierende Teenager lungerten auf dem Schulhof herum, einige rauchten und kamen sich mit dem Glimmstengel in der Hand besonders cool vor. Natürlich heimlich, da auf dem Schulgelände striktes Rauchverbot herrschte.

Als die Jugendlichen den Polizeiwagen anrauschen sahen, warfen sie hastig ihre Kippen zu Boden und trampelten darauf herum, um jegliche Spuren zu verwischen. Hektisch liefen sie in alle Richtungen auseinander - offenbar aus Angst, einer der »uncoolen« Mitschüler hätte sie beim Dorfbullen verpfiffen. Doch Jupp hatte Wichtigeres zu tun. Er parkte, stieg voller Tatendrang aus seinem Wagen und marschierte zielstrebig zum Gebäude.

Im Schulsekretariat kopierte Christiane Mohr, die von allen nur liebevoll »Möhrchen« genannt wurde, gerade ein paar Unterlagen, als es plötzlich an der Tür klopfte.

»Herein!«, rief Frau Mohr. Sie war Ende 50, trug eine schwarze Hornbrille und hatte graue Haare, die ihr bis zur Schulter reichten und die sie offen trug.

Jupp betrat das Sekretariat und reichte der Sekretärin die Hand zur Begrüßung.

»Der Herr Wachtmeister Backes, was für eine Überraschung!«, wunderte sie sich. »Na, welcher unserer Schützlinge hat denn diesmal was angestellt?«

»Hallo Möhrchen!«

Auch Jupp nannte die Sekretärin beim Spitznamen, auch wenn sich beide stets siezten. Mit Uniform war man für viele Menschen eine Respektsperson sondergleichen, die man nicht einfach mit dem Vornamen ansprach. Er klärte schnell auf, dass es diesmal nicht um einen Schulschwänzer, Autoknacker oder sonstige Kavaliersdelikte ging.

»Wie kann ich Ihnen dann weiterhelfen?«, fragte Frau Mohr liebenswürdig.

Ihre schwarze Brille hing weit vorne auf der Nasenspitze, während ihre Augen über den Rand lugten.

»Es geht um den ehemaligen Französischlehrer Gerhard Scherer, der hier an der Schule unterrichtet hat.«

Sofort schluchzte Möhrchen laut auf. Tränen traten ihr in die Augen.

»Das ist ja so furchtbar, was mit unserem Herrn Scherer passiert ist. Ich kann es noch immer nicht fassen. So plötzlich und unerwartet mitten aus dem Leben gerissen ...«

Jupp nickte und suchte händeringend nach tröstenden Worten.

»Tja, so ist das Leben eben. Gibt es ja öfters, dass man gerade in Rente ist und dann klopft plötzlich der Tod an die Tür. Die Rentenkasse wird es freuen, gell? Ein Maul weniger, das es zu stopfen gilt.«

»Herr Scherer war Beamter! Wie können Sie denn in so einem Moment an Altersbezüge denken, wo gerade ein Mensch verstorben ist!« Möhrchen war sichtlich empört. »Ich bitte doch um etwas mehr Takt- und Feingefühl!«

Die Sekretärin tupfte sich mit einem weißen Taschentuch einige Tränen von den Backen.

»War der Herr Scherer denn ein beliebter Lehrer?«, wollte Jupp wissen, nachdem sich Möhrchen so kräftig geschnäuzt hatte, als würde in unmittelbarer Nähe ein Elefant trompeten.

Frau Mohr nickte und berichtete, dass es nie Beschwerden über ihn gegeben habe. Und sie könne das beurteilen, schließlich sei sie bereits seit über 30 Jahren die gute Seele dieser Schule.

»Sagen Sie mal, Möhrchen, Sie haben doch bei der Organisation dieses Klassentreffens mitgeholfen, bei dem auch der Herr Scherer war? Man sagte mir, Sie hätten Informationen zum aktuellen Wohnort oder zur Erreichbarkeit einiger Schüler beigesteuert. Ist das wahr?«

»Ach, das hab ich doch gerne gemacht. Ich helfe immer, wo ich kann. Ich hab ja auch damals beim Abschlussfest alles organisiert, als Ihre Frau für die Bowle zuständig war und ...«

»Ähm, ja, das müssen wir aber jetzt nicht weiter vertiefen«, schnitt ihr Jupp das Wort ab, denn er meinte ein leicht amüsiertes Grinsen in Frau Mohrs Gesicht wahrgenommen zu haben. Diese alte Geschichte mit Inge und ihrer Bowle war ein regelrechter Fluch.

»Ich benötige eine Liste aller Schüler, die zum Klassentreffen eingeladen waren. Und dann müsste ich noch wissen, wer tatsächlich teilgenommen hat.«

Die Sekretärin schaute ihn irritiert an: »Also, wer da war, das weiß ich doch nicht. Ich war ja schließlich nicht dabei. Ich habe ja nur die fehlenden Adressen rausgesucht ... Ja gibt es denn etwa eine Beschwerde, Herr Wachtmeister?«

»Kommissar, liebes Möhrchen! Ganz streng genommen sogar: Oberkommissar – aber so streng bin ich da nicht«, korrigierte Jupp, denn so viel Zeit musste schließlich sein. »Nein, ich muss einfach wissen, wer bei der Feier am Freitag im Gasthof dabei war.«

Frau Mohr beugte sich über den Sekretariatstresen und flüsterte: »Jetzt sagen Sie bloß, es hat sich jemand beschwert, weil ich das mit dem Datenschutz nicht so eng gesehen habe und die Adressen rausgegeben habe. Das habe ich doch nur gemacht, damit die Klassensprecherin die Einladungen verschicken kann. Damals hatte halt noch nicht jeder eine E-Mail-

Adresse. Das war ja zu der Zeit, als auch Ihre Tochter die mittlere Reife bei uns gemacht hat ...«

»Ähm, ja ... Genau, mir liegt eine aktuelle Beschwerde dazu vor«, ging Jupp spontan auf diesen willkommenen Vorwand ein. Hauptsache, er bekam endlich diese verdammte Liste mit den Namen.

Kopfschüttelnd ging Möhrchen zu einem der Aktenschränke an der Rückwand des Sekretariats und zog einen Ordner heraus. Dann blätterte sie hektisch darin herum und präsentierte Jupp wenig später eine Liste mit den Namen aller ehemaligen Schüler der Klasse 10 a, deren Klassenlehrer nun tot war.

»Wer von denen hat sich denn bitte schön beschwert?«, wollte Möhrchen wissen, während Jupp schon mit Argusaugen die Liste überflog.

»Das darf ich Ihnen, mein liebes Möhrchen, nun wirklich nicht sagen. Ich unterliege einer gewissen Schweigepflicht. Kann ich auch die Abschlusszeugnisse dieses Jahrgangs haben? Ich würde mir die Kandidaten und ihre Abgangsnoten gerne mal näher anschauen.«

»Wie bitte? Warum wollen Sie sich denn die ollen Zeugnisse anschauen? Die kann ich nicht einfach so rausgeben, das unterliegt doch alles dem Datenschutz. Da komm ich doch in Teufels Küche, wenn ich die aus dem Archiv hole und Ihnen aushändige.«

Jupp räusperte sich, beugte sich zur Sekretärin vor und flüsterte: »Liebe Frau Mohr, es hat ein echter Datenschutzfuchs bei mir Anzeige erstattet, dass Sie seine persönlichen Daten rausgegeben haben ...«

»Was ist denn so Schlimmes dabei? Mein Gott, es sind doch nur die Adressen der Eltern, bei denen die Schüler damals gewohnt haben - damit man halt alle zum Klassentreffen einladen kann.«

Jupp überlegte schnell, welche Geschichte er Möhrchen auftischen könnte, damit sie endlich die Zeugnisse rausrückte.

»Ähm, sagt Ihnen das Stichwort Zeugenschutzprogramm etwas?«

Jupp schaute die Sekretärin mit stechend scharfem Blick an.

Frau Mohr fiel die Kinnlade runter. Sie schluckte und hielt sich erschrocken die Hände vor den Mund.

Das war Jupps Chance noch einen draufzusetzen: »Also, einer dieser Schüler befindet sich in einem sogenannten Zeugenschutzprogramm. Wenn Sie jetzt also schön kooperativ sind und mir die Abschlusszeugnisse aushändigen, dann wäre ich bereit, die Anzeige wegen Verstoß gegen den Datenschutz einfach im Sande verlaufen zu lassen und die Ermittlungen einzustellen.«

»Und wenn nicht?«

»Tja, dann müsste ich der Angelegenheit auf den Grund gehen und auch Ihren Vorgesetzten darüber informieren, dass Sie einfach persönliche Daten an eine ehemalige Klassensprecherin rausgegeben haben. Und da sich eine der Personen im Zeugenschutzprogramm befindet, könnte das fatale Folgen für Sie haben - inklusive Geldstrafe und Kündigung wäre da alles möglich.«

»Oh mein Gott! Sie machen Witze, oder?«, fragte Möhrchen verängstigt.

»Niemals! Beten Sie lieber, dass der zuständige Richter kein Datenschutzfetischist ist, ansonsten kommt es für Sie sicher knüppeldick.«

Frau Mohr öffnete unverzüglich ihre Schreibtischschublade, zog einen Schlüssel heraus und marschierte schnurstracks in Richtung Schularchiv. Jupp wartete brav und artig im Sekretariat.

Eine Stunde später saß Jupp in seiner Dienststelle. Vor ihm auf dem Schreibtisch lag ein Stapel mit 23 Abschlusszeugnissen. Er blätterte eines nach dem anderen sorgfältig durch. Als er zu den Noten seiner Tochter Eva kam, seufzte er und schlug mit der Faust auf den Tisch. Er hatte die letzten Jahre hervorragend verdrängt, dass sie in Mathematik und in Französisch eine wahrhaftige Niete gewesen war, doch hier hatte er es leider schwarz auf weiß.

Dann probierte er erneut die damalige Klassensprecherin telefonisch zu erreichen. Diesmal mit Erfolg.

Die junge Frau am Telefon war überrascht, dass Evas Vater in der Leitung war.

Nach einem kurzen Geplänkel über Eva (wie es ihr gehe, wo sie wohne, was sie mache) kam Jupp zur Sache.

»Ich muss genau wissen, wer bei dem Klassentreffen am Freitagabend dabei war.«

»Wir waren leider nur 13 Leute - von 23 Schülern. Ein echtes Armutszeugnis ist das. Das war das letzte Mal, dass ich als Klassensprecherin so was organisiert habe«, klagte Carina Hubertus, die keine Gelegenheit ausließ, auf ihre bedeutende Rolle hinzuweisen.

Auch täte es ihr total leid, dass der Lehrer kurz danach verstorben sei, sie wisse Bescheid, denn eine Freundin habe sie informiert. Die Nachricht vom Tod des beliebten Lehrers hatte offenbar sehr schnell die Runde gemacht.

»Ich als Oberkommissar brauche die Namen aller Anwesenden«, forderte Jupp im Kommandoton.

Auch er erwähnte ja gerne mal seinen Dienstgrad und wollte die kleine Wichtigtuerin etwas ärgern.

Carina Hubertus zählte dann laut alle Schüler auf, die im Gasthof gewesen waren. Und Jupp hakte die jeweiligen Namen auf der Liste von Frau Mohr ab. Am Ende hatte er hinter 13 Namen einen Haken gemacht.

»Wer ist denn bei euch damals eigentlich in der Klasse sitzengeblieben?«, fragte er noch. Denn er hatte keine Lust, alle 23 Zeugnisse noch einmal auf diesen Umstand hin zu durchforsten. Schließlich wäre auch Rache für einen verfehlten Realabschluss ein mögliches Motiv, um den verantwortlichen Pauker zu vergiften.

»In unserer Klasse haben damals alle bestanden, was mich als Klassensprecherin natürlich besonders gefreut und stolz gemacht hat.«

Jupp stöhnte. Das bedeutete, dass er nun wirklich jedes Zeugnis akribisch daraufhin durchgehen musste, ob jemand eine schlechte Note in Französisch gehabt und den Fachlehrer deswegen umgebracht hatte.

»Wer war denn besonders mies in Französisch?«

Vielleicht ließ sich ja doch ein wenig Arbeit sparen, indem er noch etwas aus der Klassensprecherin herausquetschte.

Carina überlegte kurz.

»Tja, also wenn ich ganz ehrlich sein soll, Herr Backes: Ihre Tochter war nicht wirklich eine Leuchte, was Sprachen angeht ...«

»Was? Das ist mir unbegreiflich. Madame und Monsieur Backes telefonieren mit Eva nur auf Französisch. Sie müssten erst mal Evas fidele Grand-mère erleben, Madame Käthe – eine waschechte Pariserin, die den besten Kokowääh aller Zeiten macht ...«

Jupp hatte jetzt einen Heidenspaß daran, die altkluge Klassensprecherin ein wenig zu veräppeln.

»Warum wollen Sie das eigentlich alles wissen?«, fragte Carina.

Humor hatte sie offenbar nicht, denn sie ignorierte seine Worte.

»Ähm, also, die Eva wohnt ja in Berlin ... Und sie wollte als Wiedergutmachung dafür, dass sie nicht beim Klassentreffen war, einen Kranz für das Grab spenden. Und da hat sie mich gebeten rauszubekommen, wer beim Klassentreffen dabei war. Damit sie diese Mitschüler kontaktieren kann wegen einer möglichen Beteiligung am Kranz. Nachvollziehbar, oder Frau Klassensprecherin?«

»Hm ... ja, eine tolle Idee. Aber mag die Eva dann nicht vielleicht auch eine Grabrede auf Französisch halten? Wenn sie die Sprache jetzt so gut beherrscht ...«

»Ähm, würde sie sicher gerne, aber sie kann sich nicht so einfach freinehmen und herkommen. Die Eva hat eine Bombenstelle in Berlin. Ein Träumchen, sozusagen«, zog Jupp jetzt mal ganz schwer vom Leder.

»Es wäre auch kein Problem, wenn das einer der Eltern übernehmen würde ... Sie, Monsieur Backes, zum Beispiel. Sie könnten doch sicher locker eine schöne französische Grabrede aus dem Ärmel zaubern, nicht wahr?«

Jupp war kurz sprachlos. Dann überlegte er, wie er aus diesem selbst verursachten Schlamassel wieder rauskam.

»Ich tue mein Bestes! Sagen Sie, Frau Ex-Klassensprecherin, Sie haben doch von Freitag auf Samstag im Gasthof übernachtet, nicht wahr? Ist Ihnen denn da irgendwas aufgefallen?«

»Hm ... Na ja, also das Preis-Leistungs-Verhältnis für das Buffet war nicht besonders. Und das Chili con Carne am späten Abend schmeckte so lasch, dass ich erst mal ordentlich nachsalzen musste. Das schmeckte irgendwie nach gar nix, ohne jegliche Würze. Also, vom Essen her hat das Lokal echt nachgelassen, seit die Chefin über alle Berge ist.«

»Haben Sie denn das Essen gut vertragen? Keine Beschwerden? Und gab es vielleicht einen Streit am Tisch zwischen Schülern und dem Lehrer?«, bombardierte Jupp die Klassensprecherin nun mit knallharten Ermittlerfragen.

»Nein, es war alles durchweg harmonisch, wir haben uns prächtig verstanden. Das Chili war halt nur nicht so scharf, wie ich es mir gewünscht hätte. Aber ich war schon immer so eine Scharfe«, kokettierte sie lachend. »Warum fragen Sie mich das alles, Herr Backes?«

»Ach, nur rein interessehalber. Haben Sie denn vielleicht etwas bemerkt im Hinblick auf das Zimmer von Herrn Scherer? Also, gab es Hilferufe oder Stimmengewirr?«

Die Leitung war für ein paar Sekunden still. Jupp wusste, dass die Klassensprecherin nun angestrengt nachdachte.

»Als ich ins Bett ging, habe ich aus seinem Zimmer Geräusche gehört. Es klang, als habe er den Fernseher an. Da habe ich mich noch gewundert, weshalb der alte Herr Scherer lieber auf dem Zimmer hockt und Fernsehen glotzt, als mit uns unten zusammen zu feiern. Also, das ist doch schon irgendwie unhöflich, finden Sie nicht? Da organisiert man extra mit großem Aufwand so ein Treffen - und dann verkrümelt sich der Lehrer so früh und verzieht sich nach oben.«

Carina Hubertus regte sich gerade mal wieder auf.

»Sie haben den Fernseher gehört? Interessant, interessant. Konnten Sie auch heraushören, welche Sendung er geschaut hat?«, fragte Jupp.

»Jetzt sagen Sie bitte nicht, er hat Schmuddelfilme auf dem Pay-TV-Kanal geguckt! Steht das etwa auf der Zimmerrechnung? Ich glaub, ich flippe aus ... Nie mehr organisiere ich so ein blödes Klassentreffen. Erst kommt die Hälfte der Leute nicht und dann gibt's am nächsten Tag noch einen Toten, der seine Sexkanalrechnung nicht mehr zahlen kann.«

»Nein, ich kann Sie beruhigen, Frau Ex-Klassensprecherin, es gibt im Gasthof Dorfbrunnen überhaupt keinen Kanal für solche Erotikfilmchen. Aber zurück zu dem, was Sie aus Herrn Scherers Zimmer gehört haben: Gab es vielleicht eine hitzige Debatte, einen Streit zwischen zwei Personen?«, versuchte Jupp die aufgebrachte Klassensprecherin wieder auf den Kurs seiner Ermittlungen zu bringen. Offenbar war sie eine wichtige Zeugin, was sich Jupp nur ungern eingestand.

»Hm, die Wände sind schon sehr dünn und irgendwann hab ich so ein komisches Röcheln gehört, ein Schnaufen ... Also, wenn ich mir das so überlege: Das könnte schon gut passen, dass sich der Scherer da einen Porno angeschaut hat. Ich habe mir dann Ohropax in die Ohren gemacht, damit ich das nicht mehr hören muss. Denn mal ganz ehrlich: Wer will schon seinem ehemaligen Lehrer dabei zuhören, wie er sich selbst befriedigt? Das ist doch ekelhaft! Einfach widerlich!«

Schnell verabschiedete sich Jupp von Carina Hubertus und legte auf, denn in seinem Gehirn ratterte es auf einmal mächtig. Die Klassensprecherin irrte sich komplett, aber das hatte er ihr nicht verraten. Erstens gab es in den Zimmern von Harrys Gasthof überhaupt keine Fernseher, daher hatte Carina wohl eher ein Gespräch zwischen Täter und Opfer mitbekommen. Und zweitens hatte das Röcheln und Schnaufen keineswegs einen Sexfilm zur Ursache gehabt, sondern es waren die letzten Lebenszeichen eines sterbenden Mannes gewesen.

Für Jupp war somit klar, dass wer auch immer Gerhard Scherer vergiftet hatte, offenbar live dabei gewesen war und sich daran ergötzt hatte, wie er starb. Und dass dieser Jemand vorher noch garantiert ein paar ernsthafte Worte mit ihm gewechselt hatte.

Während Jupp noch nachdenklich auf das Telefon starrte, mit dem er eben die Befragung der Klassensprecherin durchgeführt hatte, klingelte der Apparat plötzlich und er wurde jäh aus seinen ermittelnden Gedanken gerissen.

Es war Inge, die völlig aufgelöst und aus dem Häuschen war.

»Jupp, du musst unbedingt sofort heimkommen! Die Oma ist im Hungerstreik, sie weigert sich etwas zu essen, ehe du sie nicht über den Stand der Ermittlungen informiert hast. Sie hatte ja eh schon Magenschmerzen die letzten Tage, da kommt jetzt wohl alles zusammen«, mutmaßte Inge.

»Hungerstreik? Bei der piept's wohl! In Afrika sterben die Kinder an Hunger, und deine Mutter inszeniert hier so eine Show, nur um sich wichtig zu machen?«

»Sie hat mir gesagt, dass sie im Moment nur noch den Wunsch hat ... Moment, ich zitiere: die Drecksau, die den Schära, oder wie auch immer sie seinen Namen ausspricht, auf dem Gewissen hat, gehört hinter Schloss und Riegel. Genau so hat sie es gesagt«, jammerte Inge verzweifelt.

»Weiß die Oma eigentlich mittlerweile, dass unser lieber Gerhard wieder heiraten wollte und dass sie nur ein dahergelaufener Urlaubsflirt auf seiner Durchreise war?«

»Pst, Jupp! Nein, bist du des Wahnsinns? Das kann ich ihr doch in ihrem desolaten Zustand nicht erzählen. Dann bricht die mir zusammen und stürzt sich nachher noch aus dem offenen Fenster. Kein Wort über die Hochzeit, Jupp, hörst du? Erst muss die Oma wieder einigermaßen bei Kräften sein, dann kann man ihr das vielleicht ganz, ganz schonend beibringen.«

»Gestern hatte sie noch Depression, heute Hungerstreik ... Kann die sich mal entscheiden, was sie hat. Und was soll ich deiner Meinung nach jetzt tun?«, fragte er genervt.

»Mach doch heute mal früher Schluss! Und dann berichtest du ihr in aller Ruhe vom aktuellen Stand der Ermittlungen. Ich glaube, das würde sie beruhigen und dann würde sie auch wieder essen. Die Oma ist ja jetzt schon nur noch Haut und Knochen.«

Inge übertrieb mal wieder maßlos.

»Sag mal, wie stellst du dir das eigentlich vor, Inge? Ich muss hier schaffen und Befragungen durchführen, verstehst du? Da kann ich nicht einfach alles stehen und liegen lassen, nur weil die Oma meint, sie müsse jetzt mal einen auf hungerstreikende Diva machen. Davon lass ich mich nicht einlullen. Vergiss es!«

»Ich weiß nur, dass ich hier eine Mutter im Haus hab, die strikt jegliche Nahrungsaufnahme verweigert. Und ich bin nicht bereit, sie künstlich über eine Sonde ernähren zu lassen, nur weil ihr Herr Schwiegersohn nicht auskunftsbereit ist.« Inge wurde jetzt richtig resolut. »Also, komm bitte, bitte heim! Tu es für mich und deine Schwiegermutter! Zeig einmal im Leben, dass du auch Gefühle hast, Jupp! Das muss doch machbar sein ...«, hagelte es jetzt handfeste Vorwürfe.

»Von Gefühlen allein wird kein Mensch satt. Ich glaube auch nicht, dass sie urplötzlich Appetit kriegt, nur weil ich Gefühle zeige, geschweige denn, dass sich ihre angeblichen Depressionen dadurch in Luft auflösen«, konterte Jupp rhetorisch einwandfrei.

»Aber was soll ich denn jetzt bloß machen?«, rief Inge verzweifelt.

»Inge, ich bin Polizist und nicht Arzt. Ich bin hier definitiv der falsche Ansprechpartner und nicht zuständig, basta!«

»Tu es für mich!«, flehte Inge noch einmal. »Erzähl ihr von den Ermittlungen, dann beruhigt sie sich bestimmt wieder, wenn sie sieht, dass es Fortschritte gibt ...«

Jupp knurrte. Angenervt knallte er den Hörer auf die Gabel. Dann beschloss er tatsächlich Feierabend zu machen und griff nach den 23 Zeugnissen. Der Oma zuliebe! Denn mit einem Hungerstreik war nicht zu spaßen, auch wenn Käthe offenbar sehr dramatisierte. Oder war es Inge, die hier übertrieb? Von einem Tag nichts essen war bekanntlich noch niemand gestorben.

Gerade als er seine Dienststelle abschließen wollte, stand plötzlich eine aufgeregte, junge Frau vor ihm. Mit tränenerstickter Stimme berichtete sie, ihr Auto sei am helllichten Tag vor dem Edeka-Markt geklaut worden.

Das passte Jupp natürlich gar nicht in den Kram. Aber er hoffte, Inge würde Verständnis dafür haben, dass er dieser jungen Dame mit gestohlenem Auto unter die Arme greifen musste. Denn das junge Ding hier war wirklich total durch den Wind - und die Oma würde schon nicht so schnell verhungern, davon war Jupp überzeugt.

Also sperrte er die Tür seiner Dienststelle wieder auf, bat die Frau sich zu setzen und tat seinen Job als Dorfpolizist, um der Autolosen bestmöglich zu helfen und ihr eine starke Schulter zum Ausheulen zu bieten. Oberkommissar Jupp Backes war halt Profi - durch und durch.

Kapitel 12

Dr. Michalski, der Vertretungsarzt, schloss vorsichtig die Tür zu Käthes Schlafzimmer hinter sich und ging dann mit Inge zusammen leise die Treppe hinunter.

»Nochmals vielen Dank, dass Sie so schnell kommen konnten! Aber meine Mutter sah heute wirklich aus wie schlechter Lyoner, so fad und käsig hab ich sie noch nie gesehen. Muss ich mir ernsthafte Sorgen machen, Herr Doktor?«, fragte Inge besorgt.

»Frau Backes, ich habe Ihrer werten Frau Mutter eine Aufpäppelspritze gegeben, die wird sie im Nu wieder aufbauen. Achten Sie darauf, dass sie viel trinkt und fangen Sie mal ganz langsam mit Zwieback und Tee an, damit der leere Magen nicht gleich überfordert wird. Dann ist die Frau Mama garantiert bald wieder ganz die Alte.«

»Ach wissen Sie, ich verstehe das alles nicht ... Sie war doch schon so oft bei Ihnen in der Praxis und klagt ständig über Magenschmerzen, Herr Doktor. Sie müssen mir sagen, wenn da irgendwas im Busch ist. In dem Alter muss man ja auch immer mit dem Schlimmsten rechnen, nicht wahr?«

Dr. Michalski schaute Inge tief in die Augen. Sofort spürte sie, dass hier irgendetwas nicht stimmte und ihr wurde prompt ganz komisch zumute. Dann räusperte sich der Arzt, nahm Inges Hand und fragte mit bitterernster Stimme: »Frau Backes, wie lange ist Ihr Vater eigentlich schon unter der Erde?«

»Ach Gott! Nein, bitte jetzt nicht auch noch meine geliebte Mutter! Mein Mann hat ja auch schon auf Krebs getippt ... Der Jupp hat da manchmal den siebten Sinn, warum auch immer. Kann man noch was für Sie tun?«

Inges Stimme überschlug sich fast. Die nackte Panik setzte ein - angesichts der Vorstellung, ihre Mutter bald nur noch dahinsiechen zu sehen.

»Stopp, stopp, stopp!«, unterbrach sie Dr. Michalski. »Ich glaube eher, das Ganze ist psychosomatisch bedingt.«

»Psycho..., was?«

Inge stützte sich an der Wand ab. Ihr wurde jetzt regelrecht schwindelig. In ihrem Kopf drehte sich alles, daher setzte sie sich vorsichtshalber auf eine der unteren Treppenstufen. Nicht, dass sie dem Halbgott in Weiß gleich noch in die Arme fiel.

»Also, sagen wir es mal so: Ihre Mutter kommt in der Tat ständig zu mir in die Praxis, seit ich die Vertretung für meinen kranken Kollegen übernommen habe. Ihre Mutter ist aber kerngesund, das haben alle meine Untersuchungen ergeben. Ich habe eher das Gefühl, dass Ihre Mutter ... Tja, wie soll ich das sagen? Ich glaube, dass ihre Mutter verliebt ist ...«

Inge nickte.

»Ja, ich weiß, sie ist verliebt. Oder besser gesagt, sie war verliebt.«

»Sie wissen davon?«, fragte Dr. Michalski erstaunt.

»Meine Mutter hat davon erzählt, und wir müssen es halt akzeptieren.«

»Sie hat Ihnen davon erzählt?«, fragte der Arzt noch mal.

Er war sichtlich verblüfft.

Inge nickte erneut.

»Und Sie haben nichts dagegen unternommen?«, fragte Dr. Michalski.

»Ach, meine Mutter ist stur wie ein Ochse. Wenn sie verknallt ist und sich was in den Kopf gesetzt hat, dann will sie das auf Biegen und Brechen durchziehen. So war sie schon immer. Und in dem Alter verändere ich sie ja nicht mehr. Das habe ich aufgegeben«, meinte Inge resigniert.

»Und dann rufen Sie mich trotzdem aus einer vollen Praxis mit ernsthaft erkrankten Patienten und erzählen was von einem Notfall? Dass Ihre Mutter fast am Verhungern wäre? Ich muss schon sagen, das finde ich jetzt etwas schräg ...«

»Wie bitte?«

Inge war empört, dass sie der Arzt hier so maßregelte.

Doch Dr. Michalski war bereits schnurstracks zur Haustür gegangen und hatte schon die Klinke in der Hand, als er sich noch einmal umdrehte und der ahnungslosen Inge weitere Vorwürfe an den Kopf knallte: »Das ist doch unglaublich, dass Sie mit Ihrer Mutter unter einer Decke stecken! Nur um mich in ihr Schlafzimmer zu locken ... Haben Sie wirklich geglaubt, dass ich mich zu einer 81-Jährigen unter die Bettdecke lege und mit ihr kuschele? Wie naiv sind Sie eigentlich? Ich bin halb so alt wie Ihre Mutter und glücklich vergeben.«

Der Arzt redete sich jetzt richtig in Rage: »Ich werde Ihre Mutter ab sofort nicht weiter behandeln, denn sie ist nicht krank, sondern eine Hypochonderin und Stalkerin sondergleichen. Ständig simuliert sie irgendwelche Wehwehchen. Aber dieser getürkte Notfall und angebliche Hungerstreik ist ja wohl der Gipfel der Dreistigkeit und sicher nur ein Akt der Rache wegen nicht erwiderter Liebe. Schönen Tag noch!«

Damit drehte er sich um und war durch die Tür.

Inge war sprachlos. Dann dämmerte ihr, dass hier ein großes Missverständnis vorliegen musste. Hektisch sprang sie auf und lief nach draußen, wo Dr. Michalski gerade in seinen VW-Kombi steigen wollte, der in der Einfahrt parkte.

»Meine Mutter ist in den Toten vom Gasthof verknallt ...«, kreischte Inge.

»Aha, und weshalb hockt sie dann ständig bei mir auf der Untersuchungsbank und lässt sich von oben bis unten abtasten? Bauch, Brust, Po - angeblich tat jedes Mal was anderes weh. Und sie beharrte immer darauf, dass ich sie abtaste.«

»Nein, nein, das glaube ich nicht!«, rief Inge entrüstet, um ihre Mutter zu verteidigen.

Die Bilder, die ihr gerade in den Kopf kamen, von einer halbnackten Käthe und Dr. Michalskis Händen auf ihrer Brust, verdrängte sie lieber ganz schnell.

Dr. Michalski setzte sich hinter das Steuer und schlug die Wagentür zu, nicht ohne Inge noch eine echte Liebenswürdigkeit an den Kopf zu knallen.

»Eine ältere Dame in schwarzer Spitzenunterwäsche in meinem Behandlungszimmer lässt mich kalt. Eiskalt. Verstanden?«

»Aber dann hätten Sie was sagen müssen! Meine Mutter hat bestimmt auch was Rotes oder Pinkes im Schrank«, rutschte es Inge raus, denn sie wollte den eingebildeten Arzt, der hier ihre Mutter verunglimpfte, nicht ganz ungeschoren davonkommen lassen.

Doch der saß nur kopfschüttelnd in seinem schwarzen Kombi.

In dem Moment wurde im ersten Stock ein Fenster geöffnet. Käthe im weißen Nachthemd und mit wehendem Haar streckte die Arme gen Himmel und brüllte voller Inbrunst: »Mein Geliebter, komm zurück! Du bist die Liebe meines Lebens, das habe ich schon bei unserer ersten Begegnung gespürt.«

Dr. Michalski kurbelte die Scheibe runter und meinte mit selbstgefälligem Grinsen zu Inge: »Sehen Sie, die ist total verliebt in mich. Das ist doch wirklich krank.«

»Nein, nein, sie fantasiert ... Oh, Gott! Helfen Sie ihr lieber, schnell!«, befahl Inge.

»Ich muss weg, die Praxis ist voll«, sagte Dr. Michalski und drehte den Zündschlüssel um.

»Ich werde mich bei der Ärztekammer über Sie beschweren, das ist unterlassene Hilfeleistung, Sie Quacksalber!«, pfiff Inge ihn zusammen.

Allerdings fand sie Käthes Verhalten auch sehr, sehr merkwürdig. Wer weiß, was ihr der Arzt da intravenös verabreicht hatte, nur damit sie ihn nicht mehr belästigte?

»Komm zurück, mein Schatz!«, brüllte Käthe am offenen Fenster.

»Halten Sie mir Ihre geistesgestörte Mutter gefälligst vom Leib! Ansonsten wende ich mich an die Polizei, denn das ist Stalking. Sie ist verrückt nach mir, das hier ist doch wohl gerade der beste Beweis dafür.«

»Meine Mutter leidet nicht an Geschmacksverirrung, sie ist nur leicht verwirrt und ruft nach ihrem verstorbenen Geliebten, der bereits oben im Himmel ist«, verteidigte Inge die Situation.

»Ihr seid doch alle völlig gaga ...«, sagte Dr. Michalski kopfschüttelnd.

Dann murmelte er noch etwas von einem gestörten Mutter-Tochter-Verhältnis und davon, dass er eine Zwangseinweisung angeblich mit einem Fingerschnippen veranlassen könnte.

»Passen Sie mal lieber auf, dass mein Mann Sie nicht wegen Ärztepfusch einsperrt!«

Mit einer Einweisung drohen konnte Inge auch, schließlich war sie Polizistengattin. Und wenn jemand ihre Mutter anging, verstand sie nun wirklich keinen Spaß – da wurde sie zur Löwentochter, die nur das Beste für die Mama wollte.

Dann brauste der Arzt mit quietschenden Reifen davon. Und Inge ging zurück ins Haus, um nach Käthe zu sehen. Sie hoffte, dass die Wirkung oder doch eher die Nebenwirkungen der Aufpäppelspritze bereits nachgelassen hatten, denn Käthe hatte zumindest das Fenster wieder verschlossen.

Als Inge Käthes Zimmer betrat, blieb sie mit offenem Mund im Türrahmen stehen.

Käthe wirbelte mit dem Staubsauger bewaffnet wild im Zimmer umher. Sie schien plötzlich ungeahnte Kräfte zu haben, der Liebeskummer war offenbar verflogen. Weiß der Teufel, was der Arzt ihr gespritzt hatte!

Käthe tänzelte mit dem Sauger in der Hand über den Teppich, während Inge im Dreieck um sie herumsprang und versuchte ihre Aufmerksamkeit zu erhaschen – durch den Lärm des Staubsaugers hindurch. Als Käthe das Gerät endlich ausgestellt hatte, meinte sie nur lapidar: »Ich könnte gerade Bäume ausreißen. Inge, lass uns was Verrücktes unternehmen!«

»Was Verrücktes? Ich finde es schon verrückt genug, dass ich dir das Staubsaugerkabel hinterhertrage, nur damit du nicht drüber stolperst und dir was brichst.«

Doch Käthe konnte noch einen draufsetzen. Sie sprang aufs Bett und begann wie ein wild gewordener Teenager auf und ab zu hüpfen.

»Denk an den Lattenrost, der kracht doch sonst noch ...«, schrie Inge, die ihre Mutter nicht wiedererkannte.

Doch Käthe war gerade alles egal. Sie sprang wie eine Besessene auf dem Bett herum und kicherte laut. Dann, von einer Sekunde auf die andere wurde aus dem Kichern plötzlich ein jämmerliches Schluchzen. Der vermeintliche Lachkrampf entpuppte sich als purer Weinkrampf.

Kabelträgerin Inge stand vor dem Bett und fing Käthe auf, die ihr wie ein nasser Sack in die Arme plumpste.

»Oh Gott, mein Gérard ist tot! Ermordet! Ich weiß, dass er ermordet wurde ... Und ich war nicht bei ihm.«

Käthe schluchzte Rotz und Wasser.

Inge wollte, trotz der Umstände, die Chance nutzen Käthe endlich reinen Wein einzuschenken, obwohl sie Jupp am Telefon noch etwas ganz anderes erzählt hatte. Doch sie konnte es einfach nicht länger ertragen, dass Käthe diesem Gerhard nachtrauerte, obwohl der doch ein großer Schlawiner, wenn nicht sogar ein Riesenarschloch, gewesen war. Sie wollte natürlich dennoch so einfühlsam wie möglich vorgehen.

»Liebe Mama, du musst jetzt ganz, ganz tapfer sein. Also, dein lieber Scherer Schära ...«

»Gérard, Inge! Du sprichst seinen Namen völlig falsch aus. Du warst aber schon immer so ungeschickt in Sprachen«, korrigierte Käthe mit tränenerstickter Stimme.

»Das ist doch jetzt auch egal. Also, der Scherer Gerhard war nicht der, für den du ihn gehalten hast, denn er hat ein Doppelleben geführt ...«, begann Inge vorsichtig.

Käthe schaute sie verblüfft an und wischte sich ein paar Tränchen weg.

»Doppelleben? Sag jetzt bitte nicht, dass er vom anderen Ufer war! Obwohl - ich hab schon mal an so was gedacht, denn er war so höflich, so zuvorkommend, so entzückend zu mir und dieses leicht affektierte Französisch ...«

»Nein, nein, das ist es nicht. Er wollte in ein paar Wochen heiraten - eine Frau. Er war verlobt, Mama! Mit dir wollte er wohl nur noch ein bisschen Spaß haben, bevor es in den Hafen der Ehe ging. Jetzt weißt du es.«

Inge nahm ihre Mutter fest in den Arm, um den bevorstehenden Zusammenbruch abzufedern. Schließlich konnte ja keiner wissen, wie sie darauf reagieren würde. Und nach dem ominösen Medikament, das ihr Dr. Michalski gespritzt hatte, war theoretisch alles drin. Vom Drama bis zum Lachanfall.

Inge spürte, wie Käthe in ihren Armen anfing zu zittern. Ihr Gesicht war schmerzverzerrt, die Stirn in angestrengte Falten gelegt. Man spürte regelrecht, wie es in ihr brodelte. Daher strich ihr Inge beruhigend über den Rücken.

Doch Käthe schüttelte die tätschelnde Hand ab, als wäre sie lästiges Ungeziefer. Dann sprang sie wie von der Tarantel gestochen auf, schnappte sich ein Kissen und schlug damit voller Wucht auf die Fensterbank.

»Gerhard Scherer, du verdammtes, dreckiges Arschloch!!!«, schrie Käthe urplötzlich.

Sie ließ ihre Wut an dem unschuldigen Kissen aus und hämmerte wie von Sinnen auch auf Bettpfosten, Stuhllehne und Couchtisch ein, woraufhin schon bald Federn durch die Luft wirbelten.

Inge sprang leicht panisch hinter ihr her, um Kollateralschäden zu vermeiden. Für das Kissen war es ja bereits zu spät. Doch Käthe war nicht zu bremsen.

»Oh dieser gottverdammte Lügner! Wenn ich das mit der Heirat gewusst hätte, dann hätte ich Hackfleisch aus diesem Penner gemacht ...«

Und schon bekam das arme Kissen ihre Wut erneut zu spüren.

Inge wusste sich aufgrund der prekären Situation und des aggressiven Gemütszustands ihrer Mutter keinen anderen Rat mehr, rannte runter zum Telefon und rief Hilfe suchend in der Arztpraxis an. Sie schrie förmlich in den Hörer, dass Dr. Michalski auf der Stelle ein Gegenmedikament injizieren müsse, sonst würde Käthe den Verstand verlieren.

Leider erreichte dieser Notruf zunächst nur die Warteschleifenmusik der Praxis, nicht aber einen Mediziner. Und auch die Arzthelferin teilte ihr nach Rücksprache mit dem Herrn Doktor nur kurz und knapp mit, dass man die Oma aufgrund unüberbrückbarer Differenzen zwischen Arzt und Patient nicht weiter behandeln würde. Immerhin verwies sie noch darauf, Inge könne ja einen Rettungswagen alarmieren.

Inge knallte das Telefon wütend in die Ecke. Dann besann sie sich aber, hob den Apparat wieder auf und funkte unverzüglich Jupp an.

Doch Jupp ging nicht an sein Handy, da er gerade alle wichtigen Fakten zum Autodiebstahl vorm Edeka in den PC hämmerte. Mit seinem Zwei-Finger-Adler-Suchsystem dauerte so was nun mal seine Zeit und erforderte höchste Konzentration, sodass er gerade keinen Anruf entgegennehmen konnte.

Inge quasselte energisch auf seinen Anrufbeantworter: »Jupp, wo steckst du? Du musst schnell heimkommen! Die Oma hat was gespritzt bekommen und ich hab ihr verraten, dass ihr Gerhard bald heiraten wollte - nur halt nicht sie. Jetzt haut sie hier quasi die Bude kurz und klein. Von Hungerstreik kann keine Rede mehr sein, obwohl mir das gerade lieber wäre. Ich bin schon froh, wenn das Haus noch steht, wenn du kommst - falls du dich denn endlich mal nach Hause bequemen würdest. Also, beeil dich! Das hier ist wie Krieg!«

Nachdem Jupp sämtliche Formalitäten in der Autodiebstahlsache ordnungsgemäß erledigt hatte, hörte er seine Mailbox ab. Er schlackerte ganz schön mit den Ohren bei dem, was Inge ihm auf dem Band hinterlassen hatte. Hastig sprang er auf, schnappte sich den Stapel mit den Zeugnissen und verließ geradezu fluchtartig Schreibtisch und Dienststelle. Heimarbeit à la Jupp stand auf dem Plan.

Doch er kam nicht weit. Denn gerade als er seine Dienststellentür absperren wollte, stand plötzlich Kumpel und Standesbeamter Günther hinter ihm, der sein Büro vis-à-vis hatte und dort ackerte (oder auch nicht).

»Hoppla, Jupp, machst du etwa schon Feierabend? Wie schön! Dann können wir ja noch auf einen Absacker zum Griechen ... Ich hatte heute so einen Scheißtag im Büro, ich brauche echt 'ne Ablenkung. Ich gebe auch eine Runde Ouzo aus«, meinte er gönnerhaft.

»Tut mir leid, aber ich muss schnell heim. Ich bin eh schon viel zu spät dran. Ich hatte noch ein geklautes Auto und eben rief die Inge an ... Die war völlig aus dem Häuschen, angeblich ist daheim ein Notfall passiert.«

»Oje, stimmt was mit der Oma nicht?«, fragte Kumpel Günther besorgt.

Jupp eierte daraufhin rum und entschied dann aber doch, darüber zu sprechen.

»Na ja, die Oma isst nix mehr. Die ist im Moment total iwwerzwerch, sag ich dir. Und rotzfrech und stur ist sie obendrein. Die Inge macht sich halt so ihre Gedanken, die ist ja so sensibel und flennt immer gleich los, wenn mit ihrer geliebten Mutter was nicht in Ordnung ist.«

»Dann geht es jetzt mit der Oma richtig bergab oder wie?« Günther zeigte echte Anteilnahme.

»Tja, das kann ich dir gar nicht so richtig beantworten. So was weiß nur der liebe Gott. Und ich sag ja immer: wenn der Herr im Himmel meine Schwiegermutter lieber hat als ich, dann würde ich schon freiwillig den Kürzeren ziehen und ihm den Vortritt lassen.«

»Ach du liebe Güte! Steht es denn wirklich so ernst um die Oma?«

»Tja, Günther, mein Tipp: Lass die Schwiegereltern nie bei dir im Haus einziehen! Das gibt nur Probleme ... Und bei so älteren Semestern geht das am Ende ja manchmal schneller, als man denkt.«

»Sag mir aber bitte Bescheid, wenn ich irgendwas tun kann! Oder wenn es mit der Käthe zu Ende geht, gell?«, bat Günther.

»Warum in alles in der Welt interessierst du dich auf einmal so für meine Schwiegermutter?«

Günther begann rumzudrucksen und hibbelte unbehaglich von einem Bein aufs andere.

Jupp ahnte Böses. Sehr Böses und extrem Unangenehmes. Hatte der Presley-Günther etwa auch ein Techtelmechtel mit Käthe? Das wäre dann wohl der Gipfel - ach was, eine bodenlose Frechheit! Dann würde er Günther aber auf der Stelle die Freundschaft kündigen und die Oma noch heute höchstpersönlich in die Geschlossene bringen. So eine Schwiegermutter wäre doch fast schon eine Art »Flittchen« - und sein guter Ruf in Hirschweiler wäre dahin.

Doch Günther klärte zum Glück schnell auf, weshalb er sich so für Käthes Wohlbefinden interessierte.

»Also, deine Inge hat mich ja schon vor längerer Zeit mal gefragt, ob ich im Falle eines Falles ... also, auf der Beerdigung von der Käthe singen würde. Also, am Grab, denn das verleiht dem Ganzen ja so was Besonderes.« Günther schluckte: »Und eure Oma ist ja schon irgendwie was Besonderes, nicht wahr?«

»Hä? Hatte die Inge da etwa einen im Tee oder was? Wieso plant die denn schon irgendwelche Beerdigungen? Und wieso weiß ich davon nichts?«

Jupp war baff, dass seine Gattin mit seinem besten Kumpel gesprochen hatte. Noch dazu hinter seinem Rücken.

»Ich glaube, das sollte eine Überraschung sein«, meinte Günther kleinlaut. »Udo Jürgens wünscht sie sich, also, die Inge ...«, fügte er eingeschüchtert hinzu.

»Kinder, ihr wollt anscheinend aus einem Begräbnis eine Schlagerparty machen, oder was? Und der Herr Pfarrer tanzt dann zum ›Griechischen Wein‹ mit den Messdienern Sirtaki ums offene Grab, hä?«

Jupp war empört.

»Nix griechisch! Es soll was Französisches sein, ich soll ›Merci Chérie‹ singen ... Ich frage ja auch nur, weil ich sicher vorher noch mal ein wenig üben müsste. Ein bisschen Vorlauf brauch ich schon, denn sonst singe ich ja immer nur was vom Elvis«, versuchte sich Günther zu verteidigen.

Doch vergeblich.

»Französisch? Das ist ja makaber ... tztztz! Da hat die Inge wohl irgendwas verwechselt. Ich kläre das daheim ab und frage sie, was sie sich dabei gedacht hat. Nur so viel vorab: Ich wünsche keinen Gesang von dir auf dem Begräbnis meiner Schwiegermutter! Auch wenn du mein bester Kumpel bist ... Nein! Weißt du, die Inge hat doch so nah am Wasser gebaut, und nach so einem emotionalen Gesang heult die dann bestimmt den ganzen Tag ...«

»Das müsst ihr daheim klären. Es sollte einfach eine Überraschung sein, so habe ich sie zumindest damals verstanden«, meinte Günther kleinlaut.

»Na, jetzt malen wir den Teufel mal nicht an die Wand! Noch lebt die liebe Käthe schließlich. Und ich tippe eh darauf, dass sie die Inge und mich überleben wird. Dann kannst du ja vielleicht bei meiner Beerdigung trällern, aber nur, wenn ich nach der Inge abtrete. Denn die hat ja so nah am Wasser gebaut, du weißt schon ...«

»Jupp, mach keinen Blödsinn! Aber ich würde das natürlich für dich machen. Schon eine konkrete Idee?«, fragte Günther vorsichtig und fummelte angesichts dieses etwas heiklen Themas verlegen an seinem Hawaiihemd rum. Es wäre ihm natürlich eine große Ehre, als der Presley-Günther vom Standesamt am Grab seines besten Freundes ein Abschiedsständchen vortragen zu dürfen.

Jupp überlegte kurz. Dann stimmte er stimmgewaltig seinen Songwunsch an und schunkelte sogar ein wenig dabei: »Wer soll das bezahlen, wer hat das bestellt? Wer hat so viel Pinkepinke, wer hat so viel Geld?«

»Oh leck, Jupp! Das wäre ein Ding, oder? So was hat es doch noch nie auf einer Beerdigung gegeben. Das wäre eine echte Weltpremiere.«

Günther war schwer beeindruckt von diesem ungewöhnlichen Vorschlag.

»Was meinst, wie die Leute da doof aus der Wäsche gucken, wenn ich das vortrage ... Und dabei wird der Sarg langsam herabgelassen ...«

Günther schien sich das Ganze schon in den schillerndsten Farben vorzustellen.

»Stopp, stopp! Nix Sarg, ich will verbrannt werden. Aber du kannst meinetwegen trotzdem trällern, bloß dann halt an der Urnenwand«, meinte Jupp lachend.

Günther nickte nachdenklich. Offenbar testete er im Geiste schon mal, ob er textsicher genug war für den Titelwunsch seines besten Freundes.

Dann verabschiedete sich Jupp mit der Begründung, dass er dringend heimmüsse. Die Buschtrommeln vom Backes-Häuschen, sprich: Inges Anruf vorhin, verhießen schließlich nichts Gutes. Er hoffte inständig, dass ihn kein Donnerwetter erwartete. Denn er war der Meinung, dass ihm jetzt nach dem Autodiebstahlfall und der Friedhofsgesang-Debatte eigentlich ein ruhiger, erholsamer Feierabend zustand.

Schließlich war bei ihm heute wirklich die Hölle los gewesen, Arbeit ohne Ende sozusagen: Erst der Anruf von Crème-de-la-Crème-Gerichtsmediziner Kurti mit seiner krassen Vergiftungsstory. Danach hatte er im Gasthof Harry und seinem unsympathischen Kellner auf den Zahn gefühlt, dann der Buddha-Uschi einen dienstlichen Besuch abgestattet, beim Möhrchen die Zeugnisse besorgt und letztendlich mit der eingebildeten Klassensprecherin telefoniert.

Würde jeder Arbeitstag auf dem Polizeiposten Hirschweiler so ablaufen, dann hätte Jupp wohl schon längst einen Antrag auf Vorruhestand eingereicht. Oder er wäre wegen des ganzen Stresses aus den Latschen gekippt. Normal war das auf jeden Fall nicht, was heute bei ihm los gewesen war.

Er wollte jetzt eigentlich nur noch einen ganz normalen, entspannten Abend. Am allerliebsten auf der Couch vorm Fernseher. Und seine Inge neben ihm, die hoffentlich einfach mal die Klappe hielt, wenn die Menschen im TV quasselten. Mehr wollte Jupp für heute nicht. Doch wenn man eine Oma im Haus hatte, war das im Prinzip wie mit kleinen Kindern: Nichts war vorhersehbar und die bestimmten den Abend.

Kapitel 13

Als Jupp daheim die Tür aufsperrte, kam ihm Inge bereits entgegen. Sie wirkte eingeschnappt. Mit in die Hüften gestemmten Armen stand sie vor ihm und schnaubte sichtlich vor Wut. Die Begrüßung fiel eiskalt aus.

»Aha, der Herr von und zu Josef Backes gibt sich auch mal die Ehre und lässt sich dazu herab, daheim nach dem Rechten zu schauen? Du hast als Schwiegersohn auch eine gewisse Verantwortung ...«, meckerte sie gleich los. Sie fand es unmöglich, dass er trotz ihres Hilferufs erst jetzt nach Hause kam. Dann berichtete sie ihm kurz von den Geschehnissen - inklusive Käthes Zerstörungswut.

»Jetzt reg dich mal nicht so auf, Inge! Ich hatte heute Stress ohne Ende, da kann ich nicht auch noch der Oma das Händchen halten. Wo steckt denn die hungerstreikende Querulantin?«

Inge zeigte in Richtung Wohnzimmer, denn dort hatte es sich Käthe mittlerweile gemütlich gemacht. Jupp lugte durch die offene Wohnzimmertür. Dort lag Käthe in eine Wolldecke gewickelt auf der Couch. Auf Jupps Platz! Sie wimmerte vor sich hin und hing in der Sofaecke wie ein Schluck Wasser in der Kurve. Die Aufpäppelspritze hatte ihre Wirkung längst verloren.

»Sie war erst ganz schlecht gelaunt, dann urplötzlich himmelhochjauchzend und jetzt wieder zu Tode betrübt ... Ich habe ihr nämlich mittlerweile das mit der bevorstehenden Hochzeit gebeichtet«, flüsterte Inge Jupp ins Ohr, während er sich misstrauisch der »Patientin« näherte.

»Klarer Fall von manisch-depressiv«, stellte Jupp seine Ferndiagnose.

Dann ging er zielstrebig zur Couch und beugte sich über seine Schwiegermutter.

»Käthe, was machst du denn für Sachen? Komm, reiß dich mal zusammen! So kenne ich dich gar nicht. Du bist doch eine Frau, die den Krieg überstanden hat, da wird dich doch so ein dahergelaufener Fremdgeher nicht umhauen.«

Inge stand hinter ihm. Sie registrierte, dass Käthes Gewimmer ein wenig nachließ. Sie lag jetzt nur noch mucksmäuschenstill steif und starr unter der Decke.

»Ist sie jetzt nur eingeschlafen? Oder hat sie nach deiner Ansage der Schlag getroffen?«, fragte sie ganz hibbelig.

»Moment, das haben wir gleich! Wir wenden einfach mal Trick 17 an. Die stellt sich doch nur tot«, mutmaßte Hobbydoktor Jupp.

Er griff Käthe mit beiden Händen an die Taille und kitzelte sie kräftig, woraufhin sie in lautes Gekicher ausbrach und sich auf der Couch in alle Himmelsrichtungen wand.

»Hör auf! Bitte hör auf mich zu kitzeln!«, flehte Käthe und schnappte nach Luft.

Jupp stellte tatsächlich wie auf Kommando das Kitzeln abrupt ein.

»Oh leck! Jetzt ist sie wieder gut drauf«, staunte Inge.

»Sag ich doch: manisch-depressiv. Ruf mal lieber den Michalski an! Nicht, dass die Oma gleich mit Rasierklingen bewaffnet in die Badewanne verschwindet«, flüsterte Jupp seiner Frau zu, während sich Käthe nur langsam von der Kitzelattacke erholte und immer noch nach Luft rang.

»Da brauch ich gar nicht erst anrufen«, raunte Inge ihm ins Ohr und zerrte ihn dann in die Küche: »Dr. Michalski verweigert die Behandlung.«

»Was? Das ist doch gar nicht erlaubt. Als Arzt muss er doch ran!«

»Eben! Er behauptet aber rotzfrech, die Oma wäre in ihn verliebt ...«

Jupp runzelte die Stirn. Er schaute Inge scharf von der Seite an.

»Hauch mich mal bitte an! Trinkt ihr zwei heimlich Eierlikör, wenn ich am Schaffen bin, oder wie?«

»Nein, ich schwöre! Das hat er mir heute Mittag erzählt. Er hat sogar behauptet, die Oma würde ihn stalken ...« Inge senkte die Stimme: »Angeblich würde sie arglistige Täuschung begehen und irgendwelche Krankheiten erfinden, nur um von ihm abgetastet zu werden. Der spinnt doch, der Herr Möchtegerndoktor! Wie krank muss so ein Medizinerhirn wohl sein, wenn man sich so was einbildet?«

»Hm, na ja, der ist noch recht jung und lernt wohl auch noch ... Mir sind bei dem Totenschein vom Scherer Gerhard auch ein paar Ungereimtheiten aufgefallen«, murmelte Jupp vor sich hin.

»Der leidet doch unter einer Persönlichkeitsstörung! Eine Zumutung, dass so jemand auf uns Bürger losgelassen wird ...«

Inge redete sich gerade richtig schön in Rage. Doch sie kam nicht weit, denn plötzlich wankte Käthe in die Küche.

Jetzt geriet Jupp in Rage und polterte los: »Sag mal, Käthe, was soll denn dieser ganze Zwergenaufstand inklusive Weinkrampf und Gekicher hier? Und deine Verwüstungsorgie mit dem Kissen ... Die Inge hat mir alles erzählt.«

»Ich hatte plötzlich Todesängste«, antwortete Käthe, die sich langsam wieder ein wenig fing.

»Todesängste?«, fragten Jupp und Inge wie aus einem Mund.

»Jawohl, Todesängste! Ich frage mich, was gewesen wäre, wenn ich auf das Angebot vom Gérard ... Pardon, vom Mistkerl-Gerhard eingegangen wäre und bei ihm übernachtet hätte.

Dann hätte ich in der Tatnacht neben ihm gelegen, hätte also den Mörder auch gesehen ...«

»Hätte, hätte, Fahrradkette«, rutschte es Jupp raus, woraufhin er sofort einen Seitenhieb von Inges Ellenbogen kassierte.

»Oh leck! Daran habe ich noch gar nicht gedacht, Mama. Also hattest du heute eine Panikattacke, weil dir klar wurde, dass du dem Tod erfolgreich von der Schippe gesprungen bist? Und du bist deshalb auf dem Bett rumgehüpft, weil du schön brav daheim übernachtet hast und nicht beim Gerhard ...«

»Genau, damit muss man doch erst mal klarkommen. Wie knapp das war! Ich wäre jetzt vielleicht auch schon tot ... Und dann noch die Tatsache, dass der Mistkerl ein Doppelleben geführt hat und überhaupt ...«, zählte Käthe ihre aktuellen Traumata auf.

»Jaja, das Gehirn muss so viele äußere Einflüsse erst mal verarbeiten, das ist verständlich«, meinte Jupp geradezu einfühlsam.

»Aber wer sollte dich eigentlich denn töten wollen?«, fragte Inge nachdenklich.

»Einbrecher zum Beispiel. Ich hatte bei dem Rendezvous mit Mistkerl-Gerhard meine gute Armbanduhr an und auch den guten Schmuck. Also, wenn ich da nicht das ideale Diebstahlopfer bin, dann weiß ich nicht, was mit den Räubern von heute los ist«, meinte Käthe.

Sie lehnte sich erschöpft gegen die Küchenwand.

»Stopp, stopp, stopp!«, ging Jupp nun dazwischen, um Käthe in ihren Horrorvisionen, was alles Schlimmes hätte passieren können, zu unterbrechen. »Liebe Käthe, meiner Meinung nach halluzinierst du gerade etwas.«

»Du meinst, die Mama hat eine Fata Morgana?!?« Inge war fassungslos. »Diesen Michalski mach ich fertig! Wer weiß, was der ihr gespritzt hat. Gleich morgen ruf ich bei der Ärztekammer an ...«

»Pst, Inge! Jetzt schwätze ich. Aber zuerst beruhigen wir uns alle mal wieder. Geht das?«

Jupp versuchte Ordnung ins Chaos zu bringen und erst mal einen klaren Gedanken zu fassen.

»Punkt eins: Es gibt überhaupt keinen Grund dich, liebe Käthe, töten zu wollen«, stellte Jupp klar.

»Aha, und was macht dich da so sicher?«, stellte Käthe eine provokante Frage. »Ich bin das gefundene Einbruchs- und Raubmordopfer«, meinte sie kokett.

»Genau! Das würde mich jetzt aber auch mal interessieren, warum es keinen Grund gibt die Oma umzubringen«, hakte Inge nach.

Jupp stöhnte genervt. Dann holte er tief Luft.

»Du hast doch selbst gesagt, dass der Scherer Gerhard Morddrohungen erhalten hat ...«

»Stimmt! Das ist aber bitte ab sofort der Mistkerl-Gerhard. Wer seine Verlobte betrügt, ist bei mir unten durch. Das geht ja mal gar nicht!«, wetterte Käthe.

»Also, meine Damen, was ich euch jetzt erzähle, muss in diesem Haus bleiben. Eigentlich darf ich ja mit niemandem darüber schwätzen ...«, begann Jupp.

Inge und Käthe hielten die Luft an und schworen mit verschränkten Fingern hoch und heilig, alles für sich zu behalten.

»Ich gehe nach jetzigem Ermittlungsstand davon aus, dass der Scherer Gerhard tatsächlich ermordet wurde – genauer gesagt: vergiftet. Das hat zumindest die Untersuchung vom Kurti ergeben, ihr wisst schon: mein sehr geschätzter Crème-de-la-Crème-Kollege von der Gerichtsmedizin in Homburg.«

»Ich hab's doch gleich gewusst!«, rief Käthe triumphierend. Sie haute mit der Faust auf den Tisch. »Weibliche Intuition nennt man das«, freute sie sich.

»Oh Gott! Das ist ja richtig gefährlich beim Harry zu übernachten ... Vergiftet? Wer macht denn so was Ekelhaftes?«, frage eine verstörte Inge, während sie kopfschüttelnd Jupps weiteren Ausführungen lauschte.

»Der Verdacht liegt sehr, sehr nahe, dass sich Täter und Opfer kannten. Da an dem Abend im Gasthof das Klassentreffen stattfand, könnte es durchaus sein, dass hier ein Zusammenhang besteht. Garantiert hat einer der Schüler unserem Herrn Lehrer Gift ins Essen gemischt«, spekulierte Jupp. »Dafür spricht auch die Tatsache, dass es keinerlei Spuren von Gewalteinwirkung gibt. Das Opfer muss den Täter also freiwillig ins Zimmer gelassen haben - und zack: tot!«

»Was für ein Gift, Jupp? Könnte es Rauschgift gewesen sein? Oder Rattengift?«, erkundigte sich Inge.

Jupp schüttelte den Kopf. Dann versuchte er den gebannt lauschenden Damen die »Tatwaffe« zu erläutern, indem er sich an die Worte des Gerichtsmediziners erinnerte und daran, wie er die Wirkung des Samens der hochgiftigen Pflanze beschrieben hatte.

»Ekelhaft! Das ist doch hinterhältig, jemanden so aus der Welt zu schaffen.«

Inge war entsetzt.

»Vielleicht wollte sich aber auch jemand einfach nur an diesem Fremdgeher und Betrüger rächen? Das könnte ich wiederum sehr gut nachvollziehen«, bemerkte Käthe.

Ihr Gemütszustand besserte sich von Sekunde zu Sekunde, was vordergründig daran lag, dass sich ihre Mordtheorie offenbar bestätigt hatte.

»Dann muss doch jetzt in zwei Richtungen ermittelt werden, oder? Beziehungsdrama oder ähm, also halt Klassentreffendrama ...«, schlussfolgerte Inge.

»Genau, sehr gut zusammengefasst, Inge! Ich hätte es nicht besser sagen können«, lobte Jupp.

»Da wird sich der Waldi aber freuen, wenn er jetzt so einen Giftmordfall von dir übernehmen kann«, meinte Inge, denn für sie war sonnenklar, dass hier die Kripo eingeschaltet werden musste.

»Nix da! Der Waldi hat Land unter. Diesen Fall löse ich! Und ihr zwei könnt mir helfen, weil ihr jetzt ja eh schon eingeweiht seid. Alleine kann ich so einen kniffeligen Fall doch gar nicht lösen. Und du, Käthe, hängst ja sowieso schon mit drin.«

»Es ist mir ein Vergnügen ...«, grinste Käthe.

Auch Inge nickte zustimmend und erklärte sich bereit, Jupp zu unterstützen, wo sie nur könne. In gewisser Weise war sie es Evas Ex-Lehrer und dem Ex-Schwarm der Mutter auch irgendwie schuldig mitzuhelfen, dass sein Tod aufgeklärt wurde.

Dann nahm Jupp seine Aktentasche, zog einen Stapel Papier heraus und wedelte mit den Zeugnissen der Abschlussklasse. Er verkündete, dass man diese Dokumente nun akribisch dahingehend durchgehen müsse, ob es Hinweise für einen möglichen Racheakt gibt. War hier jemand auch Jahre nach dem Abschluss immer noch so unzufrieden mit seiner Note, dass er sich an dem Lehrer gerächt hatte?

»Und wie können wir dir helfen?«, fragte Inge.

»Du hilfst mir bei der Durchsicht der Zeugnisse, Inge. Und dann legen wir ein Täterprofil an. Mit wem hatte unser Opfer Kontakt oder irgendwelche Beziehungen? Wer hatte ein

Motiv? Damit verschaffen wir uns einen Überblick, wer als Täter infrage kommt. Denn verdächtig sind erst mal alle.«

Jupp war voll in seinem Element als Chef dieses illustren Ermittlertrios. »Dann gehen wir nach dem Ausschlussverfahren vor: Wer für die Tatzeit ein Alibi hat, scheidet aus und so weiter und so fort ...«

»Aha, also bei den Kontakten und Möchtegernbeziehungen könnte ich ja schon mal die Oma aufschreiben ...«

Inge war übereifrig und saß bereits mit Kuli und Notizblock bewaffnet am Küchentisch.

»Ich scheide aber als Verdächtige definitiv aus, denn sonst hätte ich wohl kaum den entscheidenden Hinweis auf die Morddrohungen gebracht«, verteidigte sich Käthe. »Außerdem hat er mich so gegen halb zwei in der Nacht angerufen, das ist doch ein guter Hinweis für die Tatzeit«, schlussfolgerte Käthe unverzüglich.

»Sehr guter Einwand, liebe Schwiegermutter! Ähm ... soso, halb zwei, sagst du? Ja, das könnte in der Tat gut hinkommen mit der Todeszeit«, sagte Jupp nachdenklich.

»Und was für eine Aufgabe habe ich?«, fragte Käthe ganz aufgeregt.

»Für dich habe ich einen Superspezialauftrag ...«

Käthe spitzte die Ohren. Sie sprühte vor Vorfreude. Von einer Manisch-Depressiven war sie Lichtjahre entfernt, stattdessen blühte sie gerade regelrecht auf.

»Ähm, ja ... Also, du könntest herausfinden, auf welche Art und Weise diese Morddrohungen an das Opfer herangetragen wurden. Mündlich oder telefonisch scheidet ja schon mal aus, denn so blöd ist kein Täter. Daher muss es schriftlich gewesen sein. Die Frage ist nur: wie? Per E-Mail, via Facebook, als WhatsApp, per SMS? Oder doch als herkömmlicher Brief mit aus der Zeitung ausgeschnittenen Buchstaben?«

»Wow! Das ist aber ein anspruchsvoller Job, den du da hast, Mama«, meinte Inge anerkennend.

»Ach Inge, das ist für mich doch ein Klacks. Ich habe da so meine Connections zur KTU. Ich bräuchte halt nur Laptop oder Smartphone vom Mistkerl-Gerhard, damit alles untersucht werden kann. Dann könnte man zurückverfolgen, mit wem er zuletzt so alles telefoniert und geschrieben hat. Die Technik kann heutzutage ja sogar IP-Adressen und vieles mehr rausfinden. Ich liebe die digitale Welt! Und wenn ich zum Beispiel seinen E-Mail-Account knacken könnte, wären wir sicher schon ein gutes Stück weiter.«

Jupp staunte. Er war schwer beeindruckt, wie fit Käthe offenbar in diesen digitalen und technischen Dingen war. Er versprach, Yvonne nach dem Handy des Verstorbenen zu fragen und machte sich gleich eine entsprechende Notiz. Gerhards Habseligkeiten aus seinem Pensionszimmer hatte der Gastwirt sicher längst der Tochter ausgehändigt.

»Wen kennst du denn bitte schön bei der KTU, Käthe?«, wollte Jupp dann noch von seiner Schwiegermutter wissen.

Leider konnte er bei den Kollegen, die für kriminaltechnische Untersuchungen (KTU) zuständig waren, nicht einfach so hereinspazieren und um Auswertungen bitten. Er hatte vor ein paar Jahren mal mit dem Leiter einen Disput gehabt, der immer noch nicht aus der Welt geschafft war. Daher ging leider alles nur hochoffiziell über den Tisch von Kumpel Waldi, den Jupp aber nicht involvieren wollte, denn dann wäre er seinen Mordfall im Handumdrehen los.

Käthe räusperte sich, dann schaute sie verlegen zur Decke und fing an zu pfeifen.

»Nix da! Eine Dame genießt und schweigt ...«, sagte sie mit breitem Grinsen.

Jupp verdrehte genervt die Augen. Dann warf er das Bündel Zeugnisse, das mit einem Gummi zusammengehalten wurde, auf den Küchentisch.

»So, komm! Auf geht's, Inge! Wir haben keine Zeit zu verlieren. Und deine Mutter hat bald auch genug zu tun, um mit ihrem ›Kontaktmann‹ E-Mail-Accounts, IP-Adressen und weiß der Teufel was noch zu knacken. Da vertraue ich ihr jetzt einfach mal blind.«

»Yippie! Wir fangen einen Mörder«, freute sich Käthe und rieb sich die Hände.

Aus ihrer bitteren Date-Enttäuschung mit Männern, die noch nicht einmal Single waren, war jetzt eine tolle Ablenkung zum ewigen Tinder-Daten geworden.

Im Nullkommanix verschwand sie nach oben, um gleich das Internet nach Gerhard Scherer zu durchforsten und seine E-Mail-Adresse und sonstige digitale Aktivitäten herauszufinden.

Für das Digitale in dieser Angelegenheit war nun mal Käthe zuständig. Und Jupp für den Rest. Und Inge befand sich irgendwo dazwischen, denn Käthe sah in ihrer Tochter nur eine kleine Assistentin mit niederen Tätigkeiten, die keinen eigenen Verantwortungsbereich zugeteilt bekommen hatte.

Voller Tatendrang setzte sich Käthe in ihren Zimmer sofort an ihren Laptop. Sie war fast wieder ganz die Alte. Ihr Herzschmerz hatte sich förmlich in Luft aufgelöst, sie hatte einen neuen Lebenssinn: Jagd auf einen Mörder. Besser als Onlinedates war das allemal.

Gerade als Inge und Jupp mit dem Durchblättern der Zeugnisse beginnen wollten, klingelte es Sturm.

»Oh leck! Wer ist das denn jetzt?«, rief Inge und legte das erste Zeugnis zur Seite.

»Tja, wenn ich das wüsste ... Aber die Zeugen Jehovas klingeln nie Sturm, so was trauen die sich nicht. Die können wir schon mal ausschließen.«

Inge stand hastig auf und ging zur Haustür. Irgendwie hatte sie das saublöde Gefühl, dass Dr. Michalski mit einer roten Rose vor der Tür stehen würde, um sich bei Käthe zu entschuldigen. Das würde zumindest in diesen total verrückten Tag passen.

Doch ihre Befürchtungen entpuppten sich zum Glück als nicht zutreffend. Stattdessen wirbelte Yvonne wie ein geölter Blitz an ihr vorbei, stürmte in die Küche und schrie Jupp an: »Wo ist mein Vater? Wo bitte schön ist mein Vater? Morgen ist die Beerdigung und von ihm fehlt jede Spur. Kann mir das mal jemand erklären?«

»Yvonne, beruhig dich doch erst mal ...«, versuchte Inge sie zu besänftigen. Sie war ihr in die Küche gefolgt. »Hast du etwa auch eine Spritze von diesem Dr. Michalski bekommen? Der scheint im Moment allen und jedem Spritzen mit komischen Nebenwirkungen zu verpassen und ...«

Yvonne ließ Inge links liegen und fixierte Jupp mit bösem Blick. Sie wartete auf eine Erklärung.

»Ach Yvonne, von Ihnen haben wir eben geschwätzt. Sagen Sie, wo ist eigentlich das Handy von dem werten Herrn Papa? Das bräuchten wir nämlich ganz dringend«, fragte Jupp ausweichend, ohne auf Yvonnes Frage einzugehen.

Jupp hatte nämlich in der Tat vergessen, Gerhards Leichnam wieder aus der Gerichtsmedizin zurück in die Leichenhalle überführen zu lassen. Das wurde ihm jetzt schlagartig bewusst.

»Warum? Er kann ja wohl nicht mehr abheben ...«, blaffte Yvonne Jupp an.

»Könnten Sie es mir bitte dennoch zur Verfügung stellen? Das wäre extrem wichtig. Einen Laptop würde ich auch nehmen ...«, fügte er noch hinzu.

Yvonne zuckte mit den Achseln und meinte, dass ihr ein Typ, der sich als Kellner des Gasthofs vorgestellt hatte, nur eine Plastiktüte mit Schmutzwäsche und einen Koffer in die Hand gedrückt hatte.

»Aber wo um alles in der Welt steckt nun mein Vater? Der Sarg in der Leichenhalle ist leer ...«, wiederholte Yvonne ungeduldig.

Da Yvonne nicht lockerließ, musste Jupp jetzt wohl oder übel in den sauren Apfel beißen und ihr schonend seinen Fauxpas beibringen. Er stammelte etwas davon, dass ein Ausflug in die Gerichtsmedizin absolut Usus sei bei einem Todesfall in einem außerhäuslichen Nachtquartier.

Yvonne runzelte nur die Stirn, sie glaubte ihm kein Wort.

»Es war doch ein Herzinfarkt. Warum wird er ohne mein Wissen in die Gerichtsmedizin gebracht? Ich muss schon sagen, das finde ich wirklich etwas merkwürdig ...«

»Tja, hm ... Man muss doch überprüfen, ob der Herzinfarkt nicht irgendwie durch einen Dritten herbeigeführt wurde«, druckste Jupp weiter herum.

»Ich verstehe nur Bahnhof«, meinte Yvonne und guckte dabei wirklich ziemlich blöd aus der Wäsche.

»Glaub mir, Yvonne! Der Jupp weiß ganz genau, was er tut. Da kannst du ihm wirklich vertrauen. Der ist ja schon so lange bei der Polizei ...«, mischte sich jetzt Inge ein.

»Mir ist das hier jetzt echt zu blöd! Mein Vater ist tot und morgen ist seine Beerdigung. Und ich wünsche, dass mein Vater auch gefälligst im Sarg liegt und wir ihn morgen nicht erst noch suchen müssen, capito?«

Mit diesen energischen Worten drehte sich Yvonne auf dem Absatz um und verließ das Backes-Anwesen im Nu. Sie war sehr wütend. Was sollte denn schließlich eine Beerdigung ohne Leiche?

»Oh leck! Die Yvonne hat ja richtig Haare auf den Zähnen ...«, staunte Jupp und hielt sich die Ohren zu, da Yvonne die Haustür lautstark zugeknallt hatte.

»Es riecht hier gerade irgendwie nach Pferd«, meinte Inge, die gleich zum Fenster ging und es zum Lüften öffnete.

Jupp nickte und griff zeitgleich zu seinem Handy, um den Rücktransport von Gerhards Leiche aus der Gerichtsmedizin zu organisieren. Nicht dass es morgen auf dem Friedhof noch eine böse Überraschung gab.

»Hätten wir der Yvonne nicht sagen sollen, dass ihr Vater vergiftet wurde?«, erkundigte sich Inge und blickte auf. Sie war schon emsig dabei, die Zeugnisse der Abschlussklasse ihrer Tochter zu durchforsten.

»Pst! Wer weiß, ob die Tochter nicht auch Dreck am Stecken hat. In den meisten Fällen stammt der Mörder aus dem familiären Umfeld«, warnte Jupp. »Vielleicht muss ich mir diese freche Yvonne auch mal näher anschauen und nicht nur die Schüler ins Visier nehmen. Die hat ja hier einen Auftritt hingelegt, tztztz. Und sie hat sich sehr merkwürdig verhalten, als ich ihr das mit der Gerichtsmedizin gesagt habe - als wolle sie etwas verschleiern.«

»Ach Quatsch! Warum soll die Yvonne denn ihren eigenen Vater vergiften? Das macht doch überhaupt keinen Sinn.«

»Weil ihr Vater ein notorischer Fremdgeher war und damals auch ihre Mutter nach Strich und Faden belogen hat. Erinnerst du dich nicht an das Gespräch, als wir bei ihr auf dem Pferdehof waren, hä?«

»Meinst du wirklich? Wie nennt man das dann noch mal ...?«

»Ein Motiv nennt man das. Die Tochter wollte sich im Namen ihrer verstorbenen Mutter für all die Schandtaten rächen und zwar gerade jetzt, als er eine andere in Österreich ehelichen wollte.«

»Das ist doch echt katastrophal! Dass so ein Mann wie der Scherer Gerhard über Jahre Jugendlichen etwas beibringen konnte und selbst ein Doppelleben geführt hat. Denn offenbar hat er ja schon immer mit anderen Frauen rumgemacht, wie zum Beispiel mit meiner eigenen Mutter oder mit der Uschi.«

»Moment mal, das ist nur ein Gerücht! Laut der Uschi war ja alles nur rein platonisch. Das hat sie mir im Beisein von gefühlt Tausenden von Buddhas gesagt. Wenn sie da gelogen hat, käme sie garantiert nicht in den buddhistischen Himmel«, lachte Jupp.

Inge schüttelte nur den Kopf.

»Nur noch Sodom und Gomorrha! Egal, wo man hinguckt. Der Dorfarzt bildet sich ein, meine Mutter sei in ihn verliebt, der Dorflehrer hat angeblich eine Affäre mit der Dorfwirtin und macht dann auch noch meiner Mutter schöne Augen, nur um sie ins Bett zu zerren. Verrückt ist das doch alles!«

»Weißt du, woran das alles liegt?«, fragte Jupp.

Inge schaute ihn erwartungsvoll an.

»Da ist dieses ganze Onlinedating dran schuld. Die Singles drehen alle durch. Oder geben sich als solche aus, nur um ein bisschen Ablenkung zu haben.«

Inge seufzte.

»Apropos Ablenkung, ich wollte da noch ein Thema mit dir besprechen ...«, begann Inge vorsichtig.

»Doch nicht jetzt, Inge! Die Ermittlungen laufen gerade auf Hochtouren und es gibt jede Menge zu tun.«

»Hm ... ja, hast ja recht. Vielleicht ist jetzt wirklich nicht der beste Zeitpunkt«, knickte Inge ein.

Sie schob Jupp ein paar Zeugnisse rüber, um die Arbeit fortzusetzen.

Nachdem die beiden alle Zeugnisse der ehemaligen 10 a auf mögliche Auffälligkeiten durchgegangen waren, war die Ernüchterung groß. Keiner der 23 Schulabgänger hatte eine derart schlechte Französischnote, die einen Racheakt am Lehrer rechtfertigen würde. Außer Eva.

Und Eva schied als Polizistentochter und aufgrund der Entfernung als Verdächtige generell aus. Sie hatte quasi Immunitätsstatus, genau wie die Oma neuerdings, nachdem sie auf den Duden geschworen hatte.

»Boah, also Lehrer möchte ich nicht sein«, stöhnte Inge nach erneuter Durchsicht der Zeugnisse, ob vielleicht anhand der Fehltage Rückschlüsse auf den Täter möglich wären. »Dieses ganze Korrigieren der Klassenarbeiten ... Nein, das würde mir keinen Spaß machen.«

»Inge, wir sind auf dem falschen Dampfer«, unterbrach Jupp sie auf einmal.

»Aha, und warum?«

»Ich glaube gerade nicht mehr, dass einer der ehemaligen Schüler dem Pauker das vergiftete Chili verabreicht hat.«

Jupp hatte plötzlich eine ganz neue Theorie.

»Und was macht dich da so sicher?«, wollte Inge zu Recht wissen.

Sie war leicht angesäuert, schließlich wühlten sie seit gefühlten zwei Stunden in den Zeugnissen der Schüler. Und jetzt sollte keiner von ihnen infrage kommen?

»Polizeiliche Intuition. Es gab laut Aussage der eingebildeten Klassensprecherin am Tatabend nicht einmal Streit am

Tisch im Gastraum. Es soll alles ganz harmonisch gewesen sein. Nein, nein, wir ermitteln gerade in die falsche Richtung.«

»Der Scherer Gerhard war auch ein beliebter Lehrer«, bestätigte Inge und schnaufte, denn nun standen sie ja wieder quasi ganz am Anfang.

»Inge, wir müssen im privaten Bereich suchen, denn im Prinzip hatte keiner der Schüler ein Motiv. Ich glaube, hier hat jemand einfach nur die Gunst der Stunde genutzt, dass der Gerhard gerade wieder im Dorf war. Es war auf jeden Fall ein geplanter Mord und keine Handlung im Affekt. Nur, wer sonst hätte ein Motiv?«

»Hast du einen Verdacht?«, fragte Inge gespannt.

»Der Harry hätte ein Motiv gehabt, da seine Uschi angeblich ein Techtelmechtel mit dem Lehrer hatte – zumindest behauptet das der Edwin. Und auch der merkwürdige Kellner hat so was angedeutet. Die Uschi selbst bestreitet die Affäre allerdings, sie könnte aber auch lügen«, dachte Jupp laut.

»Die Uschi hätte aber auch allen Grund dazu, den Gerhard zu töten. Immerhin war er der Auslöser, dass sie ihre Ehe weggeschmissen hat. Und vermutlich hat sie dann nur darauf gewartet, dass auch der Gerhard endlich frei wird ... für sie«, setzte Jupp fort.

»Und als dessen Frau dann schließlich gestorben war, haute der Wicht einfach nach Österreich ab und wollte jetzt sogar eine andere heiraten. Und die Uschi guckte in die Röhre«, fasste Inge zusammen.

»Bingo! Harry oder Uschi. Oder vielleicht die zwei zusammen? Immerhin wussten beide, dass er zum Klassentreffen anreisen würde. Und komischerweise hat sich die Uschi dann mittags überraschend krankgemeldet – das könnte auch alles ein abgekartetes Spiel gewesen sein ...«, schlussfolgerte Jupp.

»Und was ist mit der Yvonne? Die wolltest du dir doch auch noch mal näher anschauen, oder nicht?«, fragte Inge und schaute ihn erwartungsvoll an.

»Guter Einwand, Frau Assistentin! Yvonne wusste von den Hochzeitsplänen ihres Vaters und sah ihr Erbe davonschwimmen. Sie gehört definitiv auch zum Kreis der Verdächtigen.«

Jupp griff nach einem Blatt Papier und schrieb die Namen der drei Verdächtigen auf:

Uschi, Harry und Yvonne.

Er war sich sicher, dass eine dieser drei Personen den Lehrer auf dem Gewissen hatte. Für Jupp war das Motiv sonnenklar: Rache! Entweder handelte es sich um die Vergeltung für ein verpfuschtes Leben nach der Trennung von Harry, die von Gerhard angestachelt worden war (Uschi). Oder es war die Abrechnung mit dem Nebenbuhler, der seine Ehe zerstört hatte (Harry). Oder aber es war die Abrechnung mit dem Vater, der die geliebte Mutter jahrelang nach Strich und Faden betrogen hatte (Yvonne). Und die Mordwaffe, das Gift eines Pflanzensamens, deutete typischerweise eher auf eine Frau als Täterin hin, was Harry irgendwie für den Moment etwas entlastete.

Später am Abend saßen Inge und Jupp wie gewohnt vor dem Fernseher. Sie erschraken sehr, als Käthe ins Wohnzimmer platzte. Sie berichtete freudestrahlend, dass Mistkerl-Gerhard nicht nur ein Facebook-Konto besaß, sondern auch eine E-Mail-Adresse bei GMX.

»Sehr gut, Käthe! Dich kann man wirklich losschicken«, lobte Jupp seine Schwiegermutter, ohne den Blick von der Mattscheibe zu nehmen.

»Und was machen wir jetzt mit dieser Information?«, wollte Inge wissen.

»Jetzt werde ich versuchen Zugang zu seinem E-Mail-Konto zu bekommen, um die Korrespondenz der letzten Tage auszuwerten. Und wenn die Morddrohungen per E-Mail gekommen sind, dann führt uns das geradewegs zum Täter«, verkündete Käthe.

»Ach, das wäre ja ein wahnsinnig schnell gelöster Fall«, freute sich Inge.

»Natürlich, alles kein Problem, ich hab ja meine KTU-Kontakte. Lasst mich mal machen!«, sagte Käthe mit einem Augenzwinkern.

Jupp dankte ihr für dieses Angebot. Käthe sollte also weiter das Ziel verfolgen, den Absender der Morddrohungen zu ermitteln. Und er wollte sich am nächsten Tag noch einmal Töchterchen Yvonne sowie das getrennt lebende Gastronomenpaar vorknöpfen.

»Wir werden den Übeltäter finden, der den Mistkerl-Gerhard auf dem Gewissen hat, tschakka!«, schrie Käthe jubelnd.

Inge und Jupp nickten zustimmend.

»Das ist meine Schwiegermutter, wie ich sie kenne und liebe«, lobte Jupp anerkennend und applaudierte sogar.

Das Ermittlertrio stand Gewehr bei Fuß. Jupp freute sich, dass ihn seine Familie so arg unterstützte, was nicht unbedingt selbstverständlich war. Erst recht nicht, wenn man zwar bei der Polizei seine Brötchen verdiente, solche Angelegenheiten aber eigentlich überhaupt nicht mit nach Hause nehmen durfte. Aber beim Backes Jupp war eben alles ein bisschen anders als anderswo. Aber so was von.

Kapitel 14

Am nächsten Morgen schlurfte Jupp gut gelaunt in die Küche und gab Inge erst mal einen dicken Guten-Morgen-Schmatzer auf den Mund. Dann setzte er sich an den gedeckten Tisch. Inge, noch im Morgenmantel, goss ihm Kaffee ein. Sie waren eben ein eingespieltes Team.

Gedankenverloren fiel Jupps Blick beim Griff zur Zeitung aus dem Küchenfenster. Was er dann sah, irritierte ihn doch sehr.

»Was um alles in der Welt veranstaltet die Oma denn da draußen?«

»Tja, ich habe mich das auch schon die ganze Zeit gefragt. Aber Hauptsache ist, dass es ihr wieder deutlich besser geht. Und sie isst auch wieder ganz normal. Das zählt doch«, meinte Inge, während auch sie durchs Fenster raus in den Garten blickte.

Dort saß Käthe im Schneidersitz auf einer Yogamatte, die sie auf dem von Jupp mit viel Liebe picobello gemähten Rasen ausgebreitet hatte. Neben ihr, ebenfalls im Schneidersitz, hockte Nacktnachbar Karl-Heinz, der heute allerdings nicht nackt war.

Nach jahrelangem Zoff war sein Blankziehen auf dem Backes-Grundstück mittlerweile strengstens untersagt und so trug er – um des lieben Nachbarschaftsfriedens willen – zum Frühsport kurze Hose und Muskelshirt.

Inge, neuerdings von der Modepolizei, achtete penibel darauf, dass sich an die Ordnung gehalten wurde, ansonsten drohte dem Ex-Nacktnachbarn Gartenverbot. Die Alternative, dass sich Käthe nebenan im Garten von Karl-Heinz zum Yogaaffen machte, war Inge überhaupt nicht recht, da sie die beiden älteren Herrschaften dann irgendwie nicht mehr so richtig unter Kontrolle gehabt hätte. Er war schließlich FKK-Anhänger! Und bei Karl-Heinz herrschte auch noch Wildwuchs - also, in seinem Garten. Alles ganz natürlich und ökologisch, denn jedes Pflänzlein sollte sich so entfalten können, wie es wollte, lautete sein Credo. Das wäre für die Oma viel zu gefährlich, meinte Inge. Nachher setzte sie sich noch in Brennnesseln und Inge hätte wieder das Geschrei - nein, danke!

Doch heute war alles anders als sonst. Beide Yogis lachten herzhaft. Und das extrem laut. Es war ein Lachen, das ganz tief aus dem Innersten hervorgeholt und dann in einer immer höher werdenden Stimmlage hinausposaunt wurde. Der Anblick und auch die daraus entstehenden Geräusche waren sehr gewöhnungsbedürftig für die Zuschauer, die in der Küche beim Frühstück saßen.

Karl-Heinz Brandner lachte so unglaublich unecht, dass es zum Fremdschämen war. Und Käthe zog ihm gleich, um ein ebenso lang gezogenes, übertriebenes Lachen nachzuäffen.

»Das geht schon seit ein paar Minuten so. Ich kann da irgendwie überhaupt nicht mitlachen«, meinte Inge kopfschüttelnd und starrte nach draußen.

»Ich hab dem Karl-Heinz schon tausendmal gesagt, dass sein Jointrauchen bleibende Schäden hinterlassen kann. Ich werde dem die Drogenrazzia auf den Hals hetzen und dann ist Schicht im Schacht ...«, ereiferte sich Jupp.

»Nein, das hat nix mit Joints zu tun, das ist ein sogenanntes Lachyoga! So was ganz Neues und Modernes und soll angeblich helfen, wenn man schlechte Laune hat«, klärte Inge ihn auf.

»Was für ein Ding?«, wollte Jupp wissen.

»Laaaaaaachyoga«, wiederholte Inge ganz langsam. »Haben mir die zwei eben selbst erzählt. Denn ich dachte zuerst, sie hätten sich in einen Ameisenhaufen gesetzt und bin panisch rausgerannt, als du noch im Bad warst ...«

»Deine Mutter hat sie echt nicht mehr alle! Jeden Tag hat die andere Fürze im Kopf, die man ertragen muss. Wenn du im Alter mal so werden solltest, dann gebe ich dich im Heim ab ...«

»Ach Jupp! Besser so, als wenn sie wieder manisch-depressiv im Bett liegt oder das Kopfkissen kaputt schlägt, nur weil dieser komische Kauz von Michalski sie als Versuchskaninchen für seine Spritzen benutzt.«

Während beide dem Lachtreiben weiter kopfschüttelnd zuschauten, klingelte auf einmal Jupps Diensthandy. Pflichtbewusst ging er sofort ran, denn er war irgendwie mordsmäßig motiviert. Schließlich gab es nicht alle Tage einen Giftmord in Hirschweiler.

Jupp lauschte gespannt, was der frühmorgendliche Anrufer für ein Problem hatte, und schüttelte dann vehement den Kopf.

»Nein, nein, Elsbeth, beruhig dich! Du liegst völlig falsch. Die Irrenanstalt hat heute definitiv keinen Wandertag. Die Oma und der Brandner Karl-Heinz machen nur Yoga im Garten. Ja, es klingt etwas gewöhnungsbedürftig, fällt aber angeblich noch in die Kategorie Yoga. Wobei ich mich mit diesen Verrenkungen auch nicht auskenne. Du brauchst dir also keine Sorgen machen und kannst ganz entspannt weiter dein Unkraut rupfen.«

Nachdem Jupp die besorgte Bürgerin mit einer Erste-Hilfe-Maßnahme à la Jupp »verarztet« hatte, verfolgten Inge und er weiter das Spektakel im Garten. Man hätte denken können, Käthe und Karl-Heinz hätten Gummigelenke, denn nach dem besorgniserregenden Lachen wurde nun ein »herabschauender

Hund« zum Besten gegeben, was allerdings eher aussah wie ein sterbender Schwan. Im Geiste wählte Inge schon mit angehaltenem Atem den Notruf, also die 112. Denn Dr. Michalski würde garantiert nicht für einen Oberschenkelhalsbruch der Oma ausrücken. Dieses Patienten-Arzt-Verhältnis war mehr als zerrüttet. Da müsste die Oma schon den Kopf unterm Arm tragen, damit sich der Halbgott in Weiß nochmals zu einem Hausbesuch herablassen würde.

Keine Viertelstunde später schneite Käthe leicht verschwitzt und im Jane-Fonda-Gedächtnisoutfit (Leoparden-Gymnastikanzug und Stirnband) in die Küche. Sie verlangte nach Orangensaft sowie Magerquark mit Honig und verkündete, sie fühle sich pudelwohl und rundum erneuert.

»Hast du dir den Liebeskummer sozusagen weggelacht, gell?«, meinte Inge und nahm den letzten Schluck Kaffee aus ihrer Tasse.

Käthe nickte.

»Den ganzen Ballast habe ich hinter mir gelassen. Und ich muss euch sagen: Ich bin wie neugeboren.« Sie reckte die Arme in alle Richtungen, anschließend wurde die Stuhllehne für Dehnübungen der Beine missbraucht.

»Apropos neugeboren, heute um halb drei ist die Beerdigung vom Scherer Gerhard. Auf dem Friedhof wird bestimmt die Hölle los sein. Die ganzen ehemaligen Schüler, die Lehrerkollegen ...«, mutmaßte Inge.

»Ich geh da nicht hin«, teilte Käthe knallhart mit, während sie am Orangensaft nippte.

»Und warum nicht, wenn man fragen darf? Bis gestern war er doch noch angeblich deine ganz, ganz große Liebe«, wollte Jupp wissen.

»Papperlapapp! Ihr wisst, dass ich Beerdigungen auf den Tod nicht ausstehen kann. Die Stimmung da zieht mich immer so runter. Ich will mich überhaupt nicht damit beschäftigen, dass es auch mit mir auf Erden mal vorbei sein sollte ...«

»Klappe zu, Affe tot. Damit musst auch du, liebe Käthe, dich irgendwann mal abfinden«, witzelte Jupp in gewohnt schroffem Ton.

»Aber du warst doch der letzte Mensch, der den Gerhard lebend gesehen hast. Allein deswegen müsstet du doch mit zur Beerdigung kommen. Das würde man glaub ich schon erwarten«, gab Inge zu bedenken.

»Nein, ich war die Vorletzte. Der Letzte war schließlich sein Mörder. Vielleicht läuft der ja auch hinterm Sarg her ...«, sagte Käthe ironisch.

»Also bitte, Mama! Das ist ja makaber«, meinte Inge kopfschüttelnd.

»Oder wollt ihr ein Eifersuchtsdrama am offenen Grab, wenn seine Verlobte da auftaucht?«, grinste Käthe.

»Stimmt! Wir lernen dann ja sicher auch die neue beinahe Frau Scherer kennen. Da bin ich ja mal gespannt, welch tolle Biene sich unser Filou Gerhard da geangelt hat. Das wird bestimmt ein echtes Prachtweib sein«, mutmaßte Jupp mit einer gewissen Schadenfreude in Richtung Oma.

»Idiot!«, schrie Käthe ihren Schwiegersohn an und sprang wütend auf.

Sie fühlte sich sofort wieder von ihm angegriffen und suchte nun das Weite. An der Küchentür drehte sie sich noch mal um und behauptete mit tödlich beleidigter Miene und erhobenem Zeigefinger: »Alles Schlampen! Außer mir natürlich.«

Inge zuckte auf ihrem Stuhl regelrecht zusammen, so laut hatte Käthe die Tür hinter sich zugeknallt.

»Oh leck! Wo hat die denn plötzlich solche Ausdrücke her? So schwätzen wir doch in unserem Haushalt gar nicht miteinander, gell, Jupp?«

»Tja, die Oma wird halt gerne mal aufmüpfig und ist dabei noch rotzfrech. Ich tippe darauf, dass das von dieser schnelllebigen Onlinedating-Welt herrührt. Am besten bestellen wir das Internet ab, dann kommt die auf keine falschen Gedanken mehr.«

»Ach, das ist bestimmt nur eine Phase. Die letzten Tage waren ja echt hart für sie. Und in so einem Ton schwätzt sie normalerweise ja nicht«, versuchte Inge mal wieder die Wogen zu glätten.

»Jaja, wollen wir mal nicht so streng sein. Sie hat das Opfer ja als Letzte lebendig gesehen, damit muss man erst mal klarkommen«, gab sich Jupp wieder einigermaßen friedfertig.

»Moment, Jupp, aber sie hat doch recht: Der Mörder hat den Scherer Gerhard zuletzt gesehen. Und vielleicht kommt der ja tatsächlich zum Friedhof, so wie die Oma eben vermutet hat?«

»Hm, das ist schon gut möglich. Es wäre nicht das erste Mal, dass sich der Mörder unter die Trauernden mogelt. Am besten hältst du heute Mittag mal die Augen offen, ob dir irgendwelche auffälligen Auffälligkeiten auffallen.«

Jupp war wieder ganz der Alte und erteilte Arbeitsanweisungen an seine selbst ernannte Assistentin, die gerade den Morgenmantel ein wenig enger zuknotete.

»Ei, was sollen mir denn für auffällige Auffälligkeiten auffallen?«, fragte Inge und schaute ihn erwartungsvoll an.

»Tja, also, da würde ich von dir als Assistentin jetzt schon erwarten, dass du ein paar kreative Ideen mitbringst. Sonst brauche ich ja gar keine Assistentin, wenn ich eh alles alleine machen muss.«

»Hä? Ich verstehe nicht so ganz ...«

»Ähm, also der Waldi hat eine Sekretärin, ohne die er laut eigener Aussage gar nicht überlebensfähig wäre. Und wenn man es im Job so weit gebracht hat, dass der andere ohne einen nicht mehr überlebensfähig ist, dann ist man quasi unkündbar, Inge. Verstehst du?«

»Ohne mich wärst du doch auch nicht überlebensfähig. Du kannst doch gar nicht bügeln, kochen oder backen.«

»Jetzt übertreib mal nicht so maßlos!«, rügte Jupp.

»Ober- und Unterhitze haben nix mit dem Klimawandel zu tun«, erinnerte Inge mit leicht hochgezogener Augenbraue.

»Herrschaftszeiten! Du bist meine Assistentin in einem brisanten Mordfall, da kann ich doch wohl ein kleines bisschen Mitdenken erwarten – ist das denn wirklich zu viel verlangt?«

Jupp wurde nun etwas ungehalten.

Inge schluckte und hielt kurz inne.

»Wie sind denn da eigentlich die Kündigungsfristen bei diesem Assistentinnenjob, in den ich da so unfreiwillig reingeschlittert bin? Und über die Bezahlung müssten wir auch noch mal ausführlich schwätzen ...«

Jupp verdrehte genervt die Augen. Dann besann er sich in letzter Sekunde und tätschelte Inge das Händchen, denn er spürte, dass er hier den Kürzeren ziehen würde und sich sowieso auf ganz dünnem Eis befand. Dann kam er wieder zurück auf den heute anstehenden Friedhofsbesuch.

»Inge, bitte achte auf unnatürliches, gekünsteltes Weinen, Flennen, Schluchzen! Auf jemanden, der sich am Grab einfach komisch verhält, bei dem man sofort merkt, dass er nicht authentisch ist und nie im Leben wirklich trauert.«

Inge klapperte mit den Zähnen und schob sich vor Angst die Faust in den Mund.

»Oh leck, wie unheimlich! Ein Mörder auf unserem Friedhof«, nuschelte sie ängstlich.

Jupp verstand kein Wort und zerrte ihr die Hand aus dem Mund. Nicht dass er noch eine traumhafte Blitzidee seiner Assistentin verpasste, nur weil sie nicht zu verstehen war.

Inge versprach dann ganz assistentinnenlike, dass sie sich größte Mühe geben werde, die Trauergesellschaft mit Argusaugen zu beobachten. Und sie wollte sich selbstverständlich Notizen machen, damit Chef Jupp später damit arbeiten konnte.

»Na also, geht doch! So schwer ist das doch gar nicht. Warum also nicht gleich so, hä?«

»Stimmt, man denkt immer, dass Polizeiarbeit so ein Buch mit sieben Siegeln ist. Aber im Prinzip kocht ihr auch nur mit heißem Wasser.«

Inge lächelte Jupp zu und sah ihn liebevoll an. Sie wollte seine Tätigkeit ja keineswegs herabwürdigen, aber sie wünschte sich eben auch etwas mehr Anerkennung für das, was sie tagtäglich leistete. Das fehlte ihr einfach ab und zu in ihrem Alltag als Hausfrau.

Nach dem Frühstück fuhr Jupp schnurstracks zur Schule, um Sekretärin Möhrchen die Zeugnisse zurückzugeben und sich für die kurzfristige Leihgabe zu bedanken. Und plötzlich kam ihm der Gedanke, dass es auch hilfreich wäre etwas mehr über den Lehrer Gerhard Scherer zu erfahren – unabhängig von dessen Privatleben, das durchaus turbulent gewesen war.

»Ach, der Herr Wachtmeister! Kommen Sie jetzt jeden Tag vorbei?«, begrüßte ihn Frau Mohr lächelnd.

»Oberkommissar«, korrigierte Jupp und überreichte ihr den Stapel Abschlusszeugnisse.

»Und? Konnten Ihnen die Dokumente in irgendeiner Form weiterhelfen?«, fragte Möhrchen.

Sie war tiefschwarz gekleidet.

»Darüber darf ich leider keine Aussagen machen. Wir von der Polizei sind da streng vertraulich, im Gegensatz zu anderen, auf die ich jetzt mit dem nackischen Finger zeigen könnte, was ich aber nicht tue. Aber Sie können mir vielleicht weiterhelfen ...«

»Ich? Aber Herr Wacht..., ähm Herr Oberkommissar Backes, was könnte ich denn tun, um Ihnen zu helfen? Ich bin doch nur eine kleine Schulsekretärin.«

Möhrchen spielte nervös an einer grauen Haarsträhne.

»Eben, genau deshalb brauche ich Sie jetzt.«

Dann beugte sich Jupp über den Tresen und flüsterte ihr zu, dass er sich dafür interessiere, was für ein Typ der Scherer Gerhard an der Schule gewesen sei.

»Hören Sie, er hat sich als Lehrer nichts zuschulden kommen lassen. Er war einer der besten Lehrkräfte überhaupt, die an dieser Schule jemals unterrichtet haben. Ich kann mir nicht vorstellen, dass ein Schüler schlecht über ihn reden würde.«

»Mir geht's nicht um die Schüler, sondern um die Kollegen. War er bei denen auch so beliebt?«, fragte Jupp.

Dabei schritt er langsam im Sekretariat auf und ab, um Möhrchen etwas nervös zu machen. Er hatte irgendwie so eine Vorahnung, dass der Tote auch im Kollegium nichts hatte anbrennen lassen.

»Hm, also das sind ja eigentlich Interna, die gehen niemanden etwas an ...«, begann Möhrchen leicht ausweichend.

»Raus damit, liebes Möhrchen! Ich muss das wissen.«

»Aha, und warum? Am Mittag ist die Beerdigung, warum sollte ich jetzt über alte Kamellen sprechen?«

»Weil ich der Oberkommissar von Hirschweiler bin und mich grundsätzlich für alte Kamellen interessiere. Berufsethos sozusagen.«

»So ein Ethos habe ich auch. Und das besagt, dass ich über Interna grundsätzlich nicht ...«

»Möhrchen! Es hat mit der Zeugenschutzprogrammsache zu tun, capito?«

Jupp konnte auch andere Geschütze auffahren, um Frau Mohr endlich zum Reden zu bringen.

»Na schön, aber von mir haben Sie das nicht ...«, flüsterte sie auf einmal.

Dann berichtete sie, dass Französischlehrer Gerhard eine Affäre mit der Deutschlehrerin gehabt hätte.

Jupp ballte die Faust. Also hatte er mal wieder den richtigen Riecher gehabt. Gerhard Scherer hatte wirklich nichts anbrennen lassen, selbst im Schulgebäude war man vor dem Schwerenöter nicht sicher gewesen.

»Wie? Affäre?«, bohrte er gleich nach.

Möhrchen zuckte mit den Achseln.

»Ich war nicht dabei, falls Sie Details wissen wollen ... Da müssen Sie schon die betreffende Person selbst fragen. Aber das ist jetzt auch schon einige Jahre her.«

»Hat diese Affäre auch einen Namen?«, fragte Jupp etwas ungehalten.

Frau Mohr teilte mit, dass sie im Interesse des guten Rufs der Schule keine Namen nennen wolle. Schließlich sei dies eine anständige Lehrstätte und außereheliche Beziehungen im Kollegium waren ihr ein Dorn im Auge. Doch Jupp interessierte der gute Ruf der Schule herzlich wenig. Außerdem war dieser Ruf seit der Geschichte mit Inges Bowlen-Missgeschick eh schon reichlich in Mitleidenschaft gezogen.

»Ein Verstoß gegen den Datenschutz ist kein Kavaliersdelikt, das ist Ihnen schon bewusst, Möhrchen?«, fragte er drohend, denn er wollte die Sekretärin mit etwas Angstmacherei endlich zum Reden bringen.

Christiane Mohr schloss die Augen und flüsterte: »Frau Wagner, erstes Obergeschoss, zweite Tür links, sie unterrichtet gerade die 8 b in Deutsch. Aber von mir wissen Sie das nicht.«

Sofort sprintete Jupp eine Etage höher, hämmerte gegen die Tür und riss sie im gleichen Atemzug auf.

»Auf den Boden! Auf den Boden!«, plärrte die erschrockene Lehrerin.

Die Jugendlichen sprangen panisch von ihren Stühlen und verkrochen sich unter die Bänke.

»Moment mal, zu meiner Schulzeit ist man noch aufgestanden, wenn eine Respektsperson eintritt?«, fragte der uniformierte Jupp reichlich irritiert.

Er zog die Lehrerin am Ärmel, um sie davon abzuhalten, ebenfalls unter das Pult zu kriechen und fragte: »Frau Wagner, nehme ich an? Was bitte schön wird hier veranstaltet?«

»Ist das nicht eine dieser Antiterrorübungen, die man uns im Kollegium angekündigt hat?«

Jupp verneinte. Nachdem das Missverständnis aufgeklärt war, krabbelten die Schüler wieder einer nach dem anderen unter ihren Bänken hervor.

Jupp bat darum, Frau Wagner einmal unter vier Augen sprechen zu können. Daraufhin verließen beide das Klassenzimmer, während sich hinter ihnen lautes Raunen und Gemurmel unter den Schülern breitmachte.

Ohne mit der Wimper zu zucken, ging Jupp gleich ans Eingemachte. Schließlich war die Lehrerin antiterrorerprobt und er wollte keine Zeit mit Small Talk verlieren.

»Frau Wagner, was sagen Sie zu Gerhard Scherer? Wie war Ihre Beziehung zu ihm?«, kam Oberermittler Jupp direkt auf den Punkt.

»Ach, das ist wirklich traurig! Jammerschade, dass er so plötzlich aus dem Leben gerissen wurde. Er war ein wirklich geschätzter Kollege mit pädagogisch wertvollen Tipps und Ratschlägen. War er denn eigentlich krank?«, erkundigte sie sich.

»Sehr geehrte Frau Wagner, in Anbetracht der Tatsache, dass ich mich gleich noch für die Beerdigung umziehen muss und mir sonst die Zeit davonläuft ... Wie lange ging Ihre Affäre mit Herrn Scherer?«

Frau Wagner wurde plötzlich leichenblass. Wie eine beleidigte Leberwurst drehte sie Jupp den Rücken zu und blickte durch das große Fenster auf den schülerleeren Pausenhof.

»Woher wissen Sie davon?«, flüsterte sie, weiterhin mit starrem Blick nach draußen.

»Das spielt doch jetzt keine Rolle«, erwiderte Jupp und feierte sich innerlich gerade selbst, wie schnell er die Deutschlehrerin entlarvt hatte.

»Ach, lassen Sie mich raten ... Unser Möhrchen hat es verraten, nicht wahr? Die kann aber auch wirklich nichts für sich behalten, dieses alte Tratschweib!«

»Wirklich? Ich habe sie ganz anders kennengelernt. Höchstens bei der Herausgabe von Adressen ist sie nicht ganz so verschlossen«, verteidigte er seine Informantin.

»Hören Sie, das mit dem Herrn Scherer und mir ist viele Jahre her. Warum interessieren Sie sich überhaupt dafür?«

»Darüber darf ich leider keine Auskünfte geben. Aber ich habe meine Gründe zu hinterfragen, wer alles im Leben unseres Opfers eine Rolle gespielt hat.«

»Opfer?«, fragte Frau Wagner und drehte sich flugs zu Jupp um.

Sie starrte Jupp mit weit aufgerissenen Augen an.

»Ähm, ups ... Ich meine natürlich: unseres Verstorbenen. Ich verfalle immer wieder in meine Polizeisprache, das kann ich mir einfach nicht abgewöhnen, tut mir leid. Also, wie lange lief das mit Ihnen und dem Französischlehrer?«

Jupp biss sich auf die Zunge. Er musste einfach besser aufpassen, was er sagte.

»Pst, nicht so laut!«, bat Frau Wagner und holte dann erst mal tief Luft.

Dann berichtete sie, dass sie ihrem Kollegen vor einigen Jahren während einer Klassenfahrt etwas nähergekommen sei. Sie wäre damals in einer Lebenskrise gewesen, da ihr Mann einen schweren Autounfall gehabt hatte. Und da hätten sich die beiden Lehrer gegenseitig etwas Trost gespendet, denn Gerhard hatte damals ja auch eine pflegebedürftige Frau daheim.

»Trostspenden nennen Sie das?«, fragte Jupp mit hochgezogener Braue.

»Ja, seine Frau war wirklich arm dran: ein Badeunfall im Ägypten-Urlaub, ganz tragisch. Danach lag sie viele Jahre vom Hals abwärts gelähmt im Bett. Mich interessierte halt, wie der Herr Scherer damit klarkommt und ob er je daran gedacht hat seine Frau zu verlassen. Wissen Sie, mein Mann ist nämlich seit dem Autounfall querschnittsgelähmt und sitzt im Rollstuhl«, berichtete Frau Wagner betrübt.

»Und wie lange lief diese Affäre? Und wollten Sie mehr von ihm, Frau Wagner?«, bohrte Jupp weiter.

»Nein, nein, nach drei oder vier Monaten habe ich die Affäre beendet. Mein Mann wurde da nämlich aus der Rehaklinik entlassen und ich wollte einen Neuanfang mit ihm.«

»Wussten Sie, dass Herr Scherer letztes Wochenende wegen eines Klassentreffens in Hirschweiler war?«

Jupp war voll und ganz in seinem Verhörelement. Er wuchs regelrecht über sich hinaus.

»Nein, das wusste ich nicht. Wir hatten keinen Kontakt mehr. Jeder lebte sein eigenes Leben und das war auch gut so. Herr Scherer war auch schon im wohlverdienten Ruhestand. Ich muss noch mindestens zehn Jahre in dieses Irrenhaus hier«, meinte sie seufzend. »Die Schüler sind ja heutzutage so rotzfrech ...«

»Wo waren Sie letzten Freitagabend, Frau Wagner?«

Jupp ging auf das Ablenkungsmanöver der Lehrerin überhaupt nicht ein.

Frau Wagner schaute ihn irritiert an.

»Warten Sie mal ... Freitagabend? Da waren mein Mann und ich auf einer Rollstuhl-Tanzveranstaltung in Saarbrücken. Wir waren erst gegen drei Uhr in der Nacht daheim. Stellen Sie sich vor, wir haben den dritten Platz belegt. Warum fragen Sie?«

»Wow, Respekt! Da müssen Sie Ihren Mann ja wunderbar übers Parkett geschoben haben, oder wie?«

Die Deutschlehrerin antwortete darauf nicht und ging stattdessen kopfschüttelnd zurück zu ihrem Klassenraum, da sie mit ihrem Lehrplan weitermachen wollte.

Jupp verließ daraufhin das Schulgebäude und stieg in seinen grün-weißen Pöscho. Als er hinterm Steuer saß, wurde ihm bewusst, was Käthe doch für ein Glück gehabt hatte, dass sie nicht tiefer in die Fänge dieses notorischen Fremdgehers geraten war. Er fragte sich, ob Tochter Yvonne eigentlich auch über diese außereheliche Aktivität mit der Deutschlehrerin im Bilde war? Wusste Yvonne wirklich von allen Frauen, die der Hallodri-Vater um den Finger gewickelt hatte? Apropos Yvonne ... Auf einmal hatte Jupp einen Geistesblitz.

Jupp fuhr auf direktem Weg zur Volksbank von Hirschweiler und verlangte nach dem Filialleiter höchstpersönlich. Mit dem bubihaften Azubi am Schalter wollte er sich in dieser brisanten Angelegenheit keineswegs zufriedengeben.

Hibbelig saß Jupp auf einem der Besucherstühle hinter der Milchglaswand, die dazu diente, dem Kunden Diskretion und eine persönliche Gesprächsatmosphäre während der Beratung zu gewähren. Er wartete auf den Filialleiter.

Jupp redete auch nicht lange um den heißen Brei herum, nachdem dieser hinter dem Schreibtisch Platz genommen hatte. Er verlangte knallharte Einblicke in die Konten von Gerhard Scherer. Denn Ermittlerfuchs Jupp Backes wollte wissen, was es zu erben gab und ob Yvonne damit ein mögliches Motiv für den Mord gehabt hätte.

»Jupp, das geht so nicht! Du kannst hier nicht einfach so reinspazieren und einen auf dicke Hose machen. Ohne richterlichen Beschluss kann ich dir so vertrauliche Daten nicht zur Verfügung stellen. Wo kämen wir denn da hin?«, maßregelte der Filialeiter ihn erst mal.

»Verstehe, Lothar. Sag mal, wie geht's eigentlich deinem Junior?«, erkundigte sich Jupp, während er sich erhob und in dem Beratungskabuff langsam auf und ab ging.

Er hatte natürlich damit gerechnet, dass sich Lothar Kleinschmidt erst mal strikt weigern würde, ihm Einsicht in die Konten seines verstorbenen Kunden zu gewähren.

»Danke der Nachfrage! Der ist im zweiten Lehrjahr bei den Ford-Werken: Kfz-Mechatroniker. Macht ihm richtig viel Spaß ...«

»Na, das hört man doch gerne, wenn der Nachwuchs Arbeit hat. Grüß ihn mal ganz lieb von mir! Aber wenn ich ihn das nächste Mal beim Schlangenlinien-Fahren erwische, dann ist der Lappen ein für alle Mal weg. Dann kannst du deinen Sprössling jeden Morgen nach Saarlouis zur Frühschicht kutschieren, denn um die Zeit fährt hier ja noch kein Bus. Aber frühes Aufstehen hält ja fit, gell?«

»Das ist Erpressung!«, empörte sich der Filialleiter und schlug wütend mit der Faust auf den Schreibtisch.

»Quatsch, das ist einfach öffentlicher Nahverkehr auf dem Land«, konterte Jupp und setzte sich wieder auf den Besucherstuhl.

Dann ging plötzlich alles ganz schnell. Der Volksbank-Mann war auf einmal sehr gesprächig und so erfuhr Jupp innerhalb weniger Minuten, dass Gerhard Scherer am letzten Freitag, also kurz nach seinem Check-in im Gasthof, noch einen Termin in der Volksbank gehabt hatte. Sein Eigenheim in Hirschweiler sollte bald verkauft werden, damit er seine Zelte hier endgültig abbrechen konnte.

»Verräter!«, entfuhr es Jupp spontan.

Er konnte überhaupt nicht verstehen, weshalb man dem Saarland für immer Adieu sagen und lieber ein neues Leben in Österreich beginnen wollte.

»Nein, eher Wohltäter: Herr Scherer hat am Freitag noch eine Überweisung an seine Tochter getätigt. 20.000 Euro - das war auch dringend nötig, denn sonst hätte unmittelbar die Zwangsversteigerung des Pferdehofs angestanden«, plauderte der Filialleiter auf einmal aus dem Nähkästchen.

Jupp schaute ihn interessiert an und verlangte weitere Erklärungen.

Lothar Kleinschmidt berichtete dann noch brühwarm, dass dem Pferdehof die Geldschulden bis zum Hals stünden und dass die Bank bereits mit Zwangsversteigerung hatte drohen müssen. Hätte der Herr Vater nicht in allerletzter Minute diese Finanzspritze geleistet, es wäre wohl das Aus für Yvonnes Pferdehof gewesen, da dieser einfach nicht so viel Profit abwarf wie gewünscht.

Jupp machte sich wieder, ganz der Profi, ein paar Notizen und stand dann auf. Während er schon die Klinke der Milchglastür in der Hand hatte, drehte er sich noch mal zum Schlipsträger um und fragte, was man wohl für ein Eigenheim dieser Größenordnung in Hirschweiler verlangen könne.

»Willst du etwa auch verkaufen, Jupp?«

»Ach, i wo! Nur so interessehalber ...«

»Also, das stattliche Anwesen vom Gerhard Scherer sollte für 190.000 Euro verkauft werden. Der Notartermin war übrigens für gestern angesetzt. Tja, und heute ist die Beerdigung. Das ist wirklich Pech, denn jetzt muss sich der potenzielle Käufer mit seiner Tochter rumschlagen, die doch garantiert alles erben wird ...«

»Stattliches Sümmchen! Und wie hoch sind die Pferdehofschulden, mein lieber Lothar?«

Der Filialleiter schaute ihn drohend an.

»Damit wäre der Hof der Tochter gerettet und sie hätte keine Sorgen mehr. Wir von der Bank übrigens auch nicht mehr.«

»Interessant, interessant«, murmelte Jupp.

Dann verabschiedete er sich von dem Filialleiter der Volksbank. Er war nun ein gutes Stückchen weitergekommen. Einzelkind Yvonne rückte für ihn plötzlich immer mehr in den Fokus der Verdächtigen, da sie allen Grund gehabt hatte, ihren Vater aus dem Weg zu räumen: aus Rache wegen seiner ständigen Affären, mit denen er ihre Mutter ein Leben lang betrogen hatte - und aus Habgier, um mit einem Schlag alle Geldsorgen los zu sein. Und Letzteres ging eben nur, solange sie noch einzige Angehörige und damit Alleinerbin war, bevor ihr Vater erneut den Bund der Ehe eingegangen wäre. Da war der Vater also genau zum richtigen Zeitpunkt gestorben - zumindest aus finanzieller Sicht der Tochter.

Kapitel 15

Die Trauerfeier von Gerhard Scherer fand pünktlich um 14:30 Uhr in der katholischen Kirche Maria Himmelfahrt statt. Das Gotteshaus in Hirschweiler platzte aus allen Nähten, denn nach über 30 Jahren Lehrerdasein an der Willi-Graf-Realschule kamen etliche Schüler sowie deren Eltern und Großeltern (Käthe fehlte), Kollegen und halb Hirschweiler zusammen, um den Lehrer auf seiner allerletzten Reise zu begleiten. Der Pfarrer hielt eine eindrucksvolle Predigt vor voll besetzten Bänken und ließ noch eimal Gerhards Leben im Schnelldurchlauf Revue passieren.

Wenn man den Worten des Geistlichen so zuhörte, hätte man glauben können, der Scherer Gerhard wäre ein echt dufter Typ gewesen. Von außer- und vorehelichen Machenschaften hatte man hier keinen blassen Schimmer, sonst wäre die Lobpreisung seiner Person wohl ziemlich anders ausgefallen.

Zum Ende des Trauergottesdienstes bedankte sich der Pfarrer von der Kanzel aus bei Yvonne, die völlig lethargisch in der ersten Reihe saß.

»Ihr Vater hätte sich sicher sehr darüber gefreut und wäre stolz, dass unser Gotteshaus heute in solcher Blumenpracht erstrahlt. So viele Lilien, Rosen, Narzissen und Nelken auf einem Fleck, da könnte sich manche Hochzeit eine Scheibe von abschneiden.«

Ein lautloses Nicken und Raunen ging durch die Kirchenbänke. Dann bekam Müllersch Marianne einen heftigen Niesanfall und ließ die stundenlange Arbeit von Yvonne in einem ganz anderen Licht dastehen.

»Haaatschi! Ich reagiere allergisch auf Rosen – ich muss hier ganz, ganz dringend raus, sonst bekomme ich noch einen allergischen Rosenschock ... Haaatschi!«, kreischte die Müllerin und quetschte sich durch die Bank, um schnell an die frische Luft zu gelangen.

Komisch, dass die Allergie so kurz vor dem Ende des Gottesdienstes ausbrach. Oder hatte die Müllerin einfach keinen Bock auf Schlangestehen beim Auslass aus dem brechend vollen Gotteshaus?

Mit keiner Silbe erwähnte der Pfarrer die trauernde Verlobte Gerhards, als hätte Yvonne die Existenz der Zukünftigen in der Vorbesprechung schlichtweg verheimlicht. Wo war diese Person eigentlich und war sie überhaupt über das Ableben von Gerhard informiert worden? Jupp hatte schließlich nur Yvonne Bescheid gegeben beziehungsweise Inge hier das »letzte Wort« übernehmen lassen.

Zum Abschluss trällerte der Kirchenchor auf der Empore ein »Großer Gott, wir loben dich« - und es lief so manchem Besucher eiskalt den Rücken runter, da der Chorgesang zusammen mit dem Orgelgedudel schon sehr emotional war. Lediglich ein paar Schüler in den hinteren Kirchenbänken erlaubten sich einen Spaß und sangen: »Großer Gerhard, wir loben dich«, während ihnen die Deutschlehrerin Frau Wagner derart böse Blicke zuwarf, als wolle sie die Lausebengel gleich gegen die Wand klatschen oder am Schlafittchen packen. Diese Lümmel aber auch ...

Jupp beeilte sich aus der überfüllten Kirche rauszukommen. Er zerrte Inge am Arm mit sich, schließlich sollte sie gleich auf dem Friedhof ihrem Assistentinnenjob nachkommen. Auf keinen Fall durften sie zu spät eintreffen - nicht dass die verdächtigen Tränen der unehrlich Trauernden schon getrocknet wären und Inges Observation dann für die Katz wäre. Jupp hoffte inständig, dass Inge mit ihren feuchten Augen überhaupt eine ordentliche Personenbeschreibung abgeben konnte, da sie bei so emotionalen Momenten ja generell nah am Wasser gebaut hatte.

»Hör doch endlich mal auf zu flennen!«, bettelte Jupp, denn Inge kam einfach nicht aus dem Schluchzen raus. »Das bringt doch keinem was und macht den Scherer Gerhard auch nimmer lebendig.«

Mit Tränen jeglicher Art konnte er einfach überhaupt nicht umgehen und schon gar nicht in dieser ermittlungstechnisch wichtigen Phase. Sie befanden sich immerhin schon auf dem Fußweg zum nahe gelegenen Friedhof.

»Ach Jupp, der Chor hat so ergreifend gesungen! Da kriegt doch jeder Mensch, der ein bisschen Herz besitzt, seinen Moralischen«, schniefte Inge in ihr Taschentuch.

»Ich muss nie flennen, so was kenne ich überhaupt nicht. Höchstens wenn der Chor schief singt, dann ist mir auch schon mal zum Heulen zumute«, meinte Jupp trocken.

»Ach Jupp, halt doch einfach mal den Mund!«

Einige Zeit später setzte sich auch der Trauerzug in Bewegung und schritt wie in Zeitlupe von der Trauerhalle über den Friedhof in Richtung Grabstelle. Alle gingen still und leise hinter dem Buchensarg her, der mit einem üppigen weißen Rosengesteck verziert war. Von Müllersch Marianne fehlte weit und breit jede Spur.

Jupp war heilfroh, dass der Rücktransport von Gerhards Leichnam aus der Gerichtsmedizin zurück nach Hirschweiler noch rechtzeitig geklappt hatte. Sonst würde die Hauptattraktion hier heute fehlen und stattdessen beim Crème-de-la-Crème-Kurti auf dem Seziertisch rumliegen.

Am offenen Grab hatte der Pfarrer dann erneut derart liebevolle und rührende Worte für den Verstorbenen, dass man angesichts solcher Lobeshymnen hätte annehmen können, Gerhard habe zu Lebzeiten üppige Summen für den Klingelbeutel gespendet. Ein Trompeter spielte eine langsame traurige Melodie, bei der erstmals auch Yvonne Gefühle zeigte: Sie bekam einen heftigen Weinkrampf und musste sogar von ihrem Mann gestützt werden.

Dies blieb Undercoveragentin Inge natürlich nicht verborgen. Sie mogelte sich unauffällig durch die Reihen der Trauernden (oder eben nur vermeintlich Trauernden) und versuchte anhand von Tränenflüssigkeit oder gekünsteltem Verhalten zu ermitteln, wer hier nur vorgab unendlich traurig zu sein.

Selbstverständlich behielt Jupp sie dabei immer im Blick und musste sie sogar zu ein wenig mehr Vorsicht ermahnen, denn Inge zückte jetzt sogar Notizblock und einen gespitzten Bleistift.

»Nicht so auffällig! Man muss im Verborgenen ermitteln«, maßregelte er, als sie sich gerade an ihm vorbeiquetschte und dabei mit dem Zettel wedelte, auf dem sich schon drei Namen befanden.

Dann gab es eine Grabrede, die gelinde gesagt für die Tonne war. Der Schuldirektor hielt doch tatsächlich zu Ehren des pensionierten Französischlehrers eine Ansprache. Im Prinzip eine nette Geste, allerdings fand sie auf Englisch (!) statt. Er outete sich damit als äußerst schlecht vorbereitet und wenig talentiert, denn er sprach in einem »Lodda-Maddäus-Oettinger«-Kauderwelsch: »Aua good old frend is ... ähm ... däd ...« Es war zum Fremdschämen!

Auch Inge war mächtig sauer auf den Vortragenden, denn sie konnte nun überhaupt nicht mehr einschätzen, wer aufgrund der fürchterlichen Grabrede Lachtränen vergoss oder aus Trauer um den Verstorbenen weinte, was ihre Liste total durcheinanderbrachte.

»He, was machen Sie denn hier?«, pampte ein Mann Inge an, da sie ihm auf den schwarzen Schuh gestiegen war.

»Ähm ... ich schreibe für die Schülerzeitung. Der Herr Scherer war ja sehr beliebt bei seinen Schülern, da wollen wir posthum einen Nachruf verfassen und ich muss hier ein paar Schülerstimmen einfangen«, flunkerte Inge spontan.

Um Ausreden war sie eigentlich nie verlegen. Der Fremde musterte sie von oben bis unten, er glaubte ihr offenbar kein Wort. Inge spürte das und fügte daher eilig hinzu, dass sie sonst immer das Vorwort des Elternbeirats verfasse und heute nur vertretungsweise für einen Schüler einsprang, der dummerweise nachsitzen musste und nicht hier sein konnte. Dann quetschte sich Inge schnell an dem Fremden vorbei, um weiter tränenüberflutete Gesichter zu inspizieren.

Als der Sarg dann schließlich herabgelassen wurde, sackte Yvonne wie ein Kartenhaus förmlich in sich zusammen. Ihr Mann fing sie in letzter Sekunde auf, sonst hätte es wohl noch aufgeschlagene Knie am offenen Grab gegeben. Und Journalistin Inge war total am Rotieren, sie kam mit dem Notieren kaum noch hinterher. Irgendwie war hier jeder verdächtig, der in sein Taschentuch schniefte, rotzte, schnäuzte oder sich die feuchten Augen trockenlegte.

Inge war total überfordert und spielte mit dem Gedanken Jupp Block und Stift in die Hand zu drücken und den Assistentinnenjob auf der Stelle fristlos zu kündigen. Sie biss sich jedoch auf die Zähne, sonst würde es nur wieder Balawa mit Jupp geben. So einen Streit wollte sie selbstverständlich tunlichst vermeiden.

Plötzlich schallte eine schrille Stimme über den Friedhof und mehrere Hundert Köpfe drehten sich um 180 Grad.

»Stopp, stopp, stopp! Aufhören, sofort aufhören!«, schrie eine weibliche Person, die sich aufgrund ihres merkwürdigen Akzents sofort als Nichtsaarländerin zu erkennen gab.

Blitzschnell waren die eingeschüchterten Trauernden nach links und rechts zur Seite gewichen. Durch die entstandene Schneise stolzierte nun eine elegante Dame mit ausladendem Hut, passendem Gesichtsschleier und einem akkurat maßgeschneiderten, tiefschwarzen Kostüm ganz nach vorne zum Grab.

Die Fremde stellte sich wütend vor den Pfarrer, der in eine Duckhaltung gegangen war, da er offenbar mit einer Backpfeife rechnete.

»Junger Mann, was erlauben Sie sich? Ohne mich anzufangen, das ist eine Unverschämtheit! Eine bodenlose Unverschämtheit ist das«, fauchte sie ihn an.

»Entschuldigen Sie, aber wer zum Teufel sind Sie?«, fragte der verängstigte Pfarrer irritiert.

»Wer ich bin? Was meinen Sie wohl! Ich bin extra den weiten Weg aus meinem schönen Österreich in dieses Dörffi gekommen, um meinem lieben Gerhoord Lebewohl zu sagen«, plärrte sie ihm entgegen.

Sie verlangte, den Sarg gefälligst auf der Stelle wieder hochzukurbeln und die Prozession von der Trauerhalle aus erneut zu starten. Schließlich habe sie zehn Stunden lang im Auto gesessen, da wäre das ja wohl das Mindeste, was sie von dem katholischen Pfarrer erwarten könne.

»Verlassen Sie sofort den Friedhof!«, herrschte auf einmal Yvonne die Fremde an.

»Kurbeln Sie gefälligst diesen Holzpyjama wieder hoch, ja wird's bald!«, befahl die Fremde und blickte die eingeschüchterten Sargträger erwartungsvoll an, dass sie den Sarg wieder an die Oberfläche bringen sollten.

Jupp, der Ordnungshüter schlechthin, musste eingreifen, bevor es hier noch Tote und Schwerverletzte gab. Denn er spürte, dass hier zwei Damen mächtig auf Krawall gebürstet waren.

»Was fällt Ihnen ein diese Trauergesellschaft zu stören? Können Sie sich denn überhaupt ausweisen?«, wandte sich Jupp an die fremde Dame und versuchte sie zur Seite zu zerren.

»Was erlauben Sie sich? Lassen Sie mich sofort los! Ich bin die Gräfin Charlotte von Hohenblau und hier wird gerade mein Verlobter begraben. Mein geliebter, mein über alles geliebter Gerhoord ...«, rief sie theatralisch und streckte Jupp ihren Handrücken unter die Nase.

Jupp war so perplex der bisher unbekannten Verlobten gegenüberzustehen, dass er der Gräfin schnell einen Kuss gab. Laut schnalzend auf ihren Handrücken.

Inge schüttelte nur den Kopf und wunderte sich. So wohlerzogen und vornehm kannte sie ihren Jupp überhaupt nicht, wobei man einen Handkuss normalerweise ja auch nur andeutete.

»Verschwinden Sie vom Grab meines Vaters! Sie haben hier nichts, aber auch rein gar nichts verloren!«, krakeelte jetzt wieder Yvonne dazwischen.

Sie war außer sich und es war zu befürchten, dass Yvonne der ungebetenen Besucherin gleich einen kräftigen Schubs gab, sodass diese rückwärts ins offene Grab fallen würde.

Inge notierte fleißig die sich gerade überschlagenden Ereignisse und ärgerte sich schwarz, dass sie kein Steno gelernt hatte. Hier ging es schließlich spannender zu als in einer brasilianischen Seifenoper. Ein Gehaltsgespräch mit Jupp war jetzt unausweichlich - schließlich verrichtete sie als notierende Assistentin hier einen echten Knochenjob.

»Ach, dann sind Sie sicherlich das vorlaute und missratene Gör? Der Gerhoord hat so einiges von Ihnen erzählt, junge Dame«, sagte die Österreicherin kampflustig.

»Sie alte, dämliche Kuh! Sie haben es doch eh nur auf das Geld meines Vaters abgesehen«, kreischte Yvonne. Im Beisein und vor den Augen vieler Hunderter Trauernder.

Die bissige Gräfin fing daraufhin an lauthals zu lachen, was Yvonne nur noch fuchsteufelswilder machte.

Jupp erkannte jetzt wirklich den Ernst der Lage und schritt ein. Energisch hakte er die Gräfin unter und flüsterte ihr ins Ohr, dass er von der Polizei sei und sie auf der Stelle mitkommen müsse.

»Lassen Sie mich gefälligst los! Was habe ich bitte schön mit der Gendarmerie zu tun?«, echauffierte sich Gräfin Charlotte von Hohenblau und schlug wild um sich.

»Sie stehen auf einem Behindertenparkplatz. Das wird hier gar nicht gerne gesehen. Erst recht nicht, wenn es ein Ösi ist, der den Rollstuhlfahrern den Platz an der vordersten Front wegschnappt«, schwindelte Jupp.

Mit diesen Worten schob er die überkandidelte fluchende Verlobte eilig vom Grab weg und zerrte sie zum nahe gelegenen Parkplatz. Dort stand ein schwarzer Rolls-Royce, vor dem ein Chauffeur in Uniform und mit weißen Handschuhen die Tür aufhielt, sodass die Gräfin nur noch einsteigen musste. Jupp teilte dem irritierten Chauffeur mit, dass er mit seiner Chefin unbedingt ein Vieraugengespräch führen müsse und wedelte dabei mit seiner Dienstmarke, um Eindruck zu schinden. Der Fahrer gähnte gelangweilt, während Jupp bereits auf die Rückbank neben die Gräfin krabbelte.

»Mein Gerhoord, mein geliebter Gerhoord! Der arme Wurm ist tot, damit muss ich jetzt erst mal klarkommen«, jammerte die Gräfin und kramte ein kleines weißes Spitzentaschentuch aus ihrer Handtasche.

Dann schnäuzte sie sich so heftig, dass sich Jupp die Ohren zuhalten musste. Er fand ihr Benehmen gerade überhaupt nicht adelig.

»Gnädige Frau, Sie können nicht einfach eine Trauerfeier in diesem Ausmaß stören – das gehört sich doch nicht! Das ist schließlich ein Friedhof und kein Frauen-Boxring«, belehrte Jupp sie.

Die Gräfin schluchzte daraufhin noch erbärmlicher. Jupp witterte sofort seine große Chance, etwas mehr über den Toten in Erfahrung zu bringen. Die Gräfin war gerade sehr aufgelöst und Frauen wurden in einer solchen Verfassung ja generell redseliger.

Als sie sich wieder einigermaßen beruhigt hatte, bombardierte er sie mit knallharten Fragen.

»Sagen Sie mal, Frau Gräfin von Hau-mich-blau ...«

»Von Hohenblau, bitte!«, korrigierte die Gräfin pikiert. »Mein Name ist Gräfin Charlotte von Hohenblau. Mit wem habe ich die Ehre in meinem Rolls-Royce zu sitzen?«, stellte sie gleich mal eine Gegenfrage.

»Oberkommissar Jupp Backes! Die Ehre ist ganz meinerseits.«

Jupp war eindeutig ein wenig weichgekocht angesichts der höflichen Nachfrage nach seiner Person.

Dann kondolierte er der Verlobten artig und sprach ihr sein aufrichtiges Beileid aus.

»Es muss sicher unerträglich für Sie sein, so kurz vor der Hochzeit zu erfahren, dass das Fest ins Wasser fällt«, stotterte Jupp auf dem Rücksitz. »Die ganze Vorbereitung für die Katz ... tztztz«

Er tat sich mit der Übermittlung von Todesnachrichten generell sehr schwer. Mit Beileidsbekundungen war es nicht besser.

»Wissen's, es ist ja nun schon der vierte Mann, der mir wegstirbt«, plauderte die Gräfin aus dem Nähkästchen.

»Oh! Dann sind Sie ja schon in einer gewissen Übung, gnädige Frau.«

»Drei sehr glückliche Ehen, alle Herzinfarkt! Und der Gerhoord wäre mein vierter Anlauf gewesen.«

»Nein, das glaube ich ja jetzt nicht!«, wunderte sich Jupp.

Er kam durch ihre Aussage ein wenig ins Grübeln.

»Ja, stimmt schon, Sie haben ja recht. Mit meinem ersten Mann war es nicht so glücklich. Ich bezeichne unsere Ehe immer als Unfall, aber der liebe Gott hat es gut mit mir gemeint: Er starb noch vor unserem vierten Hochzeitstag und ich habe seither ganz gut ausgesorgt. Dank ihm bin ich eine waschechte Gräfin«, meinte sie grinsend.

»Gnädige Frau, darf ich Sie etwas sehr Privates fragen?«, nutzte Jupp die Gelegenheit, da die Gräfin gerade eh schon so offenherzig über ihr Privatleben plauderte.

Die Gräfin nickte schniefend und schaute ihn erwartungsvoll an.

»Wie haben Sie es eigentlich so mit der Treue gehalten?«

»Wie bitte? Was erlauben Sie sich! Das ist ja eine bodenlose Unverschämtheit! Mein Verlobter wird gerade in die Erde herabgelassen und Sie machen mir auf dem Friedhofsparkplatz ein unmoralisches Angebot? Ich bin zutiefst erschüttert«, empörte sich die Gräfin und schaute abweisend aus dem Fenster.

Jupp stellte sofort klar, dass sie hier etwas völlig missverstanden habe. Er interessiere sich lediglich dafür, ob das zukünftige Adeligen-Paar eine offene Beziehung geführt habe. Denn Jupp wollte natürlich herausfinden, ob die Gräfin vom wilden Lotterleben ihres Verlobten gewusst oder dies sogar toleriert hatte. Falls nicht, könnte die Gräfin ein echtes Motiv gehabt haben, um dem Fremdgeher einen deftigen Denkzettel zu verpassen, getreu dem Motto: Wer mit fremden Frauen vögelt, wird vergiftet - aus die Maus! Die Gräfin gab sich jedoch plötzlich sehr verschlossen und wortkarg. Sie wolle keine Details über ihr Zusammenleben mit Gerhard am wunderschönen Wörthersee preisgeben.

Jupp zeigte sich nach außen hin verständnisvoll, hatte aber das dumpfe Gefühl, dass die Gräfin von Hau-mich-blau sehr wohl wusste, dass ihr Zukünftiger ein wahrhaftiger Hallodri gewesen war. Anscheinend schaute sie aber lieber weg, solange er ihr die ewige Treue »bis dass der Tod euch scheidet« schwor. Nun hatte der Tod allerdings leider etwas zu früh geschieden - und Gerhard Scherer war bis zu seinem Tod nur ihr Verlobter gewesen. Dumm gelaufen!

Plötzlich klopfte es gegen die Scheibe und die Gräfin drückte den automatischen Fensterheber.

»Sie wünschen?«, fragte die Gräfin herablassend.

»Guten Tag, Frau Gräfin! Ich wünsche meinen Mann zu sprechen«, sagte Inge ganz höflich und verfiel hier vor dem Autofenster sogar in einen kleinen Hofknicks.

»Nicht jetzt!«, blaffte Jupp sie an.

Er hatte sich über die Gräfin hinweg zum Fenster vorgebeugt und gab Inge mit einer Handbewegung zu verstehen, dass sie verschwinden solle. Inge störte im unpassendsten Moment, offenbar fehlte ihr doch noch ein wenig das Fingerspitzengefühl für echte Ermittlungsarbeit.

»Ich bin aber fertig, ich habe alles notiert und weiß jetzt nicht, was ich noch tun könnte ...«

»Notiert? Was haben Sie sich denn notiert? Schreibt ihr Piefkes tatsächlich alle Autos auf, die hier nicht ordnungsgemäß parken? Ihr seid doch verrückt!«, echauffierte sich die Österreicherin erneut.

Hilfe suchend schaute Inge zu Jupp. Sie konnte ja unmöglich den wahren Grund ihrer Notizen verraten. Doch Jupp stotterte nur herum und wusste gerade auch keine spontane Erklärung.

»Ähm, ich bin von der Schülerzeitung ... Ich würde sehr gerne auch ein Interview mit Ihnen als Ex-Verlobte führen, wenn es recht ist«, plapperte Inge drauflos.

Warum nicht die Hobbyjournalisten-Deckung erneut bemühen?, dachte sie sich. Doch leider war jemand hiermit nicht einverstanden.

»Inge! Komm, hopp, weg vom Fenster!«, gab es eine klare Ansage von Chefermittler Jupp, der befürchtete, dass Inge ihm noch das ganze Verhör vermasselte.

»Das glaube ich ja jetzt nicht ...«, wunderte sich die Gräfin.

»Keine Sorge, ich bin vom Elternbeirat und keine Schülerin mehr, denn ...«, versuchte Inge noch zu erklären, doch Jupp hatte bereits den Knopf bedient, der die verdunkelte Scheibe nach oben fahren ließ.

Inges Klopfen gegen die Scheibe wurde demonstrativ ignoriert, verstummte aber irgendwann.

»Gnädige Frau, warum haben Sie Ihren zukünftigen Gatten eigentlich nicht in unser schönes Saarland begleitet? Wollten Sie denn nicht auch mal sein reizendes Töchterchen mit ihren Pferdchen kennenlernen?«, säuselte Jupp.

Er wollte Yvonne nicht als Furie darstellen, auch wenn sie natürlich keineswegs mehr etwas mit der braven Blockflötenspielerin von damals gemein hatte.

»Diesen Drachen nennen Sie reizend? Auf diese Stieftochter kann ich gut und gerne verzichten. So ein Geschöpf passt nicht in meine Kreise«, empörte sich die Gräfin. »Aber wissen Sie, ich war doch bei meiner guten alten Freundin, der Gräfin zu Plankenstein und Karlstetten in St. Pölten in Niederösterreich eingeladen. Letzten Freitag fand dort ein Pärchenabend statt. Nur musste ich leider alleine hingehen, da mein Gerhoord lieber zu diesem depperten Klassentreffen wollte. Das hat er nun davon«, sagte sie trotzig und traurig zugleich.

Jupp zückte direkt seinen Notizblock und schrieb mit.

»Zu Plankenstein und Karlstetten in St. Pölten, sagten Sie, nicht wahr?«, erkundigte er sich lieber noch mal, damit ihm bei diesen abgedrehten Namen kein Fehler bei der Alibiüberprüfung unterlief.

»Seien Sie mir nicht böse, aber zu unserem Pärchenabend werden nur Personen zugelassen, die über einen gewissen Status in der Gesellschaft verfügen - wenn Sie verstehen, was ich meine?«, sagte die Gräfin pikiert und rümpfte die Nase.

»Ich bin Polizeioberkommissar Backes.«

»Na, na, na, Sie müssten schon einen Adelstitel vorweisen können, um auf die Gästeliste zu kommen.«

»Dann eben von und zu Backes«, sagte Jupp mit einem Zwinkern und packte seinen Notizblock weg.

Ihm war Gerhard Scherer irgendwie sympathisch, da er auch keine Lust auf einen Pärchenabend gehabt hatte. Stattdessen war er lieber zum Klassentreffen gefahren, auch wenn dies ein tragisches Ende für ihn genommen hatte.

»Wünsche noch eine gute und angenehme Heimreise, gnädige Frau! Und vergelt's Gott, oder wie auch immer ihr das in der Alpenrepublik sagt«, verabschiedete sich Jupp.

Er wollte die Gräfin in Ruhe trauern lassen. Nachdem sie ihm ein Alibi für die Tatzeit genannt hatte, war sie für ihn gerade etwas uninteressant geworden.

Jupp stieg aus dem Rolls-Royce und eilte sofort zu Inge, die ungeduldig an einer Straßenlaterne wartete. Sie wollte ihm endlich die Ergebnisse ihrer Observation mitteilen.

Doch plötzlich tauchte hinter einem Baum die Schulsekretärin auf und gab vor, wichtige und vertrauliche Informationen für Jupp zu haben. Nur für Jupp.

Daher wurde Inge an der Laterne links liegen gelassen und Jupp schlenderte mit Möhrchen zurück zum Friedhof, wo jetzt wieder eine himmlische Ruhe herrschte. Der beste Ort für vertrauliche Informationen.

»Also, ich muss Ihnen noch im absoluten Vertrauen etwas mitteilen ... Zu der Zeit, als die Frau Wagner und der Herr Scherer ein Verhältnis hatten, wäre die Frau Wagner beinahe von der Schule suspendiert worden«, ließ Möhrchen die Katze aus dem Sack.

»Aha! Na, das sahen die Verantwortlichen dann aber wohl etwas päpstlicher als der Papst, oder nicht? Es gibt doch kein normal funktionierendes Unternehmen, in dem nicht auf der Weihnachtsfeier unter Kollegen rumgemacht wird. Und bei den beiden wurde halt die Klassenfahrt zum Ringelpietz mit Anfassen. Wo ist das Problem?«

»Nein, doch nicht wegen des Kollegenverhältnisses, sondern wegen versuchtem Mord mit ihrem Auto als Tatwaffe.«

»Versuchter Mord?!?«, wiederholte Jupp mit aufgerissenen Augen.

Bei ihm bimmelten alle Alarmglocken Sturm. Er war irritiert und verstört. Was war bloß mit seinem Hirschweiler los?

Möhrchen nickte eifrig und bat noch mal darum, dass dies alles streng vertraulich blieb. Sie habe ja schon mit der Herausgabe der Adressen gegen das Gesetz verstoßen und wolle jetzt nicht wegen Rufmord angezeigt werden. Jupp gab sein Ehrenwort und lauschte ihren weiteren Ausführungen.

»Also, die Frau Wagner hat ihren Mann damals mit Absicht umgefahren. Und der hat sie nach dem Unfall natürlich angezeigt. Und so eine vorbestrafte Lehrkraft können wir doch unmöglich auf unsere Schüler loslassen, verstehen Sie?«

»Was hat die? Ist die denn total verrückt? Warum weiß ich nichts von dieser Straftat?«, wollte Jupp wissen.

»Die Gemeingefährliche wohnt zum Glück in der Pfalz, irgendein Kaff hinter Pirmasens. Und ihr Mann hat natürlich bei der rheinland-pfälzischen Polizei Anzeige erstattet«, plauderte Frau Mohr drauflos.

»Hm ... Sie hat mir gegenüber nur von einem Autounfall ihres Mannes berichtet. Aber dass sie selbst diejenige war, die ihn angefahren hat - davon konnte ich ja niemals ausgehen«, grübelte Jupp.

»Eben, ich wollte Sie ja auch nur warnen. Nicht, dass Sie es bei Ihnen auch noch probiert, sich Ihnen an den Hals wirft und dann ... Denn wer einmal fremdgeht, der tut es doch immer wieder. Die Wagner ist in meinen Augen ein männermordendes Biest! Die guckt auch unseren neuen Lehramtsreferendar immer so komisch an ...«

»Ach Möhrchen, das ist ja sehr aufmerksam von Ihnen. Aber keine Sorge, die Frau Wagner ist so überhaupt nicht mein Typ. Außerdem bin ich glücklich verheiratet, da bin ich gegen jede Art von Flirtsignalen absolut immun. Aber so was von!«

Möhrchen seufzte laut und meinte, dass sie es ja nur gut meine und ihn warnen wolle. Für den Fall, dass er wieder mal ein Vieraugengespräch mit der gemeingefährlichen Deutschlehrerin führen müsse.

»Und wurde die Unfallverursacherin denn damals verhaftet und bestraft?«, erkundigte sich Jupp.

Wenn Frau Wagner vorbestraft wäre, müssten die Karten der Verdächtigen im Mordfall Scherer noch mal ganz neu gemischt werden. Statistisch betrachtet war die Wahrscheinlichkeit sehr hoch, dass jemand rückfällig wurde. Warum sollte Frau Wagner nicht ihren Ex-Lover vergiftet haben? Sie hatte ja auch ihren Mann über den Haufen gefahren, der diese Attacke aber zum Glück überlebt hatte.

Frau Mohr erzählte, dass Herr Wagner die Anzeige wohl zurückgezogen habe, da seine Frau stets beteuert hatte ihn für einen Blumenkübel gehalten zu haben. Beim Rausfahren aus der Garage hätten äußerst schlechte Sichtverhältnisse geherrscht, da es extrem nebelig war - und so hätte sie sich nach dem Rums nichts weiter gedacht. Von wissentlicher Fahrerflucht könne daher keine Rede sein. Danach wäre das Verfahren gegen sie eingestellt worden.

»Mann, Mann, Mann ... Die Pfälzer machen Sachen, da kann man nur noch mit den Ohren schlackern.«

Jupp bedankte sich bei Frau Mohr, versicherte ihr noch mal absolute Verschwiegenheit und suchte dann nach Inge, die immer noch wie bestellt und nicht abgeholt an der Laterne wartete und Däumchen drehte. Er hakte Inge unter und meinte, dass er sehr froh sei, dass sie nicht im Besitz eines Führerscheins war.

»Hä? Wie kommst du denn jetzt darauf?«

»Nur so! Es lässt mich einfach ruhiger schlafen. Du glaubst ja nicht, was ich gerade erfahren habe ...«

Käthe hatte das Begräbnis geschwänzt und lackierte sich stattdessen lieber die Fingernägel. Knallrot. Sie wollte sich richtig schick machen, denn für den Abend hatte sich ein spontanes Tinder-Date angekündigt. Ablenkung war für sie die beste Medizin, um den Liebeskummer zu bewältigen.

Als Inge und Jupp zu ihr auf die Terrasse traten, pustete sie sich gerade die Nägel trocken und schaute die beiden erwartungsvoll an. Neugierig war sie natürlich schon - und brannte darauf, die Highlights des Beerdigungsspektakels zu erfahren.

»Ui, hat da etwa heute noch jemand Ausgang?«, fragte Jupp mit Blick auf die gelackten Nägel.

»Ganz richtig. Das Leben muss ja weitergehen. Ich werde um sieben Uhr abgeholt. Ich esse also nicht mit euch zu Abend.«

»So schnell wieder? Da ist das eine Date gerade unter der Erde und - zack! Schon kommt der Nächste dran«, frotzelte Jupp.

Inge war es extrem unangenehm, dass ihre Mutter so sprunghaft war, sie wollte daher lieber schnell das Thema wechseln.

»Wollen wir nicht lieber mal reingehen und den Kreis der Verdächtigen einkreisen? Der Mord soll doch so schnell wie möglich aufgeklärt werden, damit wir alle wieder ruhig schlafen können«, flüsterte Inge, da sie befürchtete, der nackte Nachbar könne hinterm Zaun hocken und mithören.

Jupp stimmte ihr zu und die drei verließen geschlossen die Terrasse, um in der Küche die Fakten auf den Tisch zu legen.

Erwartungsvoll schauten Käthe und Jupp zu Assistentin Inge, die nun voller Stolz die Namen der Personen präsentierte, die sich ihrer Meinung nach am Grab auffällig verhalten hatten: Ganz oben auf der Liste stand Yvonne, die in der Kirche zwar noch recht kühl und gefasst gewirkt hatte, am Grab aber Rotz und Wasser um den Vater geheult hatte und dann bei der Begegnung mit der Gräfin völlig ausgetickt war.

Auf dem zweiten Platz befand sich, wer hätte das gedacht, Frau Wagner, die gewimmert hatte, als habe sie Schluckauf, was alle Anwesenden als sehr störend empfunden hatten.

Platz drei ging an Uschi, die ihren Französischlehrer ebenfalls lautstark vermisst und sogar eine kleine Buddha-Statue am Grab aufgestellt hatte. Und sich maßlos geärgert hatte, als einer der Grabträger den Buddha ins Grab geworfen hatte, da er ihn nicht als Grabschmuck, sondern als Beigabe für den Verstorbenen gesehen hatte.

»Sagt mal, ist das nicht völlig albern und absurd? Anhand der Heulerei auf dem Friedhof einen Mörder zu identifizieren? Das ist ja das Lächerlichste, was ich jemals gehört habe«, meckerte Käthe und machte sich damit über die bisher verfolgte Ermittlungsmethode gehörig lustig.

»Stopp, Käthe! Bei der Polizeiarbeit ist Querdenken angesagt. Es ist schließlich nicht so ungewöhnlich, dass der Mörder beim Begräbnis seines Opfers in der ersten Reihe vorzufinden ist«, verteidigte Jupp die Vorgehensweise.

»Gibt es weitere auffällige Personen?«, fragte er seine Frau in todernstem Ton.

»Tja, also der Edwin hat für einen Mann auch außergewöhnlich laut geschluchzt. Und dann natürlich die Gräfin, die ja einen filmreifen Auftritt hingelegt hat, dass man glaubte, wir wären bei einer Folge von ›Das Erbe der Guldenburgs‹.«

»Also, die Gräfin können wir gleich von der Liste streichen, die war bei so einer anderen aufgeplusterten Adeligen auf einem Pärchenabend. Da könntest du, liebe Käthe, gleich mal im Internet recherchieren und dir telefonisch bestätigen lassen, ob letzten Freitag bei einer gewissen Frau zu Plankenstein und Karlstetten ein gemütliches Beisammensein stattgefunden hat.«

»Gräfin? Wovon redet ihr zwei denn da?«, fragte Käthe irritiert.

»Tja, liebe Schwiegermutter, dein lieber Gerhard hatte sich eine Adelige geangelt, die keine Mühen gescheut hat, um vom Wörthersee anzureisen und hier aufzukreuzen. Während du dir lieber die Nägel rot anmalst, anstatt mit uns hinterm Sarg deines ehemaligen Schwarms herzulaufen. Das nenne ich mal wahre Liebe!«

»Pöh, das interessiert mich doch überhaupt nicht!«, erwiderte Käthe eingeschnappt.

Dann verschwand die beleidigte Leberwurst augenblicklich nach oben.

»Mensch, Jupp! Musst du auch immer so stümperhaft sein? Jetzt ist sie bestimmt wieder sauer ... Hoffentlich wird sie nicht gleich wieder so manisch-depressiv und haut hier alles kurz und klein.«

»Komm, zack, los! Wir haben zu tun. Also, wir haben doch jetzt – nach Abzug der Gräfin von Hau-mich-blau – also vier verdächtige Personen, die sich auf dem Friedhof komisch verhalten haben.«

»Genau! Yvonne, Uschi, diese Frau Wagner und Edwin«, zählte Inge auf.

»Hm, also den Edwin können wir auch streichen. Einen Giftmord verübt doch kein Mann, das war definitiv eine Frau. Männer töten ganz anders, die hecken nicht so einen perfiden Plan aus, da haben die gar keine Zeit für.«

»Wobei er ja schon so eine feminine Seite an sich hat ...«, wandte Inge ein.

Doch Jupp bestand darauf, dass auch die Teilnahme an einem Männerballett Edwin definitiv nicht als Frau abstempelte.

Inge strich Edwin daher von der Liste. Aber sie hatte noch eine wichtige Anmerkung, die nicht auf ihrem Zettel stand.

»Hast du eigentlich den Harry schon überprüft? Also wissen wir genau, wo er in der Tatnacht war? Er könnte sich doch auch gerächt haben wegen der Sache mit der Uschi und er ist definitiv ein Mann.«

»Hm, Mann, Mann, Mann ... Im Prinzip könnte jeder den Gerhard vergiftet haben«, fluchte Jupp.

»Du könntest den Fall auch immer noch dem Waldi und der Kripo übergeben, wenn dir alles zu viel wird ...«, sagte Inge kleinlaut. Sie erntete jedoch nur Kopfschütteln von Jupp und die Ansage, dass dies keine Option sei. Der Giftmord wäre sein Fall, ein für alle Mal.

In diesem Moment klingelte es Sturm an der Tür. Müllersch Marianne stand mit rot verquollenen Augen vor der Tür. Alleine. Von ihrer Schäferhündin Paula war weit und breit nichts zu sehen.

Jupp dachte schon, sie wolle wieder eine eingebildete Entführung melden und wollte sie an der Tür schnell abwimmeln, doch Marianne war hartnäckig. Blitzschnell hatte sie einen Fuß in der Haustür und quetschte sich an Jupp vorbei in die Backes-Küche.

»Hast du etwa geweint?«, fragte Inge mitfühlend.

Sie sah sich im Geiste schon die Liste der Verdächtigen um eine weitere Person ergänzen.

»Nein, ich reagiere allergisch auf diese doofen Rosen. Ich kann auch nicht lange bleiben, denn ich will meine Paula daheim nicht so lange alleine lassen. Sie ist ja schon so alt und schläft gerade«, quasselte Mariannen drauflos.

»Marianne! Komm auf den Punkt!«, mahnte Jupp, der ihr in die Küche gefolgt war. »Wir sind nämlich gerade beschäftigt«, drängelte Jupp und verhielt sich nicht besonders gastfreundlich.

Marianne Müller zauberte dann ein Handy aus der Tasche und behauptete, ihre Paula habe dieses Telefon beim Stöckchen-Holen plötzlich in der Schnauze gehabt. Sie als ehrliche Finderin wolle es natürlich bei der Polizei abgeben, damit es zu seinem Besitzer zurückkäme.

»Wo hast du das Gerät denn gefunden?«, fragte Jupp, der plötzlich großes Interesse zeigte an dem, was Müllersch Marianne zu erzählen hatte.

»In der Böschung, nur einige Meter vom Harry seinem Gästeparkplatz entfernt. Es lag im hohen Gras. Welch ein Wunder, dass meine Paula es gefunden hat! Sie ist halt einfach so clever, trotz ihres Alters.«

Jupps Gesicht strahlte. Er bedankte sich bei Müllersch Marianne für ihre Ehrlichkeit, versprach einen Finderlohn oder zumindest ein Leckerli für den Hund herauszuschlagen und schob sie ganz schnell aus dem Haus. Dann brüllte er nach oben, dass Käthe unverzüglich runterkommen müsse.

Gleich darauf stand Käthe mit in die Hüfte gestemmten Fäusten am Treppenabsatz und bestätigte Jupps Verdacht, dass dieses leicht beschädigte Handy dasselbe war wie das, welches sie beim Rendezvous mit Gerhard beim Griechen auf dem Tisch gesehen hatte. Käthe war sich zu 99 Prozent sicher, dass jemand das Handy des Toten absichtlich weggeworfen hatte.

»Oh leck, wer macht denn so was? Das Handy kann doch nix dafür, wenn man auf jemanden sauer ist«, wunderte sich Inge, leider wieder recht naiv, und fragte in die Ermittlerrunde: »Und jetzt? Wie geht's jetzt weiter?«

»Liebste Käthe, du hast doch mit deinen KTU-Kontakten geprahlt ohne Ende. Kannst du bitte organisieren, dass dein mir unbekannter Fachmann herausfindet, welche Gespräche rein- und rausgingen! Und was macht eigentlich die Überprüfung des E-Mail-Kontos, das es zu hacken gilt? Bist du da denn schon weitergekommen?«

»Jetzt mal keinen Stress, Jupp! Mein Kontakt war im Urlaub, kümmert sich jetzt aber schnellstmöglich um den E-Mail-Account. Vielleicht hat der Mistkerl-Gerhard seine Mails direkt über das Smartphone abgerufen - und so könnte man jetzt mit dem Handy alles in einem Rutsch checken.«

»Das wäre ein Traum! Ach, noch eine Bitte: Könntest du bitte im Internet recherchieren, ob letzten Freitag in Saarbrigge eine Rollstuhl-Tanzveranstaltung stattgefunden hat? Und ob auf dem Siegertreppchen ein Paar namens Wagner stand? Er sitzt im Rollstuhl, die Tanzpartnerin nicht.«

»Klar, da guck ich gleich mal bei Google, Facebook und Instagram«, zählte Käthe auf.

»Diese Frau ist der Wahnsinn! Käthe, dich kann man ja wirklich gebrauchen«, überschlug sich Jupp geradezu in Lobeshymnen.

Käthe nickte nur grinsend und ging dann rasch wieder nach oben in ihr Basislager für Onlinerecherchen. Eigentlich hätte jetzt zwar Schminken auf dem Plan gestanden, aber ihre Prioritäten hatten sich schlagartig verschoben. Käthe führte dann zwei Telefonate. Beim ersten erklärte sie jammernd, dass sie urplötzlich Migräne bekommen habe und das Date leider verschieben müsse. Im zweiten Telefonat war sie bestens gelaunt und verabredete sich zu einer dringenden, mordswichtigen kleinen Inspektion. Sie versprach dem Angerufenen außerdem, sich für seine Dienste natürlich zu revanchieren, solange es den Rahmen ihrer Möglichkeiten nicht sprenge. Käthe war schließlich keine Gräfin, sondern eine Rentnerin, die gerne über ihre Verhältnisse lebte. Zum Leidwesen von Jupp.

Kapitel 16

Als Jupp am nächsten Morgen in aller Herrgottsfrühe in der Küche saß und seinen Kaffee schlürfte, versuchte Inge die weitere Strategie aus ihm herauszukitzeln. Sie war nämlich total neugierig, wie es nun weitergehen sollte.

»Ich tippe nach wie vor auf einen weiblichen Mörder. Das sagt mir mein Polizistenbauchgefühl«, sagte Jupp. »Uschi oder Yvonne, beide hätten einen nachvollziehbaren Grund.«

»Ich finde, du solltest dir aber auch den Harry noch mal genauer anschauen, Jupp. Dem ist doch wegen dem Gerhard die Frau weggelaufen. Wenn der keinen Grund hätte, sich zu rächen, dann weiß ich es auch nicht.«

»Ach Inge, wenn Männer morden, dann erschießen, erstechen oder erwürgen sie. Frauen hingegen sind dafür prädestiniert, viel heimtückischer vorzugehen und zum Gift zu greifen. Frauen wollen sich halt nicht die Hände schmutzig machen und kein Blut an ihren Fingern kleben haben.«

Inge kaute beeindruckt auf ihrem Marmeladenbrot herum und meinte dann: »Also, so ein Fall ist schon echt spannend, Jupp. Ich hätte nie gedacht, dass man da so mitfiebert. Ich hab heute Nacht ganz schlecht geschlafen. Mein Hirn verarbeitet wohl das meiste in der Nacht.«

»Tja, so was nennt man einen erfüllenden Beruf. Du gehst morgens hin und kommst abends zufrieden heim – und fühlst dich wunderprächtig.«

Inge hörte aufmerksam zu, rutschte dann aber auf einmal nervös auf ihrem Stuhl herum: »Apropos Arbeit, Jupp, ich wollte auch noch was mit dir besprechen, weil ... Na ja, wie du dir sicherlich vorstellen kannst ...«

»Guten Morgen! Ich brauche einen Kaffee, einen extrastarken«, platzte Käthe in Inges Gesprächsvorbereitung hinein. Sie ließ sich erschöpft auf einen Stuhl plumpsen: »Also, ich habe ja mein Date gestern verschoben und stattdessen meinen Kontaktmann getroffen, um ihm das Handy zur Auswertung zu übergeben. In so einem Fall geht die Arbeit halt vor ... Und ich sage euch: Es gibt tolle Neuigkeiten!«

»Und? Hat er was rausfinden können mit dem Handy?«, wollte Jupp sofort wissen.

Käthe nickte. Dann berichtete sie, was sie gestern Abend in Spiesen-Elversberg, einer kleinen Gemeinde rund 15 Kilometer nordöstlich von Saarbrücken, erfahren hatte.

»Wir haben die halbe Nacht durchgeackert ... Es gab insgesamt fünf Telefonate, die am Todestag mit dem Handy geführt wurden. Der Mistkerl-Gerhard hat den Harry, die Uschi und eine österreichische Festnetznummer, die in seinem Adressbuch als ›Muschi‹ abgespeichert war, angerufen – und zuletzt dann mich«, fasste Käthe die Ergebnisse zusammen. »Darüber hinaus gab es zwei eingehende Anrufe, beide von ein und derselben Nummer. Allerdings ist diese Nummer nicht als Kontakt gespeichert und wenn man da jetzt anruft, geht keiner ran und es gibt auch keine Mailbox. Mein Kontaktmann versucht gerade zu ermitteln, zu wem diese Rufnummer gehört.«

»Wann genau gingen diese beiden Anrufe denn ein?«, hakte Jupp gleich nach.

»Einmal gegen 14 Uhr am Mittag – und dann wieder kurz nach Mitternacht, also gleich nachdem ich mich vor dem Restaurant vom Mistkerl-Gerhard verabschiedet habe.«

»Interessant, Käthe ... Und dich hat der Gerhard dann nachts um halb zwei noch mal angerufen, wo du aber nicht drangegangen bist, nicht wahr? Das heißt im Zeitfenster zwischen kurz nach Mitternacht und halb zwei muss er auf seinen

Mörder gestoßen sein. Vorausgesetzt wir deuten seinen letzten Anruf als Hilferuf, weil er in dem Moment schon die Wirkung des Gifts in seinem Körper spürte.«

»Genau! Er muss gemerkt haben, dass irgendwas nicht ganz koscher ist und hat meine Nummer gewählt«, sagte Käthe nickend. »Nur mal so nebenbei: Er hat mich angerufen - nicht seine blaublütige Verlobte!«

»Spitze! Ganz toll, Mama! Du könntest glatt auch bei der Polizei anfangen«, freute sich Inge und klatschte vor Freude in die Hände. »Und was ist mit WhatsApps oder SMS?«, fragte sie dann noch, denn sie wollte als mitdenkende Assistentin auch punkten.

»Ach, nicht der Rede wert ... Unser Opfer war wohl kein Freund kurzer Nachrichten, das war immer nur belangloses Wischiwaschi.«

Jupp war schwer beeindruckt. Dann versuchte er noch mal aus Käthe herauszubekommen, wer denn ihr geheimer Kontaktmann von der KTU war, denn das interessierte ihn doch mächtig.

Doch Käthe lachte ihn nur aus. Sie erhob sich etwas wackelig vom Stuhl und teilte mit, dass sie jetzt erst mal heiß duschen wolle. Sie humpelte Richtung Ausgang und klagte über Knieschmerzen.

»Das kommt garantiert von deinem Yoga. So lange im Schneidersitz zu sitzen, das tut den Knochen auf Dauer nicht gut«, meinte Inge besorgt.

Käthe grinste nur verschmitzt und drehte sich an der Tür noch mal um: »Übrigens, am Freitag hat tatsächlich ein Ehepaar Wagner den dritten Platz bei einer Rollstuhl-Tanzveranstaltung gewonnen. Sie haben kurz nach ein Uhr ein unvorteilhaftes Pärchen-Selfie bei Facebook gepostet.«

Inge und Jupp schauten sich an. Dann meinte Jupp, dass sie die Deutschlehrerin Frau Wagner nun wegen ihres Tanzalibis von der Liste der Verdächtigen streichen könnten.

»Hm ... Und schon wieder einer weg«, seufzte Inge und strich den Namen der Lehrerin durch.

Um halb neun parkte Jupp vor Uschis Haus. Er musste gar nicht erst klingeln, denn Uschi kam ihm bereits mit gepackten Koffern entgegen. Hatte sie etwa schon für die U-Haft gepackt, weil sie geahnt hatte, dass er vorbeikommen würde?

»Schönen guten Morgen, Uschi! Wohin des Weges? Wollen wir etwa urplötzlich verreisen?«

»Hallo Jupp! Ja, ich werde gleich zum Bahnhof gefahren. Eine Woche Schweigekloster in der Provence. Wollte ich schon immer mal machen«, strahlte sie.

Nachtigall, ick hör dir trapsen, dachte sich Jupp und stellte sich ihr breitbeinig in den Weg.

»Aha ... Schweigekloster, soso. Verträgt sich das denn mit deiner Buddha-Anhimmelei?«

»Ich bin ein weltoffener Mensch. Was kann ich für dich tun, Jupp?«

»Sag mal, Uschi, warum hast du eigentlich an Gerhards Todestag noch mit ihm telefoniert?«

»Ist das etwa verboten?«

»Na ja, du hattest mir doch gesagt, dass ihr keinen Kontakt mehr habt. Also, warum hast du gelogen?«, fragte Jupp mit hochgezogener Augenbraue.

»Also echt, Jupp! Was soll denn dieses Herumspionieren? Er hat mich an dem Tag angerufen, ich bin aber nicht drangegangen. Und weißt du auch warum?«

»Weil du immer noch sauer auf ihn warst? Denn du wusstest ja, dass er bald seine holde Gräfin ehelichen würde – und nicht dich, obwohl du extra deinen Mann für ihn verlassen hast ...«

»Quatsch! Ich saß gerade auf dem Klo, weil ich einen verdammten Magendarmvirus hatte. Was ich dir im Übrigen bereits erzählt habe. Und wenn man die Scheißerei hat, will man nun mal nicht telefonieren. So einfach ist das«, stellte sie durchaus nachvollziehbar klar.

Mist! Käthe hatte ihm zwar die angerufenen Telefonnummern mitgeteilt, aber nicht die Dauer der Gespräche. Sonst hätte ihm auffallen können, dass es gar nicht erst zum Gespräch gekommen war, weil der oder die Angerufene überhaupt nicht abgehoben hatte.

Doch so schnell wollte sich Jupp nicht geschlagen geben. Daher stellte er Uschi seinen Fuß in den Weg, da sie gerade eine Reisetasche zum Gartentor schleppen wollte.

»Aber du wusstest, dass der Gerhard hier in Hirschweiler war, oder? Wolltest du vielleicht exklusiv ein scharfes Chili con Carne nur für ihn kochen? Vielleicht bist du ja doch abends noch in den Gasthof geschlichen, um ihn zu besuchen und über die gute alte Zeit zu quatschen, hä?«

Uschi stemmte die Fäuste in die Hüften und schaute Jupp grimmig an.

»Lieber Jupp, du warst mir früher eigentlich immer ganz sympathisch, aber jetzt hast du ein Karma in dir, das mir überhaupt nicht schmeckt. Ich sage es dir noch mal ganz klar und deutlich: Ich habe mir am Freitag den ganzen Tag lang die Seele aus dem Kopf gekotzt und hatte Durchfall. Da hab ich im Traum nicht dran gedacht, irgendwem irgendwas zu kochen ... Es war sogar so schlimm, dass ich den Arzt rufen musste. Und jetzt lass mich in Ruhe! Einen schönen Tag wünsche ich noch!«

Jupp hielt kurz inne. So aufgebracht kannte er Uschi überhaupt nicht. Und er konnte sich nur schwer vorstellen, dass sie bald Urlaub in einem Schweigekloster machen würde - so, wie sie jetzt auf Radau gedrillt war. Außerdem fand er, dass sie ausgesprochen viel Gepäck für den einwöchigen Aufenthalt in einem Kloster mitnahm. Vielleicht gab es aber auch einen Koffer nur mit Buddhas, um den Nonnen kleine Geschenke zu machen?

Jupp verabschiedete sich dann aber dennoch von Uschi und wünschte ihr sogar eine angenehme Reise. Bei der sie hoffentlich schön artig die Schnauze halten würde - also, sobald sie am Domizil angekommen war. Sonst gäbe es garantiert nur Ärger mit den Mitschweigenden.

Als Jupp wieder in seinem Wagen saß, sah er im Rückspiegel noch, wie ein Auto vor Uschis Haus hielt. Sofort stellte er den Motor wieder ab und beobachtete, was geschah. Er traute seinen Augen nicht.

Aus dem Wagen stieg Edwin und begrüßte Uschi mit Küsschen links und rechts. Dann wuchtete er ihr Gepäck in seinen Kofferraum. Jupp duckte sich reflexartig, wobei dies totaler Kokolores war - er war ja mit dem grün-weißen Streifenwagen unterwegs und Edwin winkte schon in seine Richtung. Mit so einem auffälligen Gefährt fiel man nun mal leider überall auf.

Jupp ließ schnell den Motor an und brauste davon. Während der Fahrt grübelte er und lenkte dann den Wagen schnurstracks zu Harrys Gasthof. Ihm war nämlich der Gedanke gekommen, dass Harry und Uschi theoretisch auch eine Gemeinschaftstat begangen haben könnten - um gemeinsam den Menschen zu vergiften, der ihre Gemeinsamkeit zerstört hatte.

Als er auf dem Parkplatz des Gasthofs ankam, belud Harry gerade seinen Kofferraum mit Altpapier, um es zum Container zu fahren.

»Guten Morgen Jupp! Na, einen Frühschoppen?«, winkte er fröhlich.

Doch Jupp wollte keine Zeit verlieren, denn er hatte einen vollen Zeitplan. Also machte er es kurz und schmerzlos und fragte Harry, der noch seine Pappe verstaute, direkt ins Gesicht: »Harry, wo warst du am letzten Freitagabend, nachdem der letzte Gast gegangen war?«

»Hä? Na, in meinem Bett natürlich. Warum? Mit dieser Lebensmittelvergiftung habe ich nichts zu tun. Ich habe astreines Hackfleisch, vom Biometzger. Das habe ich dir doch alles schon gesagt ...«

»Jaja, aber gibt es Zeugen dafür, dass du im Bett warst?«, wollte Jupp knallhart wissen.

Harry wurde plötzlich nervös und wollte nicht so recht mit der Sprache rausrücken. Jupp machte ihm klipp und klar, dass es besser für ihn wäre jetzt und hier einen Zeugen zu benennen, da er sonst ganz schlechte Karten hätte.

Harry knickte relativ schnell ein. Er wirkte sogar recht bedröppelt, während er sich gegen den Kofferraum lehnte und plötzlich zu flüstern begann. Er bat um absolute Verschwiegenheit über das, was er jetzt beichten würde.

Jupp bejahte und wedelte mit seiner Dienstmarke, um noch mehr Vertrauenswürdigkeit zu vermitteln.

»Die Anuschka und ich - wir sind seit ein paar Wochen ein Paar. Es ist alles noch ganz frisch, aber von Freitag auf Samstag haben sie und ich ... Also, sie hat bei mir übernachtet. Jupp, so eine junge Frau - das ist ein Gedicht, sag ich dir! Ich fühle mich, als wäre ich in einen Jungbrunnen gefallen. Die macht Sachen mit mir, da hat sich die Uschi immer strikt geweigert und sich nie rangetraut, wenn du verstehst ...«

»Harry! Die könnte deine Tochter sein!«

Jupp fiel aus allen Wolken und zeigte wenig Verständnis für das junge Glück.

»Jaja, aber die wahre Liebe kennt kein Alter. Sie will sich jetzt auch den Pferdeschwanz abschneiden lassen, damit sie reifer neben mir wirkt.«

Jupp war die Frisur von Harrys Gespielin total egal. Frustriert ging er zurück zu seinem Auto, denn hier wäre jedes weitere Wort verlorene Liebesmüh. Jetzt waren innerhalb kürzester Zeit gleich zwei Tatverdächtige ausgeschieden - im Prinzip laut eigenen Angaben: die eine wegen Scheißerei und der andere wegen Rumbumserei mit seiner sehr jungen Mitarbeiterin, die den Toten dann später sogar noch gefunden hatte. Alles seltsam!

Als Jupp wieder hinterm Steuer saß, war also Töchterlein Yvonne nun wieder ganz klar in den Fokus der Ermittlungen gerückt. Sie war definitiv seine Hauptverdächtige und bisher nur wegen einer angemessenen Trauerfrist von einer Befragung verschont geblieben. Doch die war jetzt definitiv vorüber!

Dann stieg Jupp doch noch mal aus dem Wagen und bat Harry, noch einmal das Tatzimmer inspizieren zu dürfen. Vielleicht hatte er ja bisher irgendeine Spur übersehen, die zum Täter führen könnte? Ein Haar, eine Faser eines Kleidungsstücks oder auch nur ein abgebrochener Fingernagel, der entstanden war, als sich das Opfer gegen das Chili con Carne gewehrt hatte?

Es war allemal einen Versuch wert. Er benötigte halt unbedingt ein paar Beweise, denn ein Motiv allein war nicht ausreichend. Aber er hatte ja keinen Zeitdruck. Yvonne würde ihm schon nicht davonreiten, da war er sich ziemlich sicher.

Unter tatsächlichem Druck stand allerdings Inge. Sie hatte nämlich einen mordswichtigen Termin wahrgenommen und kam nach dem Gespräch mit hochroten Backen aus dem Büro des Bürgermeisters. Dort auf dem Flur lief sie Doris direkt in die Arme, die wie immer an der Infotheke Wachdienst nach Vorschrift schob. Inge nickte nur wortlos und Doris fiel ihr jubelnd um den Hals.

Sofort köpfte sie eine Flasche Prosecco, schließlich wäre jetzt der Moment gekommen, wo Inge auf ihr neues Leben anstoßen müsse.

Inge wehrte ab und meinte, sie sei doch so überhaupt nicht die Sekttrinkerin am frühen Morgen.

»Ach Papperlapapp! So ein Gläschen Prosecco wirft doch keinen aus der Bahn. Ich trinke jeden Morgen mein Piccolöchen, damit der Kreislauf auf Touren kommt. Und das seit über 20 Jahren, ohne irgendeinen Schaden davon zu haben«, belehrte Prosecco-Doris.

Inge willigte dann notgedrungen ein, um ihrer Freundin diesen Gefallen zu tun und ließ sich ein Gläschen einschenken. Beide stießen mit Prosecco an, während im Hintergrund das Telefon der Rathauszentrale in Endlosschleife läutete.

»Willst du nicht mal abheben?«, fragte Inge.

»Ach Quatsch! Wir sind jetzt einfach mal in der Pause. Derjenige soll es später einfach noch mal probieren – wir sind eine Behörde und keine Notfallambulanz!«

Doris scheuchte Inge dann mitsamt Sektglas und -flasche in der Hand vor die Rathaustür, da sie unbedingt eine Zigarettenpause einlegen wollte. Außerdem wollte sie natürlich haarklein wissen, wie das Gespräch mit dem Bürgermeister verlaufen war.

»Was sagt denn der Jupp zu der ganzen Sache?«, fragte Doris, nachdem Inge ihren Bericht abgeschlossen hatte.

»Nix ... Ich hatte noch keine passende Gelegenheit mit ihm zu schwätzen. Ich hoffe, er wird damit klarkommen.«

»Ach Inge! Du machst das total richtig, der Jupp wird sich schon damit abfinden. Männer müssen akzeptieren, dass wir Frauen unseren eigenen Weg gehen. Erst recht, wenn die Kinder aus dem Haus sind und der Alltagstrott einen gefangen hält«, bestärkte Doris die Freundin in ihrer Entscheidung.

Dann goss sie sich ein weiteres Glas Prosecco ein. Inge lehnte allerdings ab.

»Und sonst so? Läuft bei euch alles gut und rund? Also, mit dir und Jupp?«, flüsterte Doris auf einmal.

Inge nickte und meinte, dass eigentlich alles wunderbar sei. Ihre Eheprobleme wollte Inge keineswegs auf dem Parkplatz der Gemeindeverwaltung ausplaudern, daher schwindelte sie selbstverständlich.

»Du hast es gut. Ich bewundere euch total. Beim Edwin und mir ist eher tote Hose angesagt. Und zwar in jeglicher Beziehung, wenn du verstehst, was ich meine?«, meinte Doris augenzwinkernd, während sie am Schaumwein nippte und einen kräftigen Zug an ihrer Zigarette nahm. »Darf ich dich mal was Persönliches fragen? Das muss aber unter uns bleiben, gell?«, flüsterte Doris.

Inge nickte und warf einen Blick über den Gott sei Dank menschenleeren Parkplatz, um sich zu vergewissern, dass sie tatsächlich alleine waren.

»Ist Viagra bei euch ein Thema?«

»Um Gottes willen! Davon hab ich nix Gutes gehört. Ich sag auch immer, man kann doch keine schlafenden Hunde wecken ... Ehrlich, für das bisschen Rumgewedele reicht doch auch eine Paracetamol«, kicherte Inge.

»Wie lustig! Ja, stimmt auch wieder«, lachte Doris, sie wurde aber sofort wieder ernst. »Hm, also, ich hab auch mal überlegt ... Ich würde ja gerne mal mit dem Edwin in so einen Laden gehen, in so einen ... Wie heißt der Laden noch mal? Ich glaube ›Swing-Club‹ oder so ähnlich ... um mal wieder ein bisschen Schwung in unsere angestaubte Ehe zu bringen. Wie würdest du denn da reagieren, wenn du so einen Vorschlag bekämst?«, fragte sie sichtlich nervös.

Sie zog mit zittrigen Händen an ihrer Zigarette.

»Ach Doris, das haben der Jupp und ich auch schon mal gemacht. Da war echt eine Bombenstimmung. Kann ich euch nur wärmstens ans Herz legen, mal da hinzugehen. Das lohnt sich!«

»Echt jetzt? Da seid ihr schon mal gewesen? Das hätte ich euch überhaupt nicht zugetraut«, meinte Doris verblüfft.

»Na ja, der Jupp hat sich am Anfang natürlich geziert, ich war da die treibende Kraft. Wenn's nach ihm ginge, würden wir am Wochenende immer nur abends vor dem Fernseher hocken ...«, berichtete Inge plötzlich doch offenherzig.

Doch Doris ließ sie nicht ausreden, so aufgeregt war sie, da ihre Freunde offenbar schon ausprobiert hatten, was sie sich kaum auszusprechen traute.

»Und wie war das so? Du warst doch bestimmt wahnsinnig nervös, oder nicht?«, fragte Doris nervös.

»Ja also, es war mal was anderes und ein schöner Abend ... Aber noch mal würden wir es, glaube ich, nicht machen. Also nicht, dass ihr jetzt hofft, wir könnten da mal zu viert hinfahren, gell?«

»Oh Gott! Nein Inge, niemals! Ich sehe den Jupp doch ständig hier auf der Arbeit ... So was würde ich nie machen. Sag mal, was zieht man denn da eigentlich so an?«

»Du, ich hatte eine weiße Bluse, Blazer und einen Rock an. Und der Jupp seinen besten Anzug mit Schlips.«

»Ach, doch so schick? Ich hätte eher mit etwas spärlicherer Kleidung gerechnet«, warf Doris verwundert ein.

»Nee, nee, wenn du Pech hast, erwischst du den Platz an der zugigen Tür. Und dann kommst du mit einem steifen Genick heim. Man ist da ja auch schnell verschwitzt, denn es war schon sehr stickig und dampfig in diesem Laden«, plapperte Inge munter drauflos.

»Sag mal, ich würde da gerne mit einer Maske hingehen, damit mich niemand erkennt. Geht das?«

Inge schaute ihre Freundin irritiert an und meinte dann nur, dass sie vielleicht mal besser während der Arbeitszeit die Finger von Alkohol ließe.

Als Doris nach dem konkreten Namen des speziellen Clubs fragte, vertröstete Inge sie, dass sie bei Jupp nachfragen müsse und ihr die Adresse bald mitteilen würde. Sie tue sich immer so schwer mit ausländischen Namen, begründete sie das Wissensdefizit. Aber der Club wäre auf jeden Fall in Saarbrücken und sie glaube, da prange irgendwas von »Paradies« in leuchtenden Farben auf einem Transparent.

»Paradies? Das klingt schon mal vielversprechend ...«, lächelte Doris verlegen.

Plötzlich klingelte das Telefon hinter der Infotheke erneut Sturm. Doris drückte ihren Glimmstengel aus und fragte Inge, ob sie nicht vielleicht das Gespräch annehmen wolle. Um mal zu üben.

»Nein, nein, ich will erst mal den Jupp informieren. Sag ihm bloß nicht, dass ich hier war! Wer weiß, wann sein Grün-

Weißer wieder hier vor dem Rathaus auftaucht. Er soll es aus meinem Munde erfahren.«

Prosecco-Doris versprach zu schweigen wie ein Grab und bat Inge ebenfalls, niemandem von ihren Swing-Club-Absichten zu erzählen. Auch Jupp nicht, denn man sei ja schließlich Kollegen.

Inge versprach es, fand aber, dass Doris übertrieben viel Wirbel wegen eines lächerlichen Clubbesuchs machte. Aber sie respektierte den Wunsch der Freundin. Eine Hand wusch halt die andere – erst recht, wann man so gut befreundet war.

Eine Viertelstunde später marschierte Jupp an Doris vorbei, die ihn urplötzlich mit ganz anderen Augen anschaute und verschmitzt grinste.

»Was gibt's denn hier so dämlich zu grinsen?«, fragte er mit hochgezogener Augenbraue.

»Och, nix, nix. Ich bin nur ein glücklicher und zufriedener Mitarbeiter in meinem Kabuff.«

»Wer's glaubt, wird selig.«

»Ach Jupp, fast hätte ich es vergessen ... Wir sammeln für die Muffin-Manu ihren Geburtstag, nur du fehlst noch«, rief sie und sprang vom Stuhl auf.

»Na und? Was hab ich mit der Muffin-Manu am Hut? Die schafft doch auf dem Einwohnermeldeamt, wobei die Manu das Schaffen nun wirklich nicht erfunden hat. Wenn ich bei der reinschneie, liest die immer entweder die ›Gala‹ oder feilt sich die Nägel.«

»Jetzt sei nicht so! Sie wird schließlich rund ...«

»Ist sie doch schon längst. Wobei, wenn ich täglich ein bis zwei Muffins verdrücken würde, könntest du mich auch auf die Arbeit rollen.«

Jupp teilte mal wieder kräftig aus.

»Jupp, sei nicht so frech!«, ermahnte ihn Prosecco-Doris und wedelte mit einem Briefumschlag vor seiner Nase herum.

Jupp zückte genervt sein Portemonnaie und ein Fünf-Euro-Schein wechselte den Besitzer. Dann wollte er von der Geldeintreiberin noch wissen, was mit seiner Geldspende für den 40. Geburtstag von Muffin-Manu passieren würde.

Doris zeigte auf ihren Bildschirm. Dort prangte in Schriftgröße 72, fett:

»Gutschein für Bücher und/oder Schreibwaren – je nach Wunsch«

Darunter in einer kleineren Schrift:

»Deine lieben Kollegen von der Gemeindeverwaltung Hirschweiler«

Dann folgten etliche Namen. Doris betätigte die Tabulatortaste, tippte »Jupp« ein und schickte dann den Druckauftrag ab.

Als Jupp kurz darauf hinter seinem Schreibtisch saß, sammelte er erst mal seine Gedanken. Er kramte Inges Zettel hervor und faltete ihn auseinander. Er strich nun Harry von der Liste, da Anuschka ihm ein wasserfestes Alibi gegeben hatte. Oder ein beischlafendes, um es ganz streng zu nehmen.

Als er sich vorhin noch einmal das Tatzimmer angeschaut hatte, war er auch auf das Zimmermädchen gestoßen, die gerade den Flur saugte. Jupp hatte sie zur Seite gezogen und ihr ein paar Fragen gestellt – mit dem Ergebnis, dass Anuschka anschließend heulend auf dem Staubsauger saß und unter Tränen ihr Verhältnis mit ihrem Chef, dem Gastwirt Harry zugab. Sie hatte auch bestätigt, dass sie in der besagten Nacht zusammen mit ihm im Bett gelegen hatte.

Leider war Gerhard Scherers Zimmer mittlerweile klinisch rein und gründlichst desinfiziert worden, sodass hier jegliche Spurensuche zwecklos war.

Auf dem Zettel standen somit nur noch Yvonne - und Uschi, die allerdings vorgab in Bezug auf ihre Scheißerei und Kotzerei vom Arzt untersucht worden zu sein.

Jupp prüfte auch dieses Alibi, indem er sofort einen Kontrollanruf bei der Arztpraxis tätigte und anfragte, ob Uschi am Tattag tatsächlich außer Gefecht gewesen war. Oder sie nur so tat, als ob.

Dort versicherte man ihm, dass Dr. Michalski tatsächlich am Freitag zu einem Hausbesuch bei Uschi ausgerückt war. Bezüglich der Diagnose könne man ihm jedoch keine telefonischen Auskünfte erteilen, aber mehr wollte Jupp auch gar nicht wissen.

Schwuppdiwupp wurde auch Uschis Name durchgestrichen und um den von Yvonne ein dicker Kringel aufs Papier gezogen.

Plötzlich klingelte Jupps Diensthandy. Es war Käthe. Da er hoffte, dass sie neue Informationen aus der digitalen Welt hatte, ging er sofort dran.

»Was gibt's Neues, Käthe? Ich hoffe, du hast gute Nachrichten.«

»Die habe ich, Jupp. Ich habe nämlich den Namen des ominösen Anrufers herausgefunden, der den Mistkerl-Gerhard zweimal angerufen hat.«

»Was? Das gibt's doch nicht! Dafür braucht man doch einen richterlichen Beschluss und so eine Zurückverfolgung ist eine langwierige Sache über den Telekommunikationsanbieter und ...«

»Jupp, ich arbeite nur mit Profis! Mein Kontaktmann ist bestens vernetzt. Wenn der irgendwo anruft, dann bekommt er immer, was er will«, gab Käthe mal wieder ziemlich an.

»Wer verdammt noch mal ist dieser Typ denn bloß? Ist er noch aktiv bei der KTU oder schon im Ruhestand?«

»Vergiss es, Jupp! Ich werde seinen Namen für mich behalten und das hat seinen Grund. Also, willst du nun den Namen des Anrufers wissen oder nicht?«, wollte sie etwas pampig wissen.

»Schieß los, Käthe! Ich kann es kaum noch abwarten«, sagte er und lauschte gespannt in den Hörer.

»Rüdiger Lambertz.«

»Rüdiger Lambertz?«, wiederholte Jupp fragend.

»Ganz genau. Ich hab den gleich mal gegoogelt. Der betreibt zusammen mit seiner Frau einen Pferdehof am Bostalsee. Und jetzt rate mal, wie diese Frau heißt! Yvonne! Na, dämmert's?«

»Scheiße!!! Sein Schwiegersohn hat ihn kurz vor seinem Tod angerufen? Aber warum in Gottes Namen?«

»Tja, das weiß Google leider noch nicht, aber dafür ist ja zum Glück noch die Polizei da, nicht wahr? Knöpf dir diesen Heini mal gründlich vor! Und dann soll er seine gerechte Strafe erhalten.«

»Ein Telefonat beweist noch gar nix«, meinte Jupp, damit hier nicht allzu voreilig ein Verdächtiger zum Mörder abgestempelt wurde.

»Zwei Telefonate, mein lieber Jupp! Eines davon am Mittag und abends berichtete mir der Mistkerl-Gerhard von den Morddrohungen ... und dann rief dieser Rüdiger kurz nach Mitternacht wieder an – das passt alles wunderbar zusammen.«

Käthe wünschte Jupp gutes Gelingen bei seinen weiteren Schritten. Sie hatte ihren Teil der Ermittlungsarbeit schließlich getan.

Jupp packte schlagartig alle Unterlagen zusammen, prüfte, ob die Polizeimütze ordnungsgemäß saß und überprüfte seine Dienstwaffe. Gerade als er seine Dienststelle verlassen wollte, kam ein aufgebrachter Mann in weißem Kittel über den Flur auf ihn zu.

»Ich erstatte Anzeige! Wegen Stalking! Mir reicht es jetzt nämlich mit diesem Kaff hier«, plärrte Dr. Michalski.

Jupp versuchte ihn zu beruhigen, öffnete die Tür zu seiner Dienststelle wieder und bot dem Arzt den Besucherstuhl an.

»Ach Herr Dr. Michalski ... Wissen Sie, meine Schwiegermutter hat gerade eine schwierige Zeit hinter sich. Gönnen Sie ihr doch das bisschen Schwärmen und Anhimmeln - sie ist eine alte Frau, die kann Ihnen doch überhaupt nicht gefährlich werden«, versuchte er ein gutes Wort für Käthe einzulegen und klopfte Dr. Michalski kumpelhaft auf die Schulter,

Denn Käthe hatte bei Jupp ab sofort einen Stein im Brett. Er würde einen Teufel tun, die Oma wegen Stalking an den Pranger zu stellen.

Doch Dr. Michalski schüttelte den Kopf und meinte, es gehe überhaupt nicht mehr um Käthe, sondern um eine andere Dame, die ständig in seiner Praxis aufkreuzte und ihn Tag und Nacht belästigte.

»Sagen Sie jetzt nix! Es ist Marianne Müller, richtig? Die Alte macht mich auch fertig.«

»Nein, ihr Name ist Christiane Mohr. Die steht tagtäglich wegen Pipifax in meiner Praxis und hat mich schon mehrfach zum Abendessen bei sich im Rahmen eines Hausbesuchs eingeladen. Die spinnt doch ...«

»Was? Das glaube ich ja jetzt nicht! Unser Möhrchen von der Realschule, eine kleine liebestolle Sekretärin?«, sagte Jupp mit einem breiten Grinsen.

Dr. Michalski fand das alles überhaupt nicht lustig und Jupp musste dem aufgebrachten Halbgott in Weiß versprechen, bald mit Möhrchen ein ernstes Wörtchen zu reden, damit sie ihr »Stalking« einstellte. Ansonsten würde es eine saftige Anzeige geben.

Und da er den Arzt nun schon mal leibhaftig vor sich hatte, nutzte Jupp noch schnell die Gelegenheit, um sich Uschis Norovirusinfektion mündlich von ihm bestätigen zu lassen.

Doch Dr. Michalski verwies auf die ärztliche Schweigepflicht und meinte, dass nicht jeder verdorbene Magen gleich ein Norovirus sei. Er vermute eher, dass es an dem indischen Curry lag, das bei ihr auf dem Tisch gestanden hatte, als er zum Hausbesuch dort war.

»Tja, die Uschi war bekannt dafür scharf zu kochen - so wie bei ihrem Chili, das es früher in ihrer Gaststätte immer gab. Niemand kochte so scharf wie die Uschi ... Aber bei dem indischen Curry zu Hause hat sie es dann vielleicht ein wenig übertrieben, daher der Durchfall und die Übelkeit«, überlegte Jupp laut.

Dr. Michalski zuckte mit den Achseln.

»Sagt Ihnen eigentlich der Zerberusbaum etwas?«, fragte Jupp.

Er wollte die Gelegenheit auch nutzen, um den Arzt auf seinen fehlerhaften Totenschein hinzuweisen.

»Nein, noch nie gehört«, antwortete Dr. Michalski spontan.

»Diese Pflanze gehört zu den giftigsten Pflanzen weltweit. Der Samen wird gerne verwendet, wenn man unliebsame Menschen aus dem Weg räumen möchte. Dabei ist besonders auffällig, dass Ärzte fast nie die tatsächliche Todesursache erkennen ... Verstehen Sie, worauf ich hinauswill?«

»Ähm, nein, Herr Oberkommissar Backes. So was kommt für mich nicht infrage. Eine Anzeige wegen Stalking reicht völlig aus, aber ich will die Frau Mohr doch nicht töten. Das kann ich mir als junger, aufstrebender Arzt nun wirklich nicht erlauben. Stellen Sie sich mal vor, wenn das rauskäme!«

Jupp schaute ihn verstört an. Kurz drauf war der Arzt auch schon zur Tür hinaus.

Dr. Michalski fasste beim Verlassen des Rathauses einen folgenschweren Entschluss: Nie wieder würde er sich als Vertretungsarzt in Hirschweiler melden. Zu viele skurrile Menschen lebten hier, inklusive des Dorfpolizisten, der ihm einen wirklich ungewöhnlichen Vorschlag unterbreitet hatte, um eine störende Patientin aus dem Weg zu räumen. Das war wirklich der Gipfel der Dreistigkeit!

Jupp schlug mit der Faust auf den Tisch. Seine Gedanken kreisten um Uschi. Vielleicht hatte sie den Arzt auch nur gerufen, um ein besseres Alibi zu haben? Hatte sie etwa am indischen Curry nur schon mal die Giftmischerei ausprobiert und sich dann doch nachts heimlich in den Gasthof geschlichen, um den Gerhard mit dem Chili con Carne zu vergiften?

Fragen über Fragen. Jupp konnte kaum noch klar denken, da er gerade sämtliche Möglichkeiten durchspielte. Sofort wählte er Uschis Handynummer.

Ihr Mobiltelefon war leider ausgeschaltet. Zu doof, dass Uschi genau jetzt auf dem Weg in ein Schweigekloster war. Die Nonnen würden ihn wohl hochkant rausschmeißen, wenn Jupp plötzlich vor der Klostertür stand, um in deren heiligen Hallen ein Verhör durchzuführen.

Jupp versuchte die Nerven zu bewahren und entschied, als Nächstes Rüdiger Lambertz einen Besuch abzustatten. Vielleicht war ja auch alles ganz anders und die arme Uschi hatte tatsächlich die Scheißerei gehabt von einem verdorbenen indischen Gericht. Da sie für mindestens eine Woche schweigen würde, gab es darauf erst mal keine Antworten. Und Beweise gab es auch keine.

Doch Rüdiger Lambertz' Anrufe bei seinem Schwiegervater Gerhard kurz vor dessen Tod waren erwiesen. Jupp wusste nur noch nicht, was der Grund gewesen war. Aber er würde dem Ganzen schon noch auf die Schliche kommen.

Kapitel 17

Jupp fuhr mit Karacho zum 20 Kilometer entfernten Pferdehof an den Bostalsee. Ohne Blaulicht, schließlich wollte er keine Pferde scheu machen. Nicht, dass die Hofbesitzer noch Reißaus nahmen.

Als er voller Schwung auf dem Hofgelände parkte und dann eilig aus seinem Pöscho stieg, kam ihm ein bekannter, aber unsympathischer Zeitgenosse ebenso eilig über den Hof entgegen. Kellner Konrad schleppte eine Holzkiste mit kleinen Blumengebinden zu seinem Auto.

»Na, was machen Sie denn hier?«, erkundigte sich Jupp sofort und beäugte ihn argwöhnisch.

»Grüß Sie, Herr Kommissar! Wir haben eine Geburtstagsfeier im Gasthof und mein Chef hat mich gebeten die Tischdeko abzuholen. Und selbst? Auf der Suche nach ein paar schönen Schnittblumen für die liebe Gattin?«, grinste Konrad.

»Ähm ... ja, Sie sagen es. Sagen Sie mal, Konrad, wieso kaufen Sie die Blümchen denn eigentlich nicht beim Floristen in Hirschweiler?«

Konrad zuckte die Achseln und meinte, er habe nur den Auftrag die Blumen hier abzuholen. Er vermute allerdings, sein Chef wolle der gebeutelten Yvonne vielleicht mit einem Auftrag etwas unter die Arme greifen. Er habe ja so ein gutes Herz, der Harry - aber nun müsse er zurück zum Gasthof, die Arbeit warte und für die Feier am Abend war noch jede Menge zu tun.

»Hoffentlich geht diesmal mit dem Essen alles glatt«, bemerkte Jupp beiläufig.

»Ja, noch ein Toter und wir können den Laden definitiv dichtmachen.«

Jupp drückte ihm daraufhin alle Daumen und wünschte eine gute Fahrt. Dann betrat er den kleinen Blumenladen. Die Begrüßung mit Yvonne fiel sehr unterkühlt aus. Sie hatte den kurzen »Ausflug« des Leichnams ihres Vaters in die Gerichtsmedizin nicht vergessen und nahm Jupp die Aktion immer noch krumm.

»Ich möchte gerne mit Ihrem Mann sprechen«, sagte Jupp sehr direkt. Er hatte wie immer keine Lust, die Zeit mit sinnlosem Small Talk zu verplempern.

»Was wollen Sie denn von ihm? Auch entführen, so wie meinen Vater?«, sagte Yvonne schnippisch, während sie einen Kranz aus grünem Lorbeer zusammenband, vermutlich für den nächsten Verstorbenen.

»Das würde ich gerne mit ihm selbst klären. Wo kann ich ihn denn antreffen, den Herrn Lambertz?«

Yvonne brüllte aus dem Fenster nach ihrem Mann, der aus dem Stall zurückbrüllte, dass er gleich käme.

Kurz drauf betrat ein großer, hagerer Mann mit rötlichen Haaren den Laden. Er schien sehr überrascht zu sein, den uniformierten Jupp zu sehen, obwohl doch der Streifenwagen im Hof parkte.

»Die Polizei will dich sprechen«, sagte Yvonne.

»Aha, angenehm! Lambertz mein Name«, sagte der Rothaarige und streckte Jupp zur Begrüßung die Hand entgegen.

Jupp nickte und schüttelte ihm freundlich die Hand. Dann verschränkte er die Hände hinter dem Rücken und räusperte sich mehrfach. Nun war der Zeitpunkt gekommen, wo es für ihn und die Anwesenden hochoffiziell und förmlich wurde. Er begann mit einem kleinen Ablenkungsmanöver zwecks Irritation: er ging langsam vor den beiden auf und ab - von links nach rechts.

»Tja also, Frau Scherer-Lambertz und Herr Lambertz, Sie fragen sich sicherlich, warum ich so kurz nach der Beerdigung Ihres Vaters beziehungsweise Schwiegervaters vorbeikomme, nicht wahr?«, begann Jupp mit seiner Ansprache.

Beide nickten und schauten ihn erwartungsvoll an.

»Wir sind ja bisher alle davon ausgegangen, dass Gerhard Scherer an einem plötzlichen Herzinfarkt gestorben ist ...«, begann Jupp. Und machte es spannend.

Yvonne und Rüdiger nickten wieder.

»Nun ist es aber so, dass laut Aussage meines geschätzten Kollegen bei der Gerichtsmedizin das Herz aufgrund einer Vergiftung stehengeblieben ist - und zwar einer Vergiftung mit dem Samen der Frucht des sogenannten Zerberusbaums. Das dürfte Ihnen als Floristin ja sicherlich ein Begriff sein, nicht wahr?«

»Wie bitte? Was sagen Sie da gerade? Mein Vater wurde vergiftet?«, rief Yvonne entsetzt.

»Sehr richtig. Man hat ihm mit seiner letzten Mahlzeit, übrigens einem Chili con Carne, diesen giftigen Samen verabreicht. Und das grausame Ende ist uns ja allen bekannt. Herr im Himmel, hab ihn selig!«, sagte Jupp und machte das Kreuzzeichen inklusive eines kurzen Blicks zur Decke.

»Wer macht denn so was? Das ist ja schrecklich!«, meinte Rüdiger sichtlich erschüttert und nahm seine Frau beschützend in den Arm.

»Genau, das haben wir ... ähm, das habe ich mich als Ermittler in dieser prekären Angelegenheit natürlich auch gefragt. Wer macht denn so was? Tztztz ... Herr Lambertz, können Sie mir bitte sagen, wo Sie sich in der Nacht von Freitag auf Samstag aufgehalten haben?«

»Hä? Sind Sie jetzt wahnsinnig? Sie glauben doch nicht im Ernst, dass mein Mann etwas damit zu tun hat? Das ist doch einfach die Höhe!«, empörte sich Yvonne. »Erst meinen Vater heimlich wegfahren und jetzt hier aufkreuzen und versuchen, alles meinem Mann in die Schuhe zu schieben? Sie ticken doch nicht ganz sauber!«

»Frau Scherer-Lambertz, beruhigen Sie sich bitte! Sie sind emotional aufgelöst, das kann ich auf eine gewisse Art und Weise auch verstehen. Aber deshalb muss man nicht gleich ausfallend werden. Herr Lambertz, wenn Sie bitte auf meine Frage antworten würden!«

Jupp blieb die Ruhe selbst und versuchte sich auf seine Verhörstrategie zu konzentrieren.

»Mein Mann war die ganze Nacht bei mir. Wir sind wie immer um 22 Uhr ins Bett gegangen und haben geschlafen«, antwortete Yvonne für ihren Mann Rüdiger, bevor der überhaupt den Mund aufmachen konnte. Und verschaffte ihm damit ein Alibi, und sich selbst gleich mit.

»Ich bin allerdings gegen halb zwölf Uhr noch mal mit dem Auto los, um mir an der Tankstelle etwas zu trinken zu holen«, warf Rüdiger ein und fiel damit seiner Frau in den Rücken.

Sie schaute ihn völlig entsetzt an.

»Aha, zur Tankstelle ... soso. Warum lügen Sie, Frau Scherer-Lambertz, und geben Ihrem Mann ein falsches Alibi?«, fragte Jupp mit erhobenem Zeigefinger.

Yvonne schaute Jupp verunsichert an. Dann gestand sie, dass sie schon seit Längerem regelmäßig Schlaftabletten nehme und schwor, sie habe nicht mitbekommen, dass ihr Mann nachts noch mal weggefahren sei.

»So, jetzt hören wir mal auf mit diesem Affentheater! Meine Recherche hat ergeben, dass Sie am Freitag zweimal mit Ihrem Schwiegervater telefoniert haben: einmal gegen Mittag und ein zweites Mal kurz nach Mitternacht. Worum ging es da? Und vor allem – warum rufen Sie ihn um eine derart unchristliche Zeit noch an, hä?«, konfrontierte Jupp den Ehemann mit knallharten Fakten. Er war nun ganz in seinem Ermittlerelement.

»Rüdiger, du musst nix sagen. Ohne unseren Anwalt musst du überhaupt nix sagen«, belehrte Yvonne und nahm ihren Mann erneut in Schutz.

Doch dieser gab ihr ein Zeichen still zu sein. Rüdiger war offenbar gesprächsbereit, was Jupp gleich lobend registrierte. Würde er sich kooperativ zeigen, könnte sich das natürlich strafmildernd auswirken.

»Ja, es stimmt. Ich habe ihn mittags angerufen und ihm gesagt, dass wir ganz dringend Geld brauchen, da uns die Bank im Nacken sitzt. Und dass ich ihn so schnell wie möglich treffen möchte, um über die konkrete Summe zu sprechen. Ich wollte das persönlich machen und nicht am Telefon. Mir ist das Ganze eh schon peinlich genug, meinen Schwiegervater um Kohle bitten ...«, gab Rüdiger offenherzig zu.

»Und warum bitte schön trifft man sich dann mitten in der Nacht vor einem Gasthof?«, fragte Jupp interessiert.

»Das war Gerhards Idee. Er konnte erst spät abends, da er angeblich so busy war wegen des Klassentreffens. Und da er nicht pünktlich kam, habe ich ihn kurz nach Mitternacht angerufen und gefragt, wo er denn stecke«, begründete er das zweite Telefonat.

Yvonne schaute ihren Mann fragend an. Offenbar hatte sie nichts von alledem gewusst.

»Schatz, ich wollte ihn doch nur fragen, ob er uns Geld leihen kann. Da wir doch mit dem Pferdehof finanziell am Abgrund stehen ... Dein Vater und ich, wir haben uns in den letzten Wochen vielleicht so ein, zwei Mal per E-Mail geschrieben und daher wusste ich, dass er wegen des Klassentreffens nach Hirschweiler kommen würde. Er wusste seit Längerem von unseren Geldsorgen«, stammelte Rüdiger mit gesenktem Blick.

»Wie kannst du mir nur so in den Rücken fallen! Ohne mit mir darüber zu reden«, regte sich Yvonne maßlos auf. »Einfach meinen Vater um Geld anpumpen ...«

»Moment! Laut Auskunft der Volksbank wurde bereits eine ordentliche Summe überwiesen«, warf Jupp ein.

»Ja, ich weiß. Er hat mir bei unserem Treffen erzählt, er sei direkt nach meinem Anruf am Mittag zur Volksbank marschiert und habe 20.000 Euro überwiesen. Und das, obwohl ich überhaupt keinen konkreten Betrag genannt hatte. Denn dieses Sümmchen ist für uns nur ein Tropfen auf den heißen Stein, fast schon lächerlich bei einer bevorstehenden Zwangsversteigerung. Wir brauchen mehr, viel mehr ...«, jammerte Rüdiger.

Yvonne schaute ihren Mann mit großen Augen an und schüttelte den Kopf. Sie rang sichtlich um Fassung, es kullerten sogar schon die ersten Tränen über ihre Wangen. Sie war offenbar schwer enttäuscht von ihrem Mann und beteuerte, nichts von dieser Finanzspritze gewusst zu haben.

»Und wie verlief das nächtliche Gespräch in Bezug auf Ihre Geldpumpanfrage?«, bohrte Jupp nach.

»Tja, leider nicht so gut ... Wir hatten eine hitzige Debatte und er meinte, dass der Geldhahn nun definitiv zugedreht sei und wir keinen weiteren Cent mehr von ihm sehen würden. Mehr als die 20.000 seien nicht drin. Außerdem plane er schließlich die Hochzeit mit seiner Gräfin und brauche daher selbst jeden Euro«, erinnerte sich Rüdiger.

»Das Handy Ihres werten Herrn Schwiegervaters wurde ganz in der Nähe des Gasthofs von einem Hund ... ähm, von einer ehrlichen Bürgerin gefunden. Haben Sie eine Ahnung, wie es dort hingekommen ist?«, frage Jupp und marschierte weiter auf und ab.

»Von dem Handy weiß ich nichts. Als wir uns trafen, hatte er es nicht dabei beziehungsweise hat es nicht benutzt. Vielleicht war er später so sauer auf mich wegen der Geldanfrage, dass er das Gerät vor lauter Wut weggeschmissen hat?«, vermutete Rüdiger.

Jupp hatte sich bis hierhin alles aufmerksam angehört, doch jetzt hatte er eine Idee. Er huschte in das Hinterzimmer des Ladens, noch ehe ihn Yvonne daran hindern konnte. Dort ließ er den Blick über die Arbeitsplatte schweifen, wo zahllose Blumen darauf warteten zu bunten Sträußen endlich gebunden zu werden.

»Was suchen Sie denn da hinten?«, fragte Rüdiger und folgte ihm.

»Ich suche die Trockenfrucht des ›Cerbera odollam‹, auch ›Mintola‹ genannt. Sie wird gerne für Dekorationszwecke verwendet, zum Beispiel für Gestecke zu Allerheiligen, Totensonntag oder so ...«

Jetzt kam auch Yvonne dazu und erklärte, sie als Floristin wisse sehr wohl, wovon Jupp rede. Sie habe diese Dekofrucht aber aktuell nicht da und müsse sie erst wieder beim Großhandel bestellen.

»Warum brauchen Sie jetzt gerade diese Frucht?«, fragte sie irritiert. »Wollen Sie mir beim Gesteckebasteln unter die Arme greifen oder wie oder was?«

»Weil diese Frucht den giftigen Samen enthält und am Zerberusbaum wächst, der im Übrigen auch Selbstmordbaum gennant wird. Aber das wissen Sie doch sicher alles, Frau Oberfloristin?«

»Ich verstehe nur noch Bahnhof«, sagte Rüdiger Lambertz.

»Der Mörder hätte sich in Ihrem Blumenladen wunderbar mit dem giftigen Samen eindecken können. Dann hat er ihn klein gehackt und ins Chili con Carne gemischt – fertig ist der perfekte Mord! Ich muss schon sagen, Hut ab!«

Yvonne wurde kreidebleich. Sie musste sich unverzüglich auf einen Hocker setzen. Rüdiger hingegen wurde sichtlich nervös und seine Finger begannen zu zittern.

»Sie glauben, dass ich meinen Schwiegervater ermordet habe?«, fragte er vorsichtig.

Jupp räusperte sich und nahm wieder die Gefaltete-Hände-auf-dem-Rücken-Position ein. Er ging auch wieder auf und ab.

»Sie haben Ihren Schwiegervater kurz nach Mitternacht auf dem Parkplatz getroffen, Herr Lambertz. Dann gab es Streit, weil er Ihnen nicht noch mehr Geld überweisen wollte. Und dann haben Sie den giftigen und zerbröselten Samen, den Sie zuvor aus dem Blumenladen Ihrer Frau stibitzt hatten, in sein Chili con Carne geträufelt.«

»Aber warum sollte ich das tun?«, fragte Rüdiger immer noch zitternd.

»Weil der Herr Papa bald heiraten wollte und Ihre Frau dann im Falle seines späteren Ablebens nicht mehr die Alleinerbin gewesen wäre. Sie mussten also handeln, damit das schöne Geld nicht an die Gräfin gehen und Yvonne später nur mit einem Pflichtteil bedacht werden würde. Er wollte schließlich sein Haus verkaufen, da wäre der Euro bald gerollt – Euros, die Sie für Ihren Pferdehof sehr gut gebrauchen konnten.«

»Mein Elternhaus sollte verkauft werden? Wieso weiß ich davon nichts?«, rief Yvonne entgeistert. Dann sprang sie plötzlich auf, rannte zum Waschbecken und übergab sich dort.

»Nein, nein, nein, das war ich nicht. Ich habe ihn nur kurz getroffen und bin nach unserem Streit direkt wieder heimgefahren«, beteuerte ein bibbernder Rüdiger. »Und von einem Hausverkauf höre ich gerade zum ersten Mal. Den hat mein Schwiegervater mit keiner Silbe erwähnt.«

»Oder waren Sie es vielleicht gemeinsam? Haben Sie den Plan zusammen ausgeheckt und den Vater und Schwiegervater dann als Mörderduo um die Ecke gebracht?«

»Meine Frau hat nichts damit zu tun, dafür lege ich meine Hand ins Feuer«, versicherte Rüdiger.

Yvonne wischte sich mit dem Handrücken den Rotz von Nase und Mund und wimmerte: »Hast du wirklich meinen Vater umgebracht, nur damit wir den Hof nicht aufgeben müssen?«

»Nein, glaub mir doch! Ich habe ihn nicht getötet, ich habe nichts damit zu tun!«

Rüdiger wollte sie in den Arm nehmen, doch Yvonne entzog sich ihm - was auch irgendwie verständlich war, da ja gerade nicht ganz sicher war, ob er vielleicht ein Mörder war.

»Herr Lambertz, ich nehme Sie fest wegen des dringenden Verdachts Ihren Schwiegervater ermordet zu haben«, sagte Jupp und legte ihm die Handschellen an.

Widerstandslos ließ Rüdiger die Festnahme über sich ergehen, obwohl er immer wieder beteuerte, seinen Schwiegervater nicht vergiftet zu haben. Er wisse auch gar nichts von diesem giftigen Samen und kenne sich mit Pflanzen eh nicht aus, der Blumenladen sei Yvonnes Baby.

»Das können Sie alles dem Haftrichter erklären. Und Ihrer Frau, vorausgesetzt, sie kommt Sie in der U-Haft besuchen ...«

Rüdiger bat darum, sich noch kurz von Yvonne verabschieden zu dürfen. Und Jupp wollte kein Unmensch sein und ließ die Zärtlichkeiten zu. Denn wenn der Mörder erst mal hinter Schloss und Riegel war, wäre kaum Zeit für solche Liebkosungen.

Während sich das Paar voneinander verabschiedete, wanderte Jupps Blick noch einmal durch den Hinterraum des Blumenlädchens. Seine Augen erhaschten eine Vielzahl bunter Fotos auf einer Pinnwand, die oberhalb der Werkbank angebracht war. Als er nähertrat, traute er seinen Augen nicht: Yvonne, Rüdiger und eine weitere Person prosteten mit Glühweintassen in die Kamera. Daneben gab es weitere Fotos des Trios: lachende Gesichter beim Tannenbaumschmücken, Plätzchenbacken und gemeinsamen Binden von Blumengestecken.

»Entschuldigen Sie, wer ist denn das hier auf den Fotos?«, fragte er.

Yvonne ließ für einen Moment ihren Rüdiger los und drehte sich zu Jupp um.

»Das war bei unserer Weihnachtsfeier letztes Jahr - zusammen mit unserer Aushilfe. Ohne sie würden wir die Zeit zwischen Oktober und Dezember nicht überstehen, denn dann ist im Laden immer die Hölle los wegen Allerheiligen und auch Weihnachten.«

»Aha, interessant, interessant ...«, meinte Jupp nachdenklich.

Dann wandte sich Jupp ab, zog sein Diensthandy aus der Tasche und rief bei Kumpel Waldi von der Kripo in Saarbrücken an. Er berichtete ihm kurz, dass er einen leider noch nicht geständigen Verdächtigen festgenommen habe, der mit ziemlich großer Wahrscheinlichkeit den Schwiegervater aus Habgier vergiftet hatte. Dann bat er Waldi, jemanden von der Kripo zu schicken, um den Tatverdächtigen abzuholen.

Jupp könne ja unmöglich alleine mit dem möglichen Täter durchs halbe Saarland fahren. So ein potenzieller Mörder war schließlich nicht der Friedlichste auf dem Planeten und trotz Handschellen müsse man ja auf Nummer sicher gehen.

Wer wusste schon, was in so einem kranken Hirn vorging, nur um sich der Verhaftung zu widersetzen?

Waldi war total irritiert.

»Jupp, was ist los? Hast du etwa zu tief ins Glas geguckt? Was redest du da von einem vergifteten Schwiegervater?«, fragte Waldi.

»Nein, Waldi, wenn es um Mord geht, mache ich keine Scherze. Wo denkst du hin? Komm halt schnell her, dann kannst du dich selbst von dem Übeltäter überzeugen! Wirkt auf den ersten Blick total harmlos, ist aber garantiert ein ganz gerissenes Früchtchen. Und pass bloß auf, seine Frau hat Haare auf den Zähnen!«

Zu dritt warteten sie dann auf die Verstärkung aus der Landeshauptstadt. Yvonne war immer noch kreidebleich im Gesicht. Sie konnte das alles nicht fassen. Rüdiger nickte nur stumm und stand mit Händen auf dem Rücken da wie ein begossener Pudel. Dann verlangte er nach seinem Anwalt und beteuerte noch einmal, dies sei alles ein großes Missverständnis.

Jupp war in Gedanken vertieft. Wortlos führte er Rüdiger zu seinem Dienstwagen und drückte ihn auf die Rückbank. Dann sperrte er den Wagen ab und beobachte Yvonne. Sie wurde jetzt fuchsteufelswild, hämmerte gegen die Fensterscheibe und rief ihrem Rüdiger Liebesschwüre vom Allerfeinsten zu. Außerdem versprach sie, den besten Anwalt für ihn zu engagieren – egal, was es koste. Zur Not würde sie halt die Pferde verkaufen. Er hingegen beteuerte nach wie vor, nicht für den Tod ihres Vaters verantwortlich zu sein und flehte sie an, alle Hebel in Bewegung zu setzen, damit dieser Albtraum ganz schnell vorbei wäre.

Das Ich-schrei-die-Scheibe-an-Spektakel ließ Profi Jupp völlig unbeeindruckt. Er entfernte sich vom Wagen und zückte erneut sein Handy. Ausgerechnet jetzt rief er den Leiter der Volksbank an, der sich sehr über den Anruf freute. Er hoffte wohl, Jupp würde sich für eine Geldanlage interessieren, wurde aber schnell enttäuscht.

»Vergiss es, Lothar! Deine windigen Immobilienfonds kannst du Müllersch Marianne andrehen, aber doch nicht mir. Ich habe einen Spezialauftrag für dich, lieber Lothar. Ich will wissen, wer das Haus vom Scherer Gerhard kaufen wollte.«

Lothar Kleinschmidt versicherte ihm, dass er den Namen des Kaufinteressenten nicht kenne, dies aber über den Immobilienmakler in Erfahrung bringen könne. Jupp solle doch in ein paar Stunden in der Filiale vorbeikommen.

Zähneknirschend willigte Jupp ein, nicht ohne dem Filialleiter ein wenig Druck zu machen. Es war schließlich absolut dringend!

Nachdem Jupp das Gespräch beendet hatte, beobachtete er wieder das Ehepaar Scherer-Lambertz. Sie sprang wie eine wildgewordene Furie ums Auto herum, während er drinnen saß und immer und immer wieder betonte, ihren Vater nie im Leben getötet zu haben.

Jupp seufzte und kam erneut ins Grübeln. Hatte er eventuell doch den Falschen ins Auto gesperrt? In seinem Hirn ratterte es gerade ordentlich. Wenn die zeitlichen Angaben von Rüdiger Lambertz korrekt waren, wie hatte dann Gerhards Handy im Gras landen können? Schließlich hatte er mit diesem Mobiltelefon später noch die Oma angerufen - nachdem er sich mit Rüdiger auf dem Parkplatz getroffen hatte. Es war wohl eher unwahrscheinlich, dass er das Gerät frustriert aus dem Fenster geschmissen hatte, nur weil Käthe nicht abgehoben hatte. Aber es konnte ja auch sein, dass Rüdiger gelogen hatte, was bei Mördern generell nichts Ungewöhnliches war.

Während Jupp sehnsüchtigst auf Waldis Eintreffen wartete, sendete er noch schnell eine WhatsApp an Inge, dass sie mit dem Mittagessen nicht auf ihn warten solle. Er schrieb ihr auch, dass er soeben den mutmaßlichen Mörder, nämlich den Schwiegersohn, verknackt habe und dass die Oma einen guten Riecher gehabt habe und sich jetzt was wünschen dürfe. Total nett vom Jupp!

Gegen 14 Uhr kam Jupp endlich nach Hause. Inge lief ihm aufgeregt entgegen.

»Die Oma wünscht sich lebenslanges Wohnrecht hier bei uns«, teilte sie ihm fröhlich mit.

Jupp stöhnte laut und ging dann raus auf die Terrasse. Dort lag Käthe wie die Queen persönlich auf der Hollywoodschaukel und trank Aperol Spritz per Strohhalm - zur Feier des Tages, versteht sich.

Sie war heilfroh, dass der Mörder endlich gefasst war und feierte sich quasi selbst, da sie ja schließlich zusammen mit ihrem Kontaktmann die entscheidenen Hinweise geliefert hatte.

Jupp berichtete dann auf Inges Drängen hin haarklein von jedem Detail seiner spektakulären Verhaftung. Selbstverständlich stellte er alles ein klein wenig dramatischer dar, als es gewesen war. Inge saß mit offenem Mund da. Und auch Käthe hatte Jupps Monolog sprachlos gelauscht und nur immer wieder genickt - sie nuckelte allerdings weiterhin leicht hin und her schaukelnd an ihrem Strohhalm.

»Und wie nennt man das jetzt?«, wollte Käthe abschließend wissen.

»Eine große Sauerei! So was macht man doch nicht ... Den eigenen Schwiegervater umbringen, pfui Teufel! Da hat sich die Yvonne ja einen schönen Ehemann geangelt«, meinte Inge empört und verzog angewidert das Gesicht.

»Nein, ich meine: Mord aus ... was? Aus welchem Grund hat der Mörder so gehandelt?«

»Habgier! Das Motiv war Habgier. Da ging es um viel Geld, denn der Hof war pleite und man wollte an das Erbe rankommen.«

»Schlimm, schlimm, schlimm«, sagte Inge kopfschüttelnd.

»So, jetzt wird dem Mörder der Prozess gemacht und wir können wieder in Ruhe unseren Alltag leben«, meinte Jupp und lehnte sich zufrieden in seinem Terrassenstuhl zurück.

»Ähm, ich hätte auch noch eine Mitteilung zu machen. Das passt jetzt vielleicht ganz gut ...«, begann Inge zögerlich, denn sie erntete sofort komische Blicke von Jupp und der Oma.

»Jupp, du hast sicher schon gemerkt, dass ich mit unserem Alltag etwas unzufrieden bin ... Also, die Kinder sind aus dem Haus. Die Marion ist mit den Enkeln in Luxemburg, die Eva in Berlin und die Mama braucht mich im Prinzip auch nicht mehr. Daher bin ich zu dem Entschluss kommen, dass es das Beste wäre, wenn ...«, begann Inge umständlich.

»Inge!«, fiel Jupp ihr ins Wort. »So eine Scheidung kostet einen Haufen Geld. Dann ist dein schönes Zuhause hier futsch und du kannst wie die Uschi in eine kleine Mietwohnung ziehen. Glücklicher macht dich das auch nicht. Guck dir die Uschi doch an! Die hockt jetzt in irgendeinem Kloster und muss die Klappe halten. Überleg dir das also verdammt gut!«

Käthe verschluckte sich vor Schreck an ihrem alkoholischen Erfrischungsgetränk, doch Jupp klopfte ihr schnell auf den Rücken.

»Ich kann Inges Entschluss gut nachvollziehen«, sagte Käthe mit tränennassen Augen, als sie nach Luft japsend wieder einigermaßen sprechen konnte. »Man will als Frau in den besten Jahren auch noch mal was erleben. Du musst dir gleich Tinder installieren. Aber was wird dann eigentlich aus mir, Jupp?«

Jupp zuckte nur mit den Achseln.

»Du glaubst ja wohl nicht im Ernst, dass du dann noch weiter hier wohnen kannst? Deine liebe Tochter kann dich ja mitnehmen. Ihr könnt ja eine WG eröffnen ...«, meinte Jupp ironisch.

Er war sauer, dass ihm Inge seinen schönen Feierabend nach der gelungenen Verhaftung vermiesen wollte.

»Stopp, stopp, stopp ...« Inge war aufgesprungen und kreischte jetzt wild gestikulierend: »Ich will doch gar keine Scheidung! Ich will einfach nur wieder schaffen gehen. Jawohl, ich möchte eine Aufgabe haben, bei der ich Anerkennung finde, denn die fehlt mir bei euch. Ich putze, bügele, koche und warte, bis der Herr nach Hause kommt ... Nein, damit ist jetzt Schluss!«, machte sich Inge endlich Luft.

Damit war die Katze aus dem Sack. Und es wurde klar, mit welchem Geheimnis sie schon länger schwanger gegangen war.

»Bravo! Meine Tochter wird endlich selbstständig und verdient bald ihr eigenes Geld«, freute sich Käthe und klatschte begeistert in die Hände.

»Wo willst du denn bitte schön schaffen gehen? Beim Zahnarzt haben sie erst letzte Woche eine neue Putzfrau eingestellt. Da bist du ein bisschen spät dran«, polterte Jupp auf seine undiplomatische Art und Weise.

Inge verdrehte genervt die Augen, während sich Käthe wieder auf der Hollywoodschaukel einkuschelte und nach diesen Nachrichten gleich noch einen ordentlichen Schluck vom Aperol Spritz nahm.

»Spinnst du, Jupp? Ich mache garantiert nicht bei fremden Leuten den Dreck weg. Ich werde ... also, ich werde auf der Gemeindeverwaltung arbeiten und mir mit der Doris die Stelle am Empfang teilen. Die Doris hat ja auf Teilzeit reduziert und der laufende Betrieb am Empfang muss ja irgendwie weiterlaufen. Heute habe ich den Vertrag beim Bürgermeister unterschrieben. 15 Stunden die Woche«, verkündete Inge stolz.

»Was? Ihr zwei zusammen im Kabuff im Rathaus? Mord und Totschlag ist da ja mal vorprogrammiert«, witzelte Jupp. In seinen Augen war Inge jetzt völlig plemplem.

»Meine Tochter verdient ihr eigenes Geld ... Yippie«, jubelte Käthe stattdessen und fügte gleich hinzu: »Vielleicht könntest du auch noch den Führerschein machen, dann können wir mal ohne den Jupp zum Shoppen fahren ...«

»Weißt du überhaupt, wie schwer das ist, was die Doris da tagtäglich leistet? E-Mails beantworten, Telefonanlage bedienen, Faxe schicken, Bürgern weiterhelfen und und und ... Das ist ein sehr, sehr anspruchsvoller Job. Das kannst du doch gar nicht«, sagte Jupp. Ihm gefiel die Vorstellung nämlich überhaupt nicht, dass seine Frau bald nur ein paar Meter neben ihm arbeiten würde.

»Und es ist sowieso Kokolores, wenn wir zwei zusammen auf dem Amt arbeiten. Ich sag immer: Privates und Berufliches sollte man strikt trennen«, unternahm Jupp noch einen weiteren Versuch, um Inge von dem Vorhaben abzubringen.

»Ich bin dann doch bei der Gemeinde angestellt, du aber bei der Polizei. Da gibt es schon eine klare Trennung«, hob Inge den deutlichen Unterschied hervor und beteuerte: »Ich will diesen Job aber unbedingt. Ich will endlich mal wieder eigenes Geld verdienen und auf eigenen Füßen stehen.«

»Die Unabhängigkeit der Frau ist das A und O«, unterstützte Käthe kopfnickend.

»Tja, meinetwegen«, knickte Jupp ein. »Ich sage dir nur gleich, wenn der Drucker kaputt ist oder du mit dem Faxgerät nicht klarkommst, brauchst du nicht nach mir zu plärren. Dann können dir der Presley-Günther, die Muffin-Manu oder halt die Prosecco-Doris weiterhelfen, denn die sind ja deine direkten Kollegen, nicht ich!«

Inge nickte freudestrahlend.

»Also bist du einverstanden?« fragte sie sicherheitshalber noch mal nach.

Sie hatte damit gerechnet, dass es Jupp überhaupt nicht schmecken würde, wenn sie bald drei Tage die Woche ganz in seiner Nähe hocken würde. Und dass er nun tatsächlich zustimmte, kam überraschend.

»Inge, du brauchst deinen Mann nicht um Erlaubnis fragen. Also, die Zeiten sind zum Glück lange vorbei«, mischte sich Käthe ein.

»Das tue ich doch auch gar nicht. Aber ich fühle mich nun mal wohler, wenn es für den Jupp auch okay ist.«

»Solange dein Haushalt nicht darunter leidet, kannst du machen, was du willst. Bist ja schließlich alt genug. Ich weiß nur nicht, ob es so gut ist, mit der Doris zusammen zu schaffen. Freundschaft und Beruf sollte man eigentlich auch trennen, so wie Ehe und Job.«

Doch Inge hatte auch hier schon eine Antwort parat und erklärte, dass es nur wenige Überschneidungen mit Doris gäbe. Eigentlich hätten sie nur immer bei den Übergaben miteinander zu tun. Und das wäre ja absolut auszuhalten.

Plötzlich klingelte Jupps Handy und das Gespräch über Inges berufliche Neuausrichtung wurde abrupt beendet. Lothar Kleinschmidt war in der Leitung und eröffnete Jupp, dass er nun wisse, wer beinahe neuer Eigentümer des Scherer-Hauses geworden wäre - würde dieser nicht bereits in der kalten Erde liegen.

»Aha, das ging ja flott! Da bin ich mal gespannt. Wer ist es denn?«, wollte Jupp sofort wissen.

»Da kommst du nie im Leben drauf ...«

Lothar wollte es offenbar besonders spannend machen. Jupp drängte ihn, mit der Sprache rauszurücken, doch Banker Lothar war ein Fuchs und stellte eine Bedingung. Voraussetzung für die Herausgabe des Namens des Kaufinteressierten war, dass sich Jupp zu einem Beratungsgespräch unverzüglich bereit erklärte - rund um den funkelnagelneuen offenen Immobilienfonds, den die Volksbank Hirschweiler im Portfolio hatte.

»Herrschaftszeiten, Lothar, das ist ja Erpressung!«

»Nein, das sind meine Vertriebsziele«, konterte der Filialleiter.

Wütend teilte Jupp mit, dass er sich umgehend auf den Weg machen würde, um sich sein Fondsgelaber anzuhören und legte auf.

Dann verkündete Jupp der arbeitswilligen Inge und der schaukelnden Oma, dass er sofort zur Volksbank müsse.

»Scheiße, Inge, der friert dir die Konten ein!«, befürchtete Käthe sofort und stichelte: »Lass dir das bloß nicht gefallen!«

»Quatsch! Der Lothar will mir was von einem Fonds erzählen, das wäre eine prima Geldanlage und überhaupt. Wenn das richtig funzt, dann braucht die Inge nie mehr im Leben schaffen zu gehen - ich übrigens auch nicht«, log Jupp, dass sich die Balken bogen.

»Jupp, lass dir bloß nix vom Lothar andrehen! Der will doch nur Profit mit dir machen. Die Banker sind doch alle gleich, die hab ich eh alle gefressen«, warnte Inge ihren Mann.

Jupp winkte ab und meinte, er wisse ganz genau, wie er mit dem Lothar umgehen müsse. Dann wandte er sich an Käthe, die immer noch an ihrem Aperol schlürfte.

»Gibt es eigentlich was Neues von deinem dubiosen Kontaktmann wegen des E-Mail-Accounts vom Gerhard?«

»Nein, warum?«, antwortete sie verwundert. »Leider hat der Mistkerl-Gerhard seine Mails nicht direkt per Smartphone abgerufen. Sonst hätten wir die genauso einsehen können wie seine Anrufe. Mein Kontaktmann braucht daher ein bisschen länger. Aber der Fall ist doch gelöst und hat sich eh erledigt.«

»Frag doch bitte trotzdem noch mal nach! Wir brauchen schließlich ein paar Beweise für die Morddrohungen, denn noch macht der Schwiegersohn ja einen auf Unschuldslamm und bestreitet alles.«

Käthe nickte und versprach, sich auch darum schnellstmöglich zu kümmern - unter der Bedingung, dass sie das mit dem lebenslangen Wohnrecht schriftlich bekäme. Gerade jetzt, wo Inge unabhängig werden wollte, müsse sie sich schließlich auch irgendwie absichern. Zähneknirschend sicherte Jupp zu, später ein Schriftstück aufzusetzen und verschwand dann in Richtung Volksbank.

Inge genehmigte sich jetzt auch einen Aperol Spritz und prostete der schaukelnden Käthe zu.

»Auf meinen Neuanfang!«, sagte sie lächelnd.

»Genau! Adios, Hausfrauendasein - willkommen in der Businesswelt. Ich bin mächtig stolz auf dich, Inge.«

»Danke, aber ich bin auch stolz auf dich, wie du ...«

»Stopp, stopp, jetzt werden wir mal nicht sentimental! Ich hab meine Depressionen gerade erst hinter mir gelassen.«

»Prost, Mama!«

»Prost, du altes Arbeitstier! Du kommst ganz nach mir«

Kapitel 18

Inge war wegen ihres bevorstehenden Arbeitsbeginns am kommenden Montag total nervös. Sie hatte noch einiges dafür vorzubereiten und schrieb sich eine To-do-Liste, damit alles reibungslos laufen würde. Sie brauchte zum Beispiel unbedingt ein Businesskostüm und schicke schwarze Absatzschuhe. Als »das« neue Aushängeschild des Hirschweiler Rathauses wollte sie sich nicht lumpen lassen und keinesfalls wie Doris in Jeans und Bluse zum Dienst erscheinen. Außerdem hatte sie noch jede Menge zu organisieren: beglaubigte Zeugniskopien nachreichen, Krankenkassenbescheinigung besorgen beziehungsweise sich überhaupt eine Krankenkasse suchen, da sie als Festangestellte nicht mehr über Jupps Beamtenversicherung krankenversichert wäre, Sozialversicherungsausweis abgeben und so weiter und so weiter.

Inge wünschte sich emotionalen Beistand und entschied Eva anzurufen.

»Mama, ich arbeite ... Können wir das vielleicht später besprechen?«, flüsterte Eva, die wieder mal voll im Stress war.

»Eva, ich geh auch wieder schaffen! Am Montag fange ich an, bei uns auf dem Rathaus vorne am Empfang - gleich neben deinem Vater«, sprudelte es aus Inge heraus. Sie war regelrecht euphorisch.

Eva war überrascht, freute sich aber für ihre Mutter. Doch leider musste sie wegen eines angeblich tyrannischen Chefs das Gespräch abbrechen und versprach sie am Abend zurückzurufen.

»Und der Mörder von deinem Lehrer ist geschnappt. Dein Vater höchstpersönlich hat ihn eingebuchtet. Stell dir vor, es war der Mann von deiner Blockflötenfreundin. So eine Sodom-und-Gomorrha-Familie! Dagegen können wir mit unserer Verwandtschaft echt zufrieden sein, da hat noch nie jemand einen umgebracht. Dreimal auf Holz klopfen, gell?«

Obwohl Eva erwähnt hatte, dass sie keine Zeit habe, quasselte Inge alle Neuigkeiten ohne Punkt und Komma runter. Sie erwähnte auch, dass der tote Lehrer ein notorischer Fremdgeher gewesen war, biss sich aber gerade noch auf die Zunge und verschwieg in letzter Sekunde, dass auch das Oberhaupt des Backes-Clans in die Fänge dieses Schlawiners geraten war. Eva musste schließlich nicht alles wissen.

Nachdem sie von Eva dann doch abgewürgt worden war, ging Inge zurück auf die Terrasse und gesellte sich wieder zu Käthe, die immer noch entspannt schaukelte und ihren Aperol genoss. Auf einmal bimmelte Käthes iPhone auf dem Terrassentisch. Mit fahrigen Händen, da leicht angetüdelt, ging Käthe ran.

Inge hörte nur, dass sich Käthe für den schnellen Rückruf bedankte - und sich dann kurz darauf sprachlos gegen die Rückenauflage der Hollywoodschaukel plumpsen ließ.

»Ist irgendwas Schlimmes passiert? Hat sich etwa die Arztpraxis gemeldet, weil sie doch was bei dir herausgefunden haben?«

Inge vermutete mal wieder gleich das Schlimmste.

»Blödsinn, ich bin topfit! Stell dir vor, mein Kontaktmann hat mir gerade gebeichtet, dass er das E-Mail-Konto vom Mistkerl-Gerhard längst geknackt hatte, aber bisher schlichtweg vergessen hat mir die Infos weiterzugeben. Er hat die E-Mails mit den Morddrohungen gefunden und die IP-Adresse des Absenders ausfindig gemacht. Du wirst es nicht glauben, wer die E-Mails abgeschickt hat!«

»Na, dieser Rüdiger?«, vermutete Inge sofort.

»Falsch ...«

»Die Yvonne? Die zwei stecken bestimmt unter einer Decke«, riet Inge erneut.

»Das glaubt mir der Jupp im Leben nicht! Der fällt vom Glauben ab, wenn er das erfährt«, sagte Käthe kopfschüttelnd. Sie war regelrecht fassungslos.

»Erzähl es mir! Ich bin schließlich seine Assistentin und muss das wissen.«

»Inge, das muss in allererster Linie der ermittelnde Kommissar erfahren«, zickte Käthe rum. »Und er soll es von mir direkt erfahren. Schließlich habe ich mich wirklich krumm gemacht und mich mächtig ins Zeug gelegt mit meinem Kontaktmann - nicht du! Außerdem will ich erst die schriftliche lebenslange Wohnberechtigung von ihm. Ich bin zwar alt, aber nicht doof ...«

Jupp bog auf den Parkplatz der Willi-Graf-Realschule ein, nachdem er bei der Volksbank gewesen war und dann fluchtartig das Gebäude verlassen hatte.

Es war keine Menschenseele auf dem Schulgelände zu sehen, denn es war schon lange Schulschluss. Hektisch lief er auf die überdimensional große Glastür zu, die Gott sei Dank noch geöffnet war. Dann rannte er unverzüglich Richtung Schulsekretariat und hoffte nur, dass es auch jetzt am späten Nachmittag noch besetzt war. Jupp hatte Glück.

Frau Mohr war gerade damit beschäftigt irgendwelche Daten in den Computer zu hämmern, als er hereinstürmte. Lautstark klapperte sie auf der Tastatur herum, als wolle sie jedem Buchstaben mal gehörig die Meinung geigen.

Völlig aus der Puste musste sich Jupp erst mal am Tresen abstützen und sich den Schweiß von der Stirn wischen.

»Herr Wachtmeister Backes, was kann ich denn nun schon wieder für Sie tun?«, fragte Möhrchen freundlich, stand auf und nahm ihre schwarze Brille von der Nase.

»Warum wollten Sie das Haus vom Scherer Gerhard kaufen?«, ging Jupp direkt in die Offensive.

Lothar Kleinschmidt hatte ihm nach überstandenem Immobilienfonds-Larifari wie versprochen den Namen offenbart.

»Ach herrje, warum denn nicht? Ich wollte mich eben gerne vergrößern. Und Hirschweiler ist ja ein echt schönes und sicheres Pflaster - dank Ihnen, Herr Wachtmeister. Dann kann ich auch mal zu Fuß zur Arbeit gehen und muss mich nicht immer eine halbe Stunde durch den Berufsverkehr quälen«, plauderte Möhrchen ganz unschuldig drauflos. »Und das war so ein tolles Angebot. Das Haus vom Herrn Scherer ist wirklich sehr schick und total gut in Schuss. Aber warum fragen Sie? Sind Sie etwa auch an der Immobilie interessiert?«, lächelte sie ihn an.

»Ich? Nein, nein ... Liebes Möhrchen, wollten Sie nicht vielleicht einfach nur in der Nähe von Dr. Michalski wohnen? Auch wenn er nur der Vertretungsarzt ist und eh bald wieder verschwindet?«

»Was? Wie kommen Sie denn auf so eine Schnapsidee, Herr Wachtmeister?«

»Er hat sie wegen Stalking angezeigt. Sie wissen schon, ständig bei ihm wegen neuer Wehwehchen aufkreuzen und dann uwwerum blankziehen, damit Sie der Herr Doktor mal ein bisschen abtasten muss ...«

Jupp konfrontierte die Sekretärin nun mit knallharten Vorwürfen.

»Also hören Sie, Herr Backes, das geht nun wirklich zu weit! Sie können doch nicht einfach hier reinplatzen, mich von der Arbeit abhalten und mich dann auch noch so absurder Dinge bezichtigen. Bitte verlassen Sie auf der Stelle mein Sekretariat, sonst ...«

»Sonst rufen Sie die Polizei, Möhrchen?«, meinte Jupp drohend.

»Mir gefällt Ihr Tonfall gar nicht. Ich habe hier wirklich viel zu tun und muss mal wieder Überstunden machen. Da kann ich mich nicht mit solch hanebüchenen Anschuldigungen aufhalten.«

Möhrchen war jetzt wirklich angepisst.

»Tja, mir gefällt auch vieles nicht. Aber ich warne schon mal vor: der Tonfall wird jetzt noch schärfer. Gewöhnen Sie sich lieber dran!«

Frau Mohr verschränkte die Arme vor der Brust und stand schmollend hinter dem Tresen. Jupp davor.

»Sie haben im Blumenladen von Yvonne Scherer-Lambertz als Aushilfe gearbeitet. Ich habe die Fotos an der Pinnwand gesehen. Wie kommen Sie denn dazu? Sind Sie in Ihrem Job hier etwa nicht ausgelastet, obwohl Sie doch gerade von Überstunden gesprochen haben?«

»Das geht Sie ja nun wirklich nichts an! Ich wollte dem armen Ding einfach nur helfen, nachdem ihre Mutter gestorben und der Vater nach Österreich gezogen war. Das war nur eine nette Geste von mir. Und Gestecke zu flechten war schon immer ein großes Hobby von mir.«

»Oh, Frau Möhrchen beweist Nächstenliebe und hofft auf das Bundesverdienstkreuz.«

»Lassen Sie diese Ironie, Herr Wachtmeister! Jawohl, ich habe ein gutes Herz.«

»Oberkommissar! Aber das lernen Sie wohl nie ... Wie war eigentlich Ihr Verhältnis zu Gerhard Scherer?«, wollte Jupp unverzüglich wissen. Dabei beugte er sich weit über den Tresen und blickte Frau Mohr tief in die Augen.

»Na, das wissen Sie doch. Er war hier als Lehrer beschäftigt und ich bin schon ewig die Sekretärin der Willi-Graf-...«

»Ach, Möhrchen, die Märchenstunde ist jetzt aber endgültig vorbei!«

»Wie bitte?«

»Sie waren verliebt in Gerhard Scherer. Über beide Ohren verknallt!« Jupp lief gerade zu Hochtouren auf: »Und zwar so krankhaft verknallt, dass Sie sich sogar heimlich in das Leben seiner Tochter eingeschlichen und als Aushilfe im Blumenladen gearbeitet haben. Dann wollten Sie sein Haus kaufen und haben im letzten Moment angefangen den Preis zu drücken. Man habe an der Schule so lange zusammengearbeitet, da müsse doch ein Freundschaftspreis drin sein. Das haben Sie dem Makler selbst gesagt - und um absolute Verschwiegenheit gebeten, wie ich soeben aus sicherer Quelle erfahren habe.«

Möhrchens Gesicht versteinerte sich. Sie schaute ihn fassungslos an, während Jupp mal wieder mit den Händen auf dem Rücken im Sekretariat auf und ab ging.

»Tja, Möhrchen, doch der werte Herr Scherer war stur und wollte sein Eigenheim nicht so günstig verkaufen. Und dann haben Sie sich folgenden Plan ausgedacht: Wieso 190.000 Euro zahlen, wenn man das Haus auch zu einem Schnäppchenpreis bekommen kann? Indem man sich als herzensgute Aushilfe bei der Alleinerbin einschmeichelt. Yvonne hätte Ihnen doch nie eine solch hohe Summe abgenommen, wo Sie ihr doch so wohlgesonnen waren, nicht wahr?«

Entweder Jupps Fantasie ging gerade ordentlich mit ihm durch oder er war ein wirklich ausgebuffter Kombinierer. Auf jeden Fall fuhr er mit seiner Theorie fort: »Doch dafür musste der Gerhard erst mal sterben, damit Yvonne noch rechtzeitig vor dessen Heirat alles erben konnte.«

»Was zum Teufel reden Sie da für einen Unsinn?«

»Sie haben Gerhard Scherer vergiftet, Möhrchen! Um günstiger an das Haus Ihrer unerreichten Liebe zu kommen. Da wollten Sie ihn lieber tot, als dass er eine andere heiratet. Das ist völlig krank, Möhrchen! Sie sind völlig krank!«

»Es war keine unerreichte Liebe!«, schrie Möhrchen auf einmal. »Sagen Sie so was nicht!«

»Sondern?«, hakte Jupp gleich nach.

»Er hat mich geliebt! Gerhard hat mir versprochen, dass wir zusammen sein werden, sobald seine Frau tot ist«, gestand Möhrchen plötzlich traurig. »Sie war ja ein schwerer Pflegefall, deshalb konnte er sie nicht einfach so verlassen. Aber er hat mir immer versprochen, ich müsse mich nur gedulden, da alles eine Frage der Zeit wäre. Was dann ja auch stimmte.«

Jupp spitzte die Ohren und hörte gespannt zu. Er erwartete nun ein Geständnis.

»Fast zehn Jahre lang war ich seine Geliebte. Er hat mir die Ehe versprochen, dieser Schuft! Und ich habe ihm vertraut, blind vertraut. Ich habe all die Heimlichkeiten ertragen, einzig und allein in der Hoffnung, dass wir irgendwann als glückliches Paar vereint wären.«

»Doch daraus wurde nix. Sie waren verletzt und enttäuscht, nicht wahr?«

»Dieses Arschloch hat doch tatsächlich bei einer Klassenfahrt was mit dieser Deutschschlampe Wagner angefangen. Doch danach hat er mich angefleht, ihm zu verzeihen. Er hat geschworen, dass es nix zu bedeuten habe, nur ein einmaliger Ausrutscher war und ich doch seine wahre Traumfrau sei«, offenbarte Christiane Mohr.

»Was für ein elendiger Lügner!«, rutschte es Jupp über die Lippen.

»Und ich blöde Kuh habe ihm natürlich verziehen. Weil ich ihn wirklich abgöttisch geliebt habe und seinem Charme verfallen war, Herr Wachtmeister«, gestand Möhrchen traurig.

»Oberkommissar, Möhrchen!«, korrigierte Jupp.

Plötzlich schlug Möhrchen laut scheppernd mit der Faust auf den Tresen, sodass Jupp total erschrak.

»Ich bin die Frau Mohr! Ich will nicht immer Möhrchen genannt werden. Das regt mich total auf. Ich bin doch hier für alle nur der Fußabtreter, der Depp vom Dienst. Aber damit ist jetzt ein für alle Mal Schluss!«, redete sie sich in Rage.

»Und dann hat Sie der Gerhard ein zweites Mal betrogen und belogen, als er ein Techtelmechtel mit der Uschi vom Dorfbrunnen anfing?«

Frau Mohr zuckte nur mit den Schultern.

»Er hat es immer abgestritten, aber ich bin doch nicht blöd und kann eins und eins zusammenzählen. Er war ihr Französischlehrer - und plötzlich trennt sich die Gastwirtin von ihrem Mann? Da war mir doch gleich alles klar.«

»Und dann starb die Frau Scherer schließlich - und Sie witterten Ihre große Chance, endlich mit dem Mann Ihrer Träume zusammen zu sein ...«

Frau Mohr nickte wie in Trance.

»Er hat mich ausgelacht, als ich ihn fragte, ob wir jetzt offiziell eine Beziehung führen würden. Ich wollte dieses Versteckspiel und diese Heimlichkeiten einfach nicht mehr. Ich wollte ganz offiziell seine Partnerin sein«, sagte sie mit starrem Blick.

»Und dann ist der Schuft nach Österreich abgehauen und hat sich noch dazu mit der Gräfin verlobt. Das war zu viel - nach Ihrem langen Warten für nichts und wieder nichts. Und Sie haben Rache geschworen«, fasste Jupp für Möhrchen alles zusammen.

»Ich wollte wenigstens in seinem Haus wohnen, wenn er sich schon nicht für mich, sondern für diese olle Gräfin entschieden hatte. Er hätte mir doch nach all den Jahren meines Wartens wirklich ein kleines bisschen beim Preis entgegenkommen können, finde ich.«

»Und dann habe Sie ihm per E-Mail Morddrohungen geschickt.«

»Was? Woher wissen Sie das denn?«

»Meine Schwiegermutter rief mich eben an und, ähm ... Also, man hat die IP-Adresse ermitteln können. Die E-Mails wurden vom Server der Willi-Graf-Realschule abgeschickt. Und da konnte ich dann eins und eins zusammenzählen.«

Plötzlich machte Christiane Mohr einen Satz zurück, griff in die oberste Schublade ihres Schreibtischs und zielte kurz darauf mit einer »Baby-Glock«, einer Pistole, die in jede Frauenhandtasche passte, auf Jupp.

»Los, Hände hoch!«, schrie sie.

»Möhrchen ... ähm, Frau Mohr, jetzt hören Sie doch auf mit dem Scheiß! Das bringt doch nix.«

»Schnauze!«, kreischte sie mit sich überschlagender Stimme.

Frau Mohr war offenbar kurz davor die Nerven zu verlieren. Dann ging sie - immer noch mit der Pistole auf Jupps Stirn zielend - um den Tresen herum und forderte ihn auf, seine Waffe langsam aus dem gesicherten Gürtelholster herauszunehmen und ihr auszuhändigen.

Zögerlich und vorsichtig gehorchte Jupp und händigte ihr die Waffe aus. Er konnte Möhrchen grad überhaupt nicht einschätzen und wusste nicht, ob sie vielleicht doch abdrücken würde.

Sie legte Jupps Dienstwaffe achtlos auf den Tresen und scheuchte ihn dann in das angrenzende leere Zimmer des

Schuldirektors. Anscheinend wollte die Sekretärin niemanden an ihrem eigenen Arbeitsplatz abknallen.

Jupp folgte der Anweisung mit erhobenen Händen, versuchte aber weiter auf sie einzureden: »Machen Sie doch keine Dummheiten, Möhrchen!«

»Frau Mohr! Ich bin die Frau Mohr«, kreischte sie wie eine Wahnsinnige.

Sie zielte immer noch auf Jupp und forderte ihn auf, sich auf den leeren Lederdrehstuhl des Direktors zu setzen, der direkt hinterm Schreibtisch wartete.

»Also, nur mal so für mich, fürs Protokoll und aus purem Interesse ... War das denn jetzt ein Rachemord, weil er die Gräfin heiraten wollte? Oder einer aus Habgier, um für wenig Geld an das Haus zu kommen, nachdem er sich geweigert hatte einen Freundschaftspreis zu machen?«

»Er hatte mich bei WhatsApp blockiert und ich habe dann nur noch mit dem Makler kommuniziert. Außerdem wollte er diese doofe Fotze von Gräfin heiraten«, empörte sich Möhrchen. »Ich wollte Rache für alles, was er mir angetan hat.«

Sie war jetzt wie ausgewechselt. Von der ehemals freundlichen, fröhlichen Sekretärin war nichts mehr übrig geblieben.

»Frau Mohr, wenn jetzt jeder denjenigen tötet, der einen bei WhatsApp blockiert, dann wäre die Menschheit ja bald ausgerottet«, gab Jupp zu bedenken.

»Mich hätte er heiraten sollen! Mich allein! Aber wenn ich ihn schon nicht bekommen kann, dann soll ihn auch keine andere Schlampe haben - auch keine Gräfin. Aber sein Haus, das wollte ich haben, wenigstens sein Haus«, rief sie wie von Sinnen.

»Sie sind ja völlig besessen, Frau Mohr! Das hätte ich nie von Ihnen gedacht ... Und dann diese grausame Giftnummer – Mann, Mann, Mann ...«

»Wie sind Sie überhaupt darauf gekommen, dass er vergiftet wurde?«, wollte sie plötzlich wissen.

»Tja, also ein Kumpel von mir, der zählt zur Crème de la Crème unter den Gerichtsmedizinern, der hat das rausgefunden. Das war für Sie ja quasi ein Kinderspiel, da Sie im Blumenladen an der Quelle saßen und problemlos die indischen Trockenfrüchte mit dem giftigen Samen bestellen konnten.«

Frau Mohr grinste.

Mit gezückter Waffe, die immer noch direkt auf Jupp gerichtet war, ging sie langsam rückwärts durch die sperrangelweit aufgerissene Flügeltür ins Sekretariat zurück und öffnete mit der linken Hand eine der Schubladen ihres Schreibtischs. Dabei ließ sie den Blick nicht von Jupp und ermahnte ihn ruhig sitzen zu bleiben. Der wollte dennoch die Chance nutzen und erhob sich schnell vom Drehstuhl.

PENG!

Sofort warf sich Jupp reflexartig auf den Boden.

Die Sekretärin hatte tatsächlich in die Wand geschossen und das Gemälde von Willi Graf, Mitglied der Widerstandsgruppe »Weiße Rose«, nur um ein paar Millimeter verfehlt. Und damit zum Glück auch Jupp.

»Spinnen Sie! Sie hätten mich fast umgebracht«, meckerte Jupp und zog sich mit wackeligen Knie wieder hoch auf den Drehstuhl.

»Ich habe Sie gewarnt, Sie sollten sitzen bleiben. Aber wer nicht hören will, muss fühlen ... nicht wahr?«

Dann stellte sie Jupp eine kleine Tupperdose vor die Nase auf den Schreibtisch. Daneben legte sie einen Löffel.

»Oh vielen Dank, aber ich bin nicht hungrig. Es gibt ja bald Abendbrot und wenn ich vorher was esse, dann regt sich die Inge nur unnötig auf. Und das wollen wir ja nicht«, lehnte er dankend ab.

»Sie sind hungrig. Das ist nämlich ein leckeres Chili con Carne von heute Mittag. Das Lieblingsessen meines Gerhards, das ich ständig zu seinen Ehren esse. Und jetzt dürfen Sie es verspeisen«, sagte Möhrchen, wobei sie hysterisch kicherte. Sie klang wie eine Psychopathin.

Jupp schaute sie aus dem Sessel heraus ungläubig an. Die verrückte Frau Mohr stand genau vor ihm und zielte immer noch mit der Waffe in der rechten Hand auf ihn. Sie schien überhaupt nicht mehr zurechnungsfähig zu sein. Diese Wahnsinnige war sicher zu allem fähig.

»Also, wenn ich Ihnen damit eine Freude mache, dann probiere ich gerne von Ihrem Gekochten ...«

»Stopp, stopp! Da fehlt doch noch was ...«

Plötzlich kramte Frau Mohr aus ihrer Hosentasche ein kleines Plastiktütchen hervor und wedelte dann damit vor Jupp herum.

»Ähm, was ist das?«, fragte Jupp völlig irritiert.

»Das sind die Samenkrümel einer ganz bestimmten Pflanze. Die trage ich immer bei mir für den Fall der Fälle. Damit schmeckt das Essen gleich noch viel besser – als würde man Salz und Pfeffer hinzutun«, lachte Möhrchen schrill.

Sie schüttete den Inhalt des Tütchens über das Chili und rührte es mit dem Löffel kräftig um.

»Bon appétit!«, wünschte die Verrückte.

»Nichts für ungut, aber meine Inge wird zwei Tage bockig sein, wenn ich heute Abend keinen Hunger habe.«

»Der Tod tritt nach ein paar Stunden ein. Herzstillstand. Aber keine Angst, Herr Backes, ich bleibe bei Ihnen. Es wird

Ihnen erst etwas übel, dann müssen Sie würgen und schließlich fallen Sie in einen komatösen Zustand.«

Plötzlich wurde es Jupp ganz warm, ja, er wurde richtig schwitzig. Er begriff endlich den Ernst der Lage und spürte, dass es Frau Mohr im wahrsten Sinne des Wortes todernst meinte. Sie zielte immer noch mit ihrer Pistole auf seinen Kopf.

»Sie können es sich aussuchen. Tod durch Erschießen oder Tod durch Herzstillstand. Was ist Ihnen lieber?«

»Nichts von beidem«, sagte er mit trockener Kehle.

Frau Mohr lachte nur schadenfroh.

»Damit kommen Sie doch nie durch. Geben Sie auf, Frau Mohr! Das Spiel ist aus ...«

»Los, friss jetzt, du Arschloch!«, schrie sie ihn ungeduldig an und zeigte sich von ihrer herrischen Seite.

»Schon wieder diese Ausdrücke, tztztz ... Das ist für eine Schulsekretärin ja überhaupt nicht standesgemäß. Haben Sie sich das von den rotzfrechen Schülern abgeguckt oder woher kommt das?«

Jupp versuchte mit aller Gewalt Zeit zu schinden und Frau Mohr irgendwie zur Vernunft zu bringen.

»Haben Sie eigentlich das Chili con Carne aus der Küche vom Harry geklaut und sich dann hoch in das Zimmer vom Gerhard geschlichen?«

»Ach, Quatsch! Ich habe das Chili natürlich selbst daheim gekocht und präpariert. Dann bin ich mit meinem scharfen Spezialgericht zum Gasthof gefahren«, sagte sie grinsend.

»Was für ein Zufall, dass die Gäste dort auch als Mitternachtssnack ein Chili ...«

»Hallo? Nix Zufall. Ich wusste dank der Klassensprecherin alles über das Klassentreffen. Ich habe sogar noch den Tipp gegeben, das scharfe Chili anzubieten – Gerhards Leibgericht.

Ich konnte ja nicht ahnen, dass er das Treffen vorzeitig verlässt. Ewig habe ich im Auto mit meinem Topf gewartet, bis oben im Zimmer das Licht anging. Tja, und dann habe ich ihm mal richtig schön den Marsch geblasen ... und mein Vorhaben knallhart durchgezogen.«

»Frau Mohr, geben Sie bitte auf! Meine Kollegen wissen doch, dass ich hier bin. Dann haben Sie zwar immer noch einen Menschen auf dem Gewissen, aber wenigstens keinen Doppelmord begangen. Denn wenn Sie mich jetzt hier erschießen oder vergiften ...«

»Halten Sie Ihr verdammtes Maul! Fressen Sie endlich, damit ich Ihnen beim Sterben zuschauen kann. Und wissen Sie was, Herr von und zu Oberkommissar Jupp Backes? Alle werden denken, dass der alte Dorfbulle bei einer Routinebefragung in der Schule einen Herzinfarkt gekriegt hat. Und glauben Sie mir, das ist angenehmer, als wenn ich Sie erschieße«, lachte sie wie von Sinnen.

»Das trauen Sie sich nicht, denn Frauen erschießen nicht. Sie erstechen und erwürgen auch nicht. Nein, Frauen vergiften lieber, das ist doch allgemein bekannt und ...«

»Peng!«

Plötzlich hatte sich ein zweiter Schuss aus der Waffe von Frau Mohr gelöst. Und Willi Graf hatte ein Loch in der Stirn.

Jupp griff hastig und schwitzend zum Löffel. Ihm ging gerade der Arsch auf Grundeis – aber so was von!

»Okay, okay, okay ... ganz ruhig, Frau Mohr! Jetzt bloß nicht die Nerven verlieren.«

Er überlegte fieberhaft, was er noch tun könnte, um die geisteskranke Schulsekretärin davon zu überzeugen, dass er als Opfer nichts, aber auch rein gar nichts taugte. Leider fuchtelte sie immer noch wild mit der Waffe vor ihm rum. Er ahnte, dass diese Furie auch zu einem dritten Schuss bereit wäre. Diese Frau hasste Männer! Er musste wohl oder übel essen, wenn er nicht wollte, dass ihm das Hirn weggepustet wurde.

Langsam, sehr langsam begann er in dem Tupperschüsselchen herumzustochern. Schließlich nahm er einen kleinen Happen des Chilis auf den Löffel und führte ihn vorsichtig zum Mund.

Mit Argusaugen beobachtete Möhrchen, wie er gemächlich das Chili vom Löffel lutschte, sich aber nicht traute es runterzuschlucken.

»Hmmm ... lecker! Aber kein Vergleich zum Chili von der Uschi, die hat ja immer viel schärfer gekocht«, ärgerte er sie, nur um weiter Zeit zu schinden.

»Ihr Männer seid doch alle Schweine. Der Gerhard, der Michalski und Sie auch. Alles Schweine!«

»Also, Frau Mohr, Sie können doch nicht alle Kerle über einen Kamm scheren. Ja, ich muss Ihnen recht geben, der Gerhard war nun wirklich kein Kind von Traurigkeit. Übrigens ist auch meine eigene Schwiegermutter auf ihn reingefallen, falls Sie das etwas beruhigt. Aber deshalb bringt die ihn ja nicht gleich um - das macht man doch nicht und ...«

»Das dauert mir hier alles zu lange«, würgte ihn Frau Mohr ab.

Sie wurde jetzt richtig ungeduldig, nahm Jupp den Löffel aus der Hand und tunkte ihn mit Schmackes in das Schüsselchen, sodass dieser vor lauter giftiger Nahrung nur so überquoll. Dann führte sie den Löffel zu Jupps Mund, als wolle sie ihn füttern.

Jupp öffnete zwar die Lippen, spuckte aber das alte Chili, das er die ganze Zeit im Mund behalten hatte, in hohem Bogen über den Schreibtisch. Damit fegte er auch gleich das Chili vom Löffel über die Tischplatte.

Jetzt wurde Frau Mohr richtig sauer und schimpfte, er solle nicht eine solche Sauerei veranstalten. Sie stellte sich hinter Jupp, packte seinen Kiefer und riss ihm den Mund weit auf. Dann stopfte sie ihm eine neue Portion Chili con Carne in den Rachen.

Jupp versuchte sich zu wehren, doch Frau Mohr drückte seinen Kiefer wieder so fest zusammen, dass er anfing sich zu verschlucken. Mit der anderen Hand presste sie die Waffe gegen seine Schläfe. Dann stellte sie sich wieder direkt vor ihn, schließlich wollte Möhrchen den Anblick seines Dahinsiechens bestens aus der ersten Reihe genießen.

Jupp merkte, dass seine Lage aussichtslos war. Er hatte sich wirklich einen schöneren Tod gewünscht, als entweder an Chili con Carne zu ersticken, das Hirn weggeballert zu bekommen oder doch an einer Vergiftung zu sterben. Langsam schloss er die Augen. Er spürte, wie sich die dickflüssige Nahrung langsam in Richtung Speiseröhre bewegte. Er hatte Tränen in den Augen, da er sich so anstrengte, möglichst nichts runterzuschlucken, sich aber immer wieder verschluckte und husten musste.

»Ich will übrigens verbrannt werden«, nuschelte er mit übervollem Mund.

Er hatte bereits mit allem abgeschlossen. Nur ein Wunder konnte ihm jetzt noch helfen. Oder ein Stimmungswandel der Mörderin, die dabei war zur Wiederholungstäterin zu werden.

»Schmeißen Sie die Waffe weg! Oder ich knalle Sie ab«, schrie plötzlich eine ihm sehr vertraute Stimme. »Und Hände hoch, aber dalli!«

Jupp dachte im ersten Moment, er wäre schon im Himmel und öffnete vorsichtig die Augen. Er konnte seinen Schutzengel allerdings nicht sehen, da Christiane Mohr genau vor ihm stand. Jupp bemerkte lediglich Möhrchens erschrockenes Gesicht. Langsam und mit zittriger Hand ließ sie ihre Pistole auf den Boden fallen. Das Spiel war aus. Endlich!

Jupp beugte sich schnell nach vorne und spuckte erst mal den gesamten Inhalt seines Munds in den Papierkorb neben dem Schreibtisch.

Frau Mohr stand da wie eine Statue, mit dem Blick zu Willi Graf an der Wand, und hob ganz langsam die Hände über den Kopf.

»Jupp, bist du in Ordnung? Geht es dir gut?«

Jupp nickte und wischte sich den Mund trocken.

»Inge? Was zum Teufel machst du denn hier? Das ist eine total brenzlige Situation«, meckerte er sie erst mal an. »Das hier ist total gefährlich!«

»Na, dich retten - das mache ich! Und frag nicht so blöd, sondern walte deines Amtes!«, gab ihm Inge gleich Kontra.

Jupp sprang vom Sessel auf und überwältigte Frau Mohr - was keine große Kunst mehr war, da sie mit erhobenen Händen wie festgefroren dastand.

Dann klickten zum zweiten Mal an diesem Tag die Handschellen. Nur diesmal für die echte Täterin, die sich überhaupt nicht wehrte und völlig apathisch alles über sich ergehen ließ. Sie fiel wie ein Kartenhaus in sich zusammen.

»Soll ich den Waldi anrufen?«, frage Inge, seine Retterin in letzter Sekunde.

»Jawohl, Inge! Jetzt kannst du endlich deinen Waldi anrufen. Und bestell ihm einen lieben Gruß von mir! Wir haben nun den wahren Mörder vom Scherer Gerhard gefasst, die Giftmörderin kann im Direktorenzimmer abgeholt werden.«

»Frau Backes? Sind Sie das?«, fragte plötzlich Frau Mohr und drehte langsam den Kopf, um zu sehen, wer hinter ihr stand.

Inge wedelte triumphierend mit Jupps Dienstwaffe herum, die sie zuvor auf dem Tresen entdeckt und dann Möhrchen klammheimlich in den Rücken gerammt hatte. So hat diese keine andere Chance gehabt, als sich zu ergeben.

»Machen Sie sich nie wieder darüber lustig, dass mir damals das Malheur mit der Bowle passiert ist! Sonst vergesse ich mich und drücke wirklich ab«, drohte Inge mit todernster Miene.

»Sch, Inge!«, warnte Jupp seine Frau und nahm ihr schnell die Waffe ab, bevor sich auch aus dieser Waffe noch irgendein Schuss lösen würde.

»Was fällt Ihnen eigentlich ein, meinen Mann mit so einer Minipistole zu bedrohen? Wo sind wir denn hier, hä?«, fuhr Inge nun ganz andere Geschütze auf.

»Komm Inge, lass gut sein! Ich erkläre dir alles daheim, denn das ist alles ziemlich kompliziert und verworren«, beschwichtigte Jupp sie.

»Was machen Sie denn überhaupt hier, Frau Backes?«, fragte die Festgenommene total irritiert. Dass sie von Inge Backes überführt worden war, gefiel ihr überhaupt nicht.

»Ich bräuchte noch beglaubigte Zeugniskopien, da ich demnächst wieder schaffen gehe. Da dachte ich mir, ich komme mal vorbei und schaue, ob Sie noch geöffnet haben«, sagte Inge und zwinkerte Jupp zu.

Frau Mohr war sprachlos. Und Jupp gab Inge ein Küsschen auf die Wange.

»Danke!«, flüsterte er ihr ins Ohr.

»Du kannst dich bei der Oma bedanken, die hat das mit der IP-Adresse und mit den Morddrohungen per E-Mail rausgekriegt. Sie wollte mir zwar zuerst nix sagen, aber nach dem dritten Aperol Spritz wurde sie dann doch gesprächig. Und dann war mir klar, dass du sicher hier in der Schule bist und eventuell Verstärkung brauchst. Und damit hab ich ja offenbar total richtig gelegen ...«

»Oh ja, Verstärkung ... Das war wirklich allerhöchste Eisenbahn«, nickte Jupp und nahm Inge in den Arm.

Dann gingen beide zusammen mit der Gefangenen raus auf den Schulhof und warteten dort, bis Obermufti Waldi höchstpersönlich kam, um die stumme Mörderin in seine Obhut zu nehmen.

Waldi war sichtlich baff und zeigte sich zutiefst beeindruckt von den kriminalistischen Leistungen seiner ermittelnden Hirschweiler Kollegen.

»Mensch Jupp, Mannomann! Zwei Verhaftungen innerhalb weniger Stunden. Du solltest zu uns versetzt werden, denn so gute Leute können wir dort dringend brauchen.«

»Ja, mein Mann: der kann, wenn er will. Ein echter Ermittler, der findet alles raus«, lobte auch Inge ihren Mann.

Sie stand Hand in Hand mit Jupp auf dem Schulhof. Beide sahen zu, wie Frau Mohr von einem Kollegen Waldis auf die Rückbank des Saarbrücker Streifenwagens gedrückt wurde. Dann fuhr der Wagen mit quietschenden Reifen davon.

Inge und Jupp stiegen in den grün-weißen Pöscho. Während der Heimfahrt meinte Inge auf einmal: »Du, Jupp, sag mal – wie hieß eigentlich noch mal dieser Swing-Club in Saarbrigge, wo wir mal waren?«

»Hä? Was? Wie kommst du denn jetzt darauf? Ich wäre fast draufgegangen, da steht mir doch nicht der Kopf danach, das Tanzbein zu schwingen. Ein Schnaps wäre jetzt eher das Richtige für mich.«

»Ach, das wollte die Doris wissen. Die war irgendwie total angetan, als ich ihr davon erzählt habe. Sie will da wohl mit ihrem Edwin auch mal hin. Und wenn ich ihr am Montag den

Namen und die Adresse von dem Club mitbringe, kann ich gleich einen guten Eindruck machen. Denn Montag geht's ja mit meiner Einarbeitung los.«

»Jazzclub, Inge, das war der ›Paradise Jazzclub‹. Swing ist was ganz, ganz anderes! Aber so was von!«

6 Wochen später

Jupp stand am Ortsausgangsschild von Hirschweiler und winkte Autos heraus, die ihm in irgendeiner Art und Weise verdächtig vorkamen. Nach dem gelösten Mordfall war schließlich wieder die Langeweile in seinen Berufsalltag eingekehrt und so wollte er wenigstens ein paar Verkehrsrowdies die Leviten lesen.

Als er mit der Kelle in der Hand einen hellblauen Opel Omega rauswinkte, grinste er diabolisch. Denn dieses Fahrzeug war ihm natürlich bekannt. Sofort wurde die Fahrerscheibe heruntergekurbelt.

Jupp beugte sich runter und blickte ins Wageninnere.

»Oh, là, là! Wen haben wir denn da? Den Edwin und die Doris - wohin des Weges?«

»Ähm, nach Saarbrigge«, stotterte Edwin und krampfte seine Hände ums Lenkrad.

Doris schaute verlegen aus dem Beifahrerfenster und pfiff dabei.

»Soso, nach Saarbrigge. Wollte ihr zwei Hübschen etwa zum Faschingsball oder wie?«

»Warum Jupp? Wie kommst du denn darauf?«, fragte Edwin verstört und schaute zu ihm hoch.

»Tja, weil du lieber Edwin eine Zorro-Maske trägst und dein liebes Frauchen eine venezianische Maske auf der Nase sitzen hat.«

Edwin und Doris schauten sich an.

»Ups, stimmt! Wir haben ja beide eine Maske auf. Das ist mir gar nicht aufgefallen, dir etwa, Doris?«, fragte Edwin und tat völlig ahnungslos.

Doris beugte sich in ihrem Leopardenimitat-Mantel über ihren Mann hinweg zum offenen Fenster und blaffte Jupp an: »Jetzt tu mal nicht so unschuldig! Wir fahren dahin, wo die Inge und du auch schon mal wart, du kleiner Spießer!«

Jupp grübelte einen kurzen Augenblick.

»Ach, du liebes bisschen! Stimmt, die Inge und ich waren vor zig Jahren mal bei der ›Premabüba‹ in der Kongresshalle. Ihr wisst, das ist unsere größte Faasendveranstaltung im Saarland. Aber einmal und nie wieder«, erinnerte sich Jupp. »Aber sagt mal, für Fasching ist es doch noch viel zu früh?«

»Wir sind auf dem Weg in einen ganz bestimmten extravaganten Club«, klärte Edwin auf und meinte noch, dass die Maskenidee auf Doris' Mist gewachsen sei.

Jupp wusste zwar immer noch nicht wirklich, wovon die beiden sprachen und warum sie sich zu dieser unpassenden Zeit im Jahr verkleideten, ließ sie aber wegen Kollegen- und Pärchenabendbonus dann doch passieren. Obwohl Edwin eindeutig zu schnell unterwegs gewesen war. Aber egal!

Als Doris und Edwin kurze Zeit später in dem proppenvollen Jazzclub in der Landeshauptstadt ankamen, weigerten sie sich strikt mit Händen und Füßen ihre Mäntel an der Garderobe abzugeben. Denn leider hatten die anderen Gäste hier eine ganz andere Kleiderwahl für den Abend getroffen – keiner so spärlich wie sie beide. Sie merkten schnell, dass ihre Erwartungen an den Club komplett andere gewesen waren und dass sie völlig fehl am Platz waren.

Nach dem ersten Saxofon-Solo ließen sie dann die Masken unauffällig unter den Tisch fallen. Ihre knallroten Köpfe waren der Blickfang in dem stickigen Kellerclub. Die Gäste um sie herum vermuteten allerdings, dass sich hier nur zwei Geizhälse die Garderobengebühr hatten sparen wollen und nun ohne Ende in ihren Mänteln schwitzten.

Als Jupp pünktlich zum Abendessen zu Hause erschien, freute er sich auf Brot, Wurst und selbst eingelegte Essiggurken aus dem eigenen Garten.

»Stell dir vor, die Doris und der Edwin fahren mit Masken durch die Gegend«, meinte er beiläufig am gedeckten Tisch.

»Vielleicht wollen sie ja eine Bank überfallen?«, kicherte Inge. »Dann hättest du gleich den nächsten Fall, gell?«

»Hat die Doris denn auf der Arbeit nichts davon erzählt, was die beiden heute vorhaben? Wo ihr doch so dicke Kolleginnen seid«, meine Jupp mit einer gewissen Ironie.

»Noch sind wir Kolleginnen. Noch!«, sagte Inge energisch.

»Jaja, ich weiß doch. Wann hast du noch mal deinen Letzten auf unserem schönen Rathaus?«, erkundigte er sich.

»Nächsten Freitag. Du hattest absolut recht: Freundschaft und Arbeit sollte man trennen. So verstehe ich mich mit der Doris ja ganz gut, aber zusammen mit ihr am Empfang - nee, danke! Und das, obwohl wir nur kurze Überschneidungen hatten. Die Doris kann echt so eine Zicke sein, das hätte ich niemals gedacht«, beklagte sich Inge. »Wenn der Locher oder der Tesa-Roller mal nicht da steht, wo er immer steht, dann kriegt die ja regelrecht einen Tobsuchtsanfall. Ich fühle mich halt nur dem Bürgermeister gegenüber etwas mies, dass ich nach so kurzer Zeit gekündigt habe«, seufzte Inge am Küchentisch.

»Du warst noch in der Probezeit, gleiches Recht für beide Parteien. Da musst du kein schlechtes Gewissen haben«, versuchte Jupp sie in ihrer Entscheidung zu bestärken, denn die Kündigung war ihm natürlich sehr recht.

Liebevoll streichelte er Inge die Hand.

»Ich bin sehr stolz auf dich, meine Inge. Erst rettest du mir vor ein paar Wochen in letzter Sekunde das Leben und setzt das wahnsinnige Mörder-Möhrchen schachmatt. Und dann hast du jetzt gleich mehrere Jobangebote ...«

Inge lächelte. Dann gab sie Jupp einen Kuss auf den Mund.

»Ich freue mich auch. Aber es ist halt Schicksal, dass das Möhrchen nun so unfreiwillig aus dem Schuldienst ausscheidet und so schnell auch nicht mehr zurückkommt.«

»Und das traust dir zu? In dem Sekretariat?«

»Och, ein bisschen aufgeregt ist man ja schon, aber das war ich vor dem ersten Tag im Rathaus auch. Ich freue mich auf diese neue Herausforderung. Und nach dem Horror mit Doris kann es nur besser werden.«

»Dann gibt es sicher auch keine Pärchenabende mehr, wenn du dich mit der Doris etwas überworfen hast«, freute sich Jupp.

»Nein, nein, wir sind für nächste Woche Samstag bei den beiden eingeladen. Nur weil wir beruflich nicht miteinander konnten, heißt das ja nicht, dass wir nicht immer noch freundschaftlich miteinander verbunden sind. Und um die Freundschaft zu retten, war meine Kündigung unabdingbar - sonst hätten wir uns die Köpfe eingeschlagen.«

»Dann bin ich am Samstag krank!«

»Was?«

»Fieber, Halsschmerzen, Schnupfen - das volle Programm, das weiß ich jetzt schon«, meinte Jupp und grinste breit.

Plötzlich stürmte Käthe in die Küche. Sie schien mal wieder fürchterlich aufgeregt zu sein.

»Bonsoir, ihr Lieben! Geht's euch gut? Bei mir ist gerade alles so turbulent. Ich weiß gar nicht, wo mir der Kopf steht.«

»Was ist denn los, Mama?«

»Ach, erstens hatte ich da doch so einen interessanten Kerl an der Angel ... Und der hat mir heute eröffnet, dass er noch nicht bereit für eine Beziehung ist. Mit 71! Dieser Idiot hat mich sogar bei WhatsApp blockiert«, empörte sich Käthe.

Dann holte sie tief Luft: »Und zweitens hab ich heute mit der Evelyn eine Woche Ägypten gebucht. Voll das Schnäppchen, sag ich euch! Ein Tapetenwechsel wird mir nach dem Mistkerl-Gerhard und diesem beziehungsunfähigen Typen jetzt guttun. Ich will unbedingt mal auf einem Kamel reiten und auf die Pyramiden kraxeln - oder einfach mal ganz gemütlich alle Viere von mir strecken. Am Pool mit einem Schirmchencocktail rumhängen und mit dem Barkeeper flirten ... Ich habe aber auf einem Einzelzimmer bestanden, denn die Evelyn sägt ja so manche Palme ab, so wie die schnarcht«, kicherte Käthe. »Ach, das wird wunderbar! Aber nächste Woche geht's schon los und ich brauche noch Badeklamotten und überhaupt ... alles sehr stressig und so kurzfristig«

»Ach, das ist ja schön. Sonne tut dem Gemüt immer gut, gerade wenn man anfällig für depressive Phasen ist«, warf Jupp ein.

»Und drittens: Der Französischkurs bei der Volkshochschule hat sich als Griff ins Klo entpuppt«, fügte Käthe hinzu.

»Wieso?«, fragten Inge und Jupp gleichzeitig.

»Na ja, der Kurs für Fortgeschrittene bedeutet nicht, dass damit die Zielgruppe 50 plus gemeint ist. Da sitzt nur so junges Gemüse rum ...«

»Aber du bist ja wenigstens nicht alleine. Ist doch voll nett, dass der Edwin das zusammen mit dir macht, der hat schließlich Vorkenntnisse«, meinte Inge.

»Pustekuchen! Der Edwin versteht nur Bahnhof, genau wie ich. Wir sollen jetzt ein französisches Lied unserer Wahl ins Deutsche übersetzen und vorsingen. Ich habe mich für das Kinderlied ›Der Hahn ist tot‹ entschieden, das ist ziemlich leicht und es kennt jeder.«

»Der Hahn ist tot, der Hahn ist tot, er kann nicht mehr krähn, ko-ko-di, ko-ko-da …«, begann Inge sofort freudestrahlend das Singen.

»Inge, bitte, ich bin am Essen! Da müssen wir uns nicht dein dünnes Stimmchen anhören.«

Jupp machte ihr ein Zeichen mit dem Singsang aufzuhören und Inge verstummte schlagartig.

»Da macht es sich aber einer ziemlich leicht. Ein Hahn kräht doch auf Französisch genau wie auf Deutsch«, brummte Jupp. »Und welche Strophe macht der Edwin? Das ist doch bestimmt Teamarbeit?«

Käthe schüttelte den Kopf und zeigte Jupp einen Vogel.

»Der Edwin hat sie nicht mehr alle. Der will von Edith Piaf ›Non, je ne regrette rien‹ übersetzen. Da bin ich aber komplett raus. Das ist doch viel zu schwer - und ja, ich bedauere auch nix, genau wie diese Edith«, stellte Käthe noch mal für alle klar. »Ich glaube aber, dass der Edwin mit seiner Hausaufgabe keinen Blumentopf gewinnen wird, obwohl er in unserer Klasse der Hahn im Korb ist. Nach uns kräht bei der VHS nämlich kein Hahn. Wir sind die Schlusslichter im Kurs und nicken immer nur brav und artig. Letztens hat mich sogar einer der frechen Mitschüler gefragt, ob wir uns aus der Parkinson-Selbsthilfegruppe zu ihnen verirrt hätten.«

»Ach du Scheiße! Na ja, der Edwin ist aber auch echt ein komischer Zeitgenosse. Da wissen wir ja, was uns beim Pärchenabend erwartet: der Edwin, wie er als alternde Diva wackelig auf der Couch steht und eine Performance par excellence hinlegt. Ich liege an diesem Tag übrigens krank im Bett - definitiv! Das ist so sicher wie das Amen in der Kirche.«

»Komm Jupp, jetzt reiß dich mal zusammen! Übrigens, in meinem neuen Job an der Schule brauche ich bestimmt auch ein paar Französischkenntnisse. Vielleicht könnten wir zwei ja auch mal einen Kurs machen, was meinst du?«

Jupp zuckte mit den Schultern.

»Wui, wui, wui, dreimool um Saarlouis ... Mehr Kenntnisse brauche ich nicht.«

»Oui, oui, oui, dreimal um Saarlouis, muss es aber heißen«, korrigierte Käthe als VHS-Entsandte unverzüglich Jupps Aussprache.

»Ja, ja, ja, dreimal um Saarlouis ... Aber damit allein komme ich als Schulsekretärin auch nicht weit. Ein paar gemeinsame Hobbys würden uns echt guttun«, zwinkerte Inge Jupp zu.

»Ähm, fang du erst mal mit der Schufterei in der Schule an! Dann bist du abends auch so platt, da sind Hobbys am Feierabend der totale Kladderadatsch.«

»Hm, aber jetzt bin ich doch auch noch abends fit. Und dabei bin ich schon seit sechs Wochen auf dem Rathaus beschäftigt.«

»Inge! Du kannst doch den Job auf unserer lahmarschigen Gemeindeverwaltung nicht mit einem an der Willi-Graf-Realschule vergleichen. Das ist doch ein Unterschied wie Tag und Nacht!«

»Aha, und was macht dich da so sicher?«

»Du weißt, was mit deiner Vorgängerin passiert ist – mehr muss man ja wohl nicht sagen, oder? Da spielten garantiert auch Stress und Überarbeitung eine Rolle, dass beim Möhrchen die Sicherungen durchgebrannt sind.«

»Ach, du heiliger Bimbam! Ich sehe schon, wie dir die Inge Rattengift in die Rouladen panscht. Was wird dann bloß aus mir? Jupp unter der Erde, meine Tochter im Knast – und ich alleine in dem großen Haus. Da würde ich mir aber sehr einsam vorkommen«, spann Käthe den Faden weiter. »Aber zum Glück habe ich ja lebenslanges Wohnrecht ... und das sogar schriftlich.«

»Schmeiß dir dein komisches Tinder an und du hast jeden Tag die Bude voll! Dann ist hier Halligalli«, witzelte Jupp und grinste seine Schwiegermutter an.

Käthe winkte jedoch ab. Von Männern und Tinder hatte sie erst mal gestrichen die Nase voll, zumindest bis zum Ägypten-Urlaub. Und der begann schon nächste Woche. Die Oma blieb sich halt wie immer treu – ganz nach dem Motto: je oller, je doller.

ENDE

Nachwort

Ich hoffe, Ihnen hat der Roman rund um Familie Backes gefallen. Wenn nicht, dann haben Sie meinen höchsten Respekt, dass Sie bis hierhin durchgehalten haben. Ich könnte das ja nicht ...

Wie ich ganz am Anfang des Buchs bereits schrieb (Sie können zur Not vorblättern), freue ich mich immer über Feedback meiner Leser. Es gibt öfters Umfragen zu Covern, Titeln, Personen usw. auf meiner Facebook-Seite. Ich würde mich freuen, dort auch Ihre Meinung zu erfahren - z. B. dazu, welcher Vorname nach »Gisela« und »Uschi« auf das Cover des nächsten Buchs soll.

»Rudi« finde ich toll. Oder vielleicht »Wolfgang«? Wobei, da muss ich immer an meinen Onkel denken und der hat meine Tante Knall auf Fall sitzengelassen. Er ist mit einer gewissen »Uschi« durchgebrannt: ein Traumkörper in sexy knallengen Klamotten, immer haarscharf an der Grenze zur Nuttigkeit - also vom Style her betrachtet, nicht dass Sie mich jetzt falsch verstehen.

Ihren Vornamen darf niemand in der Familie laut aussprechen, da die Tante sonst ganz, ganz schlechte Laune bekommt. Aus Rücksicht auf sie wird dann nur so was gesagt wie: »Stell dir vor, ich hab gestern im Globus den Wolfgang mit seiner scharfen Alten gesehen. Aber nur von Weitem - ich hab nicht gegrüßt und nicht gewunken. Nein, der Wolfgang ist Geschichte, der Mann ist für mich absolut tabu.«

Apropos Feedback, ich bin vom Thema abgedriftet - aber bei »Wolfgang« köcheln bei mir immer die Emotionen hoch ... Ich würde mich sehr über eine Rezension bei Amazon & Co.

freuen. Das hilft uns Autoren enorm und ist sozusagen der Applaus des Künstlers. Im Theater ist das Klatschen am Ende der Vorstellung ganz normal, aber haben Sie es schon mal erlebt, dass jemand laut in die Hände klatscht, wenn das Buch ausgelesen ist? Aus diesem Grund gibt es Rezensionen, die man still und leise verfassen kann.

Ich freue mich, wenn Sie in ein paar kurzen Sätzen schreiben, was Ihnen gefallen hat oder auch was Sie nicht so schön fanden. Das Ganze tut nicht weh und dauert garantiert keine fünf Minuten - wobei das immer typabhängig ist ;-))

Schon mal recht herzlichen Dank für Ihre investierte Zeit!

Bei Facebook folgen:
Dany R. Wood - Comedy-Autor

Bei Instagram folgen:
Dany_R_Wood_Comedy_Autor

Schreiben Sie mir bei Fragen und Anregungen zu meinen Büchern und besuchen Sie meine Homepage. Melden Sie sich gerne für den Newsletter an, damit Sie schnell wissen, wann das nächste Buch erscheint:
www.arturo-verlag.de

Dany R. Wood

SAAR-ABC

angehall	angehalten
Aue	Augen
aweile	jetzt
Balawa	Streit
dau	du
deich	dich
dreimool	dreimal
ebbes	etwas
Ei jo,	Ausruf der Verwunderung
Eich	ich
Faasend	Fastnacht, Fasching
Freck	Erkältung
glab, glabscht	glaube, glaubst
Grauworscht	Salami
Grumbeersalat	Kartoffelsalat
hans doch	habe es doch
Hol mol	nimm mal
hucke	sitzen
Huddel	Probleme
iwwerhaupt	überhaupt
iwwerzwerch	aufmüpfig, überdreht
Kappes	Quatsch.
kloor	witzig, lustig, interessant
Kopp	Kopf
Lewe	Leben
Lyoner	Fleischwurst
Miggeplätsch	Fliegenklatsche
nackisch	nackig
nid	nicht

Schammas	billiges Zeug
Schmeer	Scheibe Brot
Speis	Mörtel
uwwerum	obenrum
wärscht	wirst
watt	was
Weck	Brötchen
willscht	willst

Erfahren Sie auf den nachfolgenden Seiten wie alles mit Familie Backes angefangen hat.

Leseprobe »Achtung Familienfeier«

<u>Klappentext</u>

Familienfeiern sind wie Kopfweh. Sie können jeden treffen und sind meist nach ein paar Stunden überstanden. Eva fährt von Berlin in ihr Heimatdorf zum 80. Geburtstag ihrer Oma, wo sie auf die gesamte Sippschaft treffen wird. Inklusive Klatsch und Tratsch, einem liebestollen Onkel und tobenden Tanten. Mit Schrecken denkt sie daran, wieder als einsamer Single an der Kaffeetafel zu sitzen. Doch dann verknallt sie sich während der Zugfahrt in den Schauspieler Sandro und macht ihm ein »unmoralisches Angebot«: Er soll drei Tage lang ihren Freund mimen. Keine leichte Aufgabe, denn daheim warten die lieben Verwandten, die auch so manches zu verbergen haben. Hat die Liebe zwischen Eva und Sandro unter diesen Umständen überhaupt eine Chance?
Bei dieser Feier geht es um Geld, Intrigen und Streitigkeiten - eben der ganz normale Wahnsinn wie in vielen Familien.

Kapitel 1 (Leseprobe)

Es klingelte. Zum sechsten Mal. Und zwar mit diesem penetranten Klingelton des schnurlosen Telefons. Ein Blick auf das Display verriet, dass es ihre Mutter war, die sie wohl unbedingt sprechen wollte. Sie hatte plötzlich ein komisches Gefühl in der Magengegend. Es war absolut nicht üblich, dass ihre Mutter sie so früh am Sonntagmorgen anrief, es war erst kurz vor acht Uhr. Was hatte das zu bedeuten? Eva Backes hatte eine ungute Vorahnung, ihr Magen zog sich zusammen wie eine Zitrone.

»Oh, Gott! Die Oma ist tot!«, dachte sie laut, ihre absolut schlimmsten Befürchtungen aussprechend. Es musste etwas Schlimmes passiert sein, sonst würde ihre Mutter sie niemals in dieser Herrgottsfrühe anrufen.

Eva fühlte sich schlagartig schlecht. Schlaftrunken und mit zersausten Haaren tappte sie im Schlaf-T-Shirt und mit dem Telefon in der Hand in den Flur. An der Garderobe erschreckte sie sich beim Anblick ihres eigenen Spiegelbildes. Sie sah echt fertig aus! Aber für das Empfangen von Todesnachrichten gab es nun mal kein perfektes Aussehen. Mit einem mulmigen Gefühl ging sie schließlich um 7:46 Uhr an das immer noch hartnäckig klingelnde Telefon und meldete sich förmlich mit Nachnamen. Obwohl sie doch genau wusste, dass es ihre Mutter war, die sie permanent anwählte. Aber um diese Zeit des Tages war Eva noch nicht ganz zurechnungsfähig.

»Backes.« Ihre Stimme klang zittrig und brüchig.

»Ach, du bist ja doch wach! Ich dachte, ich probiere es einfach mal. Weil, wenn du geschlafen hättest, wärst du ja nicht ans Telefon gegangen, gell?«, klang eine vertraute Stimme aus dem Hörer.

In der Tat war ihre Mutter Inge am anderen Ende der Leitung. Auf so ein Telefondisplay konnte man sich einfach 100-prozentig verlassen, das log nicht.

Eva war sich sicher, dass etwas extrem Wichtiges passiert sein musste. Der Grund des Anrufes ihrer Mutter konnte nur die Oma sein. Das stand für Eva so glasklar fest, dass sich ihr Gehirn mental bereits auf Traurigkeit eingestellt hatte, während sie andere Körperfunktionen irgendwie nicht mehr unter Kontrolle hatte: Ihr Puls raste und ihr war leicht schwindelig. Der Gedanke an die tote Oma löste sogar eine Schnappatmung aus, dass sie hechelte wie ein Hund.

»Sag mal, hast du irgendwas genommen? Du atmest so komisch ...«, fragte eine besorgte Mutter. »In Berlin kommst du uns noch unter die Räder! Das habe ich deinem Vater ja schon tausend Mal gesagt.«

Für ihre Mutter war es hieb- und stichfest: Das Kind hatte was eingenommen, oder was geraucht. Inge dachte sofort an »Gras«, doch trotz ihrer ländlichen Herkunft war ein Joint für sie in etwa so schlimm, als würde man täglich »spritzen«.

»Eva, hast du etwa Drogen genommen?«, sagte Inge Backes besorgt und zugleich vorwurfsvoll.

Mutter Inge hatte von Anfang an ein ungutes Gefühl gehabt, als ihre 31-jährige Tochter vor sechs Jahren mitgeteilt hatte, dass sie lieber in Berlin statt im saarländischen Hirschweiler leben wolle. Für Inge war damals eine Welt zusammengebrochen. Wie hatte ihr das geliebte Kind nur solch eine Hiobsbotschaft just am Weihnachtssonntag mitteilen können? Sie wusste noch ganz genau, wie ihr die Lust auf Plätzchen und Lebkuchen mit einem Schlag vergangen war und das »Fest der Liebe« zu einem einzigen Scherbenhaufen geworden war. Inge hatte Rotz und Wasser geheult. Und auch ihr Mann Josef, genannt

Jupp, war von den Umzugsplänen der Tochter nicht erfreut gewesen, doch er hatte seine Gefühle noch nie gut zeigen können. Beide vertraten die Ansicht, dass Berlin viel zu dreckig, gefährlich und laut sei. Schließlich lebten da doch schon über drei Millionen Menschen, da war doch wegen Überfüllung gar kein Platz mehr für eine Eva Backes.

Doch Eva hatte sich damals durchgesetzt, hatte eine Wohnung in Prenzlauer Berg gefunden und dazu noch einen Job in einer Werbeagentur - ebenfalls in Prenzlauer Berg. Quasi der »Sechser im Lotto«, hatte Eva gedacht. Doch die Wohnung hatte sich leider als Niete entpuppt, denn durch die Fenster zog es wie Hechtsuppe, sodass sie eigentlich ständig erkältet war. Die andauernden Erkältungen führten zu Krankheitstagen im Job, was wieder zu Frust bei den Kollegen führte. Es war wie in einem Hamsterlaufrad, bei dem am Ende jedoch nur einer kotzte: Und das war Eva.

Ende der Leseprobe

»Nur Rudi tanzte schräger«

Klappentext

Autsch! Dorfpolizist Jupp wird von seiner Inge zum Tangokurs genötigt und beide schlittern in eine echte Katastrophe: Streit, Lügen und Blutergüsse vom Allerfeinsten. Und dann wird der feurige Tanzlehrer auch noch tot aufgefunden: Treppensturz. Voll die Sauerei!

Für Schnelldenker Jupp ist sofort klar, dass ein feinfüßiger Argentinier niemals über seine eigenen Quadratlatschen in den Tod stolpert. Plötzlich steht die ganze Tanztruppe unter dem Verdacht, den Tangogott absichtlich geschubst zu haben. Aber wird man gleich zum Mörder, nur weil man keinen Rhythmus im Blut hat?

Während Jupp mit Inge tatkräftig ermittelt, schwebt Schwiegermutter Käthe als Geheimagentin und "Dancing-Queen-Mum" übers Parkett - jedem das Seine.

Bei diesem verzwickten Fall stößt Familie Backes nicht nur knie-, bein- und hüftmäßig an ihre Grenzen, sondern kommt auch mächtig ins Schwitzen. Das "Let's dance"-Fieber ist ausgebrochen - Jupp ist fix und fertig!